Diogenes Taschenbuch 24092

de
te
be

ROLF DOBELLI, geboren 1966 in Luzern, studierte Philosophie und Betriebswirtschaft, arbeitete bei der Swissair, gründete ein Unternehmen und lebte in Australien, Hongkong, England und in den USA. Bei Diogenes erschienen sieben Bücher, zuletzt *Fragen an das Leben*, im Carl Hanser Verlag seine beiden Sachbuchbestseller *Die Kunst des klaren Denkens* und *Die Kunst des klugen Handelns*. Seine Bücher wurden in mehr als 30 Sprachen übersetzt. Rolf Dobelli lebt mit seiner Familie in Bern.

Rolf Dobelli

Massimo Marini

ROMAN

Diogenes

Die Erstausgabe
erschien 2010 im Diogenes Verlag
Covermotiv: Foto von Joerg Buschmann

Website und E-Mail-Adresse des Autors:
www.dobelli.com
rolf@dobelli.com

Die Namen, Personen und die Handlung dieses Romans sind vom Autor frei erfunden, jede Ähnlichkeit mit tatsächlichen Begebenheiten oder real existierenden Personen, seien sie lebend oder verstorben, ist rein zufällig.

Veröffentlicht als Diogenes Taschenbuch, 2012

www.diogenes.ch
ASR / 22 / 852 / 5
ISBN 978 3 257 24092 4

Süd-Nord! Ha! Ha! Ha! O er ist dumm, ganz abscheulich dumm. Woyzeck, er ist ein guter Mensch, ein guter Mensch – aber er hat keine Moral! Moral das ist, wenn man moralisch ist.

Georg Büchner, ›Woyzeck‹, 5. Szene

Am 17. Oktober 2007 gelang den seit Jahren unermüdlich vorantreibenden Mineuren der Durchstich des längsten Tunnels der Welt – des Gotthard-Basistunnels. Die Tunnelbohrmaschine von Norden hatte sich durch das letzte Felshäutchen geschrammt. An seiner Stelle prangte die noch glühende Kreisscheibe. Die Maschine stand still. Steinstaubpartikel tanzten im Scheinwerferlicht.

Nach einer Weile und viel Applaus öffnete sich eine Luke, gerade groß genug, dass der Bauführer der Nordseite mit eingezogenem Kopf und mit Hilfe der ihm entgegengestreckten Hände hinüberklettern konnte. Auf der Südseite wurde er jubelnd empfangen. Seine Mineure folgten ihm wie Ameisen einer nach dem anderen durch dieselbe Öffnung.

Es war eine große, rührende Verbrüderung, als hätte man sein halbes Leben gemeinsam verbracht und sich anschließend jahrelang für verschollen gehalten – alles eingefangen von den Kameras des deutschen, schweizerischen und italienischen Fernsehens und einer Horde von Fotografen und Journalisten. Der Verkehrsminister sprach von einem »Sieg für Europa«.

Daher übersah man leicht die folgende Meldung, die an ebendiesem 17. Oktober 2007 über die Ticker der Nachrichtenagenturen lief: »Entführer gefasst. Der Entführer des fünfzehnjährigen Raffael Marini wurde am frühen Morgen in Rom von der italienischen Polizei festgenommen.

Es handelt sich um einen neunundvierzigjährigen deutschen Staatsangehörigen. Dieser hatte am 4. April dieses Jahres den Sohn des Zürcher Bauunternehmers Massimo Marini entführt, dessen Firma den zentralen Abschnitt des Gotthard-Basistunnels baut. Am Tag nach der Entführung verlangte der Kidnapper von den Schweizerischen Bundesbahnen eine Zusicherung, dass das Jahrhundertbauwerk für den Transport radioaktiver Abfälle für immer gesperrt sein würde.

Nachdem die SBB auf die Erpressung nicht eingegangen waren, wurde Raffael Marini am 18. April nach zweiwöchiger Geiselhaft tot im Kofferraum eines Porsche Cayenne aufgefunden, der in der Innenstadt von Rom stand. Man hatte ihn mit Messerstichen ermordet.«

Im Frühjahr 2004, drei Jahre vor der Entführung seines Sohnes, gestand mir Massimo Marini, dass er sich in die berühmte Cellistin Julia Bodmer verliebt habe und mit dem Gedanken kämpfe, sich von seiner Frau scheiden zu lassen.

Marini hatte bis dahin sein halbes Leben mit der Entwicklung des Bauunternehmens verbracht, das sein Vater gegründet und dessen Leitung er nach dem überraschenden Tod seines Vaters 1986 übernommen hatte. Seit bald zwanzig Jahren war Massimo, dieser gesunde, kräftige Mann im besten Alter von sechsundvierzig Jahren, Herr über einen beachtlichen Maschinenpark, bestehend aus Bulldozern, Landraupen, Tieflöffelbagger, Felsbohrern, Steintrennmaschinen und Sprengstoffmischgeräten, über einen Personalbestand von zweihundert qualifizierten Mineuren und ein Portfolio erfolgreich abgeschlossener Tunnelbauten im In- und Ausland.

Massimos Mutter und Vater stammten beide aus derselben apulischen Ortschaft und kamen als junge Leute auf der Suche nach Arbeit in die Schweiz. Von ihnen hatte Massimo die gesunde, kräftige Hautfarbe geerbt, von seiner Mutter die imposanten Augenbrauen, die kühn geschnittenen Backenknochen vom Vater und die schwarzen Augen von beiden.

Für sein Alter hatte er erstaunlich sattes, schwarzes Haar, das er morgens mit ein bisschen Pomade zu bändigen versuchte und das den ganzen Tag in beneidenswerten Wellen glänzte. Sein Gesicht hatte etwas Strahlendes, und er strotzte vor Gesundheit. Seine Hände waren sehr schön. Weder sein Haar noch sein Gesicht noch sein Körper noch die Art, wie er ging, wie er sprach oder dachte – nichts von alldem zeigte Symptome jener Katastrophe, die man das Alter nennt – jenes Ungeheuer, das seinen Vater innerhalb weniger Jahre von einem vitalen Mann in ein keuchendes, krankes Männchen verwandelt und ihn schließlich ganz niedergerungen hatte.

Massimo hatte die Cellistin zum ersten Mal gesehen, als er vom Zürcher Opernhaus-Management aufgefordert wurde, einen kleinen Werkfehler anzuschauen, den seine Arbeiter beim Umbau der Dachkonstruktion angeblich gemacht hatten. Er betrat die Bühne durch den seitlichen Künstlereingang, und als er die Tür aufstieß, warf ihn das Gleißen der Scheinwerfer zurück.

Es war mehr als ein Blenden, es war eine Flut von Licht, die seinen ganzen Körper erfasste. Massimo musste sich mit beiden Händen am Türrahmen festhalten, und erst nach einer Weile gewöhnten sich seine Augen an die Helle: Vor ihm öffnete sich die unendliche Weite der Bühne, dahinter ragten die leeren Sitzreihen des Parketts und der Balkone wie eine Felswand empor, und im Zentrum der Bühne, dort, mitten im Lichtkegel, sah er eine Frau, die ein Cello umarmte.

Sie saß reglos da. Er sah sie nur von hinten. Soweit er ausmachen konnte, trug sie einen dunklen Rollkragenpullover, ihre Haare waren sehr hell und mit einem Gummi zusammengebunden. Er sah weder ihr Gesicht noch ihre Hände, nur ihren Hinterkopf, den Hals, die Schultern, die letzten zwanzig Zentimeter ihrer Beine und ihre Schuhe. Neben ihrem Hinterkopf leuchtete die Schnecke des Cellos bernsteinfarben auf.

Die Frau saß reglos, und Massimo wusste einen Moment lang nicht weiter. In diesem Flutlicht konnte er den angeblichen Fehler in der Dachkonstruktion natürlich nicht sehen. Stille füllte den Saal, und außer ihm, der noch immer wie versteinert im Türrahmen stand, und dieser Frau mit dem Cello war niemand da. Schlief sie? Meditierte sie?

Gerade als er sich entschloss, diese Verschwendung von Licht auf ein erträgliches Maß herunterzudrehen, damit er nach oben schauen konnte, legte sie ihre Hand an den Wirbelkasten und setzte zu einem Ton an, einem rauchigen, rußigen, tiefen Ton. Als der letzte Hauch verebbt war, ließ sie ihre Hand sachte das Griffbrett entlangrutschen, bis sie hinter der Schulter verschwunden war. Anschließend drehte sie ein bisschen an dem Bogen herum.

Massimo wusste, dass er in einer halben Stunde zu einem Treffen mit der städtischen Planungskommission erwartet wurde, das mit schnellen Schritten und einem pünktlichen Tram in genau einer halben Stunde zu erreichen war.

Wieder legte sie ihre linke Hand an das Griffbrett, senkte den Kopf, als wollte sie den Cellohals küssen, umschlang das Instrument, war daran, es sich einzuverleiben – und plötzlich brach aus dieser herrlichen, organischen Skulptur eine Musik hervor, die Massimo vollends überwältigte.

Unmöglich zu sagen, wie lange das Stück gedauert hatte – geschweige denn, was für eine Komposition es war. Massimo war in diesen Dingen nicht zu Hause. Er konnte sich nur noch daran erinnern, dass er in der Fülle dieser Eindrücke das Meeting mit der Planungskommission verpasste, ja sogar vergaß, den angeblichen Fehler in der Dachkonstruktion zu überprüfen.

»Sie haben mich beobachtet.« Sie hatte sich umgedreht.

Sie war groß und sehr schlank. Ihr Gesicht war hell und von der Anstrengung etwas gerötet, und ihre Augen waren von einem intensiven Blau. Alles in allem der nordische Typ, aber ihre Lippen waren voller, als er dies bei einer so hellen Erscheinung erwartet hatte. Eine schöne Frau um die dreißig, mit einem Körper, der seinen kühnsten Vorstellungen entsprach.

Aber Massimo spürte sogleich eine Unnahbarkeit. Es war mehr als der übliche Nord-Süd-Graben der sich sonst zwischen Männern wie ihm und diesem Typ Frau auftat. Es war eine seltsame Entrücktheit. Er fühlte sich mit einem Mal unsicher und überspielte seine Beklemmung mit einer doppelten Portion Selbstsicherheit.

»Anscheinend war mein Einfluss positiv. Es hat sich jedenfalls so angehört.«

Sie gestattete sich ein Lächeln.

»Überschätzen Sie sich nicht.«

Sie stand auf, zog das Gummiband aus ihrem Haar und schüttelte ihren Kopf. Das Haar fiel über die Schultern, und die Spitzen zeigten wegen der elektrostatischen Aufladung allesamt ein bisschen nach oben.

Sie packte das Cello am Hals, ziemlich unsanft – aber

wohl nicht heftiger, als dies Cellisten eben tun –, hob es hoch und ging Richtung Künstlereingang. Er musste schlucken. Für einen Augenblick fühlte es sich an, als hätte diese Frau *seinen* Hals gepackt und ihn, Massimo, hochgehoben.

»Hören Sie, das war großartig!« Er holte sie kurz vor dem Eingang ein, öffnete ihr die Tür zur Hinterbühne, dann die nächste, dann noch eine und noch eine, bis – bis sie beide im Garderobenraum standen. Sie legte das Cello sorgfältig in den Kasten, streckte sich in einer Art frei inspirierter Yogapose, kämmte ihr Haar und wusch sich die Hände.

Massimo stand daneben, die Hände in den Hosentaschen, und staunte, als würde er gerade die Entstehung einer neuen Tierart miterleben. Sie packte ihre Sachen, ihren Mantel, den Cellokasten und trat in den Gang hinaus.

»... wo ich sie küsste. Einfach so. Auf die Stirn. Ich konnte nicht anders. Es war die reinste Albernheit, ich meine, ein Mann in meinem Alter, glauben Sie mir, wenn ich das sage, ich kam mir wie ein Jüngling vor, noch heute komme ich mir dreißig Jahre jünger vor, wenn ich mit ihr bin ...«

Das Chateaubriand wurde gerade serviert. Eine kleine Pause entstand. Erst als sich die Kellnerin genügend weit von unserem Tisch entfernt hatte, sagte er: »Wyss ...«, und jetzt beugte er sich zu mir vor und flüsterte: »Ich will diese Frau.«

Als Anwalt bin ich es gewohnt, Einblicke in persönliche Schicksale zu erhalten. Ich nehme sie mit der angebrachten professionellen Distanz zur Kenntnis, ich behandle sie wie

Lottozahlen oder Resultate von Fußballspielen, als Fakten, die nichts *mehr* sind als das.

Keine Ahnung, warum ich gerade an diesem Tag meine bewährte Distanz zu gerade diesem Klienten aufgab. Dass jemand davon träumt, seine Frau wegen einer anderen zu verlassen, ist ja nun wirklich nichts Neues, besonders wenn man seine Klienten über Jahre betreut.

Und Massimo war seit Jahren mein Klient. Schon seine Eltern hatte ich beraten, da war er noch ein Teenager, und sein Vater – dieser zäh und unbeirrt malochende süditalienische Gastarbeiter – auf dem besten Weg, ein Tunnelbauunternehmen aus dem Boden zu stampfen.

Massimo stand noch jahrelang im Schatten des mittlerweile verstorbenen Alten, und gerade weil sein Vater und ich eine so hervorragende Beziehung gepflegt hatten, dauerte es eine Weile, bis sich Massimo für mich erwärmte.

Dass ich seine unrühmliche Vergangenheit kannte – als Student und einige Jahre danach war Massimo im linken Milieu aktiv und machte »tonnenweise Dummheiten«, wie sein Vater mir gegenüber andeutete, nicht ohne die eine oder andere davon auszuführen –, war sicher der wichtigste Grund, warum Massimo mich lange Zeit mied und nur mit dem Allernötigsten zu mir kam. Unsere Meetings waren rar, kurz, sachlich und frostig.

So richtig gut und damit meine ich persönlich wurde unsere Beziehung erst vor kurzem, durch den peinlichen Zwischenfall zwei Monate zuvor. Es war ein Samstagmorgen, die Sonne machte sich schon kräftig ans Werk, ein Frühlingsgewitter war in der Nacht über der Stadt niedergegangen, und überall dampfte die feuchte Erde.

Ich war gerade dabei, meine Joggingschuhe anzuziehen, als Massimo anrief: »Wyss, Sie müssen mir helfen.«

»Ja, was ist denn?«, fragte ich.

»Ein Teil des Dachs vom Opernhaus ist eingestürzt.«

»Das Sie umgebaut haben?«

»Würde ich Sie sonst anrufen?«

»Schäden?«

»Natürlich.«

»Große?«

»Ein verletzter Hausmeister und ein kaputter Steinway-Flügel der Orchesterklasse. Beschädigungen am Boden, an den Orchesterstühlen, und natürlich muss das Dach neu gemacht werden. Ich brauche Ihre Hilfe, Wyss.«

Als wir uns am selben Nachmittag in meiner Kanzlei trafen, war er noch immer aufgewühlt. Er besaß die ausgemergelten Züge eines Rückkehrers von einem Russland-Feldzug. Er war bleich und hatte Ringe unter den Augen. Das Destillat sämtlicher Sorgen schien sich in seinen Tränensäcken abgelagert zu haben. Ich konnte mich nicht erinnern, diese schwammigen Ausstülpungen jemals an ihm gesehen zu haben.

»Zerbrechen Sie sich nicht den Kopf, Herr Marini, für solche Fälle haben Sie eine Versicherung.«

»Die werden alles prüfen.«

»Ja und?«

»Meine Ausweise. Meine Diplome. Wyss …« – er packte meinen Arm und zog ihn über die Tischplatte, er zog, bis ich seinen Atem in meinem Gesicht spürte, »… ich habe nie Architektur studiert.«

Und nun gab mir Massimo einen ersten Einblick in das komplizierte Verhältnis der Kräfte, die das geschaffen hatten, was man bei einem Mann seines Alters Charakter nennt, in den tosenden, verworrenen, gesetzlosen Maschinenraum einer Seele, einen Einblick, der mich zu dem dummen, selbstgefälligen, zeitverschlingenden und ökonomisch vollkommen sinnlosen Vorhaben trieb, diesen Bericht zu schreiben.

Jahrelang war Massimo mit einem falschen Architekturdiplom durchgekommen. Es war die Kopie des Diploms eines Kollegen, dessen Namen er mit einer Messerspitze weggekratzt und dafür seinen eigenen mit schwarzem Filzstift eingetragen hatte. Dann machte er einige Fotokopien und setzte sie ein, wo immer sie erforderlich waren.

Tatsächlich hatte er keinen einzigen Tag Architektur studiert. Er hatte sich an der Eidgenössischen Technischen Hochschule in Zürich eingeschrieben, wechselte aber noch im gleichen Semester zur Philosophie an der dortigen Universität. Sein Vater wollte ihm die Ausbildung nur unter der Bedingung finanzieren, dass es sich um ein Architekturstudium handelte, doch Massimos Interessen lagen schon seit dem Gymnasium auf ganz anderen Gebieten.

Vielleicht war der heimliche Studiumswechsel ein unbewusster Versuch, sich von einem starken Vater abzunabeln und seinen eigenen Weg zu finden. Im Grunde steckte dahinter die Auflehnung gegen den Zwang, als einziger Sohn einmal das Baugeschäft der Eltern übernehmen zu müssen. Und schließlich hat er es doch übernommen.

Es war eine dumme, unnötige Lüge, die Massimo all die

Jahre mit sich herumtragen musste. Niemand wusste von seinem Titelschwindel, weder sein Vater noch seine Mutter noch seine Mitarbeiter. Einzig seiner Frau Monika hatte er es Jahre später in einem Anflug von Hochgefühl bei der Geburt von Raffael – ihrem einzigen Kind – gebeichtet. Massimo hoffte, dass sie es danach gleich wieder vergessen hatte.

Der Einsturz des Opernhausdaches. Das löste ich innerhalb von kürzester Zeit durch einen Vergleich mit der Versicherungsgesellschaft, der Massimo zwar ein Vermögen kostete, ihn aber davor bewahrte, dass jemand in seiner Vergangenheit herumschnüffelte. Sein erschwindeltes Architekturdiplom hätte ihn nicht nur die Baulizenz am Gotthardstollen gekostet, sondern Hand in Hand mit seiner zweifelhaften Studentenzeit seinen Ruf als geradliniger Unternehmer gefährdet.

Darum hatte mich Massimo an diesem Tag zum Lunch in die Kronenhalle eingeladen. Und darum entwickelte sich unser Verhältnis zu etwas, das weit über eine Mandantenbeziehung hinausging. Ich hatte ihn vor einer Katastrophe bewahrt.

Und er revanchierte sich, indem er mich in das Geheimnis seiner Affäre einweihte? Ja, genau das tat er. Und er tat es mit einer Verzückung, einer geradezu erregten Trunkenheit, wie sie sonst nur Pubertierende an den Tag legen. Ich hörte zu, weil er mein Klient war, selbstverständlich – aber auch weil Massimo etwas hatte, das mich sonderbar anzog.

»Nach diesem Kuss«, fuhr Massimo fort, »den sie weder erwiderte noch abschmetterte, der sie ebenso überraschte wie mich – machte ich für sie eine kleine Führung durch das Opernhaus. Das war, wie gesagt, wenige Wochen vor dem Einsturz des Daches. Sie stellte den Cellokasten in eine Ecke und zog ihren Trenchcoat über.

Wir nahmen den Lift zur obersten Galerie, dann die Wendeltreppe hoch zur Kuppel. Die meiste Zeit ging sie voraus. Ich folgte nicht ihr, sondern ihren Schuhen, ihren Beinen, ihren Hüften. Ich verfolgte wie ein Besessener die Uraufführung dieser Symphonie der Gelenke. Jede einzelne ihrer Bewegungen bekam eine so bizarre Bedeutsamkeit, dass ich mir gar keine andere Handlung vorstellen konnte, als für immer diesen geschmeidigen Beinen nachzulaufen.

Sie kennen das vielleicht, diese Dichte der Empfindung. Alles war mit Bedeutung aufgeladen – alles war mit Bedeutung *elektrifiziert*.

Dann nahm ich ihre Hand und führte sie über eine steile Holztreppe zu einer Luke. Ich war überrascht, wie wendig sie sich auf den hohen Absätzen ihrer schwarzen Pumps bewegte. Ich stieß die Luke auf, und wir standen auf dem Dach des Opernhauses. Unter uns der See, um uns herum die Türme und Dächer der Stadt. Weit weg, im Dunst, die Alpen, weiß bis in die Niederungen. Es war ein herrlicher Februartag, kalt, aber sonnig. Die Sonne klein wie eine Aprikose.«

Ich hatte meinen Teller schon beinahe leer gegessen, aber Massimo kam vor lauter Erzählen gar nicht dazu, einen einzigen Bissen zu nehmen. Ein saftiges Stück Chateaubriand steckte seit einer halben Ewigkeit an seiner Gabel, die er immer wieder zum Mund führte. Aber im letzten Moment gewann stets das Reden, und er legte die Gabel mit dem erkalteten Stück Fleisch erneut auf den Teller.

Eigentlich wäre es an mir gewesen, ihn zu unterbrechen und meinerseits etwas zum Besten zu geben, doch mein Leben war im Vergleich zu seinem eine Ödnis. Da waren Klienten, die dem Anwaltsgeheimnis unterstanden, da waren Bücher – eine Menge gelesener und ungelesener – und vor langer Zeit vereinzelte Liebschaften, allesamt kaum berichtenswert. Von einer Liebe, von einer Verzückung, wie sie Massimo gerade erlebte, nicht die Spur.

Massimo fuhr fort, ohne einen einzigen Bissen verschlungen zu haben: »›Das also ist Ihr Dach‹, sagte sie. – ›Wohl eher Ihr Dach als meins‹, sagte ich. ›Ich kann mich nicht erinnern, wann ich das letzte Mal in einem Konzert oder in einer Oper war. Muss während meiner Studentenzeit gewesen sein. Hier, sehen Sie.‹

Ich erläuterte ihr den Umbau der Dachträger, den meine Leute vorgenommen hatten. Einer dieser Träger schien mir nicht richtig befestigt zu sein, aber da ich wenig von Hochbau verstehe und vor einer Frau stand, die mein Urteilsvermögen spürbar beeinträchtigte, überspielte ich meine Bedenken. Ich zeigte ihr noch dies und jenes, das man von dem Dach aus sehen kann – die zur Agglomeration verschmolzenen Dörfer entlang des Zürichsees, die Promenade, das riesige Zifferblatt von St. Peter, die beiden Raketentürme des Großmünsters, lauter Dinge, die sie natürlich auch kannte –, und dann stiegen wir Stufe um Stufe wieder hinunter.

Selbstverständlich hätte ich den unbefestigten Dachträger gleich meinen Leuten melden sollen, aber angesichts dieser Frau hatte ich es schlicht vergessen. Ich Dummkopf! Zwei Wochen später ist das Ding eingekracht.

Wyss, ich kann Ihnen nicht sagen, wie dankbar ich bin, dass Sie mich aus dieser brenzligen Situation befreit haben. Diese Dachsanierung war unser erster Versuch im Hochbau, und ich kann Ihnen garantieren, unser letzter. Ein idiotischer Versuch, wohl nur zu erklären durch das Streben nach Höherem. Aber wissen Sie was? Tunnelbau ist gar nicht so schlecht. Weniger Glamour, mehr Rentabilität.«

Jetzt legte er das Besteck zur Seite, nahm einen kräftigen Schluck Réserve de la Patronne und wischte sich mit der Serviette die Lippen ab. Aus seinen Augen sprach *mehr* als Erleichterung. Es flackerte eine kindliche Lust am Leben darin, die alle abstrakten Probleme auf ein Nichts reduzierten.

Was für ein Unterschied zwischen dem Massimo vor zwei Monaten und dem, der mir jetzt gegenübersaß. Die Tränensäcke waren verschwunden, und sein Gesicht hatte den dunklen Glanz wieder, der ihm schon immer eigen war.

»Sie ist dreiunddreißig«, fuhr er fort, »schön, gebildet, sinnlich. Sie hat Ausstrahlung. Erotik. Eleganz. Grazie.«

Ich staunte, mit welcher Inbrunst er mir das alles erzählte. Ich beobachtete seine Gestik, seine kraftvollen Bewegungen, wie er die Stirn in Falten legte und sie wieder glattlachte, wie er die Augenbrauen hob und senkte, das Leuchten seiner Augen, ich sah, wie er die Lippen bewegte, um all das auszudrücken, was auszudrücken immer nur misslingen kann: die Ekstase der Verliebtheit.

Ich war eingenommen von diesem Mann, den ich bisher nur als Klienten gekannt hatte. Als Sohn eines Bauunternehmers hatte er den unspektakulären Schritt getan, seinerseits Bauunternehmer zu werden, und sein Sohn würde sich unweigerlich in diese Linie einfügen.

»Kommen Sie.« Er stand auf, kaum hatte er den Espresso leer getrunken, ich folgte ihm über den Bellevueplatz zum See, wo ein Sportboot angelegt hatte, ein schönes, kleines, edles Boot vom Typ *Boesch*, Schweizer Fabrikat aus Mahagoni mit einem winzigen Rückspiegel, der in der Sonne blinkte. Beide Sitze vorne, das Liegepolster hinten sowie die Innenseiten waren in weißes Naturleder gefasst.

»Meine einzige Leidenschaft.«

»Neben Ihrer Cellistin«, lachte ich.

Er streckte mir seine Hand entgegen, ich fasste sie, und er half mir ins Boot.

Es war ein perfekter Frühlingstag. Wir spritzten über den See. Noch nie hatte ich einen bald fünfzigjährigen Mann so ausgelassen gesehen.

Er drehte die Musik voll auf: *»I shot the sheriff; But I didn't shoot no deputy, oh no! Oh! I shot the sheriff; But I didn't shoot no deputy, ooh, ooh, oo-ooh; Yeah! All around in my home town; They're tryin' to track me down…«* Die Stimme Bob Marleys vermischte sich mit dem rasenden Gedröhn des 370-PS-Volvo-Penta-Sechszylinders.

Und Massimo sang mit. Er sang laut und tanzte ausgelassen, während seine Hände am Steuerrad damit beschäftigt waren, die wilden Bewegungen seines Oberkörpers zu kompensieren. Sein Haar glänzte in der Sonne.

»Haben Sie Lust auf Ski?«, rief er zu mir herüber.

»Auf was?«, schrie ich zurück. Der Wind flatterte mir um die Ohren. Ich musste mich hinter die Scheibe ducken, um ihn zu verstehen.

»Auf das!« Massimo ließ das Steuerrad für einen Augenblick los, lehnte seinen Oberkörper weit zurück und zog dabei seine Fäuste, eine über der anderen, ganz an seine Brust. »Ski. Wasserski!«

»Ich weiß nicht, wie das geht!«, rief ich zurück.

»Ich zeig's Ihnen!«

Er nahm das Gas ganz zurück. Die Heckwelle, die uns die ganze Zeit gefolgt war, holte uns nun ein, hob das Boot von hinten und ließ uns hinter ihr zurück. Wir kamen zu einem schlingernden Stillstand.

Keine Ahnung, was in mich gefahren war. Noch nie hatte ich das Bedürfnis gehabt, Wasserski zu fahren, und genau genommen hatte ich es auch jetzt nicht. Aber Massimos Beschwingtheit hatte mich angesteckt. Irgendetwas ging von ihm aus, das mir bedeutete: Leg deinen Panzer ab, brich deinen Trott, und stürz dich ins Leben, bevor die endgültige Plage des Alters diesen unschuldigen Freuden ein Ende bereitet.

Massimo kramte eine Schwimmweste, das Polypropylen-Seil und die Skier hervor. Dann begann er, sich bis auf die Unterhosen auszuziehen.

Weder er noch ich hatten Badehosen dabei, aber da wir – mit Ausnahme der wenigen Passagiere auf den Kursschiffen – die einzigen Menschen auf diesem See waren, schien es ihm nichts auszumachen. Und so folgte ich seinem Beispiel, knöpfte mein Hemd auf, zog Schuhe, Socken und Hosen aus und verstaute alles unter dem Sitz. Zwei Männer – ein sechsundvierzigjähriger Bauunternehmer und sein sechzigjähriger Anwalt – nur in Unterhosen.

Erst jetzt bemerkte ich, wie jung, wie gut erhalten Massimos Körper war. Er besaß diese Art gut definierter Muskeln, die man nicht durch Bodybuilding bekommt, sondern die ein Geschenk der Gene sind. Er war schlank, fit und strotzte vor Elastizität. Sein Körper und die energische Art, mit der er das Wasserskiseil am Heck festmachte, hätten diesen Sechsundvierzigjährigen problemlos als einen Dreißigjährigen durchgehen lassen.

Er trug bunt gestreifte Boxershorts (ich hingegen die peinlichen weißen Briefs, wie sie schon mein Vater und vermutlich Großvater getragen hatten), eine IWC Typ Aquatimer (soweit ich erkennen konnte, die limitierte Auflage mit dem blau-orangenen Ziffernblatt), einen Ehering und sonst nichts.

Ich kam mir neben Massimo bleich und käsig vor, aber gleichzeitig fühlte ich mich verjüngt von dem spitzbübischen Einfall, an einem normalen Werktag, wenn ganz Zürich bei der Arbeit war, Wasserski zu fahren. Die Luft war frisch, aber die Sonne schon stark.

»Los!«, sagte Massimo. »Am besten, Sie versuchen's mit zwei Skiern, das ist einfacher. Sie bilden ein Päckchen mit angezogenen Armen und Beinen und warten, bis ich Gas gebe. Stehen Sie erst auf, wenn die Skier halb aus dem Wasser sind. Und dann nicht Bücklingshaltung, sonst spüren Sie's die nächste Woche im Kreuz, sondern mit durchgestrecktem Rücken. Alles klar?«

Ich zurrte die Schwimmweste fest, zwängte meine Füße in die Gummibindung, packte die Leine und sprang ins Wasser.

»Zum Teufel, kalt!«

»Gleich geht's los, und dann werden Sie's vergessen haben.«

Er fuhr das Boot so weit, bis die Leine gestreckt war.

»Okay?«, rief er. Ich nickte.

Mein Puls hämmerte. Meine Hände umklammerten die Plastikhantel. Dann spritzte es los. Auf einmal war ich oben, die Bretter schlitterten wie auf Betonplatten.

Als ich einigermaßen stabil auf dem Wasserbuckel stand, versuchte ich, ein bisschen seitwärts auszuscheren. Ich wagte mich vorsichtig bis zur linken Heckwelle, dann zur rechten. Mehrmals versuchte ich, die Heckwelle zu übersteigen, ein paar Mal wäre ich fast gestürzt, aber dann schaffte ich es doch, und nun befand ich mich jenseits des Wellenkamms auf dem unberührten, spiegelglatten Wasser des Zürichsees. Die Skier flatterten und hämmerten nicht mehr, sondern glitten wie auf Pulverschnee.

Mit der Zeit verließ mich die Kraft in den Händen, und plötzlich entglitt mir das Seil. Massimo legte das Boot in eine enge Kurve und brachte es neben meinem Kopf zum Stillstand.

»Das war großartig, Wyss, Sie haben ja einiges drauf in Ihrem Alter. Noch mal?«

»Nein danke, ich glaub, das reicht für heute.«

Ich kroch ins Boot zurück. Meine Hände brannten. In meinen Fingerspitzen kribbelte es wie Ameisen. Massimo reichte mir ein Frotteetuch. Ich schlotterte, trocknete mich ab und schlüpfte, jetzt ohne Unterhosen, in meine Kleider.

Dann erklärte er mir kurz, wie man ein Boot steuert und austrimmt.

»Wenn ich Ihnen ein Zeichen gebe, geben Sie Vollgas. Danach drosseln Sie auf etwa 2300 Touren, und wenn's mich zerschellt, drehen Sie einfach um und kommen mich holen. Alles klar?«

Ich hatte außer einigen Runden mit einem Pedalo – vor vielen Jahren, als ich es noch für nötig erachtete, romantische Beziehungen einzugehen und zu erhalten – noch nie ein Boot gesteuert, geschweige denn einen Wasserskifahrer gezogen. Aber am heutigen Tag hinderten mich weder meine Unkenntnis noch mein Alter noch meine grundsätzliche Abneigung gegen Frivolitäten; ich genoss diesen sonnigen Nachmittag wie ein Kind, das zum ersten Mal in einen Sandkasten gesetzt wird.

Bald ritt Massimo auf seinem Monoski von einem Wellenbuckel zum nächsten, legte sich scharf in die Kanten, spritzte dabei meterhohe Fontänen auf, alles athletisch, voller Eleganz, so, wie es eben Massimo zutiefst entsprach.

Die Wellen trommelten gegen den Bug. Links und rechts zogen die sanften Hügel vorbei. Der See rollte sich wie eine unbenutzte Alufolie vor uns aus. Er glänzte hart im Licht des Nachmittags. Ab und zu Enten, die erschreckt aufflogen.

Aber eigentlich gab es nur den See und das Licht und das Gefühl, ohne innere Beschränkung zu leben. Wir glitten Richtung Süden, und das Einzige, was uns an jenem Nachmittag im Weg stand, waren die Alpen, sonst wären wir durchgefahren, Richtung Italien, Richtung Mittelmeer. Ich war selig.

Ich denke oft an diesen Tag zurück. Ich habe ihn gut in Erinnerung und verwende ihn manchmal als eine Art Kletterstange, an der ich mich hochzuziehen versuche, wenn die Depression wieder akut wird.

Kurz danach schlug das Wetter um, der Juni war grau, es verging kein Tag ohne Regen, ein langweiliger, müder Landregen, der nicht abziehen wollte. Wenn man auf den See hinausschaute, vereinigte er sich mit der Wolkendecke, und es sah aus, als würde er sich in einem weiten Bogen um sich krümmen und von oben auf sich selbst heruntertropfen. Der Regen gab der Landschaft eine schräge Schraffur.

Es lohnte sich kaum mehr, einen Schirm aufzuspannen, die Luft war so feucht, dass der Regen einen wie ein Mantel umschloss. Regen wie Unkraut. Die Dächer glänzten, die Enten hockten reglos im See, die Schwalben waren verstummt oder weggezogen, ein S-Bahn-Tunnel, so hörte man, musste wegen Sickerwasser gesperrt werden. Man war froh, auf 400 Meter Höhe zu wohnen, einen Abfluss zu wissen, der sich dieser maßlosen Übertreibung annahm und sie in den Rhein überführte.

Mit dem Juli kam die Sonne wieder. Ich hatte gehofft, dass die Antriebslosigkeit der letzten Wochen auf den Regen zurückzuführen war. Aber als das schöne Wetter zurückkehrte, wurde es nicht besser. Es wurde schlimmer.

Nur unter größter Anstrengung gelang es mir am Morgen aufzustehen. Ich stand vor dem Kleiderschrank und konnte mich nicht zwischen Nadelstreifen und Uni entscheiden. Die Wahl der Krawatte und noch mehr der Manschettenknöpfe überforderte mich. Mit Neid dachte ich an Einstein, der in Princeton morgens vor einem Dutzend identischer grauer Anzüge gestanden hatte und mit geschlossenen Augen hineingreifen durfte.

Wenn ich die Kanzlei erreicht hatte und an meinem Schreibtisch saß, ging es dann einigermaßen. Ich bewältigte den Tag mit einer Art hohlem Fleiß. Die Akten diktierten meine Gedanken. Ich war reaktiv, phantasielos und ineffizient.

Mein Körper, der vielleicht alles ist, was ich bin, fühlte sich auf einmal fremden Strömungen ausgeliefert. All die Gerichtsentscheide, die Strategien, die ziselierten, feinsinnigen Verträge, die elementare Rohheit eines Telefonapparats oder eines Kugelschreibers, alle Gedanken, ja sogar Affären, die man sich vorstellen konnte, schienen in eine dumpfe Schalheit eingewickelt.

Die Mittagszeit war ein Graus. Ich verließ die Kanzlei unter dem Vorwand eines Klienten-Lunches, um allein zu sein. Ich starrte auf den See hinaus und glitt dabei in diesen dunklen Schacht der Gefühle hinunter. Was mich am meisten störte, war die Unfähigkeit, dieser Landschaft eine positive Emotion abzugewinnen. Der See, die Hügel zu beiden Seiten, die Alpen im Hintergrund, die Schneespitzen, die Federwolken im tiefen Blau – alles, was vor mir lag, war erhaben, ich wusste es, fühlte aber nichts dabei. Ich versuchte mir die frühlingshafte Spritzfahrt mit Massimo in Erinnerung zu rufen und was ich dabei gefühlt hatte – vergeblich.

An den Nachmittagen hing ich matt über den Akten. Ich war bestrebt, jeden Kontakt zu umgehen – sei es ein Meeting oder ein Telefongespräch – und ausschließlich schriftlich zu kommunizieren.

Wenn ich mich am Abend erschöpft ins Bett warf, wusste ich: Ich werde nicht schlafen können, das Bett ist mein Feind. Es sprach zu mir: Lies so viele Seiten von dem langweiligsten Schrott wie du willst, ich werde dich trotzdem nicht schlafen lassen. Schlucke so viele Tabletten wie du kannst, ich werde dir keine Erholung gönnen, ich bin wie ein dreifacher Ristretto, und deine Gedanken werden kreisen und kreisen und kreisen, die immer gleichen unergiebigen Gedanken, du wirst dich an ihnen aufreiben, bis deine ganze Energie erlischt und du matt zusammensackst, aber selbst dann werde ich dich nicht schlafen lassen, bis der Morgen mit seiner falschen Helligkeit da ist. Und genau so war es.

Als ich nach einigen Wochen meinen Hausarzt aufsuchte, schickte er mich noch am selben Tag zu einem psychiatrischen Facharzt, der mich sofort mit einer Sammlung Antidepressiva ausstattete – Efexor (für den Morgen), Remeron mit Orangengeschmack (für den Abend) und Temesta zur sofortigen Entlastung.

Weil man mich nicht als suizidgefährdet einstufte – ich war es wirklich nicht, ich wollte doch nur arbeiten und endlich wieder schlafen können –, sah man von einem Klinikaufenthalt ab. Die psychologische Betreuung wurde in konzentrierten Dosen und ambulant verabreicht, zuerst in wöchentlichen Sitzungen, später monatlich.

Das war sie jetzt also, die Depression. Ich hatte mich stets als zufriedenen Menschen gekannt. Einsam, ja, und nachdenklich – aber beides, die Einsamkeit und die Selbstbesinnung betrachtete ich immer als Privileg. Nun war sie da, die Depression, sie war schleichend gekommen wie eine fünfte Jahreszeit.

Ich informierte noch am selben Abend Thomas Ladner, den Geschäftsführer der Kanzlei. Wir einigten uns auf die Sprachregelung »Urlaub aus persönlichen Gründen«. Keinesfalls sollten unsere Mitarbeiter oder die Klienten davon Kenntnis erhalten.

Ich behielt Massimo als einzigen Kunden, alle anderen verteilten wir auf die jüngeren Anwälte. Warum gerade Massimo? Weil er sich strikte weigerte, mit einem anderen Anwalt vorliebzunehmen.

Auch wenn man seit einigen Jahren gern den Begriff »Burnout« anstelle von »akuter Depression« verwendet, um vom Stigma des Hirnkranken abzulenken, handelt es sich eben doch um eine Hirnkrankheit. Biologisch ausgedrückt: ein Mangel an Serotonin und anderen Neurotransmittern. Kompensation durch Einnahme von sogenannten Wiederaufnahmehemmern (Psychopharmaka), damit das Serotonin länger zwischen den Hirnzellen verweilt und seinen Dienst erfüllen kann.

Man müsste das Hirn dazu bringen, den Hormonhaushalt selbst im Gleichgewicht zu halten. In einfachen Fällen durch Psychotherapie möglich. In schweren Fällen nicht.

Außer dem einen oder anderen Vertrag – Bauverträge, ab und zu Leasingverträge für Baumaschinen – hörte ich über ein Jahr lang nichts von Massimo. Was ich mitbekam, war, dass er inzwischen tatsächlich diese Cellistin Julia Bodmer geheiratet hatte.

Die Fotos, nach denen ich die Zeitschriften absuchte (die halbe Stunde alle zwei Monate beim Friseur erlaubten mir, den bunten Klatsch nachzuverfolgen – Hollywoodsternchen, Herren im Smoking, pfundweise Schmuck an Damenhälsen, das breite Grinsen allerseits, die gestelzte Darstellung jener seichten Glückseligkeit, die einen überkommt, wenn man im Rampenlicht steht, kurz, dieses ganze armselige Bedürfnis nach modernem Adel und Adelsklatsch), zeugten von einer pompösen Selbstinszenierung.

Sie hatten wenig mit dem bodenständigen Massimo zu tun, den ich kannte, und im ersten Moment dachte ich an Fotomontage. Die Bilder zeigten Massimo und Julia in vollem Hochzeitskitsch, beklatscht von einer Traube herausgeputzter Menschen.

Viele Gesichter waren mir bekannt: die immer gleichen Leute der Zürcher Lokalprominenz – der Direktor des Opernhauses mit seiner kriminell jungen Freundin, der Baudirektor, ein bekannter Promi-Koch, der Meteorologe des nationalen Fernsehens, eine hübsche Astrologin, der braungebrannte Gründer eines lokalen Privatradios, der sich tapfer jeder Art von Älterwerden widersetzt, Schlagersänger im Ruhestand, ausrangierte Kabarettisten, ein Zirkusbesitzer und eine Handvoll Zeitungsverleger.

Bald darauf, es war im August oder September 2005 – erhielt ich eine Einladung zu einer halbtägigen Rundfahrt per Schiff auf dem Vierwaldstättersee mit anschließendem Konzert im Kunst- und Kongresszentrum Luzern. Eingeladen hatte Massimo.

Den offiziellen Grund der Feierlichkeiten habe ich vergessen, aber der wahre Anlass war wohl, seine schöne neue Frau zu präsentieren. Eingeladen waren »geschätzte Geschäftsfreunde«, wie es auf dem Kärtchen hieß. Nachdem ich schon die Festlichkeiten zu seiner Hochzeit ausgeschlagen hatte – glücklicherweise, wie sich nachträglich herausstellte –, gab es für mich keinen Grund, an einem Firmenanlass mit noch mehr Leuten teilzunehmen.

Ich konnte es mir genau vorstellen: Weißwein und Salzmandeln auf einem historischen Raddampfer, während links und rechts die Postkartenberge vorüberziehen. Vor allem aber: Smalltalk mit dem dritten stellvertretenden Gemeindepräsidenten irgendeines Kaffs am Gotthard, der Massimo erlaubt hatte, seine Lastwagen gratis zu parken. Ich warf das Kärtchen in den Müll.

»Sie dürfen sich der Gesellschaft nicht verschließen, Wyss. Zwingen Sie sich, aus dem Haus zu gehen. Zwingen Sie sich, mindestens einmal die Woche Menschen zu treffen.«

Rampl, mein Psychotherapeut, ein sechzigjähriger Österreicher mit hässlichen Zähnen und schweren Augen, zu dem ich monatlich zur Konsultation muss, damit die

Krankenkasse die Medikamente bezahlt, hat die Art eines müden Brigadekommandanten.

»Menschen sind anstrengend«, antworte ich, »und die meisten Gespräche sind unergiebig.«

»Das spielt keine Rolle. Die Forschung zeigt, dass Menschen mit intensiven Sozialkontakten eindeutig glücklicher sind als einsame.«

»Vielleicht neigen die Glücklicheren eher zu sozialen Kontakten.«

»Wyss, tun Sie es für sich. Sie werden sonst noch zum Eremiten. So wie Sie Antidepressiva schlucken, gegen Ihren innersten Willen, gehen Sie außer Haus und treffen Sie Menschen – gegen Ihren innersten Willen. Das ist Teil der Therapie. Nehmen Sie die Aufforderung weder als Wunsch noch als Bitte, sondern als Anordnung Ihres Arztes.«

Also krame ich Massimos Einladung wieder aus dem Mülleimer und melde mich an für den »genüsslichen halben Tag auf dem schönsten See der Schweiz«, wie es auf dem Kärtchen heißt.

Der Ausflug bestätigt meine schlimmsten Befürchtungen. Dreihundert Personen auf der herausgeputzten »Stadt Luzern«, Disneyland, aber authentisch, Baujahr 1928, fast allesamt Männer, vom Steuerexperten zum Maschinenparkverwalter, vom Benzinlieferanten zum Kreditsachbearbeiter, vom mittelrangigen Vertreter der Schweizerischen Bundesbahnen zum mittelrangigen Vertreter des Sprengstofflieferanten – die meisten in kurzärmligen Hemden und Krawatte.

Die Garderobe – ein Fest des schlechten Geschmacks. Massimo mit Zigarre spielt den Gastgeber perfekt, ein kleiner Schwatz hier, ein kleiner Schwatz dort, ab und zu klopft er jemandem auf die Schulter und lacht, und ich frage mich, woher ein so intelligenter Mann die Energie für dieses unmögliche Spektakel bezieht. Der Wahn der Geselligkeit! Zum Glück scheint die Sonne.

Alle tummeln sich draußen, und so habe ich den Unterdecksalon für mich allein. Ich lese ein Buch (*The Black Swan* von Nassim Taleb) und bin froh um jeden Meter, den das Dampfschiff auf dem Weg nach Luzern zurücklegt.

Dann das Konzert im Kunst- und Kongresszentrum Luzern. Beethovens Cellosonaten Nr. 1, 2 und 3. Ich kenne sie in der klassischen Einspielung von Jacqueline du Pré und Daniel Barenboim – eine Aufnahme aus den siebziger Jahren, als Barenboim noch der hungrige Pianist war, und die multiple Sklerose seine Frau Jacqueline noch nicht niedergestreckt hatte. Nun also mit Julia Bodmer und dem deutschen Pianisten Karl-Heinz Wollmann.

Julia schlägt sich tapfer, gerät nur einmal ins Schlingern, im Scherzo der dritten Sonate, aber das fällt mir nur auf, weil ich du Pré im Ohr habe.

Julia sehr gewagt mit schwarzen Lederstiefeln und einem schwarzen Kleid, dessen Saum knapp bis zu den Knien reicht und dessen Ärmel die Ellbogen überdecken. Aus jeder ihrer Bewegungen spricht exquisiter Stolz, und sie verströmt eine elegante Kälte.

Die ganze Zeit beobachte ich Massimo, wie er Julia fixiert, und denke: Seiner Hand wird es überlassen sein, solche schönen Beine auseinanderzubringen. Ihre schimmernde Haut. Der Perlmuttglanz. Massimo betrachtet sie, als wäre sie soeben aus dem Paradies herabgestiegen, zu ihnen, den Geschäftsfreunden der Marini Bau AG. Diese Frau, eine einzige Augenweide.

Massimo und Julia wollen dem Sprengstofflieferanten eine neue Welt zeigen, eine Umlaufbahn, die der Sprengstofflieferant aus eigenem Antrieb niemals erreichen kann. Aber warum? Warum, Massimo, tust du dies?, frage ich mich die ganze Zeit.

Applaus. Julia und der Pianist verneigen sich. Das Publikum tobt. Es will eine Zugabe und bekommt sie in Form der sehr traurigen zweiten Cellosonate von Bach.

Anschließend Bankett. Nun ist Julia auch dabei. Ich sehe sie zum ersten Mal aus der Nähe. Ihr Gesicht ist schön, ihre Augen sind groß, aber nicht blau, wie Massimo behauptet hat, sondern blaugrün wie ein Metallstück, das man in eine Gasflamme hält. Ihre Stirn ist so perfekt und gleichmäßig gewölbt, als käme sie direkt aus einer Spritzgussfertigung.

Sie hat diesen freundlichen Ausdruck, der wie eine hauchdünne Maske über allem zu schweben scheint. Darunter erwartet man Dunkles, aber nichts Verrufenes – der Schimmer einer schicksalhaften Vergangenheit. Ihre Lippen sind nicht unerotisch, und wenn sie lacht, lacht sie ein breites, unbefangenes Lachen. Sie genießt es, aus der Ferne betrachtet zu werden, aber es ist ihr unwohl, wenn ihr jemand zu nahe tritt – ihre ganz feinen Härchen am Hals stellen sich dann auf.

Ihre virtuose Schlichtheit hat etwas Bezwingendes, man fühlt sich von dieser Frau eingenommen und gleichzeitig auf Distanz gehalten. Man fühlt sich ernst genommen und trotzdem ein bisschen unernst. Ich glaube nicht, dass es einen Mann gibt, den diese Frau an ihr Innerstes heranlässt.

»Wir haben bewusst etwas ›Allgemeinverständliches‹ ausgesucht – Rachmaninow, Kodály oder Hindemith hätten Massimos Gäste überfordert«, sagt sie, als ich sie auf das Konzert anspreche. »Ich meine das nicht überheblich«, korrigiert sie gleich, »schließlich verstehe ich auch nichts vom Tunnelbau. Es sind einfach zwei Welten. Und ich denke nicht, dass die zusammenpassen.«

»Aber genau das scheint Massimo ja zu wollen«, sage ich. »Und in gewisser Weise hat es doch geklappt: Das Publikum hat applaudiert.«

»Es war ein Applaus aus reiner Begeisterung. Das sind Menschen, die kaum je ein Konzert besuchen, aber dieses Juwel von einem Konzerthaus schon hundertmal von außen bewundert haben. Es ist, als würde man Ihnen ständig Bilder vom Wiener Riesenrad vorführen, und plötzlich sitzen Sie in der Gondel. Da kann es regnen und ächzen wie es will, Sie werden begeistert sein. Glauben Sie mir, nach so vielen Jahren des Musizierens kann ich den Applaus lesen wie eine Schrift.«

»Aber Massimo scheint die Verschmelzung der beiden Welten hinzukriegen. Er hat Sie, und er hat den Tunnelbau.«

Sie lachte. »Wie Sie das sagen … Aber da haben Sie wohl recht.«

»Und Sie lernen etwas über Tunnelbau.«

»Ach wissen Sie, ich kann sehr gut mit meiner Einseitigkeit leben. Mein Inneres, das ist eine Kollektion von Unvollkommenheiten und Abgründen; ein ganzer Kontinent fehlt – der allerdings nicht durch den Tunnelbau zu erreichen ist.«

Sie lachte wieder, aber diesmal bemerkte ich, wie die scheinbar natürliche Freundlichkeit abfiel und eine steinerne Wand hervortrat. Ich sah, aus welchem Grund auch immer, die Klagemauer in Jerusalem vor mir. Doch schon einen Augenblick später war die entspannte Schönheit ihres Gesichts wiederhergestellt. Dass sie so offen und gleichzeitig so verdeckt mit mir sprach, überraschte mich, schließlich kannten wir uns erst seit wenigen Minuten.

Es standen nun ein halbes Dutzend Männer um uns herum, die alle darauf warteten, ihr zu gratulieren oder sie genauer zu inspizieren, so wie ich das ja auch getan hatte. Ich verabschiedete mich.

Gerade als ich mich von ihr entfernen wollte, zupfte sie mich am Ärmel und flüsterte mir ins Ohr: »Ich bin froh, dass Massimo Sie hat. Er schätzt Sie sehr – als Rechtsanwalt und als Mensch.«

»So, das war dein Tag unter Menschen. Hausaufgaben erledigt«, klopfte ich mir auf die Schulter, als ich die Haustür hinter mir zuzog. »Jetzt darfst du wieder ein paar Tage drinnen bleiben.« Ich las noch ein bisschen in meinem Buch, dann stellte ich, wie jeden Abend, den Cocktail an Antidepressiva zusammen, den ich wohl noch eine Weile lang würde schlucken müssen: zwei grüne Efexor, eine Remeron mit Orangengeschmack und zwei rote Kapseln Temesta.

Dass die »Abgründe«, von denen Julia gesprochen hatte,

dereinst Massimos Sohn verschlingen sollten, konnte ich damals natürlich nicht wissen. Massimos Ehe mit Julia machte mir einen stabilen, ja glücklichen Eindruck. Er war in Julia vernarrt, wie man nur in eine Frau vernarrt sein kann. Und umgekehrt vernahm ich nichts als Zuneigung, Herzlichkeit und Respekt.

Was mich betrifft: Niemals hätte ich gedacht, dass Massimos schicksalhaftes Zusammentreffen mit Julia mein Leben vollkommen umpflügen würde. Aber so war es, und darin liegt wohl der Grund, warum ich mich zu dem zweifelhaften Vergnügen habe hinreißen lassen, private Aufzeichnungen, die niemanden etwas angehen, zu veröffentlichen.

Zwei Monate nach Massimos öffentlicher Präsentation seiner neuen jungen, schönen, kultivierten Frau sind wir unterwegs zur Baustelle des Gotthard-Basistunnels. Massimo steuert seinen Porsche Cayenne nicht wie ein typischer Porsche-Cayenne-Fahrer, sondern so, als hätte man sich alle PS dieser Maschine sparen können, die über die Leistung eines Cinquecento hinausgingen.

Massimo trägt einen dunkelblauen enggeschnittenen italienischen Anzug ohne Krawatte, eine Prada-Sonnenbrille, sein Hemd steht am Hals ehrgeizig offen, und darunter leuchtet seine gesunde, südländische, dunkle Haut, die verrät, wie viel Vitalität und Energie in diesem bald fünfzigjährigen Mann stecken.

Aus den Lautsprechern rieselt diesmal nicht Bob Marley, sondern irgendeine Cellosonate, vermutlich eine Aufnahme mit Julia. Ich frage nicht. Ich denke mir, dass diese

Musik ebenso Bestandteil seines grandiosen persönlichen Verjüngungsprojekts ist wie sein Porsche Cayenne, seine neue Sonnenbrille, sein neues Haus am See, seine neuen Freunde in der Prominentenszene und die Trophäe von einer Frau.

Massimo findet, dass sein Rechtsanwalt die Gotthardbaustelle mit eigenen Augen gesehen haben müsse, um die Verträge vernünftig beurteilen zu können. Ich denke, dass ein guter Rechtsanwalt seinen Schreibtisch nie verlassen sollte, es sei denn, zum eigenen Vergnügen. Ein Anwalt braucht ein gewisses Maß an Abstraktion, darum sind seine Stunden im Büro besser investiert als draußen in der detailverseuchten Wirklichkeit.

Der Gotthard-Basistunnel ist der dritte Durchstich dieses Massivs, das aus Europa einen Norden und einen Süden macht.

Der erste Tunnel, zwischen 1870 und 1882 unter unvorstellbaren Qualen und erbarmungslosem Verschleiß von Menschenleben gebaut, gilt mit seiner Zufahrt über sechs Kehrtunnels noch heute als technisches Wunder.

Der zweite Tunnel, 1980 eröffnet und parallel zum ersten angelegt, verbindet das Autobahnnetz im Norden Europas mit dem Italiens. Es ist ein langweiliger, dünner, schlecht durchlüfteter, unspektakulärer Tunnel von siebzehn Kilometer Länge, den die Autofahrer erreichen, nachdem sie die erforderlichen Höhenmeter über eine von Erstfeld nach Göschenen ansteigende Rampe überwunden haben – um sie auf der Tessiner Seite ebenso langwierig wieder zu vernichten.

Der dritte Tunnel, der nun im Bau befindliche Gotthard-Basistunnel, ist etwas komplett anderes. Man hat die Bohrung ganz unten im Tal angesetzt. Ein Zug wird zwischen Zürich und Mailand mit zweihundert Stundenkilometer geradewegs durchbrausen können.

»Mit 57 Kilometer wird er der längste Eisenbahntunnel der Welt sein. Ein Wunderwerk wie die Pyramiden von Giseh«, schwärmt Massimo. Und Massimo baut mit! Seine Firma ist Teil eines internationalen Konsortiums, das den Zuschlag für die zentrale Bauetappe erhalten hat. Im Jahr 2000 ging es los mit den Ausschreibungen, 2001 erhielt er den Zuschlag, und seit 2002 ist er am Löchern.

Dieser mittlere Bauabschnitt, der sogenannte Sedrun-Abschnitt, ist der technisch kniffligste, weil er nur über einen vertikalen Zugangsstollen erreicht werden kann. In der winzigen Berggemeinde Sedrun im obersten Rheintal hat man einen 800 Meter tiefen Schacht getrieben. Vom Endpunkt dieses Schachtes aus fressen sich die Mineure ihren Kameraden entgegen, die von Norden beziehungsweise von Süden her in den Berg eindringen. Weil der Tunnel aus drei großen Bauabschnitten besteht – Amsteg im Norden, Sedrun in der Mitte und Biasca im Süden –, wird es zu zwei großen Durchstichen kommen.

»Es ehrt mich, an einem so gigantischen Projekt beteiligt zu sein«, sagt er, während wir auf der Autobahn den Vierwaldstättersee entlanggleiten. Der Anblick dieses stillen, geheimnisvollen, verwinkelten Sees und die enganliegende Krone dunkel bewaldeter Berghänge erinnert mich an den schrecklichen Ausflug vor zwei Monaten, den Massimo für seine »Geschäftsfreunde« veranstaltet hatte – als ich mich im Salon des Dampfschiffs verkrochen hatte, um zu lesen.

»Es ehrt mich …«

Ich nahm es Massimo nicht ab, dass er tatsächlich so dachte. So redet keiner, der denken kann, sagte ich mir. Es ehrt mich … Dieser neue, glatte, rundum zufriedene Massimo war nicht der, den ich kannte. Er war nicht der rebellische Sohn eines emsigen süditalienischen Fremdarbeiterpaars, den ich aus den verzweifelten Schilderungen ebendieser Eltern zu kennen glaubte.

Und er war nicht der vorurteilslose junge Mann, der ein Baugeschäft nach dem Tod seines Vaters aus Pflicht, Schuldgefühl und vielleicht auch in Ermangelung einer Alternative übernommen hatte und die Entscheidung, Tunnelbauunternehmer statt Philosoph zu sein, nach einem zermürbenden inneren Kampf mit aller Konsequenz verteidigt hatte.

Nein, dieser neue Massimo schien sämtliche inneren Zweifel beseitigt zu haben und war unterwegs zu einer zweiten Lebenshälfte voller Genuss und Widerspruchslosigkeit, in der die Lebensstränge frei von Knoten und Verwirrungen parallel, direkt und glatt in Richtung eines goldenen Lebensabends führten.

Doch irgendetwas ließ mich daran zweifeln. Ich war fast überzeugt, dass er sich eine grandiose Fassade geschaffen hatte, hinter der es brodelte. Aber vielleicht lag ich falsch. Vielleicht hatte er tatsächlich das Unmögliche geschafft: diese heraldische Glückseligkeit als widerspruchsloser, mit sich im Einklang befindlicher Monolith.

Als wir so auf der Autobahn dahinglitten – wir hatten

das Ende des Sees passiert und fuhren nun entlang der Reuss, die, weil es die letzten Tage nur geregnet hatte, uns grünbraungrau und kräftig brodelnd entgegenquoll –, erzählte mir Massimo das eine oder andere von seinem Sohn Raffael, von seiner Begeisterung für Fußball, von seiner kompletten Trikotsammlung italienischer Mannschaften. Er sprach in solch hochfliegenden Worten von einem, wie mir schien, recht durchschnittlichen Burschen – es grenzte an Vergötterung.

Und wie sehr es ihn schmerzte, dass er, nach der Scheidung von Monika, Raffael nur jedes zweite Wochenende zu sehen bekam! Jedes Mal steuerte er die Diskussion zu dem Punkt, ob man da rechtlich nicht doch etwas ausrichten könne. Und jedes Mal musste ich ihn enttäuschen. Einmal alle zwei Wochen, das wurde bei der Scheidung so ausgemacht, schriftlich, und daran gab's nichts zu rütteln. Wir zogen hinauf nach Andermatt und dann über den sattgrün glänzenden Oberalppass nach Sedrun.

Massimo parkte auf dem Kiesparkplatz neben einem abgestellten Raupenlader seiner Firma. Über dem engen Tal türmten sich Kumuluswolken. Ich sah hoch zu den Bergspitzen und beobachtete, wie der Wind Wolkenschleier herumwirbelte und sie in Fetzen riss. So eng und tief war das Tal, es kam mir vor, als wollten die Berge über uns zusammenschlagen.

Wir wurden von dem Bauleiter begrüßt, einem großen, schätzungsweise vierzigjährigen Mann. »Ohne ihn würde hier nichts gehen«, sagte Massimo und klopfte ihm auf die Schulter. Mich stellte er als seinen »Rechtsanwalt und

Freund« vor, was mich irritierte. Ich ließ mir nichts anmerken.

Der Bauleiter rüstete Massimo und mich mit je einem orangenen Schutzanzug, einem sogenannten »Selbstretter« (einer Art Notfilter), Stiefeln, einer Schutzbrille und einem Helm aus. Dann marschierten wir zum Stolleneingang.

Ein Frachtlift riss uns 800 Meter in die Tiefe. Als wir das Scherengitter beiseitestießen, befanden wir uns in einer zwanzig Meter hohen Kaverne, die die beiden parallelen Tunnelschächte miteinander verbindet.

Es herrschte emsiges Treiben. Alles, was in diesen Tunnelabschnitt gelangte – Mineure, Maschinen, Vermessungsgeräte, Sprengstoff, Strom, Ersatzteile –, und alles, was diesen Tunnelabschnitt verließ – Aushubmaterial, Sickerwasser, abgewetzte Kernbohrer und die Mineure am Ende der Schicht –, musste zwingend durch dieses Nadelöhr.

Ein Transportzüglein nahm uns zur Stollenbrust mit. Im Stollen war die Luft heiß und staubig. Neonlampen hingen in Zehnmeterabständen an einem Kabel, das an der frisch ausgebrochenen Tunnelwand festgemacht war. Entlang der Tunneldecke schwebte ein gigantischer Luftwurm, eine kilometerlange, aufgeblähte Kunststoffhülle von einem Meter Durchmesser in der Farbe einer Kalbsbratwurst. Durch diesen Luftwurm strömte Frischluft in den vorderen Bereich des Tunnels.

»Willkommen im Gotthard-Basistunnel.« Massimo kam das Wort »Tunnel« so kompakt über die Lippen wie ein veralteter französischer Mädchenname, und er legte ein Timbre in dieses Wort, als würde man dem Berg etwas schenken, statt ihm etwas zu entnehmen.

»Es gibt zwei Arten von Vortrieb im Tunnelbau.« Er musste laut sprechen, beinahe schreien, damit ich ihn verstand. »Maschinell und konventionell. Maschinell, das sind riesige Tunnelbaumaschinen, die sich drehend durch den Fels fressen. Ihre Bohrköpfe sind mit Industriediamanten bestückt. Sie schrammen den Fels ab. Tunnelbaumaschinen werden dort eingesetzt, wo der Fels eine mittlere Dichte hat. Das Team im Norden kommt uns mit einer Tunnelbaumaschine entgegen. Aber nicht hier. Hier, in diesem Abschnitt, haben wir es mit einem anspruchsvollen Fels zu tun. Manchmal ist er zu hart, manchmal zu weich, und wir treffen auf Quarzadern, Wasserbrüche und zuckerkörnigen Dolomit.«

Ein Traktor mogelte sich an uns vorbei. Ich verstand vor lauter Motorengeräusch kein Wort mehr. Ich beobachtete, wie Massimo von Hand losen Stein von der Tunnelwand wegkratzte und in der Hand zerrieb.

Erst als der Traktor an der Tunnelbrust zum Stillstand gekommen war, verstand ich ihn wieder: »Hier. Sehen Sie sich dieses Material an. Nicht gerade ideal. Darum durchörtern wir in diesem Abschnitt konventionell, das heißt, wir bohren Löcher in den Fels, füllen sie mit Dynamit und sprengen. Bohren, laden, sprengen. So heißt das bei uns. Beim Sprengen muss die Mannschaft 300 Meter zurücktreten. Wegen der Schockwelle. Der Aushub wird über eine Reihe von Förderbändern wegtransportiert, zermalmt, zerkleinert und teilweise wieder für die Tunnelauskleidung verwendet. Mit dem Rest des Aushubmaterials schütten wir Flachwasserzonen im Vorderen Rheintal auf.«

Die Hitze war mörderisch. Schon nach wenigen Minuten war ich komplett durchgeschwitzt. Ich fuhr mit dem Ärmel über die Stirn.

»Die Hitze kommt vom Berg. Je tiefer man bohrt, desto heißer wird es.«

Er zeigte mir noch allerlei: die Wasserpumpen. Die Förderbänder. Die Sprengstoffmischgeräte. Die Quarzadern im Fels. Die Vermessungsgeräte mit ihren roten Laserpunkten. Die Quertunnels zwischen den beiden Hauptstollen. Er sprach von der Herausforderung, Transportzüge in einem Tunnel zu wenden, und von der Lösung durch nichtrechtwinklige Quertunnels. Überhaupt die Herausforderungen der Logistik.

»Gut«, sagte ich zu Massimo, »ich glaub, ich hab's gesehen.«

Die Hitze war zum Schneiden. Es war mir wirklich nicht wohl da unten. Nicht dass ich unter Klaustrophobie leiden würde, aber so ganz ohne Tageslicht und mit dem Wissen, dass man tief in einem Berg drinsteckt, der sich kilometerhoch über einem auftürmt, das war mehr als erdrückend. Ich fragte mich, wie Mineure das Tag für Tag aushalten.

Ich war froh, als wir wieder draußen an der frischen Luft standen. Der schmale blaue Himmelsstreifen zwischen den Bergkämmen glänzte wie eine Verheißung. Von überall drang das Rauschen von Bächen an mein Ohr und erfüllte mich mit dem Wunsch, mich nackt in einen Bergbach zu legen und das glasklare, eiskalte Wasser über die Haut strömen zu lassen.

Im Umkleideraum zerrten wir uns die Stiefel und orangenen Overalls vom Leib und schlüpften wieder in unsere normalen Hosen, Hemden, Sakkos und Schuhe. Das Gesicht wuschen wir mit einem speziellen Reinigungstuch.

Auf der Rückfahrt nach Zürich war Massimo seltsam wortkarg, was mir noch so recht war, und so schaute ich zum Fenster hinaus auf den Vierwaldstättersee, der grün und dunkel zwischen den Hügeln schillerte. Glimmerstückchen im Straßenpflaster funkelten auf, und auf den Hochspannungsleitungen lag die Sonne als gleißender Anstrich.

Julias Cellosonate war zu Ende. Massimo zog die CD heraus und fütterte den Schlitz mit einer Bob-Marley-Scheibe. »*I shot the sheriff; But I didn't shoot no deputy, oh no…*«

Hinter dem Lenkrad machte er tanzende Verrenkungen. Sie erinnerten mich an den Wasserski-Ausflug anderthalb Jahre zuvor. Aber diesmal lag etwas Gespieltes in diesen Verrenkungen, etwas Schweres, Plumpes, Mechanisches. Ich war überzeugt, dass er Julias Sonateneinspielung schon längst gegen Marley ausgetauscht hätte, wenn er ganz allein in diesem Auto gesessen hätte.

Irgendwie wollte er mir zeigen, wie viel Respekt, Bewunderung, ja Hochachtung er dieser Frau entgegenbrachte, als würde die Tatsache, dass er sie liebte und sie geheiratet hatte, nicht genügen. Massimo kam mir vor wie einer, der aus naheliegenden Gründen eine Schönheitskönigin heiratet und später krampfhaft versucht, der Welt und sich selbst ihre anderen Qualitäten zu beweisen.

Plötzlich drehte Massimo das Radio aus, Bob Marley verstummte. »Darf ich Sie etwas Persönliches fragen?« Er saß unruhig hinter dem Steuer. Etwas schien ihn die ganze Zeit zu beschäftigen.

»Was würden Sie denken, wenn ich Ihnen sagte, dass Julia, nun ja …«, er schluckte und fischte nach einem Wort, »… also, dass Julia noch nie in ihrem Leben Geschlechtsverkehr hatte. Was würden Sie dazu sagen?«

»Nun, ich würde mir denken, dass dies für eine vierunddreißigjährige, attraktive Frau sehr unwahrscheinlich ist, aber wenn es tatsächlich so wäre, dass sie noch nie mit jemandem geschlafen hat, würde ich hinzufügen, dass Sie damit das Vergnügen hatten, mit einer Jungfrau zu schlafen, ein Vergnügen, das sich so mancher Mann in anderen Kulturen etwas kosten lässt, Sie verstehen, was ich meine.« Ich versuchte, meine Antwort durch den Tonfall leicht ins Ironische zu ziehen, was aber nicht funktionierte, denn Massimo schien nun unter der Last schwerer Gedanken im Sitz zu versinken.

Mehrere Minuten lang sprach keiner von uns ein Wort, und das Radio, das uns allein aus dieser Beklemmung hätte erlösen können, kam nicht von selbst wieder in Gang. Mir stand es als Beifahrer nicht zu, Bob Marley zum Leben zu erwecken.

Ich war froh, als wir an einem ausgebrannten Auto vorbeifuhren. Es lenkte uns ab von dem unergiebigsten aller Gesprächsthemen. Noch immer stieg Rauch aus dem Wrack, das einmal ein BMW gewesen sein musste. Verletzte sah man nicht mehr. Polizei und Feuerwehr waren hauptsächlich damit beschäftigt, den Verkehrsfluss in Gang zu halten.

Massimo räusperte sich. »Darf ich meine Frage abändern?«

Offenbar hatte das ausgebrannte Gehäuse sein Sinnieren aus dem endlosen Kreisen befreit.

»Was würden Sie denken, wenn ich Ihnen sagte, dass Julia noch nie in ihrem Leben mit einem Mann geschlafen hat. Nicht einmal mit *mir*.«

»Nicht einmal mit Ihnen.«

»Nicht einmal mit mir.«

»Also, wenn es zwischen Ihnen und Julia noch nie zum Sex gekommen wäre.«

»Genau – das ist meine hypothetische Frage.«

Sie hatten sich im Februar 2004 kennengelernt, im Sommer 2005 geheiratet, und nun war Herbst 2005. Anderthalb Jahre. Hypothetische anderthalb Jahre Sexlosigkeit. War dies der »Abgrund«, den Julia während unseres kurzen Schwatzes angedeutet hatte? Der »fehlende Kontinent«?

Ich antwortete mit keinem Wort. Es ging mich nichts an. Keine Ahnung, worauf er hinauswollte. Ich täuschte Übelkeit vor. Er ließ mich auf mein Drängen hin in Arth-Goldau aussteigen, von wo aus ich die Bahn nach Zürich nahm. Wie konnte eine so reife, gesunde, sinnliche Frau sich dem Liebesakt verweigern? Und wie lange konnte ein Mann das aushalten? Wie lange konnte ein Mann wie Massimo das aushalten? Aber vielleicht war das nur ein Witz, und Massimo sprach wirklich nur hypothetisch.

Ich hatte mich getäuscht.

Wenn ich damals geahnt hätte, dass genau darin die Sprengkraft lag, die Massimos Leben in eine Katastrophe verwandeln sollte, hätte ich mich aus der Verstrickung mit ihm gelöst und ihn schnurstracks an eine andere Kanzlei verwiesen. Aber ich hatte keine Ahnung. Das alles habe ich erst nach der Entführung und Ermordung seines Sohnes erfahren.

Es folgten anderthalb Jahre ohne nennenswerte Vorkommnisse. Von Herbst 2005 bis April 2007. Ich verlebte sie in meiner Wohnung in Zürich, allein. Mein Zustand verbesserte sich nicht und verschlechterte sich nicht. Ich konnte selbständig funktionieren, und das war die Hauptsache. Ich las viel, schrieb ein bisschen und war froh, mich – mit Ausnahme von Massimo – nicht mehr um Klienten kümmern zu müssen.

Diesen schleichenden Eintritt in den Ruhestand finanzierte ich durch Reserven, die ich ein Leben lang ohne festes Ziel angehäuft hatte. Ich habe dem Geld gegenüber noch nie eine besondere Erfindungsgabe besessen. Doch nun erhielten die Reserven zum ersten Mal einen Sinn.

Ich dachte oft zurück und staunte, wie ich es all die Jahre geschafft hatte, diese wuchtige Emsigkeit zu erzeugen: über zweitausendfünfhundert Arbeitsstunden im Jahr. Und nun war ich dem allem enthoben. Die Antidepressiva schienen ihren Dienst zu leisten, und die monatlichen Termine beim psychiatrischen Facharzt nahm ich, mal skeptisch, mal weniger skeptisch, in Kauf. Alles lief einigermaßen zufriedenstellend, bis ich am Morgen des 5. April 2007 die Zeitung aufschlug und diesen abgedruckten Brief las:

An die Generaldirektion der Schweizerischen Bundesbahnen: Raffael Marini ist in unserer Gefangenschaft.

Die Freilassung von Raffael ist an folgende öffentliche Verlautbarung der SBB-Direktion gebunden: »Der neue Gotthard-Basistunnel wird für immer für den Transport von radioaktivem Material gesperrt sein.«

Dieser genaue Wortlaut hat in den nächsten sieben Tagen in einem ganzseitigen Inserat in den zehn größten Tageszeitungen Europas zu erscheinen. Wird die Bedingung nicht erfüllt, sehen wir uns gezwungen, Raffael zu töten. Gezeichnet: ›Achse gegen Atom‹ am 4. April 2007.

Ein eiskalter Morgen. Auf dem Balkongeländer hatte sich Frost angesetzt. Der Rasen war weiß. Die Dächer der Stadt wie mit einer Spraydose weißgrau angehaucht. Winzige Kristalle flirrten durch die Luft. Der Himmel war hell, aber nicht blau, er war ein Eisgrottenhimmel, dunkel, mit einem Stich ins Bläuliche. Der letzte Wintereinbruch der Saison, meinten die Meteorologen.

Ich köpfte gerade das Drei-Minuten-Ei, als ich die Meldung erblickte. Zuerst las ich sie wie jede Nachricht – unbeteiligt und in der tiefen Überzeugung, dass das sogenannte Weltgeschehen und ich auf zwei verschiedenen Planeten zu Hause sind.

Den Namen »Raffael Marini« überlas ich zuerst. Ich stockte erst beim Wort »Gotthard-Basistunnel«. Erst beim zweiten und dritten Mal Lesen wurde mir bewusst, was es wirklich bedeutete: Eine Katastrophe war soeben dabei, das Leben meines Klienten zu verwüsten.

Sofort versuchte ich, Massimo anzurufen. Ohne Erfolg. Ich versuchte es auf seinem Handy, im Geschäft, hinterließ Meldung um Meldung. Ich ließ mein Ei geköpft stehen, schlüpfte in einen Anzug, band mir eine Krawatte um und fuhr los.

Massimo und Julia lebten etwa zwanzig Minuten außerhalb der Stadt auf der rechten Seeseite, die Zürcher »Goldküste« nennen – Nachmittagssonne, Geldadel und Seeblick in einem Leistungspaket vereinigt. Das Haus war verschlossen, die Rollläden heruntergelassen, es sah aus, als hätten sie sich verbarrikadiert. Ich läutete, aber niemand öffnete.

Als ich das Garagentor aufzog, war da kein Auto, nur Gerümpel – Autoreifen an der Wand, Skier, zwei Fahrräder, Schneeketten, ein vertrockneter Hirschlederlappen, ein Eimer mit Schwamm. Der Cayenne war weg.

Als ich am Hauptsitz der Firma ankam, warteten ein halbes Dutzend Reporter vor der Tür, dazu Kameramänner von lokalen Fernsehstationen. Ich zwängte mich durch die Leute und klingelte an der Tür. Auch hier: Niemand öffnete.

Ich wusste, dass Massimo keinen Pressesprecher hatte, also übernahm ich kurzerhand das Kommando: »Meine Damen und Herren, mein Name ist Marc Wyss, ich bin Massimo Marinis Anwalt. Herr Marini ist nicht zu sprechen. Wir haben zum jetzigen Zeitpunkt auch nur den Brief der Entführer seines Sohnes, mehr wissen wir nicht. Sobald neue Informationen vorliegen, werden wir Sie informieren. Ich möchte Sie jetzt bitten, das Gelände unverzüglich zu verlassen.« Der knackige Ton saß. Ich rieb mir die Hände. Doch der Moment der Befriedigung dauerte nur einen Augenblick, denn sofort prasselte eine Lawine von Pressefragen auf mich ein.

»Herr Wyss, wann genau wurde Raffael Marini entführt, und unter welchen Umständen?«

»War Herrn Marini jemals bewusst, dass sein Sohn Opfer einer Entführung werden könnte?«

»Können Sie uns Näheres über die ›Achse gegen Atom‹ sagen?«

»Welche nächsten Schritte werden Sie unternehmen?«

»Gab es einen Kontakt zwischen den Entführern und Marini vor der Entführung?«

»Wie stellt sich Herr Marini zur Frage der Transporte von radioaktivem Material durch den Tunnel?«

»Wo steht Herr Marini politisch?«

»Nachforschungen in unserem Archiv haben ergeben, dass Herr Massimo Marini als junger Mann an den Zürcher Opernhauskrawallen von 1980 beteiligt war. Er wurde von der Polizei verhaftet und in ein Untersuchungsgefängnis gesteckt. Gibt es eine Verbindung zwischen der ›Achse gegen Atom‹ und Herrn Marini, die aus jener Zeit stammen könnte?«

»Wie steht Herr Marini heute zum Opernhaus, nachdem er eine Cellistin geheiratet hat?«

Kichern.

Es war ein Fehler, ein monumentaler Fehler, hierherzukommen, und ein noch größerer, mich als Anwalt der Firma darzustellen und – aus welch idiotischem Antrieb auch immer – die Journalisten offiziell anzusprechen. Der Teufel hatte mich geritten, und jetzt stand ich dieser Meute fletschender Rottweiler gegenüber.

Ich beantwortete jede Frage mit »kein Kommentar«, verabschiedete mich hastig, stieg ins Auto und fuhr davon. Im Rückspiegel sah ich, wie mein Wagen fotografiert und gefilmt wurde. Es war klar: Nun würden sie mich nicht mehr in Ruhe lassen.

Massimo war unerreichbar. Ich versuchte es den ganzen Tag. Am Nachmittag gelang es mir wenigstens, seine Sekretärin an den Apparat zu bekommen. Aber auch sie wusste nicht oder wollte nicht wissen, wo er steckte. Abgereist.

Anderntags: Der Wirbel in der Presse war beträchtlich. Die Mitteilung wurde in fast allen Zeitungen und Käseblättern abgedruckt und kommentiert. Der Verkehrsminister bezog öffentlich Stellung und sagte: »Weder der Bundesrat noch die Direktion der Schweizerischen Bundesbahnen lassen sich durch die Entführer unter Druck setzen. Wir fordern die Entführer auf, den Schweizer Bürger Raffael Marini unverzüglich freizulassen. Dass das Opfer ein fünfzehnjähriger Jugendlicher ist, zeigt, mit welch unbeschreiblicher Schamlosigkeit die Entführer vorgehen.«

Am folgenden Tag hatte die Nachricht das Ausland erreicht. Sowohl von deutschen, österreichischen als auch italienischen Medien bekam ich Anrufe auf mein Handy – die ich allesamt unbeantwortet ließ. Nachdem das Foto meines Autos in einigen Zeitungen abgedruckt war (das Nummernschild gut sichtbar), war es offensichtlich ein Leichtes, meine Handynummer herauszufinden.

Aber es gab einen Trend in der Berichterstattung, der mich viel mehr beschäftigte: Die einheimischen Medien hatten begonnen, in Massimos Vergangenheit zu schnüffeln.

Der *Blick* schrieb unter der Schlagzeile »Ex-Randalierer baut Gotthardtunnel«: »*Blick*-Recherchen haben ergeben, dass der Vater des entführten Raffael 1980 beim Opernhauskrawall als Rädelsführer eingebuchtet wurde. Der Krawall hatte Hunderte von Verletzten gefordert und Schäden in Millionenhöhe verursacht. Einer der Anführer war der damals zweiundzwanzigjährige Massimo Marini. Marini ist der Besitzer jener Baufirma, die den mittleren Teilabschnitt des Gotthard-Basistunnels baut.

›Ich finde es eine Zumutung, dass ein ehemaliger Randalierer heute auf Kosten der Steuerzahler an einem Jahrhundertwerk von nationaler Bedeutung baut und sich dabei eine goldene Nase verdient – Entführung hin oder her‹, meint Nationalrat Christoph Bitterli. ›Leute wie die Marinis hätte man gar nicht erst in die Schweiz einreisen lassen dürfen. Das zeigt wieder einmal, wie unvorsichtig die Schweiz mit dem Thema Einwanderung umgeht.‹ Damit spielt Bitterli auf Raffaels Großeltern an, die in den 50er Jahren als Fremdarbeiter in die Schweiz kamen.«

Eine andere Zeitung: »Vom Opernhausrandalierer zum Opernhausliebhaber. Vor zwei Jahren gaben sie sich das Jawort: die berühmte Cellistin Julia Bodmer und der Bauunternehmer Massimo Marini. Wer erinnert sich nicht an die glanzvolle Hochzeit, bei der die ganze Zürcher Prominenz vertreten war. Heute stellt sich heraus, dass Massimo Marini 27 Jahre zuvor den Opernhauskrawall angestiftet hat. Er wurde noch in derselben Nacht verhaftet und hinter Gitter gebracht.

Ein ehemaliger Polizist erinnert sich: ›Sie haben Steine geworfen, Scheiben eingeschlagen und Autos in Brand gesteckt. Es war die Hölle.‹ Tatsächlich handelt es sich um den schwersten Krawall, den die Schweiz in den letzten 50 Jahren erlebt hat. Peinlich? Und wie! Ob Julia von dieser Randalierer-Vergangenheit wusste, als sie ihm vor zwei Jahren den Ring an den Finger steckte? Wir tippen auf Scheidung. Weder Julia Bodmer noch das Opernhaus waren für eine Stellungnahme zu erreichen.«

Und eine ehemalige »Miss Schweiz« gab in einem weiteren Blatt zu bedenken: »Ich finde es falsch, wenn Randalierer am Gotthard bauen. Ich werde von jetzt an immer mit einem mulmigen Gefühl durch den Gotthard fahren.«

8. April 2007: Der Bundesrat tritt zu einer Krisensitzung zusammen. In der anschließenden Pressekonferenz bekräftigt er, dass die Ausschreibungen am Gotthard »nach sachlichen und wirtschaftlichen Maßstäben« (als könnten die beiden Kriterien einander ausschließen) erfolgt seien, räumt aber gleichzeitig ein, man habe eine »gewisse Unvorsichtigkeit« an den Tag gelegt, da man offenbar die Vergangenheit der führenden Unternehmer zu wenig durchleuchtet habe. Dann nochmals die Bekräftigung, dass man sich von den Entführern nicht werde erpressen lassen.

11. April 2007: Eine Woche nach der Entführung erscheint in einer angesehenen Zürcher Tageszeitung ein halbseitiger Hintergrundbericht zu den Entführern und ihren vermeintlichen Zielen: »Anti-AKW-Gruppen operieren in der Regel gewaltfrei. Die zum ersten Mal in Erscheinung getretene ›Achse gegen Atom‹ mit ihrem militanten Ansatz stellt diesbezüglich eine Ausnahme dar. Experten vermu-

ten, dass die Gruppe von Italien aus operiert. Grund für die Vermutung sind zwei Tatsachen.

Erstens wurde der Erpressungsbrief in Rom aufgegeben. Zweitens haben chemische Analysen nachgewiesen, dass das Briefpapier eindeutig aus der italienischen Produktion der Firma Fabriano bei Rom stammt.

Gleichzeitig wird ein weiteres Zentrum in Deutschland vermutet. Zum einen, weil die Täter den Erpressungsbrief auf Deutsch verfasst haben und die Art der Grammatik eindeutig auf muttersprachliche Deutschkenntnisse schließen lässt.

Drittens hat Deutschland Europas längste und intensivste Geschichte der Anti-Atom-Bewegung. Eine Renaissance erlebte die Bewegung Mitte der 1990er Jahre im Widerstand gegen die Rückführung von Brennelementen aus der Wiederaufarbeitungsanlage La Hague ins Zwischenlager Gorleben, die sogenannten Castor-Atommülltransporte. Die Sabotageakte wie Sprengung von Gleisen oder Ankettungsaktionen sind in den letzten Jahren mit fast den gleichen Details auch in Italien zu finden.

Experten gehen davon aus, dass enge Verbindungen zwischen den italienischen und deutschen Atomgegnern bestehen. Seit Jahren üben diese Druck auf die Schweizer Regierung aus, den Gotthard von radioaktiven Transporten frei zu halten. Dies insbesondere, nachdem Italien den Wiedereinstieg in die Atomproduktion erwogen hat. Vor diesem Hintergrund ist es naheliegend, dass sich die Entführer ein Opfer ausgesucht haben, das mit dem Bau des neuen Gotthardtunnels in Verbindung steht: den Sohn des prominenten Besitzers einer Baufirma.

Es spricht viel für die Vermutung, dass auch Splittergruppen der Roten Brigaden an der Entführung beteiligt sind, da sie eine ähnliche Handschrift wie die Entführung Aldo Moros trägt.

Der ehemalige italienische Ministerpräsident wurde 1978 von den Roten Brigaden entführt und nach 55-tägiger Geiselhaft tot im Kofferraum eines Autos aufgefunden, das in der Via Michelangelo Caetani abgestellt worden war, in der Innenstadt von Rom. Man hatte ihn mit acht Schüssen ermordet, nachdem die Forderungen der Terroristen nicht erfüllt worden waren. Papst Paul VI. hatte sich vergeblich als Austausch-Geisel für seinen Freund Aldo Moro angeboten.

Es bleibt zu hoffen, dass uns das gleiche Drama erspart bleibt und die Erpresser den fünfzehnjährigen Raffael Marini bald freilassen.«

Zwei Wochen nach der Entführung, am 18. April 2007, wird Raffael tot aufgefunden – im Kofferraum eines Porsche Cayenne in der Via Michelangelo Caetani in Rom.

Massimo noch immer nicht zu erreichen. Auch Julia nicht. Ihre Konzerte fallen aus. Niemand weiß, wo die beiden stecken. Monika – Massimos Exfrau und Mutter des getöteten Raffael – ebenfalls unerreichbar. Täglich rufen Journalisten an, weil ich offenbar der einzige Mensch bin, den sie kontaktieren können. Ich rufe nie zurück. Es gibt nichts zu sagen. Raffael ist tot, und kein einziger Kommentar kann ihn zum Leben erwecken.

Am selben Tag: Pressecommuniqué des Bundesrates: Er bedauert den »grausamen, unnötigen Tod von Raffael Marini« und macht die Entführer dafür verantwortlich.

Ich frage mich – wen denn sonst?

Diskussion im Fernsehen, ob man den Forderungen der Entführer nicht einfach hätte nachkommen sollen – die Inserate schalten und fertig. Und in zehn Jahren, wenn der Tunnel dem Verkehr übergeben wird, einfach mit dem radioaktiven Müll durchfahren. Niemand werde sich dann noch an die ganzseitigen Versprechen der SBB erinnern. Und selbst wenn sich jemand daran erinnern sollte, würde sich niemand einen Aufschrei erlauben – nicht einmal die ganz links außen. Jedermann hätte verstanden, dass man den Entführern entgegengekommen sei, um ein Menschenleben zu retten.

23. April 2007: Eine sechsseitige Bildstrecke in der *Schweizer Illustrierten* führt Raffael in allen denkbaren Phasen seines kurzen Lebens vor. Im Kindergarten beim Spielen mit Bauklötzen. Erstkommunion. Auf dem Fußballplatz: Raffael meterhoch in der Luft, mit Händen und Beinen rudernd, wie er mit dem Kopf einen Eckball abwehrt. Raffael mit Pokal. Die ganze Mannschaft mit Pokal. Gruppenaufnahme einer Schulklasse, Raffaels Kopf rot eingekreist, während die Mitschüler weggedunkelt oder mit Text überschrieben sind.

Raffael vor einem Bildschirm – Programmierunterricht in der Schule. Das Bild ist gestellt. Er tippt mit dem ausgestreckten Finger auf eine Programmzeile und grinst in die Kamera. Einmal bei einem Klassenausflug nach Paris. Das übliche Foto vom Palais de Chaillot aus: der Eiffelturm als spitzer Hut auf Raffaels Kopf. Wieder Raffael als Fußballer. Offenbar musste man hauptsächlich auf Fotos von Mitschülern und Lehrern zurückgreifen.

24. April 2007: Die Obduktion ergibt, dass Raffael durch fünf Messerstiche ums Leben gekommen ist. Drei in die Brust, einer in den Arm, einer seitlich zwischen der dritt- und viertuntersten Rippe direkt ins Herz. »Spuren eines richtigen Kampfes«, bestätigt ein italienischer Gerichtsmediziner der Presse.

Ein pikantes Detail: Die Leiche war, als sie im Kofferraum des Porsche Cayenne gefunden wurde, schon mindestens eine Woche alt. Es ist nicht einmal auszuschließen, dass Raffael schon tot war, bevor der Erpresserbrief überhaupt abgeschickt wurde. Darum auch schwierig, weitere Hinweise zum genauen Tathergang zu finden.

Außerdem wurden Fingerabdrücke von Massimo Marini an Raffaels Gürtelschnalle gefunden. Wie soll sich das vermeiden lassen, wenn man Vater ist und seinen Sohn regelmäßig sieht? Raffael und sein Vater hatten – so bestätigen alle Zeugen – ein »enges und gutes« Verhältnis.

Noch immer kein Lebenszeichen von Massimo, Julia oder Monika.

In aller Frühe fahre ich zur Baustelle nach Sedrun. Ein graues, kaltes Nieseln, als ich aus dem Auto steige. Das Knirschen von Kies unter meinen Schuhen. Ich höre das Rauschen von Bächen; sie rauschen im Nebel. Überall liegen Reste von verregnetem Schnee. Die Felsen, soweit man sie sehen kann, glänzen schwarz. Es tropft von den Dächern, den Straßenlampen, den abgestellten Baumaschinen. Ich sehe einen Käfer, der wackelig über den zerrinnenden Schnee klettert. Ab und zu das Rasseln eines Zuges, der die Anhöhe zum Oberalppass nimmt.

Im Baubüro – dem geheizten, umgebauten Frachtcontainer, in den zwei Fenster geschnitten sind – frage ich nach Massimo. Ein junger Mann, der Einzige in dem Container, dreht sich nach mir um und zuckt mit den Schultern. Ich frage ihn, ob ich mir einen Kaffee aus der Maschine lassen darf. Wenig später sehe ich den Bauleiter vorbeistapfen. Ich packe ihn am Ärmel: »Haben Sie Massimo Marini gesehen?«

Er scheint sich vage an mich zu erinnern – unser Besuch vor anderthalb Jahren. »Seit vier Wochen nicht mehr.«

»Wissen Sie, wo er steckt? Ich bin sein Anwalt.«

»Wenn ich das wüsste. Ich brauche ihn hier dringend. Entscheidungen stehen an. Die Sache mit seinem Sohn scheint ihn ganz heftig durchgeschüttelt zu haben … Uns ja auch.«

Ich drücke ihm meine Visitenkarte in die Hand und bitte ihn, mich zu kontaktieren, falls er von Massimo hört. Er stapft weiter. Ich schaue ihm nach, bis er hinter einem Lastwagen verschwindet und ich nur noch seine Füße sehe. Dann wird er noch einmal als ganzer Mensch sichtbar, weit hinten beim Stolleneingang, wo ich ihn endgültig verliere.

Ich merke, wie sie wieder in mir aufsteigt, die Schwärze. Kein Schmerz, nicht einmal Traurigkeit. Es ist, als hätte man ein doppeltes Empfinden für alles, und diese Hypersensibilität raubt mir den Schwung. Wunsch, unter eine Decke zu kriechen und in der Fötusposition eine Ewigkeit lang liegen zu bleiben.

Auf der Rückfahrt nach Zürich, unmittelbar nach dem Tunnel bei der Ortschaft Brunnen, wo die Axenstraße in die Autobahn mündet, erinnere ich mich an das Gespräch vor anderthalb Jahren, als Massimo und ich in seinem Cayenne nach der Besichtigung der Baustelle zurückfuhren. Der Himmel damals war hell und blau und leicht, der Vierwaldstättersee lag grün schimmernd vor uns, und zu allen Seiten ragten die Felsen und Spitzen in die Höhe, als wollten sie die Atmosphäre durchstoßen und ins All hineingreifen. Jetzt lag der See im Nebel, und die Welt war in ein fürchterliches, nieselndes Grau getüncht.

Das gibt es ja oft: Man glaubt, eine Sache vergessen zu haben, und plötzlich kommt man an einem Ort vorbei, und man erinnert sich an jedes Wort, das dort gesagt wurde, alles ist wieder da, die Geräusche, die Gerüche, die Geschmäcker, ja sogar die Gefühle. Genau so war es auf dieser Autobahn. Ich hörte Massimo. Ich hörte ihn laut und deutlich: »Was würden Sie denken, wenn ich Ihnen sagte, dass Julia noch nie in ihrem Leben Geschlechtsverkehr hatte. Nicht einmal mit mir.« Und ich antwortete: »Nicht einmal mit Ihnen.« Und er sagte: »Nicht einmal mit mir.« Und ich sagte: »Also, wenn es zwischen Ihnen und Julia noch nie zum Sex gekommen wäre.« Und Massimo antwortete: »Genau – das ist meine hypothetische Frage.«

Diese kleine Unterhaltung, die mich damals so verunsichert hatte, dass ich Massimo bat, mich aussteigen zu lassen, war auf einmal wieder präsent. Keine Ahnung, warum sie mir in den Sinn kam. Weil sie so persönlich war?

Und genau in dem Moment zirpte das Handy. Massimo war dran. Seine Stimme klang unsicher, schwach und gehetzt. Er sagte: »Wyss, ich muss mit Ihnen reden. Kommen Sie zu mir nach Hause, bitte. Ich bin jetzt wieder da.«

»Mein herzliches Beileid, Herr Marini, es tut mir sehr leid …«, hörte ich mich sagen, aber da hatte er schon aufgelegt.

Küsnacht am Zürichsee. Ein Mehrfamilienhaus unterhalb der Bahnlinie und oberhalb der Straße – etwa drei Kilometer von seinem ursprünglichen, herrschaftlichen Anwesen entfernt, in dem Monika heute allein lebt. Lärm von beiden Seiten, der jedoch angesichts des glanzvollen Blicks auf den See verstummt. »M. und J. Marini-Bodmer.«

Ich klingle. Ein kurzes Surren, und die Tür öffnet sich automatisch.

Massimo unrasiert, in Jeans, darüber trägt er ein Pyjamaoberteil. Seine Augen sorgenvoll. Die Tränensäcke sind wieder da, groß und schwer wie getrocknete Feigen. Sein Haar ist zerzaust. Seine Augen klein und ausdruckslos. Ein Pflaster überdeckt unvollständig eine Schnittwunde knapp über dem rechten Auge. Massimo steht in der Tür wie ein Geist.

Er streckt mir die Hand entgegen. Ohne Herzlichkeit. Er stinkt – nicht nach Alkohol, sondern nach Körper, nach Schweiß, nach Schlaf. Es ist der Geruch alter Männer. Der Geruch, den alte Männer verströmen, in denen bereits der Tod wühlt. Die Tragödie hat ihn in wenigen Tagen von einem gesunden, kräftigen Löwen in einen gebrochenen Mann verwandelt, der die Tage zu zählen scheint, bis er aus dem kläglichen Überbleibsel seines Lebens entlassen wird. Er bittet mich herein.

Die Wohnung ist minimalistisch eingerichtet. Alles hell, klar, blank, weiß, leicht. Keine Gardinen. Pulververputz. Kirschparkett. Fenster von Parkett bis Decke. Dreifachverglasung. Viel Halogen. Kaum Bilder. Bücher, aber sogenannt geschmackvoll angeordnet: nicht zu viel an einem Ort – als müssten sie Raum zum Atmen haben.

Das Sofa weißgrau mit kantigen Kissen. Leder. Kein Fernseher. Der Tisch nicht mehr als eine Glasplatte auf vier hochpolierten Stahlbeinen von der glatten Eleganz einer Brancusi-Skulptur. Ein einziger Teppich, damit es nicht so hallt (denke ich). Überhaupt nichts, das von der Aussicht auf den See ablenken könnte. Keine Blumen. Keine Kakteen. Nicht einmal leere Vasen.

Hier also leben Massimo und Julia, in diesem Museum für abstrakte Moderne. Blick hinüber zur Küche im gleichen Stil. Alles blank.

Die Nespresso-Maschine ist das Einzige, was verrät, dass die Küche nicht irgendein Wohnzimmer ist. Vermutlich wurde hier noch nie eine Scheibe Brot abgeschnitten, denke ich, als ich Massimo beobachte, wie er die Kaffeekapsel in die Maschine fallen lässt und auf den Startknopf drückt.

Verstohlen schaue ich mich nach Anzeichen von Julia um. Aber da ist nichts. Kein Mantel, kein Cello, keine Partituren. Nicht einmal ein Frauenparfüm in der Luft.

Wir setzen uns ins Wohnzimmer. Nachmittag über dem See.

Massimo auf einem Lederhocker, die Hände um das angezogene Knie gefaltet. Kann man sich einen größeren Kontrast vorstellen als den zwischen der kühlen Ordnung der Möbel und dem zerzausten Mann?

Eine Weile lang sagt keiner von uns ein Wort.

»Und Julia?«

»Sie ist schwanger.«

»Ich gratuliere.«

»Von Raffael.«

Blick auf den See.

»Ich habe Ihnen schon zu viel erzählt, Wyss.«

Ich sage nichts.

Er trinkt den Espresso in einem Schluck leer.

»Überhaupt wissen Sie zu viel. Und um es kurz zu machen: Ich möchte, dass Sie ab heute nicht mehr mein Anwalt sind. Es fällt mir schwer, Wyss, diesen Schritt zu tun, aber ich muss. Sie wissen zu viel, und ich will, dass Sie alles vergessen, was Sie über mich wissen. Kümmern Sie sich nicht weiter um meine Belange.«

Ich verstehe kein Wort.

»Und hören Sie bitte auf, mit der Presse zu reden.«

Er ist aufgestanden. Ich folge ihm wie unter einem inneren Zwang. Wir stehen vor der Tür. »Schicken Sie mir die Rechnung für die ausstehenden Beträge, und ich begleiche sie sofort. Und nun leben Sie wohl. Danke für alles.« Er stößt die Tür auf. Sein Blick geht an mir vorbei.

Wenige Tage danach der Rückfall. Meine Lebensgeister sind auf den Nullpunkt gesunken, und die Melancholie liegt wie eine Galgenschlinge um den Hals. Ich fühle mich wie ein Kletterer, der mit bloßen Fingerspitzen an einer Felswand hängt, aber keinen einzigen Zug weiterkommt, und allmählich geht die Kraft aus. Unter mir der weite Schacht, dunkel und tief wie ein Rachen.

Massimos abrupte Kündigung hat mir den Boden unter den Füßen weggezogen. Ich verstehe weder das Motiv noch die Art seiner Kündigung. »Sie wissen zu viel.« Sein Ausspruch. Ich weiß gar nichts! Alles sehr rätselhaft.

Tagelang versuche ich zu ergründen, was ich falsch gemacht habe, und komme zu keinem Schluss. Tagelang verkrieche ich mich im Bett und hinterfrage mich bis zu dem Punkt, an dem ich an nichts anderes mehr denken kann. Ich fühle mich krank und zerschlagen.

Nie war mir bewusst, dass dieser Mann einen solchen Stellenwert in meinem Leben eingenommen hat, beziehungsweise ich ihm diesen Stellenwert eingeräumt habe. Massimo war *mehr* als ein Klient, er war in den letzten Jahren so etwas wie *mein Leben*. Und jetzt ist er weg.

Träge schleppe ich mich zum Facharzt, trete aber nicht ein, sondern stehe vor der Tür und betrachte sein Schild: Dr. med. Wilhelm Rampl, Praxis für Psychiatrie und Psychotherapie, Eintritt nur nach Anmeldung. Nach mehreren Anläufen drücke ich die Klinke.

Rampl sieht keinen anderen Ausweg, als mich in eine psychiatrische Heilanstalt einzuweisen. Er schlägt die Privatklinik Meiringen vor.

»Meiringen steht bei Zürcher Managern mit Burnout hoch im Kurs. Meiringen ist weit weg von Zürich. Berner Oberland. Man wird beim Spazierengehen nicht von Arbeitskollegen entdeckt, es sei denn, dass sie ebenfalls dort zur Behandlung sind. Außerdem klingt es ein bisschen wie Urlaub. Wie eine Höhenklinik für Lungenkranke.«

Mir ist das alles zu kompliziert. »Stecken Sie mich in die nächstbeste Klinik, ich schäme mich nicht.«

»Das wäre dann das Burghölzli«, sagt er im Konjunktiv.

Im Burghölzli – der psychiatrischen Klinik der Universität Zürich – bekomme ich noch am selben Tag ein Einzelzimmer zugewiesen mit dem Komfort eines Dreisterne- und der Aussicht eines Fünfsternehotels. Mein Zimmer ist geräumig. Es gibt ein Bett mit Nachttischchen, einen großen runden Tisch mit drei kunstlederbezogenen Stühlen, ein Sofa, eine helle Leselampe, ein Büchergestell mit aller Art von Literatur – von Simmels *Es muss nicht immer Kaviar sein* bis zu harten Klassikern wie den *Buddenbrooks*. Die Fenster sind breit und sehr hoch, und die Zimmerbeleuchtung bewusst hell durch den Einsatz von acht Energiesparlampen.

Frühstück, Mittagessen und Abendessen gibt es im Essraum. Offenbar gehöre ich zu jenen leichteren Fällen, die man noch zwingen kann, ihr Zimmer zu verlassen.

Jeden Morgen Computerspiele, die meinen Hypothalamus aktivieren sollen.

Am Nachmittag Sitzung beim Psychiater – meistens Kleinberg, ein junger Deutscher mit Bürstenhaarschnitt und kreisrunden Brillengläsern, der ein für sein Alter erstaunliches Maß an Ruhe verströmt. Die erste Sitzung noch am Tag der Einlieferung:

»Bitte.«

Er weist mit der Hand auf die beiden Stühle, die offenbar für Patienten bestimmt sind. Ich setze mich auf einen und frage mich, ob damit schon etwas über meine Person ausgesagt ist. Beine übereinanderschlagen oder nicht? Vielleicht bin ich einfach gehemmt.

Kleinberg hat die Beine übereinandergeschlagen. Ich nicht. Mein kleiner Protest? Gehemmt ist übrigens das falsche Wort. Ich mag es nur nicht, wenn man mit mir spielt. Das ist es. Vielleicht darum meine Reserviertheit – die nichts mit Stolz zu tun hat.

Er mustert mich, und ich mustere ihn. Seine Augen sind klein und golden. Er trägt dunkle Jeans, ein weißes Hemd, und über seinen Schultern liegt wärmend ein Pullover, dessen Ärmel er vor seiner Brust geknotet hat. Seine Frisur ist die Ordnung selbst, die Härchen sind allesamt kurz geschnitten und stehen in Reih und Glied. Die kreisrunden Brillengläser erinnern mich an einen russischen Karriere-Revolutionär. Trotzdem ist er mir nicht unsympathisch.

»Ein paar Bemerkungen zum Anfang, dann legen wir los«, sagt er und lehnt sich zurück. »Psychotherapie ist Detektivarbeit. Sie sind der Detektiv. Ich bin bloß Ihr Assistent. Die Arbeit müssen Sie machen. Aber Sie sind nicht nur Detektiv. Sie sind auch der Ankläger, und Sie sind das Opfer. Darum ist Psychotherapie schmerzhaft. Sie müssen durch diesen Schmerz durch, um Ihre Knoten zu finden und zu lösen.« Er hält inne, um dem Gesagten Gewicht zu verleihen.

Ich frage mich: Warum kann er mir nicht einfach Pillen verschreiben, größere und bessere Pillen? Muss ich mich vor diesem jungen Mann nun wirklich ausziehen, Schale um Schale von mir reißen, bis meine Seele nackt auf dem kalten Tischchen vor uns liegt?

»Und noch etwas. Wenn Sie heute oder in den nächsten Sitzungen den Eindruck haben, dass wir nicht zusammenpassen, dass wir nicht harmonieren, dann sagen Sie es. Sagen Sie es frühzeitig. Therapie macht keinen Sinn, wenn es uns nicht gelingt, ein Vertrauensverhältnis aufzubauen. Es gibt genügend andere Ärzte in dieser Klinik. Alles klar?«

Ich berichte von meiner Vergangenheit: Studium der Jurisprudenz an der Universität Zürich. Spezialisierung auf Aktienrecht. Dissertation. Praktikum am Obergericht. Rechtsanwaltsprüfung. Praktikum bei Cravath, Swaine & Moore, New York – zwei Jahre. Rückkehr nach Zürich. Einstieg als Anwalt bei Ladner & Partner, einer bedeutenden Kanzlei in Zürich. Spezialisierung auf Steueroptimierung für mittelgroße und große Firmen.

Beförderung zum Partner mit achtunddreißig Jahren. Beförderung zum Seniorpartner mit fünfundvierzig Jahren. Über zweitausenddreihundert abgerechnete Stunden pro Jahr. Hinzu kommen zweihundert Pro-Bono-Stunden. Generierter Umsatz: rund zwei Millionen Franken pro Jahr.

Mitglied der Schweizerisch-Amerikanischen Handelskammer. Mit achtundvierzig Wahl in den Vorstand der Schweizerisch-Amerikanischen Handelskammer. Mit einundfünfzig Präsident der Schweizerisch-Amerikanischen Handelskammer. Kurzer Besuch im Weißen Haus als Teil einer Delegation von internationalen Handelskammerpräsidenten. Foto mit Präsident Clinton. Jetzt dreiundsechzig.

»Sie haben mir ja gar nichts über Ihr Leben erzählt«, meint Kleinberg lapidar.

»Nichts? Ich habe Ihnen *alles* gesagt. Mehr gibt es nicht.«

»Sie haben mir eine Oberfläche geschildert.«

»Tut mir leid. Wenn man zweitausendfünfhundert Stunden im Jahr arbeitet, dann gibt es keinen Platz für Innereien.«

»Haben Sie jemanden umgebracht?«

Ich muss lachen.

»Drogen?«

»Schön wär's!«

»Andere Schweinereien – Sex mit Minderjährigen? Banküberfälle? Steuerhinterziehung? Los, raus damit, Wyss.«

Wieder mein Lachen – sowohl spontan als auch mit Absicht.

»Vergewaltigung?«

Ich denke: Warum nicht?

»Es fällt alles unters Arztgeheimnis.«

Ich schüttle den Kopf. Ich komme mir gerade ziemlich langweilig vor.

»Frauen?«

»Keine.«

»Sind Sie schwul?«

Wieder muss ich lachen.

»Träumen Sie von Frauen?«

»Selbstverständlich. Aber ich habe mich aus Vernunftgründen gegen die Romantik entschieden.«

»Und früher?«

Ich erzähle von meinen wechselnden Beziehungen. Im Durchschnitt vier Jahre. Dann fielen sie auseinander, »so wie eine Hütte zusammenfällt, wenn man nicht ständig daran herumflickt«.

»Sie wollten nicht, dass sie länger dauerten.«

»Ich will nicht daran arbeiten müssen«, korrigiere ich. »Nach vier Jahren kommt unweigerlich der Punkt, wo Beziehungen in Arbeit umschlagen. Es ist dann, als hätte man zwei Jobs.«

»Kinder?«

»Nicht dass ich wüsste. Es ergab sich nie.«

»Das heißt, Sie wollten Kinder.«

»... Nein.«

»Sie zögern.«

»Vielleicht in einem Fall.«

»Und warum gab es keine?«

»Sie war verheiratet. Und doch – mit keiner anderen Frau hätte ich mir eine Familie vorstellen können.«

»Und die ersten Gefühle von, sagen wir, Traurigkeit, die ersten depressiven Störungen kamen wann?«

»Vor drei Jahren. Ganz plötzlich.«

Ich erzählte ihm von Massimo. Von dem Lunch in der Kronenhalle vor drei Jahren und der anschließenden Spritzfahrt auf dem Zürichsee. Von Julia. Von dem Gotthardtunnel. Von dem Besuch im Stollen. Von der Entführung seines Sohnes. Ich erzählte ihm die Geschichte von Massimos Eltern, Giovanni und Giulietta, diesen italienischen Einwanderern, die die Tunnelbaufirma aufgebaut hatten. Ich redete und redete. Es sprudelte aus mir heraus.

»Es scheint, dass Sie sich ganz schön mit diesem Klienten identifizieren.«

Ich erzählte ihm von Massimos Jugend. Von seiner Studentenzeit. Von seiner Art, anzupacken. Von seiner Konsequenz. Von dem Einhaken, von seiner beneidenswerten Fähigkeit, ins Leben einzusteigen.

Ich antwortete nicht mehr auf seine Fragen, mag sein. Mein Reden hatte sich von mir losgerissen und verselbständigt. Ich erzählte von Raffaels Entführung, von der er gehört haben musste, und von dem letzten Zusammentreffen mit Massimo vor wenigen Tagen.

»Der Auslöser für Ihre gegenwärtige Krise.«

»Ich glaube schon.«

Er musterte mich, als hätte er durch einen engen Tunnel das Entsetzen gesehen, das in mir steckte. Kleinberg guckte auf die Uhr. Dann stand er auf, Blick zum Fenster hinaus.

Plötzlich sagte er: »Als Anwalt haben Sie ja kein Problem mit der Sprache. Ich schlage vor: Schreiben Sie über Massimo. Schreiben Sie seine Geschichte auf. Das ist eine Art der Verarbeitung, oft eine sehr fruchtbare. Schildern Sie Ihre Beziehung zu ihm. Vielleicht finden Sie dann heraus, was Sie ›zu viel‹ wissen. Und ich erfahre mehr über Sie. – Kommen Sie mit!«

Wir nahmen den Aufzug zur obersten Etage der Patientenzimmer. Von dort aus stiegen wir eine kleine Treppe hinauf zum Dachstock. Es gab einen Gang und kleine Türen, vermutlich zu Abstellräumen.

Er stieß eine dieser Türen auf, und wir standen in einem kleinen Zimmer, drei auf drei Meter, mit herrlicher Aussicht auf den See. Man roch das Holz und die Ziegel. Der Holzboden war mit toten Fliegen übersät. Die Aussicht grandios, wie gesagt. Die liebliche Auffaltung der grünen Hügel um den See. Das Wasser glitzernd im Frühlingslicht. Die winzigen Türme und Dächer der Stadt. Alles nicht ohne Idyllik. Ab und zu Glockengeläut.

»Ihr Schreibzimmer.«

Hier oben soll ich schreiben, ungestört von den anderen Patienten. Sogar einen Laserdrucker haben sie mir ins Zimmer gestellt – auf Kosten der Klinik. Kleinberg prüft, ob noch genug Papier drin ist.

»Viel Glück beim Schreiben. Ich bin gespannt. Aber schreiben Sie um Himmels willen keinen Roman.«

Es war der 1. Mai 2007.

An einem frühen Morgen im Februar 1959 überquert Giulietta, im Zug von Mailand kommend, die Schweizer Grenze. Sie hat dabei: einen Koffer für ihre Kleider, einen Rucksack, gefüllt mit Verpflegung und dem Nötigsten für die Reise. Und – einen zweiten Koffer. In diesem zweiten Koffer, in den sie mit einem Laubsägeblatt fingerdicke Luftlöcher geschnitten hat, liegt ihr viermonatiger Winzling Massimo. Er ist auf flauschige Windeln gebettet.

Der Spezialzug Richtung Schweiz ist wie immer mit Gastarbeitern überfüllt. Giulietta zuckt beim kleinsten Geräusch zusammen. Zwar hat sie sich in ein Abteil gesetzt, in dem ausschließlich Frauen sitzen, in der Hoffnung, die anderen würden sie, falls der Kleine zu schreien beginne, nicht gleich verraten.

Doch einer der Schweizer Grenzwächter, der diese Spezialzüge begleitet, ein junger Mann in tadellos gebügelter Uniform, mit Schnurrbart und einem auffallenden Adamsapfel, scheint von einigen der Damen im Abteil angetan zu sein und kann nicht umhin, alle fünf Minuten hineinzuschauen.

Mindestens ein Dutzend Mal während dieser Fahrt kippt Giulietta den Koffer vom Gepäckträger herunter, schleppt ihn zur Toilette, stillt Massimo oder wiegt ihn einfach nur in ihren Armen. Dann bettet sie den Säugling wieder in den Koffer, zieht die Schnallenschlösser zu, trägt den Koffer ins

Abteil zurück und hievt ihn, sorgsam, vorsichtig, als wäre er mit rohen Eiern gefüllt, auf den Gepäckträger.

Um 7 Uhr 5, zehn Minuten bevor der Zug die Schweizer Grenze überquert, packt sie den Koffer und schlendert unauffällig Richtung Ausgang.

Den Punkt X hatte Giovanni ihr ganz genau beschrieben: »Du stehst an der Tür in Fahrtrichtung links. Como ist der letzte Bahnhof auf der italienischen Seite. Nach Como verschwindet der Zug in einem kleinen Tunnel. Dort verläuft die Grenze Italien–Schweiz. Direkt nachdem der Zug wieder aus dem Loch kommt, siehst du links eine steile Wiese, vielleicht sogar verschneit, und einen Bauernhof am oberen Waldrand. Unten siehst du die Kantonsstraße. Du öffnest die Tür. Nach etwa fünfhundert Metern – etwa einer halben Minute, du zählst auf dreißig – verschwindet die Straße unter dem Gleis, und der Zug befindet sich auf einer Art Damm. Dort lässt du den Koffer fallen, und dort werde ich stehen und ihn auffangen. Wenn du diese Stelle verpasst, gibt es keine Möglichkeit mehr bis nach Chiasso, dann hat es nur noch Gleise, und dann wäre sowieso alles verloren.«

Es ist 7 Uhr 10. Giulietta steht da und starrt durch das Fenster in die Schwärze des Tunnels – die in regelmäßigen Abständen von aufblitzenden Signallampen unterbrochen wird.

Sie betrachtet ihr Spiegelbild in der Scheibe und denkt: Hundertmal habe ich die Szene im Kopf durchgespielt, und doch wird alles anders aussehen, wenn ich aus dem Tunnel komme.

Plötzlich löst sich die Nacht auf, Tageslicht bricht durch die Fenster. Vor ihr öffnet sich das Tal. Sie sieht die steile Wiese, den Waldrand, den Bauernhof am Waldrand, alles weiß, alles im Schnee, alles genau so wie beschrieben, dann die Kantonsstraße, Tür aufstoßen, die eisige Luft, auf dreißig zählen, einundzwanzig, zweiundzwanzig, die eisige Luft hat Massimo aufgeweckt, mörderisches Geschrei aus dem Koffer, die Straße verschwindet in einem großen Bogen unter dem Gleis, jetzt der Damm, wo ist Giovanni? Wo zum Teufel ist Giovanni?

Da vorne ist er! Giulietta klammert sich mit der linken Hand am Türrahmen fest, lehnt sich mit dem Koffer aus dem Zug, so weit sie kann. Giovanni, er winkt und rennt mit dem Zug mit und ruft: »Komm schon! Jetzt!«

Giuliettas rechte Hand öffnet sich. Der lederne, leicht abgewetzte, schon ziemlich spröde und dennoch weiche Koffergriff gleitet aus ihren schlaffen Fingern nach unten, löst sich von der letzten Berührung mit den Fingerspitzen ab, so wie sich ein Wassertropfen löst, zögernd und unter einer geheimnisvollen Qual. Einen Moment lang schweben Hand und Koffer nebeneinander in der eisigen Luft, und es scheint möglich, den Griff einfach wieder zu packen, alles ist vollkommen still, und nichts existiert im Universum als dieser lederne Griff und diese Hand, die immer weniger voneinander wissen wollen. Der Koffer schwebt langsam Richtung Erde.

So kam Massimo Marini in die Schweiz. Als vier Monate alter Winzling. Als Geheimnis. Als Flüchtling. Als eine Art Schmuggelware.

Giovanni gelang es natürlich nicht, den Koffer aufzufangen. Der plumpste in den Schnee und blieb dort stecken, bis er ihn hastig herauszog und öffnete.

Massimo hatte überlebt, er schrie, wie es zu erwarten gewesen war. Giovanni öffnete den Mantel, drückte sein Söhnchen an die Brust, küsste ihn ein paar Mal auf seinen winzigen warmen Schädel, roch an seinem dunklen Haarflaum und schloss den Mantel über ihm.

Dann packte er den leeren Koffer und rannte davon. Er stapfte über ein Feld hinauf zum Waldrand, dann quer durch das nicht verschneite Gehölz, um von seiner Schneespur wegzukommen. Erschöpft lehnte er sich an einen Baumstamm. Massimo hatte zu schreien aufgehört.

Einen halben Tag lang zog Giovanni mit ihm durch den Wald. Gegen Mittag legte er den Säugling behutsam in den Koffer zurück, marschierte damit wie ein Handelsreisender hinunter zur Kantonsstraße und näherte sich in einem großen Bogen dem Bahnhof. Dort präsentierte er seinen schweizerischen Fremdarbeiterausweis, der in Ordnung war, löste eine Fahrkarte und stieg in den Schnellzug Richtung Luzern ein.

Giovanni hatte Glück: ein leeres Abteil. Er setzte sich ans Fenster, den Koffer mit den Luftlöchern auf seinen Oberschenkeln, und beobachtete, wie sich die Berge draußen immer höher und grimmiger reckten. Massimo verhielt sich vorbildlich und schlief. Nur einmal, es war mitten im Gotthardtunnel, wimmerte er ein bisschen. Giovanni öffnete den Koffer, küsste das warme Köpfchen, strich mit der Nasenspitze über die Wangen. Dann war der Kleine wieder eingeschlafen.

Giovannis Vater – Massimos Großvater – war Fischer gewesen. Soweit er wusste, waren die meisten seiner Vorfahren Fischer gewesen. Ganz im Süden Italiens, in Otranto, in der Provinz Lecce. Die Sommer in Otranto sind heiß und die Winter angenehm mild.

»Otranto ist kein Dorf, sondern eine *Stadt.*« Darauf hatte Giovannis Vater immer beharrt. »Es ist eine *Stadt*, weil sie eine Stadtmauer hat!« Er war stolz, Fischer einer Stadt zu sein, aus einem echten Hafen zu fahren und in einen echten Hafen zurückzukehren und seinen Fang auf einem echten Stadtmarkt feilzubieten.

Das Boot war auf den Namen *Lucia* getauft. Eine Nussschale, gerade groß genug für zwei Fischer und ein paar Netze. Es war weiß gestrichen, und sein Rand sowie das Innere – die zwei Bänke, die Querverstrebungen, die Ruderösen und der ganze Bauch bis in den Kiel hinab – mussten dunkelblau sein. Das war Tradition.

Er hatte die *Lucia* von seinem Vater geerbt, und dieser hatte sie bei einem Schiffsbauer in Brindisi in Auftrag gegeben. Jeden Monat musste sie neu gestrichen werden, weniger weil die Farbe abgeblättert war und das Salzwasser das Holz angegriffen hatte, als weil er es so wollte: Er wollte das schönste und vornehmste Boot im ganzen Hafen haben. Und er hatte das gepflegteste Fischerboot. Auf dem Bug war ein handgroßes, blaubemaltes Holzkreuz montiert, wie man es von den griechischen Fischerbooten kennt. Es war beim Einziehen der Netze oft im Weg. Die *Lucia* war die Einzige mit einem solchen Kreuz.

Es gab damals, vor dem Krieg, mit Ausnahme der wenigen Engländer, die sich für griechische und altrömische Ruinen interessierten, noch keinen nennenswerten Tourismus in Otranto. Es gab nur die Fischerei, ein paar Gaststuben, eine Handvoll Läden und den kleinen Bahnhof, der heute nicht mehr existiert. Und es gab die Zollbüros für die Frachtschiffe, die aus Albanien einliefen.

Die Fische wurden bis nach Lecce verkauft, besonders die selteneren Fänge wie Pulpo, Thunfisch oder Branzino.

Dann kam der Krieg. Massimos Großvater wurde eingezogen und kämpfte zuerst in der ›Kolonie Albanien‹ gegen die Griechen. Am Ende des Krieges kämpfte er in der Schlacht um Monte Cassino gegen die Amerikaner, bis sie 1944 die ganze Klosteranlage in die Luft sprengten. Da kam kein Einziger lebend heraus.

Das Letzte, was Massimos Großmutter von ihrem Mann erhielt, war eine Postkarte mit dem Kloster drauf, eine Woche bevor er umkam. Es war eine ganz kleine schwarzweiße Postkarte mit einem geriffelten Rand, die bis zu ihrem Tod eingerahmt im Wohnzimmer über dem Radioapparat hing.

Giovanni war neun, als sein Vater umkam. Das war das Ende seiner Schulzeit. Natürlich war die Schule obligatorisch, aber er ging einfach nicht mehr hin. Niemand schien das zu kümmern. Die deutschen Verbände hatten sich bis zur Gotenlinie im Apennin zurückgezogen, und die Amerikaner waren damit beschäftigt, die Wehrmacht im Norden Italiens zu isolieren. Für die Aufrechterhaltung einer Schulordnung interessierte sich keine Seele.

Giovanni musste zu Hause mit anpacken – da waren

Mutter, seine kleinen Schwestern, die Großeltern und eine Menge Onkel und Tanten. Also nahm er die *Lucia* und fuhr hinaus. Ohne Lizenz, aber es war das Ende des Krieges, und niemand wollte mehr Bewilligungen sehen. Alle Regeln waren außer Kraft gesetzt.

Netze auslegen, Netze einholen, Netze flicken. Fische ausnehmen. Giovanni entschuppte sie mit einem Blechkratzer. Er schnitt sie an der Unterseite von Schwanz bis Kopf der Länge nach auf und trennte ihnen die Gedärme heraus. Er tauschte sie gegen Mehl, Zucker, Brot.

Und dann, Ende Januar 1957, Giovanni war zweiundzwanzig, tauchte plötzlich diese Dame aus der Schweiz auf. Sie war eine recht kleine, schlanke Frau mit dünnem hellem Haar und einer Lesebrille auf der Nase. Sie sah sehr studiert aus. Ihr Alter war schwer zu schätzen; und sie trug Hosen.

Noch nie hatte Giovanni eine Frau in Hosen gesehen. Alle nannten sie *la Psicologa* – die Psychologin. Sie logierte im Hotel Mare, gegenüber der Kathedrale. In den ersten Tagen wurde sie oft im Pfarrhaus gesehen.

Alles war sehr rätselhaft, doch am folgenden Sonntag während der Predigt lüftete der Pfarrer das Geheimnis. Er sagte: »*Credenti, figli di Dio, in nome della Vergine Maria siamo qui riuniti.* Kinder Gottes, ich darf euch vorstellen, Signora Ingrid Meier aus Emmenbrücke, *Svizzera.* Sie ist hier, um die besten und fähigsten jungen Männer und Frauen Otrantos zu rekrutieren für eine Stahlfabrik in der Schweiz. Der Lohn ist gut, für unsere lokalen Verhältnisse sehr gut. Zusammen mit Signora Meier habe ich bereits eine Liste der tauglichsten Kandidaten zusammengestellt. Darf ich die folgenden Damen und Herren bitten, sich am Montag um 10 Uhr im Pfarrhaus zu einem psychologischen Test einzufinden.«

Und dann verlas er eine Liste von etwa dreißig Namen. Giovannis Name war darunter. »Wenn Sie gut abschneiden, können Sie damit rechnen, eingestellt zu werden und schon übernächste Woche im Stahlwerk in Emmenbrücke zu arbeiten. Für Fragen stehen Signora Meier und ich nach dem Gottesdienst zur Verfügung.«

Dann las er die Messe.

Zwei Wochen später saß Giovanni im Zug nach Emmenbrücke. Es war ein strahlender Februarmorgen. Seine Mutter hatte ihn zum Bahnhof begleitet und dabei die ganze Zeit geheult. Und auch seine zwei Schwestern kamen mit, um ihn zu verabschieden. Vor lauter Abschiedsküssen hätte er fast den Zug verpasst.

Sie waren zwanzig Männer und acht Frauen und teilten sich drei Schlafabteile à sechs Betten – zwei Abteile für die Männer und ein Abteil für die Frauen. Die restliche Zeit hockten sie auf ihren Koffern im Gang und rauchten.

Jeder hatte seine eigenen Vorstellungen von diesem bizarren Land im Norden mit den Schneebergen. Und manch einer fragte sich, ob es denn in diesen engen Tälern überhaupt genug Platz für eine richtige Stahlfabrik gab.

Sie rätselten, wer wo eingeteilt würde: Du mit deinem roten Gesicht kommst sicher an den Hochofen. Oder: Maria, du mit deinen feinen Händen wirst Reißnägel verpacken.

Giovanni war sehr glücklich. Es war seine erste Reise durch Italien.

In Rom mussten sie umsteigen. Sie hatten Zeit, und einer sagte: Komm, lass uns zum Vatikan gehen, und sie gingen hin, ließen sich im Strom der Besucher durch den Petersdom treiben, drehten eine Runde um den Petersplatz, schlenderten durch Devotionalienläden und kauften Postkarten mit dem Heiligen Vater. Kurz vor Mitternacht ging es weiter nach Mailand.

Niemand von ihnen machte ein Auge zu. Mailand erreichten sie im Morgengrauen. Es war kalt. Überall standen Tafeln – *Treno speciale per la Svizzera* –, und auch der Lautsprecher kündigte den Spezialzug auf Gleis 8 an. Hunderte von Männern und Frauen, mit Koffern und Rucksäcken beladen, strömten auf Gleis 8 zusammen. Es stellte sich heraus, dass sie alle das gleiche Ziel hatten: die Schweiz.

Sie kamen aus den verschiedensten Regionen Italiens. Sie trugen, wie Giovanni, ihre beste Kleidung – die Männer Anzug, einige einen teuren Doppelreiher, die jungen Frauen formbetonte Mäntel und darunter entweder ein gutes Ausgehkleid oder einen Rock. Je nach Region trugen die Frauen auch Hüte.

Man trat von einem Fuß auf den anderen, rieb sich die Hände, trank Kaffee und rauchte (Giovanni seine Winston).

Als der Zug endlich einfuhr, sahen sie, dass es kein italienischer, sondern ein schweizerischer war. SBB CFF FFS stand in inhaltslosen Lettern darauf, und die Wagen waren angeschrieben mit *Cantone di Zurigo, Cantone di Lucerna, Cantone di Basilea*. Man hatte ihnen gesagt, dass diejenigen aus Otranto in den Wagen einsteigen sollten, der mit *Cantone di Lucerna* markiert war. Und das taten sie.

Giovanni war froh, dass sie zusammenblieben. Die Wagen waren sauber, aber hoffnungslos überfüllt. Er setzte sich im Gang auf seinen Koffer, legte den Kopf an die rüttelnde Scheibe und dämmerte weg.

Als er erwachte, war alles um ihn herum in emsiger Bewegung. Der Zug stand still, und man hieß sie aussteigen – samt Gepäck und Mänteln. Schlaftrunken packte er seinen Koffer und folgte den anderen hinaus auf den Bahnsteig. Dort lag Schnee. Er hatte noch nie in seinem Leben Schnee gesehen, und nun stand er knöcheltief in diesem eisigen Pulver.

Es kam ihm alles so unwirklich vor. Der Himmel war grau, und ringsherum schoben sich bedrohlich die Hügel zusammen, deren Scheitel sich in den Wolken verloren. Bei jedem Schritt mogelte sich der Schnee in seine Halbschuhe, und es fühlte sich an, als schlössen sich eiserne Fesseln um seine Füße.

Er schaute sich um und sah eine riesige Menschenmasse, Leute wie er, die über die schneebedeckten Gleise Richtung Bahnhofsgebäude stapften, wo ein Dutzend uniformierte Beamte – Militär oder Polizei, Giovanni hatte keine Ahnung, er sah nur ihre Pistolenhalter am Gürtel – warteten, um sie in Empfang zu nehmen. Sie standen breitbeinig da, hatten die Hände gelangweilt auf dem Rücken verschränkt und befahlen, dass sich die Ankömmlinge nach Kantonen versammelten. Ihr Italienisch war schlecht, aber ihre Befehle waren einfach und unmissverständlich.

»Wo sind wir?«, fragte Giovanni einen, der zufällig neben ihm über die Gleise ging.

»In der Schweiz«, antwortete er und deutete auf das blauweiße Bahnhofsschild, auf dem CHIASSO geschrieben stand.

Schwer zu sagen, wie viele sie waren; eine ganze Zugladung voller Menschen jedenfalls, und trotz des Geschiebes, des Tumults und der Aufregung war es seltsam still. Der Schnee dämpfte alle Geräusche auf angenehme Weise.

Unter dem Schild mit der Aufschrift *Cantone di Lucerna* standen etwa zweihundert Personen. Soweit Giovanni erkennen konnte, waren Schilder für sechs oder sieben Kantone aufgestellt, deren Namen er teilweise noch nie gehört hatte.

Einer zündete aus Langeweile eine Zigarette an. Sofort brüllte ein Beamter: *»Non si fuma!«*, und dann noch einmal und noch lauter: *»A tutti! Strettamente vietato di fumare!«* Der verdatterte junge Mann ließ die Zigarette augenblicklich in den Schnee fallen, doch der Beamte befahl ihm, sie aufzuheben und in die eigene Tasche zu stecken, in diesem Land herrsche Sauberkeit.

Dann mussten sie alle ihr Gepäck aufnehmen und sich alphabetisch sortiert aufstellen – Andreoli beim Fuß der Kantonstafel, Zanussi zuhinterst –, daraufhin durften sie das Gepäck wieder auf den Boden stellen.

Nach fünf Minuten kam ein Beamter vorbei und sammelte die Pässe der Reihe nach ein.

Zehn Minuten später erschien eine Frau in einem weißen Kittel. Sie hatte ihre Hände tief in den Taschen vergraben und die Ellbogen eng an den Körper gepresst. Sie schlotterte und redete sehr schnell. Sie sagte, sie sei Ärztin. Ihr Italienisch war ziemlich gut, und Giovanni war erleichtert, zu wissen, dass es in diesem Land wenigstens *eine* Person gab, die Italienisch sprach. Sie war es, an die er sich wenden würde, falls ihm hier etwas Schreckliches widerfahren sollte, und sie würde ihm helfen, dachte er.

Sie erklärte, dass man nun einzeln in den Untersuchungsraum zu gehen habe. Dort würde man geröntgt und auf Herz und Nieren geprüft. Man würde ihnen auch ein paar Fragen stellen, und sie seien verpflichtet, diese Fragen ehrlich zu beantworten. Falls jemand den Gesundheitstest nicht bestehe oder falsche Angaben mache, würde er unverzüglich nach Italien zurückgeschickt. Dann winkte sie mit dem Finger, und der alphabetisch Erste – Andreoli – folgte ihren schnellen Schritten in den Untersuchungsraum.

Nach einer halben Stunde war Giovanni an der Reihe. Im Raum waren drei Leute in weißen Kitteln. Alles machte einen sehr sauberen Eindruck.

Er musste sich bis auf die Unterhosen ausziehen. Dann vermaß man ihn nach Größe und Gewicht, nahm ihm Blut ab, horchte die Lungen und das Herz mit einem Stethoskop ab, klopfte auf die Sehne unterhalb der Kniescheiben. Es gab einen Sehtest auf Schärfe und Farbenblindheit. Anschließend schickte man ihn in einen Raum, wo er den Oberkörper an eine Metallfläche drücken musste. Der Arzt verließ die Kabine, es surrte, dann kam er wieder.

»Was war das?«, fragte Giovanni.

»Röntgen.«

»Das hat ja gar nicht weh getan.«

Der Arzt verstand es nicht oder als Witz, aber es war wirklich Giovannis erstes Mal. Anschließend stellten sie ihm eine Reihe von Fragen – vom Gesundheitszustand seiner Eltern (die er als lebend und kerngesund darstellte) über seine Ess- und Trinkgewohnheiten (er trat als strikter Abstinenzler auf), bis hin zu psychologischen Fragen wie: Welches Tier entspricht Ihnen am meisten: das Pferd, der Hund, der Vogel oder die Katze? Das war's. Er durfte seine Kleider wieder anziehen.

Wieder mussten sie sich draußen der Reihe nach aufstellen. Giovanni war zum Umfallen müde. Und nervös. Alle waren sie nervös. Rauchen war verboten. Man trat von einem Fuß auf den anderen.

»Was hast du bei der Tierfrage geantwortet?«, fragte ihn sein Nachbar.

»Pferd«, sagte Giovanni, »ein Pferd ist stark und fleißig.«

»Ich Hund, ein Hund ist treu und schlauer als ein Pferd. Ich glaube, Hund ist die richtige Antwort.«

»Wir werden ja sehen«, antwortete Giovanni.

Am liebsten hätte er sich irgendwo hingelegt, aber sie mussten stehen und warten, bis alle zurück waren.

Dann kam die Ärztin wieder, rief ein paar Namen auf. Sein Name war nicht dabei. Die Aufgerufenen wurden gebeten, ihre Koffer zu packen und sich auf Gleis 5 zu versammeln, wo ein Zug mit nur zwei Waggons und einer Lok

Richtung Italien stand. Die anderen, zu denen auch Giovanni gehörte, bekamen ihre Pässe ausgehändigt.

Als Nächstes kamen zwei Zöllner. Man musste die Koffer sichtbar geöffnet halten, damit sie hineinschauen konnten. Giovanni hatte nichts außer Kleidern, seinem Rasierzeug und einigen Fotografien dabei und durfte den Koffer wieder schließen. Es hatte gerade zu schneien begonnen, und einige Flocken waren in die Wäsche gerieselt. Die Zöllner schritten von Koffer zu Koffer und nahmen es sehr genau.

»Was ist denn das?«, hörte er sie auf einmal übertrieben laut und befriedigt sagen. Sie hielten die Flaschen für jedermann sichtbar in die Höhe. »Grappa!«

Der junge Mann, dem die Flaschen gehörten, war ziemlich verdattert.

»*Eine* Flasche, *solamente una bottiglia, una*«, schnauzte ihm einer der Zöllner ins Gesicht, alles andere sei illegal.

Der junge Mann machte eine Geste, als wollte er die restlichen Flaschen verschenken: *Per lei.*

Nein, sie seien nicht bestechlich, lachten die Zöllner und forderten den Mann auf, seinen Koffer zu nehmen und sich jenen, die auf Gleis 5 warteten, anzuschließen.

Dann gab es für jeden eine halbe Cervelat, ein Stück Brot und wässrigen Kaffee in wachsbeschichteten Pappbechern. Giovanni hätte den scheußlichen Kaffee am liebsten weggeschüttet, aber er fühlte sich beobachtet, und so zwang er sich, ihn zu trinken.

Der Februarwind trieb ihm die Tränen in die Augen. Seine Hände steckten geballt in den Manteltaschen. Den Kopf eingezogen, schlug er einen Fuß gegen den anderen.

Das Aneinanderreiben der Handflächen nützte nichts mehr, ebenso wenig wie das Anspannen und Lösen der Muskulatur.

Endlich durften sie wieder in ihre Waggons zurück. Die Heizung war aufgedreht, es roch nach elektrisch erhitzter Luft, an den Scheiben blühten Eisblumen. Diesmal hatte Giovanni einen Sitzplatz ergattert. Er schlief auf der Stelle ein. Manchmal wachte er kurz auf, um sogleich wieder zu versinken.

Als sie in Luzern einfuhren – sein Nachbar hatte Giovannis Oberarm gepackt und ihn freudig wachgerüttelt –, war es ihnen nicht erlaubt, auszusteigen. Die Waggontüren blieben verschlossen, ihr Wagen wurde abgekoppelt und auf ein Abstellgleis gerollt.

Durch die Fenster sah er die kleine, prächtige, grüne Kuppel des Bahnhofs, die Stahlbögen der Bahnhofshalle, er sah stattliche Häuser zu beiden Seiten und zwei Türme in der Ferne, die, wie er später lernte, zur Luzerner Hofkirche gehörten. Sie blieben eine Stunde lang stehen. Der Strom wurde abgestellt, und es wurde kalt.

Wieder versuchte man, sich durch Händereiben und Kniebeugen warm zu halten – bis eine kleine Rangierlok andockte und sie die restlichen sieben Kilometer nach Emmenbrücke zog. Sie zog den Wagen langsam einen Fluss entlang, an dessen Ufer Eisschollen klebten. Ab und zu sah man eine Ente, offenbar zufrieden in dem eiskalten Wasser.

Bald tauchte das bescheidene Bahnhofsgebäude von Emmenbrücke auf, aber der Zug hielt nicht an, sondern stampfte vorbei, zweigte von dem Hauptschienenstrang links ab. Sie fuhren über eine abgesperrte Hauptstraße direkt in ein düsteres Industriequartier. Links und rechts schossen Backsteingebäude, Werkshallen und Kamine in den Himmel. Wie aufragende Tiergestalten drang schwerer Qualm aus Hochöfen und Walzwerken.

Giovanni sah Schienen, die sich gabelten und nochmals gabelten und von den Gebäuden und Hallen verschluckt wurden. Er sah eine Wägestation – einen Arm aus Eisen vor einem geparkten Güterwagen, wo ein Mann ein schweres Gewicht hin- und herschob, bis der Arm in der Horizontalen stehenblieb. Er sah Berge aus Alteisen, Reste von rosthaltigem Schnee. Über der ganzen Anlage schwebte ein giftiger Geruch. Die Sonne stand knapp über dem Horizont; sie war groß und tauchte alles in ein gefährliches Licht.

Sie mussten aussteigen.

»Willkommen in Emmenbrücke«, sagte eine Stimme, und jetzt erkannte er sie wieder: *la Psicologa* – die Psychologin.

Giovanni war erleichtert, ein vertrautes Gesicht zu sehen. In ihm entzündete sich kurz die Hoffnung, dass auch der Pfarrer von Otranto hier sei, aber der war nirgends auszumachen – nur die *Signora psicologa* und eine Handvoll Männer in Ledermänteln.

Einer kam mit einem Notizblock unter dem Arm anmarschiert und begann, Namen um Namen herunterzulesen. Als er »Giovanni Marini« rief, bestätigte Giovanni mit einem lauten deutschen »Hier!« – seinem ersten deutschen Wort. Er hatte die wichtigsten hundert deutschen Wörter auf der Zugfahrt zwischen Otranto und Rom gebüffelt, und »hier« war eines dieser Wörter. Giovanni war der Einzige, der nicht »*qui!*« sagte.

Man teilte sie in zwei Gruppen auf: *Von Moos Stahl* und *Société de la Viscose Suisse*. Giovanni hatte, wie alle aus Otranto, einen Arbeitsvertrag mit der *Von Moos Stahl AG* in der Tasche. Aber offenbar gab es noch eine andere Firma hier, die Arbeiter aus Italien bestellt hatte. Der ganze Wagen, der seit Milano mit *Cantone di Lucerna* angeschrieben war, entlud sich in diesem Emmenbrücke. Es muss die größte Stadt weit und breit sein, dachte er.

Sie waren etwa siebzig Männer und zwanzig Frauen in der *Von-Moos-Stahl*-Gruppe, die nun der *Psicologa* über Straßen, Schienenstränge und Kieswege zu einer Barackensiedlung folgten.

Die Baracken waren lang und dünn wie Zigarren. Das Holz, aus denen sie gezimmert waren, war mit Pech beschichtet, glänzte schwarz und stank. Die *Psicologa* bat alle, die Koffer abzustellen und zuzuhören.

»*Signori, benvenuti a Emmenbrücke.* Wir haben Sie ausgewählt, weil Sie zu den besten Arbeitern gehören, die wir in Italien gefunden haben. Ihr Arbeitsvertrag dauert neun Monate und kann, bei guter Arbeit und gutem Benehmen, erneuert werden. Sie haben den gesetzlichen Status eines sogenannten Saisonniers.

Und nun hören Sie gut zu: Saisonnier bedeutet, dass Sie nach neun Monaten die Schweiz mindestens drei Monate lang verlassen müssen, selbst wenn Ihr Vertrag wieder erneuert wird. Saisonnier bedeutet auch, dass Sie weder den

Kanton noch den Arbeitgeber wechseln dürfen. Es ist Ihnen nicht erlaubt, Ehepartner, Kinder, Eltern oder sonstige Familienmitglieder in die Schweiz nachziehen zu lassen. Ich wiederhole: Falls Sie Kinder haben, bleiben diese in Italien. Verstanden? Und – das ist wichtig – Sie dürfen keine Mietverträge abschließen. So ist nun mal das Gesetz. Immer wieder kriegen wir Probleme mit Saisonniers, die sich zu schade für Baracken sind. Sie bewerben sich auf ausgeschriebene Wohnungen, und wir als Firma handeln uns dabei Beschwerden von den umliegenden Gemeinden ein. Also, lassen Sie das bitte sein. – Gibt es Fragen? *Domande? – Nessuna.* Keine. Dann werden Sie morgen um 7 Uhr von Ihrem Schichtleiter abgeholt und zur Arbeit gebracht. Alles Weitere erfahren Sie dort.« Und weg war sie.

Als Nächstes stellte sich einer der Ledermäntel vor die Gruppe hin. Wieder das Aufzählen von Namen. Diesmal wurden sie Baracken zugeteilt – Giovanni der Baracke Nummer 4.

Baracke Nummer 4 hatte sechs Zimmer, zwei Toiletten, zwei Waschbecken und eine Küche. Je vier Personen teilten sich ein Zimmer. Die Zimmer waren klein und so eingerichtet, dass man sich zwischen den Doppelstockbetten gerade noch umdrehen konnte. Die Kleider blieben in den Koffern, für die es unter den Betten Platz gab.

Weil Giovanni neu war, bekam er das untere Bett gleich hinter der Tür. Es störte ihn nicht. Er war froh, endlich angekommen zu sein.

Giovannis Zimmerkameraden wechselten oft, da jeder nach neun Monaten die Schweiz wieder zu verlassen hatte.

Das führte zu einer natürlichen Rotation. Wenn gekocht wurde – und weil sie verschiedene Schichten hatten, kochte immer irgendjemand –, breiteten sich der Rauch des Feuers und die Ausdünstungen des Gekochten in der ganzen Baracke aus. Die Toiletten waren völlig verdreckt, weil sich niemand verantwortlich fühlte. Zwar gab es einen Dienstplan für den sogenannten Hausdienst, aber niemand hielt sich daran. Jeder kaufte sein eigenes Toilettenpapier. Für das Zimmer wurden ihnen zehn Prozent des Lohns abgezogen, für den Strom und das Wasser fünf Prozent.

Die Barackenzimmer. Die Wände tapeziert mit Fotos von Audrey Hepburn, Elizabeth Taylor, Grace Kelly, Sophia Loren, Anna Magnani. Und jeder hatte daneben Fotos seiner Geliebten, seiner Kinder, seiner Brüder und Schwestern, Tanten, Onkel, Eltern und Großeltern aufgehängt. Meist auch ein Bild des Papstes.

Wenn sie die Betten wechselten, weil einer zurück nach Italien musste, und man zu den besseren Schlafplätzen nachrutschte, zog man die Reißnägel aus der Holzwand und befestigte seine Bilder am neuen Platz. Giovanni vermisste seine Mutter, seine zwei Schwestern und natürlich seinen toten Vater, und von allen hatte er Fotos aufgehängt.

Am meisten aber vermisste er das Meer. Da gab es diese Schwarzweißaufnahme des Hafens von Otranto von der Stadtmauer aus. Es ist ein Sonnenuntergang, und die Schiffe im Hafen liegen zur Hälfte noch im Licht, zur Hälfte schon im Schatten, die südliche Mole im Licht, die nördliche im Schatten, und im Hintergrund der Horizont. Aber im Zentrum der Fotografie liegt nicht der Hafen, auch nicht der Strand, sondern das Meer. Die Wolkenschatten über dem

Meer. Überhaupt die fast lückenlos geschlossene Wolkendecke. Und doch scheint die Sonne, die hinter dem Beobachter liegt, ein Loch in der Wolkendecke gefunden zu haben, durch das sie einen einzigen Strahl schießt. Schießt ihn, flach einfallend, auf die Wogen, in denen, weit außen, zwei winzige Fischerboote, wenn man genau hinschaut, ihre Netze einholen. Ein melancholisches Bild, das Giovanni immer sehr gemocht hatte.

Am Morgen nach seiner Ankunft in Emmenbrücke wurde er von seinem Schichtführer abgeholt, einem Schweizer, jung, um die dreißig, mit glattrasiertem Gesicht, das Haar militärisch kurz geschnitten. Er vermittelte den Eindruck, dass das, was er hier tat, bloß die Anfangsstufe zu einer viel höheren Stellung war. Er war klein, vielleicht eins fünfundsechzig, aber sein Brustumfang war beträchtlich, und mit seinem Händedruck brach er Giovanni fast die Knochen.

Sein Italienisch war anfangs sehr schlecht, doch er versuchte wann immer möglich italienisch zu sprechen. Er verlangte, dass Giovanni ihn korrigiere, und mit der Zeit machte er große Fortschritte.

Als Giovanni ihm an jenem ersten Morgen gegenübersaß, sagte er: »Willkommen auf dem Bau. Sie sind, wenn ich recht informiert bin, zweiundzwanzigjährig und Fischer. Ohne Bauerfahrung. Keine gute Voraussetzung. Wahrscheinlich ist uns bei der Rekrutierung ein Fehler unterlaufen, denn ich wüsste nicht, wo wir als Stahlfirma einen Fischer beschäftigen könnten. Aber jetzt sind Sie eben hier, und wenn Sie sich anstrengen, machen wir aus Ihnen einen guten Maurer.« Dann legte er seine Unterarme auf den Tisch, faltete die Hände, beugte sich nach vorn und sagte: »Sie wissen gar nicht, was für ein Glück Sie haben. Die meisten Italiener verschlägt es in die Produktion. Ich sage Ihnen: Die Arbeit am Hochofen ist die reinste Hölle. Die Glut, das herumspritzende flüssige Metall, die Flammen, die Hitze, der Lärm, das Gift in der Luft. Da haben Sie es in meiner Abteilung hundertmal besser.«

Und genau so war es. Giovanni wurde einer Gruppe von zwei Dutzend Maurern zugeteilt. Sie zogen alles hoch: Werkhallen, Betriebsgebäude, Lagerhallen, Kamine, Bürokomplexe und ganze Mitarbeiterquartiere für die oberen Angestellten.

Im November 1957, als seine ersten neun Monate als Saisonnier abgelaufen waren, musste Giovanni die Schweiz verlassen. Man war zufrieden mit seiner Arbeit, und so hatte er den Arbeitsvertrag für die nächste Neunmonatsperiode bereits in der Tasche. Aber Gesetz war Gesetz, und das forderte einen mindestens dreimonatigen Aufenthalt im Heimatland, bevor man wieder einreisen durfte. Damit wollte die Schweiz verhindern, dass sich die Gastarbeiter permanent einnisteten. Die SBB setzten jeden Tag Spezialzüge ein, um diesen Fremdarbeitertransport zu bewältigen.

Giovanni fuhr in einer zweitägigen, beschwerlichen Reise zurück nach Otranto, wo er von seiner Mutter und seinen beiden Schwestern am Bahnhof abgeholt und fast spitalreif geküsst wurde.

Noch in derselben Woche verliebte er sich in ein Mädchen, das er von der Schule her kannte.

Giulietta war ihm als pummeliges Mädchen mit unreiner Haut bekannt, ein lebhaftes, fröhliches, intelligentes Geschöpf, in jenem geräumigen Mittelfeld zwischen Schönheit und Hässlichkeit, wo mit dem Charakter einiges zu erreichen ist. Und nun hatte sie sich zu einer durchaus attraktiven jungen Frau entwickelt. Zwar besaß sie weder das Gesicht noch die Beine, um ein Fotomodell zu werden, dafür hatte sie Energie, Manieren, und die schönsten Brüste ganz Süditaliens, die Giovanni jedoch in den ersten Wochen weder auspacken noch anfassen durfte.

Giulietta war schlagfertig, bodenständig und fleißig. Das schwarze Haar fiel in schweren Wellen auf ihre Schultern, ihre Augen glänzten wie nasser Strandkiesel, und kein einziger Pickel verunstaltete mehr ihre schöne braune straffe Haut.

Giovanni war dreiundzwanzig, Giulietta zweiundzwanzig, und sie verbrachten gerade die schönsten drei Monate ihres Lebens zusammen, was ihnen in einem unbewussten Sinn durchaus bewusst war.

Sie arbeitete als Verkäuferin in dem bescheidenen Lebensmittelladen ihres Vaters, erledigte an den Samstagabenden die Buchhaltung und sorgte dafür, dass es immer genug von allem gab. Der Laden, kaum größer als eine Telefonkabine, führte alles, was man in einem Kaff wie Otranto zum Überleben brauchte – von Parmesankäse über Zahnbürsten bis hin zu Coca-Cola-Fläschchen.

Giovanni schlenderte mehrmals täglich hinein und kaufte aus Anstand stets eine Kleinigkeit – Zigaretten, Seife, Korkenzieher, Zwiebeln, Bleistifte – nur damit sie ihn bedienen konnte. Sie bediente ihn mit höchster Aufmerksamkeit, und er benahm sich so höflich, wie man es sich überhaupt nur vorstellen konnte. Und genau darin bestand ihr aufreizendes Spiel, in dieser überdrehten Förmlichkeit, die sie noch steigerten, wenn ein richtiger Kunde den Laden betrat.

An manchen Sonntagen picknickten sie am Strand. Es war kurz vor Weihnachten, und das Wasser war zum Schwimmen zu kalt, aber ab und zu reichte die Temperatur doch, dass sie sich ihm im Badekleid zeigte – einem rotweißgestreiften halterlosen enganliegenden Stoff aus dem neuesten synthetischen Lycra mit eingearbeitetem Tüten-BH. Der Winter hatte alle Straßenkünstler in den Süden gefegt. Giovanni und Giulietta kamen in den Genuss der besten Muskelmänner, Kettensprenger, Messerwerfer, Hütchenspieler, Rattendresseure und dreibeinigen Frauen ganz Italiens.

Zum Jahreswechsel 1957–1958 gab es ein bescheidenes Feuerwerk über der Hafeneinfahrt. Giovanni und Giulietta saßen auf der Stadtmauer und ließen die Füße zum Hafen hin baumeln. So saßen sie noch die ganze Nacht, als das Feuerwerk schon lange erloschen war. Zuerst hielten sie sich bloß an den Händen. Je mehr sich der Platz hinter ihnen entvölkerte, desto tiefer verkrochen sie sich gemeinsam in ihren Kleidungsstücken und wärmten sich aneinander.

Bald waren die drei Monate um, es war wieder Februar, und Giovanni musste zurück in die Schweiz. Sie versprachen, sich wöchentlich Briefe zu schicken, ab und zu auch ein Päckchen mit Gewürzen und Barilla-Teigwaren (für Giovanni), beziehungsweise Lindt & Sprüngli-Schokolade (für Giulietta). Und das taten sie auch.

Giovanni zerriss es das Herz vor Sehnsucht, wenn er sich am Abend in der Holzbaracke in Emmenbrücke ins Bett legte und das Foto von Giulietta an der Wand betrachtete. Er küsste das Foto, bevor er einschlief, und er küsste es, nachdem er am Morgen aufgewacht war. Oft fuhr er mit den Fingerspitzen sanft über ihr spiegelndes Gesicht und sprach mit ihr.

Giulietta war die Klammer, mit der er seinen Tag und all die darin enthaltenen Hoffnungen zusammenhielt.

Im April desselben Jahres – 1958 – erhielt Giovanni einen Brief, in dem sie ihm mitteilte, dass sie schwanger sei. Der Tonfall war freudig, aber nicht euphorisch, und zwischen den Zeilen lärmte Verzweiflung.

Sie hatte sich entschlossen, dem Pfarrer nichts davon zu berichten, weder auf der Straße noch während der Beichte, denn wegen eines unehelichen Kindes konnte man im Italien der 50er Jahre aus der Kirche ausgeschlossen werden. Noch schnell eine Hochzeit organisieren ging ebenfalls nicht. Giovanni hätte die Stelle in der Schweiz verloren, weil er eine Woche lang bei der Arbeit gefehlt hätte und weil die Stahlfirma nur ledige Fremdarbeiter einstellte – eine Entscheidung der Geschäftsleitung.

Sobald ihr Bauch Maße erreicht haben werde, die nicht mehr glaubhaft mit veränderten Essgewohnheiten zu erklären waren, werde sie nach Rom ziehen, dort eine Arbeit suchen und das Kind in einer ›fortschrittlichen‹ Klinik zur Welt bringen. Eine Abtreibung komme nicht in Frage.

Giovanni erstarrte das Blut in den Adern. Eine Familie in Italien, das vertrug sich mit seiner Stelle in der Schweiz etwa so gut wie eine Querschnittslähmung.

Er wusste nicht, ob er lachen oder weinen sollte – und entschied sich für das Lachen. Er liebte Giulietta, und das war die Hauptsache. Mit einem Schlag wurde ihm bewusst, was sie für ein Glücksgriff war: Giulietta war eine im höchsten Maß selbständig handelnde Frau, die sich von Bedrohungen und Sackgassen nicht einschüchtern ließ, sondern jeder Widrigkeit resolut die Stirn bot.

Alles läuft wie am Schnürchen. Giulietta kommt bei einer Tante in Rom unter – einer weit entfernten Tante, einer betont Intellektuellen mit kurzem seitlich gescheitelten Haar, Eierbrille und karierten Hosen, Lehrerin für Kunstgeschichte an einem römischen Gymnasium, einer Frau, die als Jugendliche das hinterwäldlerische Süditalien zugunsten einer urbanen Welt eingetauscht hatte und nach zwei Ehen zu dem Schluss gekommen war, dass eine Ehe mit sich selbst die einzig befriedigende ist.

Das Kind kommt im Oktober im Ospedale Bambino Gesù in Rom zur Welt. Es ist ein Knabe, und Giulietta nennt ihn, ohne es mit Giovanni abgesprochen zu haben, Massimo.

Im November 1958 ist Giovannis zweite Saison-Periode in der Schweiz abgelaufen; er packt seine Koffer und setzt sich in den ersten Zug nach Rom zu Giulietta und dem Bübchen.

Giovanni ist von Gefühlen überwältigt. Es ist eines, zu wissen, dass man Vater geworden ist. Aber ein ganz anderes, dieses Geschöpf, das sich bewegt wie ein richtiges Lebewesen, dessen Patschhändchen seine kräftigen Handwerkerfinger einzeln umklammern und dessen Augen einen so arglos anstarren, in den Armen zu halten. Dieses warme, knetbare Wesen, das in puncto Größe, Gewicht und Verwundbarkeit einem mit Wasser gefüllten Ballon entspricht, das ein Jahr zuvor noch nicht einmal als Idee existierte und jetzt pinkelte und schrie und lachte. Massimo. Massimo-Baby. *Bello di mamma.*

Sie entschließen sich, vorerst in Rom zu bleiben, um ihren Familien die Schmach zu ersparen, die die Nachricht eines unehelichen Kindes in einem apulischen Provinzkaff wie Otranto ausgelöst hätte. Giuliettas Eltern kommen mit dem Zug angereist, ebenso Giovannis Mutter. Giovannis Schwestern, die Onkel und Tanten pilgern ihnen hinterher.

Giovanni und Giulietta kommen sich ein bisschen wie Josef und Maria vor. Der ganze Tross ist entzückt von diesem Buben, aber allen scheint es wohler zu sein, wenn Massimo offiziell nicht existiert.

In Rom bleiben? Giovanni schaut sich nach Stellen um, aber im Nachkriegsitalien gibt es praktisch keine Jobs, schon gar nicht zum gleichen Gehalt wie in der Schweiz. Er setzt alle Hebel in Bewegung, um Giulietta einen Saisonnier-Job in der Stahlfirma zu vermitteln.

Er schreibt Briefe an die Personalabteilung. Er ruft bei seinem Chef an, natürlich ohne auch nur mit einem Wort zu erwähnen, dass Giulietta die Mutter seines Kindes sei, geschweige denn er ein Vater (Familiennachzug selbst der leiblichen Kinder war per Gesetz strikt verboten). Vergeblich.

Aber da gibt es doch noch die andere große Firma in Emmenbrücke, die Nylonfabrik. Über Beziehungen gelingt es Giovanni tatsächlich, ein Bewerbungsgespräch für Giulietta einzufädeln. Die *Viscose* rekrutiert ausschließlich im Norden Italiens (die Firma behauptet, im Norden »fadengewandtere« Arbeiter zu finden als im Süden), also reist Giulietta an den Ort, wo die Rekrutierungsdame gerade ihre Netze auswirft, trifft sich mit ihr, besteht den Aufnahmetest und bekommt die Stelle, Start 1. März 1959.

Alles ist geplant. Am 1. Februar 1959 – einen Monat bevor Giulietta in der Schweiz erwartet wird – tritt Giovanni seine dritte Arbeitsperiode in Emmenbrücke an.

Und dann, an jenem Tag Ende Februar 1959, dem offiziellen Einreisetag Giuliettas, um 7 Uhr 15, überquert sie im Zug von Mailand die Schweizer Grenze. Sie lehnt sich aus der aufgestoßenen Tür, die eisige Luft zieht ihr um das Gesicht, das Augenwasser gefriert auf ihren Wangen. Sie streckt den Koffer, aus dem Massimos Schreie plärren, so weit wie möglich aus dem rollenden Wagen und zählt einundzwanzig, zweiundzwanzig, dreiundzwanzig, vierundzwanzig und versucht verzweifelt, ihren Mann auszumachen.

Schon am Vorabend hat Giovanni den Zug von Emmenbrücke nach Chiasso genommen, dort in einem Hotel übernachtet, um bereit zu sein für den Spezialzug aus Mailand, der täglich in aller Frühe die Gastarbeiter in die Schweiz schafft.

Schon eine Stunde vor der abgemachten Zeit – es ist noch

stockdunkel – begibt sich Giovanni zum Punkt X, zu der Stelle am Bahndamm, wo die Gleise über die Kantonsstraße hinwegführen. Ab und zu hört er, wie ein Zug aus dem Tunnel braust und vorbeirattert. Er folgt der Lichterkette der hell erleuchteten Abteile und versucht zu erkennen, ob sich jemand mit einem Koffer hinauslehnt. Aber da ist nichts. Die Türen sind alle zu. Und jeder zweite ist sowieso ein Güterzug.

Giovanni zündet sich eine Winston an und wärmt die Hand am Feuerzeug.

Genau um die vereinbarte Zeit hört er, wie ein Zug aus Richtung Italien am Tunnelende auftaucht. Er zuckt zusammen, macht die Augen klein, konzentriert sich auf jeden einzelnen Wagen, und als der Zug näher kommt, erkennt er tatsächlich, dass eine Tür aufgestoßen ist. Da ist sie, seine Giulietta!

Giovanni rennt mit dem Zug mit, so schnell er kann. »Komm schon! Jetzt! Lass ihn los!«, ruft er.

Und nun segelt der Koffer im perfekten Parabelflug durch die eisige Luft, plumpst in den frischen Pulverschnee und wird von ihm verschluckt.

Giovanni brachte Massimo, wie gesagt, mit einem ganz normalen Schnellzug durch den Gotthard nach Luzern, und von dort aus zum Industrievorort Emmenbrücke.

Den Säugling gab er bei der Missione Cattolica Italiana ab – eine hauptsächlich von italienischen Nonnen geführte Organisation, die sich um die Sorgen und Nöte der Gastarbeiter kümmerte und mit der er die Sache vorher besprochen hatte.

Giulietta bestand die ärztliche Untersuchung in Chiasso und fuhr noch am selben Abend mit dem Arbeiterzug in Emmenbrücke ein. Während der ganzen Fahrt, während den endlosen Kontrollen, Abzählungen, Appellen und Zuteilungen war sie nicht ansprechbar, bis Giovanni, der etwas abseits der neu angekommenen Arbeiter stand, ihr zulächelte und durch ein Zeichen zu verstehen gab, dass der Kleine wohlauf sei.

Giulietta kam in ein ausschließlich für junge Frauen bestimmtes Haus oberhalb der Nylonfabrik, das sogenannte Mädchenheim, eine Art Internat mit strengen Zutrittsregeln.

Das Haus gehörte der Firma und wurde von den Schweizer Ordensschwestern eines nahegelegenen Klosters, das nichts mit der Missione Cattolica zu tun hatte, mit militärischer Zucht geleitet. Um 19 Uhr mussten die Arbeiterinnen drin sein, egal ob Winter oder Sommer, ob Werktag oder Sonntag. Ausnahmen wurden nicht geduldet. Hundert Meter vor dem Haus verlief ein Zaun. Spätestens dort hatten sich die Mädchen von ihren Liebhabern zu verabschieden, und so küssten sich Giulietta und Giovanni jeden Abend zum Abschied an diesem Zaun.

Über allem wachte *la Direttrice* – die Direktorin. Oft saß diese in dem einzigen Türmchen des stattlichen Baus und beobachtete durch das Fernglas das Freizeitgebaren ihrer Schäfchen. Sie hatte den kompletten Überblick über ihre Schar von 240 Mädchen. Die jungen Frauen waren auf vier Schlafsäle mit je 60 Betten aufgeteilt. Es herrschte penibelste Ordnung.

Giovanni lebte weiterhin in seiner Baracke unten auf dem Firmengelände der Stahlfabrik, die, wie er hörte, bis noch vor wenigen Jahren von polnischen und deutschen Kriegsinternierten bewohnt worden war.

Die Arbeit in der Nylonfabrik war eintönig. Giulietta hatte die Spulen der Spinnmaschinen zu überwachen und zu wechseln, wenn sie voll waren von dem delikaten künstlichen Garn, das mit hohem Druck aus mikroskopisch kleinen Spinndüsen geschossen kam.

Giuliettas geschickte Hand beim Wechseln der Spulen: Bei laufender Maschine holte sie den hauchdünnen Faden mit einer gewandten Handbewegung ein, wickelte ihn dreimal um die Bobine, bis er von allein zog. Dann wiederholte sie den Vorgang bei der nächsten Spule. Wenn sie bei der letzten angelangt war, war die erste schon wieder voll und wollte ersetzt werden.

Die vollen Spulen steckte sie auf die Eisenstäbe eines Wagens, den sie am Ende ihrer Schicht in die Verpackungsabteilung rollte.

Eine typische Rieter-Spinnmaschine hatte zwischen fünfzig und hundert Spulen. Ausschalten durfte man die Maschine nicht, weil die stehende Nylonmasse die Platinspinndüsen verstopft hätte. Wenn das hauchzarte Garn riss, was pro Tag mehrmals passierte, musste Giulietta die halbvolle Spule auswechseln und aufs Neue laden.

Nach drei Monaten kam Giulietta in die Weiterverarbeitung. Hier wurden die Fäden um das Drei- bis Vierfache verstreckt, um ihnen eine höhere Festigkeit zu geben. Die

Spulen waren schwer. Schon nach dem ersten Tag in der Streckerei spürte sie es im Rücken.

Schließlich landete sie in der Zettelei, wo die hundert, manchmal tausend verstreckten Fäden parallel auf eine Walze aufgewickelt wurden. Diese Walzen waren für die Wirkerei-Kunden bestimmt, die daraus Trikotstoffe herstellten. Feinarbeit für zarteste Frauenhände, denn bei jedem Fadenbruch musste Giulietta schleunigst die Enden wieder zusammenknüpfen, ohne die Maschine anzuhalten.

Die Arbeit war monoton, aber Giulietta tröstete sich mit der Vorstellung darüber hinweg, dass diese tausend langweiligen Fäden am Schluss zu raffinierten Kleidern verwoben würden, die, wie ihr Trikotbadekleid in Otranto, Aufmerksamkeit erregten.

Die Fabrikhalle, in der es nach Chemie und Schmieröl stank, wo Hunderte von Maschinen in parallelen Reihen standen, deren Gänge in grünliches Neonlicht getaucht waren, in der der höllische Lärm sie fast um den Verstand brachte und die Ventilatoren kaum genug Frische einpumpen konnten, um die Chemieluft aus dem Gebäude zu drücken, wo die Hitze der Maschinen der Hitze des flüssigen Nylons entsprach und die Temperatur im Maschinensaal trotz aufgedrehter Lüftung auf fünfunddreißig Grad stieg, wo Arbeiterinnen in weißen Overalls und mit zurückgebundenem Haar diese Monster von Maschinen bedienten und sich ihrem Tempo unterwarfen … Erstaunlich war nicht, dass Giulietta Tag für Tag diese zermürbende Achtstundenschicht überstand, sondern wie liebevoll sie sich danach um ihre Familienangelegenheiten kümmerte – um ihren Sohn Massimo, ihren Mann Giovanni und um die guten Beziehungen zu der Missione Cattolica.

Ihre Arbeit war, wie gesagt, öde. Aber was blieb ihr anderes als Fleiß aus Kummer?

Der kleine Massimo wuchs in der Obhut der Missione auf, wo Giulietta und Giovanni jede freie Minute verbrachten. Es war ein Wunder, dass niemand plauderte.

Am Ende der neun Monate, als zuerst Giovanni und dann Giulietta die Schweiz hätten verlassen müssen, reisten sie einfach nicht aus, sondern versteckten sich auf dem Gutshof eines nahegelegenen Klosters, das ihnen ebenfalls durch die Missione Cattolica vermittelt worden war. Dort halfen sie mit, Holz zu spalten, Gemüse zu putzen, Pferdeställe auszumisten und zu reinigen, Äpfel zu pressen – aber vor allem hatten sie endlich Zeit für ihren geliebten kleinen Prinzen.

So lief es über mehrere Jahre. Manchmal fragten sie sich, warum sie dieses Leben auf sich nahmen, die Entbehrungen, das Versteckspiel, das Getrenntsein im Alltag, das Nicht-Heiraten-Können. Das Aushalten der Angst, dass alles auffliegt. Dieses ständige Sich-Einreden, dass dies der vernünftigste Weg sei, ihr Leben zu leben. Selbstverständlich hätten sie nun heiraten können, denn jeder für sich besaß ja die Saisonnier-Bewilligung.

Aber da war der kleine Massimo. Seine Entdeckung durch die Behörden hätte ausgereicht, dass man sie augenblicklich alle drei außer Landes bugsiert hätte. Wenn es ein höchstes Ziel gab, das ihre Anstrengungen vereinte und ihre Entbehrungen vernichtete, so war es ihr kleiner Massimo – die Aussicht, dass Massimo ein Leben frei von Not in einem paradiesischen Land haben würde. Darauf und nur darauf hatten sie es abgesehen. Es ging jetzt nicht mehr um sie, es ging nur noch um den *tesoro mio*, um den Prinzen.

Vier Jahre später: ein prächtiger Oktobertag des Jahres 1963. Giovanni arbeitete seit sechseinhalb Jahren als Maurer im Stahlwerk und Giulietta seit viereinhalb Jahren in der Nylonfabrik gleich nebenan.

Massimo war damals fünf und bekam von dem ganzen Tumult nichts mit, außer einer Nacht- und-Nebel-Aktion, bei der er sich unter einem Berg von Unterhosen, Hemden, Socken und Büstenhaltern verstecken musste und erst wieder hervorkriechen durfte, als die Familie fünfzig Kilometer weiter nördlich ihren neuen Wohnsitz bezog.

Der Sommer hatte sich noch ein letztes Mal mit voller Kraft zurückgemeldet. Die Luft war angenehm warm, man brauchte keine Jacke, und sie war so trocken und klar, dass die Berge fast bis nach Luzern und Emmenbrücke hineinreichten. Die Bienen summten träge auf der Suche nach den letzten Blüten. Über ganz Emmenbrücke lag der süße Geruch von verbrannten Stauden, und an den Straßenrändern lagen zerquetschte Äpfel und Birnen, die aus Traktoranhängern gesprungen waren.

Giovanni war gerade damit beschäftigt, Backstein auf Backstein zu türmen – er zog eine Mauer für ein Firmeneinfamilienhaus hoch, einer jener Anreize, die das Stahlwerk seinen höheren Angestellten in der damals noch ländlichen Umgebung bot –, als ein Knirps mit Schulranzen auf dem Rücken vor der Baustelle stehenblieb und »Tschingg« schrie.

Es war nicht das erste Mal, dass man ihn mit diesem Schimpfwort beleidigte, das in der Schweizer Umgangssprache für ›Italiener‹ steht, es geschah fast täglich, und daher beschloss Giovanni, nicht zu reagieren und weiter Backstein auf Backstein aufzutürmen.

Noch einmal schrie das Kind »Tschingg!«, und noch einmal bewahrte Giovanni die Ruhe. Der Tag ist viel zu schön, um sich aufzuregen, sagte er sich. Um seine Gedanken abzulenken, pfiff er einen italienischen Schlager *(»Volare, oh oh… Cantare, ohohoho…«)*, und mit der Kelle verputzte er den Mörtel so fein und zärtlich, als würde er eine Sahnetorte verzieren. Er genoss die Maurerei, es war eine Arbeit, die ihm sehr gefiel und die irgendwie sinnlich war.

Wieder meldete sich der Frechdachs, aber diesmal schrie er »Sautschingg!«, und Giovanni schmetterte den Mörtel, den er gerade auf seiner Kelle hatte, direkt ins Gesicht dieses Bengels. Das Kind fiel rückwärts auf den Schulranzen, begann zu schreien, rieb sich verzweifelt das Gemisch aus Zement und Sand aus den Augen, schrie immer lauter. Massimos Vater aber mauerte weiter, als wäre nichts geschehen. Nach einer Weile kroch der Flegel davon.

Noch am gleichen Abend kam der Anruf von seinem Chef, der Giovanni heftig zusammenstauchte. Aber es dauerte noch eine ganze Woche, bis das Unheil über den Marinis zusammenschlug.

Der Vater des Bengels hatte die Stahlfirma angezeigt und forderte – obwohl der Knirps schon am selben Abend wieder tadellos aus seinen Augen sehen konnte – Schmerzensgeld. Außerdem sorgte er über seinen Schwager, der im Kantonsrat saß, dafür, dass Giovanni noch in derselben Woche den Kanton Luzern zu verlassen habe.

»Es geht nicht mehr, Giovanni, du musst weg. Auch wenn ich deine Gründe alle verstehe. Glaube mir, ich sehe sie ja, die Schikaniererei, die euch tagein, tagaus in irgendeiner Form entgegenschlägt. Aber es geht nicht, dass du hierbleibst. Du musst aus dieser Firma verschwinden, du musst aus dem Kanton Luzern verschwinden, und am besten wäre es, du würdest den Koffer packen und aus der Schweiz verschwinden.«

Es schnürte Giovanni fast die Kehle zu. Er hatte seinen Chef von einer Telefonkabine aus angerufen, damit Giulietta auch mithören konnte. Und nun standen sie, den Hörer zwischen ihre Köpfe geklemmt, eingezwängt in der stickigen Kabine, in der es nach Urin und Zigarettenrauch stank – und mussten jenen Satz über sich ergehen lassen, vor dem sie sich seit Jahr und Tag am meisten gefürchtet hatten.

Sie hatten das ganze Risiko auf sich genommen und den Winzling Massimo über die Grenze geschmuggelt, ihn vier Jahre lang versteckt aufgezogen, und nun sollten sie alles zurücklassen und wieder ins hinterwäldlerische Otranto ziehen? Und das alles wegen einem Schweizer Knirps, der Giovanni beleidigt hatte? Das war bodenlos!

Der Hörer zitterte in seiner Hand, und Giulietta, die in solchen Situationen – meistens aus erhabener Übersicht, manchmal aus schlichter Ignoranz der Lage, das war nie eindeutig – stets die Ruhe selbst blieb, nahm ihm den Hörer aus der Hand und legte ihn wortlos auf.

Sein Chef rief ihn am nächsten Tag ins Büro. »Hör mal, Giovanni, du bist ein guter Arbeiter. Ich kenne einen Tunnelbauer in Zürich, der hat noch einen Platz in seinem Ausländerkontingent frei. Du kannst morgen dort anfangen. Ein Bett steht in einer Baracke zur Verfügung. Bedingung ist, dass du das Schmerzensgeld für das Kind bezahlst – fünfhundert Franken –, und ich vermittle dir die Stelle. Einverstanden? Sonst muss ich dich morgen vor die Tür setzen. Es tut mir leid, der Druck hat zugenommen, du verstehst.«

Giovanni musste schlucken. Fünfhundert, das waren die Ersparnisse von über vier Arbeitsmonaten. Und vom Untertagebau hatte er bisher nur Horrorgeschichten gehört: die staubige Luft, die unregelmäßigen Arbeitsschichten, die Sprengungen, die umherschießenden Splitter, die feuchten, dunklen Kammern.

Doch noch in der Nacht räumten Giovanni und Giulietta ihre Zimmer und zogen nach Schlieren, in ein Arbeiterquartier außerhalb von Zürich. Der vierjährige Massimo, zu jener Zeit noch immer illegal in der Schweiz, wurde unter einen Berg Kleider gesteckt und erst hervorgeholt, als die Luft wieder rein war.

Schluss mit der Maurerei. So kommt Massimos Vater zum Tunnelbau. Er wird Mineur, schuftet unter Tag am Bundesratsbunker in Kandersteg und anderen militärischen

Anlagen. Er darf Giulietta kein Wort davon erzählen, da hochgeheim. Nur versteht er nicht, warum ausschließlich Ausländer an den verborgenen Tunnels der Schweizer Armee bauen. Er beklagt sich nicht, er ist froh, Arbeit zu haben.

Er lernt bohren. Er lernt laden. Er lernt sprengen. Er lernt das Bedienen kleiner Tunnelbaumaschinen. Er studiert die Handgriffe, die nötig sind, um die ungefährlichen Komponenten der Sprengpaste zu einer detonierenden Mischung zusammenzuführen. Er übt das Legen von Zünddraht. Er lernt das Zusammenschweißen von Förderbändern, dort, wo der Gummi gerissen ist; das Montieren von Transportschienen im Stollensumpf; das Auskleiden des Tunnels mit Spritzbeton.

Er lernt, acht Stunden lang nicht zu rauchen. Er lernt, wie man das Sandwich verpacken muss, damit es nach vier Stunden noch essbar ist. Und er lernt, wie man den Reflex unterdrückt, sich die staubigen Lippen abzulecken.

All dies lernt Giovanni. Aber er vermisst das Maurerhandwerk. Er vermisst es, den Passanten zuzuschauen, während er Backstein auf Backstein türmt. Er vermisst es, den Alltag vor sich zu haben, sichtbar, greifbar, hörbar. Er vermisst die frische Luft. Er vermisst den Regen und die Sonne. Am meisten vermisst er das Meer.

Er kann mit diesen Bergen wenig anfangen. Faltige Ungetüme in Stein. Unwirtlich. Gefährlich. Schroff. Grau. Abweisend. Nicht die Hölle, aber eine Art Vorhölle. Ein Zuviel an Erdkruste, das halt irgendwo hinmusste. Und anstatt dass Gott diesen Abfall in der Sahara parkte, legte er ihn quer über das fruchtbarste Gebiet Europas. Dieses

Zuviel kennt nur zwei Feinde: die Erosion und die Mineure. Beide arbeiten unendlich langsam.

Der Mineur kennt keine Sonne. Der Mineur, dieser farblose Teufel mit eingesunkenen Wangen, kennt die Erde, den Erdkern, die Hitze des Erdkerns. Das Glühen des Erdkerns. Er hat ein Gefühl für den Fels. Er weiß, wie Fels schmeckt.

Er kennt nur eine Richtung: vorwärts. Bohren, laden, sprengen, egal, ob Gneis oder Granit. Bohren, laden, sprengen. Der Mineur will fünf Meter schaffen pro Tag, sechs Meter, sieben Meter. Sprengvortrieb.

Er will ganz vorne mit dabei sein. All diese rückwärtigen Jobs interessieren keinen Mensch: Abtransport des ausgebrochenen Felsens, Nachlieferung von Dynamit, von Luft und Wasser und Strom und Beton und Zündstiften. Ganz vorne, da ist was los! 300 Meter Abstand, wenn gesprengt wird, das ist das Gesetz. Aber der Mineur latscht doch nicht jedes Mal 300 Meter zurück. Die Hälfte tut's auch.

Es donnert. Der Ausbruch wird weggekarrt und über Förderbänder an die freie Luft transportiert. Am Ende eines langen Weges, in dem sich ein Förderband aufs nächste erbricht, landet er auf einem gigantischen Berg von Ausbruchmaterial. Unten geht der Tag niemanden etwas an. Unten schert sich keiner um die frische Alpenluft. Das Gesicht des Mineurs ist voller Staub. Wenn er sich am Abend schneuzt, hat er das halbe Ausbruchmaterial im Taschentuch.

Es ist glühend heiß unter dem Berg. Und trotzdem hält der Mineur acht Stunden durch. Zehn Tage am Stück. Wenn es zum Durchstich kommt, will er dabei sein. Ganz vorne. An der Tunnelbrust. Eine Woche vor dem Durchstich kümmert sich keiner mehr um das, was hinten passiert. Jeder will ganz vorne mit dabei sein, wenn der letzte Felsen kracht und die Gesichter der anderen Seite hinter dem sich verziehenden Staub sichtbar werden. Jeder will das erste Bier trinken, das durchgereicht wird.

Giovanni ist Mineur, aber er ist anders. Wenn Giovanni im Tunnel steht, den Bohrer ansetzt und metertiefe Löcher bohrt, die er danach mit Sprengpaste füllt, wenn er die Zünddrähte anschließt, die Kabel mit der Zündkapsel verbindet und dann die Sprengung auslöst, ist ihm das ganze Felsentheater egal.

Mineure sind wie Eskimos, denkt er manchmal: Die haben siebzehn Wörter für Schnee. Die Mineure siebzehn Wörter für Fels.

Er hat siebzehn Wörter für das Meer. Aber das versteht kein Mensch. Er ist nicht hier, um seinen Kumpels das Meer zu erklären. Er ist aus den Gründen hier, aus denen sie alle hier sind. Brot auf den Tisch.

Nimm einen Tag nach dem anderen, sagt er sich. Und zu Hause, wenn er auf dem Sofa sitzt, sich eine Winston aus dem Päckchen klopft und sich den Bergstaub aus der Nase schneuzt, sagt ihm Giulietta das Gleiche.

Es gibt Mineure, die behaupten, sie würden den Berg verstehen, sie würden mit ihm reden können. Giovanni kann mit dem Meer reden, aber nicht mit dem Berg. Das Meer hat ein Gesicht. Es hat Augen, Ohren und einen Mund. Es kann schlucken und speien. Es kann küssen, zum Beispiel wenn man am Strand liegt und es um die Beine schleicht – eine

Katze von einem Meer. Es kann dich holen und dich zurückwerfen.

Und es hat siebzehn Namen: *Il mare tempesta. Il mare argenteo al chiar di luna. Il mare rosso fuoco. Il mare infinito.* Das lehmfarbene, träge Sommermittagsmeer, wenn die Wellen gleichgültig im Sand verlaufen. Das tänzelnde Meer mit seinen Glitzerwellen vor einem Wetterumschlag. Das Meer nach dem Sturm, weißlichgrün und stürmisch verwühlt. Das schlafende Meer in der Nacht, schwarz wie eine riesengroße Leber. Das Smaragdmeer bei Südwind. Manchmal ist das Meer eine Pflanze, grün und elastisch. Die Wellen, wenn das Meer die Faust macht. Das brackige Meer. Das fragende Meer … Giovanni setzt den Bohrer an und sagt sich: Nimm einen Tag nach dem anderen.

Was meinen Aufenthalt in der Klinik Burghölzli betrifft: Das Pflegepersonal ist emsig und entsprechend flüchtig. Doch wenn sie sich meiner endlich annehmen, etwa wenn ich neue Bettwäsche verlange oder mich über die Heizung beklage, weil sie gluckert, weil Luftblasen drin sind, sind sie äußert hilfsbereit. Das Essen ist solide Kantinenküche – gesund, mit viel Gemüse, aber nicht übermäßig phantasievoll.

Was mich stört, sind einzig meine Mitpatienten, die in allen Ausprägungen – von niedergeschlagen bis manisch aufbrausend – einen konstanten Ausnahmezustand in diesem Gebäude erzeugen.

Dass man mich schreiben lässt, entschädigt mich für vieles. Es scheint, dass Kleinberg sich da den Schlüssel zum Geheimnis meiner Depression erhofft. Manchmal drängt sich mir die Vermutung auf, ich sei ein Versuchskaninchen für eine neuartige Therapie.

Nicht dass die Klinik einem Gefängnis gleicht, ganz im Gegenteil. Die Fenster sind großzügig angelegt, die Halogenlampen, die die Räume indirekt über die Decke fluten, sind zahlreich und hell, die Farben der Teppiche, der Stil der Sofas, die Wahl der Bilder an den Wänden (hauptsächlich Fotografien aus der Dritten Welt, aus Indien und Afrika, hinter Glas gepresste Bilder, die eine Unmenge strahlender Menschen zeigen, wie sie um eine Wasserquelle herumstehen, lauter lachende Kinder im Dreck mit glänzenden Wasserkrügen auf den Köpfen, darüber das erbarmungslose Blau des Himmels), die wuchtigen Blumenarrangements: All das ist zweifellos das Werk eines teuren Innenarchitekten – doch das Wissen, dass man in einer Klinik sitzt, selbst im größten Luxus, ist niederschmetternd.

Allein schon das Wissen, dass man an einer Depression leidet und es auch noch die ganze Zeit bestätigt bekommt, zwingt einen dazu, sich dem Pflegepersonal unterzuordnen. Die Überdramatisierung des Innenlebens, die einem die ganze Zeit vorgelebt wird.

Ich verbringe Tage um Tage mit dem Versuch, mich an die Mitpatienten zu gewöhnen, und verfolge es mit einer gewissen Hartnäckigkeit. Ab und zu zwinge ich mir sogar eine soziale Haltung auf.

Heute Morgen zum Beispiel verkroch ich mich nach dem Frühstück nicht ins Schreibzimmer, sondern setzte mich in den Gemeinschaftsraum mit dem Fernseher.

Es lief gerade eine Sendung zur Biographie Ronald Reagans – der Mann, der früher einmal Massimos Feind Nummer eins gewesen war. Zusammen mit fünf anderen Patienten, die an verschiedenen Ausprägungen der Depression leiden – drei Frauen um die vierzig, einer schätzungsweise siebzigjährigen Frau und einem etwa dreißigjährigen Mann –, bekam ich eine zusammengeschnittene Kurzversion jener mondänen Beisetzung geliefert, die Massimo damals vermutlich mit einer gewissen Erleichterung zur Kenntnis genommen hatte: Nancy Reagan steht vor dem Sarg, umringt von ihren Kindern und Enkelkindern, ihren engsten Freunden und den siebenhundert geladenen Gästen, während die Honor Guard der Armee die offiziellen einundzwanzig Totenschüsse in den warmen Sonnenuntergangshimmel nordöstlich von Los Angeles jagt und vier F-18 Jets der Navy in der »Missing man«-Formation darüber hinwegdonnern.

Ein Navy-Offizier in tadelloser, schneeweiß-gestärkter Uniform kniet sich vor Nancys Füße hin und reicht ihr die amerikanische Flagge. Nancy legt sie über den Sarg und bricht – nachdem sie, laut Kommentator, während der vergangenen Tage jedes Abschiedsritual stoisch über sich hat ergehen lassen – weinend zusammen. Sie legt ihren Kopf auf den Sarg, küsst das polierte Holz und sagt: *»I love you.«*

Das war das Ende von Ronald Reagan und das Ende der Sendung. Keine Reaktion von meinen Mitpatienten. Sie saßen in ihren Sesseln versunken und starrten auf den Bildschirm, als ginge es ihnen ausschließlich um die flirrenden Farben.

Heute, am Ende der Sitzung, habe ich Kleinberg das bisher Geschriebene in die Hand gedrückt. Er hat es, ohne auch nur eine einzige Seite anzuschauen, unter den Arm geklemmt und sich davongemacht. Wie ein Vogel, der ein Stück Brot vom Teller stiehlt und davonfliegt. Dass ich überhaupt schreibe, hält Kleinberg schon für einen therapeutischen Erfolg (denke ich).

Am Abend die Eilmeldung im Fernsehen: Der Porsche Cayenne, in dem die Leiche versteckt war, gehört dem Vater des Getöteten – Massimo Marini.

Also – es gibt ja auch solche, die in Ordnung sind.«

»In die Viehwägen, zuriegeln und zurück mit ihnen nach Italien. Oder noch besser: Alle auf einen Haufen, Benzin drüber, anzünden.«

Gelächter.

»Lungern auf den Bahnhöfen rum und stinken. Kommen in die Schweiz, hängen rum und stinken. Gesindel. Haben nur eins im Kopf: Weiber. Wenn eine vorbeispaziert, legen sie den Pickel beiseite und pfeifen ihr nach. Statt schaffen Weiber, immer nur Weiber.«

»Aber es gibt auch solche, die wirklich schaffen.«

»Halt's Maul.«

»Doch, bei uns in der Bude, da hat's einen …«

»Halt's Maul, hab ich gesagt. Wenn die schaffen, dann nur, um uns vor der Sonne zu stehen, um uns die Arbeit wegzuklauen. Hast du's denn noch nicht begriffen? Die haben einen Plan. Die wissen ganz genau, was sie wollen. Wie die Juden. Aufsteigen wollen sie. Die Schweiz wollen sie. Dich wollen sie. Deine Arbeit wollen sie. Dein Haus. Deinen Opel Rekord. Deine Frau. Was meinst du, warum die sich so anstrengen? Genau deshalb. Sollte man alle kastrieren, wenn sie in Chiasso über die Grenze kommen. Aber auf die Art, wie man's früher gemacht hat. Ohne Anästhesie und so. Einfach mit einem Beil. Zack!«

»Und dann die Schwänze den Grenzwachthunden verfüttern … Kommt, kommt und schaut, was euch der Wachtmeister mitgebracht hat, hmm, feine, frische Italienerschwänzchen hat er euch mitgebracht.«

Gelächter.

»Na gut, ein paar Weiber von denen kann man reinlassen.«

»Stimmt.«

»Habt ihr die neue Süße an der Theke gesehen – im ›Papillon‹ drüben? Solche meine ich. Süße Katzen mit fetten Brüsten und Schoggi-Augen. Solche würd ich allemal reinlassen. Gibt eh nicht genug schöne Einheimische. Das täte unseren vielleicht nicht schlecht, ein bisschen Konkurrenz. Dann wär dann sofort Schluss mit der Hochnäsigkeit. Schluss mit Feminismus und so.«

»Werden halt sofort dick.«

»Stimmt. Da gibt's eine bei uns in der Bude, Laura heißt die, die hat so ausgesehen, aber soooo. Und eines Tages hat die zu viel Schoggi abgekriegt. Jetzt wackelt die wie ein Pudding. Schade um das Mädchen.«

»Haben sich halt nicht so im Griff, die Südländer. Die sollten weiter ihre Brokkoli fressen oder was auch immer die dort unten grasen.«

»Also, wenn heute die Abstimmung den Bach runtergeht, dann wandere ich aus.«

»Mir soll noch *ein* Politiker kommen und sagen: Wir *brauchen* die. Wisst ihr was, ich pfeife auf die Wirtschaft! Alles, was die wollen, ist, unsere Löhne drücken. Ist doch klar. Würde ich auch wollen als Wirtschaftsboss. Aber ich kann euch verraten, Jungs, wenn heute die Initiative abgeschmettert wird, wenn diese Tschinggen hierbleiben dürfen, dann streike ich. Dann streiken *wir*. Dann streiken alle anständigen Schweizer. Und dann sollen die Herren Direktoren zeigen, wie sie mit ihren Tschinggen die Wirtschaft am Laufen halten. Leckt mich am Arsch mit eurer Wirtschaft.«

»Und wer soll dann die Drecksarbeit machen?«

»Halt's Maul, hab ich gesagt.«

»Alle, die mit Nein gestimmt haben, natürlich! Du, zum Beispiel.«

Gelächter.

»Im Ernst, dieses WC hier zum Beispiel. Du wirst keinen Schweizer finden, der das freiwillig macht.«

»Wo ist das Problem? Ist doch früher auch gegangen. Hat doch früher perfekt funktioniert. Sag mir, wo ist das Problem? Heute meint man, man brauche für alles und jedes einen Tschingg. Ich sage euch, der einzige Ort, wo ich einen Tschingg anstellen würde, ist beim Boxclub unten, als Boxbirne.«

»Ist doch ganz einfach: Die WCs waren sauber, weil Schweizer eben nicht ständig danebenbrünzeln. Weil wir pinkeln *können*, verstehst du? Ein echter Schweizer *trifft* eben. Ich denke manchmal, diese Tschinggen pissen extra daneben. Um zu zeigen, dass sie da sind. Die markieren ihr Revier. Wie Hunde.«

»Tja, Jungs, wir brauchen wieder richtige Familien, dann gäb's keine Überfremdung in diesem Land. Wir brauchen Nachwuchs, Schweizer Nachwuchs.«

»Also, Kameraden, jetzt gehen wir nach Hause und schwängern unsere Frauen.«

»Wisst ihr was, Leute? Ihr dürft eure Weiber halt nicht

ständig in den Arsch ficken. Da kommt nie was Gescheites raus.«

Gelächter. Dann waren sie weg.

Massimo bückte sich und guckte unter der WC-Kabine hindurch, um sich zu versichern, dass sie auch wirklich alle weg waren. Dann öffnete er die Tür, wusch sich die Hände und kehrte zurück in die Restaurantstube, wo Vater und Mutter schon mit dem Cordon bleu angefangen hatten. Es war Sonntag, der 7. Juni 1970. Massimo war zwölf.

Er setzte sich auf seinen Platz und begann, in den Pommes zu stochern. Immer wenn sein Vater die Akkordzulage vom Tunnelbau erhalten hatte, bar auf die Hand, üblicherweise eine Woche nach dem normalen Zahltag, lud er die Familie am folgenden Sonntag ins ›Postillion‹ ein. Meistens gab's Cordon bleu, und weil Vater auch diesmal Cordon bleu bestellte, bestellten sie alle Cordon bleu. Das ›Postillion‹ war bekannt für die doppelte Portion Schmelzkäse, mit der die Fleischstücke gefüllt waren.

»Was ist denn? Du bist so still«, fragte Mutter nach einer Weile. »Ist dir nicht gut?«

»*Tutto bene.*«

»Wenn du meinst …«

Als Massimo sich noch immer keinen Bissen von dem Fleisch abgeschnitten hatte, sagte der Vater: »Da gibt man eine Menge Geld aus, und der vornehme Junior will nicht. Komm, zeig mal her.« Er schnitt ein Stück von Massimos Fleisch ab, drückte mit dem Messer auf die panierte Oberfläche, der Käse quoll zart und gelb und duftend zwischen den fleischigen Teilen hervor, floss auf den Teller und bildete einen dicken, leimigen Teich, den er nun mit demselben Fleischstück wieder auftunkte. Der Vater drehte die Gabel, wickelte den Käsefaden auf und schob sich den Klumpen in den Mund. Er kaute genießerisch, schluckte und sagte: »Ausgezeichnet. Schmeckt ausgezeichnet. Sogar noch besser als meins. Wollen wir tauschen, Maxi?«

Massimo schüttelte den Kopf. Das Bild von dem Beil und dem Schwanz und dem Hund, der diesen fressen würde, ging ihm nicht aus dem Kopf.

»Möchtest du etwas anderes, *bello di mamma*?«, fragte die Mutter.

»Ich möchte nach Hause.«

»Also, wir lassen es einpacken, und wenn wir fertig sind, dann gehen wir nach Hause.«

»Ich möchte aber *jetzt* nach Hause.«

»Siehst du nicht, dass wir am Essen sind?«, sagte der Vater.

»Dahinten, diese Leute«, sagte Massimo.

Der Vater schaute sich kurz um.

»Die wollen uns anzünden und verbrennen.«

»Ach was. Die reden nur so. Mach dir keine Gedanken. Und guck nicht immer dort rüber, verstanden? Guck entweder auf deinen Teller oder in meine Augen.«

Massimos Vater hatte ganz vergessen, dass heute Abstimmungstag war. Das heißt: Natürlich wusste er es, es gab in den vergangenen Monaten kein anderes Thema im Tunnelstollen als die Überfremdungs-Initiative. Aber weil bei den Marinis am Tag weder der Fernseher noch das Radio lief und es am Sonntag noch keine Zeitungen gab, hatte er es komplett vergessen. »Wer hat Lust auf ein Cordon bleu?«, hatte er am frühen Nachmittag gefragt, und Massimo hatte mit einem ausgedehnten, lustvollen »Ich!« geantwortet.

Und jetzt saßen sie in dieser Wirtschaft. Es war sieben Uhr abends. Draußen war es warm, und es regnete. An normalen Tagen war es sehr gemütlich hier.

Einzelne Tropfen klatschten gegen die Fensterscheibe. Die Scheibe warf alles, was draußen war, in ein dumpfes Bernsteinlicht. Hinter einer Glasvitrine über dem Büffet drängten sich – frei von Staub und Rauch – die unzähligen Pokale und Wimpel des Schützenvereins Zürich-Schlieren.

Erst zwei Jahre zuvor hatte man das Foto von General Guisan von der Wand genommen. Er passte nicht mehr in die Zeit der sexuellen Revolution. Bis vor zwei Jahren noch hatte man entweder den General oder den Papst an der Wand gehabt. Dieses Lokal war, wie die meisten in der Gegend, protestantisch, also den General. Jetzt war da nur noch ein helles Rechteck auf der Tapete. Dafür gab es nun orangene Lampenschirme aus Plastik und Tischsets aus Papier, die Werbung machten: Skiparadies Rigi. Auch der Schirmständer war neuerdings aus Plastik. Die Tische hingegen wie eh und je: stämmiges Holz mit Schiefereinlage.

Giovanni schaute sich um. Tatsächlich, es waren keine anderen Italiener hier. Auch keine Spanier oder Portugiesen. Nur sie. Und die Einheimischen.

»Also mein Junge, wenn du nicht essen willst, dann nehm ich noch die Hälfte von deinem Cordon bleu.«

Massimo schob den Teller stumm Richtung Vater.

»Marie, kannst du mal den Fernseher einschalten!«, rief einer durch den Raum.

Die Wirtin kroch hinter der Theke hervor, stellte sich auf einen Stuhl und drückte auf den Knopf. Das körnige, schwarzweiße Geflimmer füllte den Bildschirm. Dann drehte sie an einem anderen Knopf, bis sich das Gewimmel in hoch- und niederlaufende Streifen auflöste. Die Streifen wurden immer langsamer.

Endlich das Gesicht eines Nachrichtensprechers: »Kanton Genf: 60 Prozent Nein. Kanton Basel: 55 Prozent Nein. Kanton Uri: 51 Prozent Nein, Kanton …«

Immer mehr Einheimische strömten herein, packten einen der leeren Stühle und setzten sich vor den Fernseher. Der Rauch war bald so dick, dass man das andere Ende der Wirtsstube nicht mehr sehen konnte. Die Marinis waren nicht unglücklich über den Rauch, der sie von den Einheimischen trennte.

»Die endgültigen Resultate werden in etwa zwei Stunden erwartet«, sagte der Mann auf dem Bildschirm.

»Gut, dass die Frauen noch nicht abstimmen dürfen«, hörte man einen sagen, und wieder gab's Gelächter.

»Dessert?«, fragte die Wirtin und räumte die Teller ab. Giovanni hatte auf Massimos Teller nur die Pommes liegen lassen.

»Dessert nehmen wir zu Hause. Oder wollt ihr etwas?« Die Mutter schaute zuerst Massimo, dann den Vater an.

Auf dem Bildschirm ging es weiter: »Kanton Luzern: 52 Prozent Nein. Kanton Zug: 54 Prozent Nein. Kanton Zürich: 57 Prozent Nein … «

»Bezahlen«, sagte der Vater.

»Es scheint, dass wir diese Fremdarbeiter-Schweine nun doch nicht loswerden. Bis jetzt hat jeder Kanton die Initiative verworfen.«

Zum Glück saßen die Marinis etwas abseits. Erst als die Wirtin die Rechnung an den Tisch brachte, stand einer, der vor dem Fernseher saß, auf, zeigte mit ausgestrecktem Arm auf sie und brüllte: »Italo-Sauhunde!« Er war schon ziemlich betrunken, und die andern drückten ihn sofort auf den Stuhl zurück. Dann versuchte er noch einmal aufzustehen, aber es fehlte ihm die Kraft.

»Gehen wir«, sagte der Vater und stand auf. Massimo zitterte, aber er ließ sich nichts anmerken. Giulietta wollte ihn an der Hand nehmen, doch Massimo riss sich sofort los. Er wollte der Gefahr allein begegnen. Er wollte erwachsen sein. Sie gingen schweigend an den Einheimischen vorbei zur Tür. Niemand sagte ein Wort.

»Auf Wiedersehen!«, rief die Wirtin den dreien nach.

Zwanzig Minuten später sitzen die Marinis zu Hause vor dem eigenen Fernseher.

Seit vier Jahren sind sie nicht mehr Saisonniers. Seit vier Jahren haben sie die sogenannte Jahresaufenthaltsbewilligung in der Tasche. Es ist ihnen erlaubt, eine Wohnung zu mieten. Normalerweise hätten sie diese Bewilligung viel früher bekommen, doch die Szene mit dem Bengel in Emmenbrücke und der darauffolgende Umzug in den Kanton Zürich hat alles verzögert. Aber jetzt ist die Familie offiziell angemeldet, Giovanni und Giulietta sind verheiratet, und seit vier Jahren existiert auch Massimo offiziell und darf die Schule besuchen.

»Bier, Giovanni?«, fragt Giulietta.

Aber der Vater ist ganz woanders. Seine Augen kleben am Bildschirm, und seine Gedanken pendeln nervös zwischen der Schweiz und Italien. Bis dieses Resultat steht, fühlt er sich gerade nirgendwo zu Hause. Er pafft eine Winston nach der anderen. Als der Nachrichtensprecher nach der Werbung (»Sie baden gerade Ihre Hände drin. – In Geschirrspülmittel? – Nein, in Palmolive mit natürlichen Proteinen.«) wieder auftaucht und die neueste Hochrechnung präsentiert, scheint sich das Blatt gewendet zu haben.

»Die Zahlen deuten darauf hin, dass die Überfremdungs-Initiative angenommen wird.«

»*Merda!* Packt schon mal eure Koffer!«, ruft Giovanni durch die Wohnung. Giulietta will ihm durchs Haar streichen, aber Giovanni verscheucht sie wie eine lästige Fliege.

Jetzt steht er auf, tritt ans Fenster und sagt: »Zurück nach Italien. Könnt ihr euch das vorstellen? Nach fünfzehn Jahren Schweiz zurück nach Otranto? Was sollen wir dort? Wir machen dort weiter, wo wir vor fünfzehn Jahren aufgehört haben. Als Fischer. Und du, Massimo, kannst als Portier in dem einzigen Hotel, diesem schäbigen Albergo di Mare anheuern. Vergiss das Gymnasium. Vergiss deine Freunde. Vergiss all deine Pläne. Und ich werde meine vergessen. Zurück in das primitivste Leben, das man sich in Europa vorstellen kann. Und all das, nachdem wir uns fünfzehn Jahre lang müde gekrüppelt haben – für dieses Land, das uns hinauswerfen will.«

»Warten wir's ab, Giovanni, vielleicht kommt es ja noch anders.« Giulietta stellt ihm ein Bier hin. Seine Hand zittert. Er verschüttet ein paar Tropfen.

»Erzähl mir von Otranto, Papa«, sagt Massimo auf einmal. »Warum erzählst du nie vom Meer?«

»Weil es die Vergangenheit ist, Maxi. Weil man sich von der Vergangenheit lösen muss. Weil sie einem sonst in die Quere kommt. Das Leben findet vorne statt, Massimo, vorne. Schau nie zurück.«

»Aber ich möchte wissen, wie es dort ist, Papa.«

Wieder schaltet sich der Nachrichtensprecher ein: Das endgültige Resultat in einer halben Stunde. Die letzten Hochrechnungen: Nun sieht es doch nach Ablehnung der Initiative aus.

Giovanni atmet auf. »Das ist ja die reinste Tortur! Ich kann nicht länger zuschauen. Schalten wir aus.« Der kleine Punkt, der vom Strom zurückbleibt, stirbt langsam dahin.

»Also, Papa, wo ist Otranto überhaupt?«

»Mach mich nicht wahnsinnig!«, brüllt Giovanni. »Wir werden nicht zurückgehen, unter gar keinen Umständen. Otranto, das ist lange her, so lange, dass es gar nicht mehr existiert!«

»In Süditalien«, sagt Mutter und fährt Massimo über die Wangen. »Ganz unten am Stiefel, dort, wo man beim Absatz den reflektierenden Sicherheitskleber dranmacht, damit einen die Autos sehen in der Nacht. Dort sind wir her, dein Papa und deine Mama, und dort unten bist du gezeugt worden. Auf die Welt bist du in einer Klinik in Rom gekommen, mein Schatz, aber gezeugt haben wir dich ganz unten beim Sicherheitskleber.«

Plötzlich klingelt das Telefon. Giovanni nimmt ab. *»Si! E vai! Bene! Molto bene! Grande!«*, und jetzt mit der Hand auf der Muschel: »Die Initiative ist abgelehnt worden. Schnell, schaltet den Fernseher ein!«

»...mit 54% abgelehnt worden. Damit wird die bisherige Einwanderungspolitik bestätigt. Tausende von Fremdarbeitern in unserem Land können aufatmen. Sie dürfen bleiben. Auch die Spitzen der Industrie sind zufrieden mit dem Abstimmungsergebnis. Enttäuschung hingegen bei den Initianten, vornehmlich bei Nationalrat Schwarzenbach, den wir noch nicht befragen konnten. Und nun zu einem Kommentar unseres Politbeobachters Peter Pfister.«

Das Bild wechselt, der Nachrichtensprecher ist verschwunden, und an seiner Stelle ist ein älterer, seriöser Mann mit Hornbrille zu sehen, der nicht sitzt, sondern steht.

»Meine Damen und Herren, die Stimmbürger unseres Landes haben entschieden. Die sogenannte Überfremdungs-Initiative ist deutlich abgelehnt worden. Damit wird die bisherige Einwanderungspolitik der Schweiz bekräftigt. Begeisterung im einen Lager, Enttäuschung im anderen. Wie ist es überhaupt zu dieser Initiative gekommen?

Blicken wir kurz zurück. Nach dem Zweiten Weltkrieg erlebt die Schweiz einen Wirtschaftsboom, eine Hochkonjunktur. Ringsherum ist alles zerbombt, nur die Schweiz ist durch die besonnene Politik unserer Landesregierung verschont geblieben und befindet sich in der komfortablen Lage, den Rest Europas mit Maschinen, Textilien, Schokoladen, Waffen und Zement zu beliefern. Der Arbeitsmarkt ist völlig ausgetrocknet.

1948 schließt die Schweiz mit der italienischen Regierung ein Abkommen zur Vermittlung italienischer Arbeiter. Es löst eine Masseneinwanderung aus. Die Zahl der Ausländer steigt rasant an: Von knapp 300 000 im Jahre 1950 auf eine Million heute, wobei die Hälfte des Zuwachses auf Italienische Staatsbürger zurückgeht. Bei vielen Schweizerinnen und Schweizern löst diese ungeahnte Entwicklung Verunsicherung, Entfremdung und Hass aus.

Anfang der 60er Jahre formieren sich erste Bewegungen, die das Überfremdungsproblem thematisieren und eine zahlenmäßige Beschränkung verlangen. 1963 gründet Albert Stocker in Zürich die Anti-Italiener-Partei.

Doch erst als James Schwarzenbach, Sohn einer Großindustriellenfamilie, in die politische Arena tritt, gewinnt die Überfremdungsbewegung an Kraft. Schwarzenbach gelingt es, breite Bevölkerungsschichten für seine Initiative zu gewinnen. Auf der anderen Seite stehen – in einer ungewöhnlichen Koalition – die Kräfte der Großindustrie und der Intellektuellen.

Wer kennt ihn nicht, den Ausspruch des linken Schriftstellers Max Frisch: ›Ein kleines Herrenvolk sieht sich in Gefahr: Man hat Arbeitskräfte gerufen, und es kamen Menschen.‹ Schwarzenbachs Initiative wollte die Zahl der ausländischen Bevölkerung auf 10% beschränken. Wäre der Gesetzesentwurf angenommen worden, hätte jeder dritte Ausländer die Schweiz verlassen müssen.

Doch heute, an diesem historischen 7. Juni 1970, haben die Schweizer ein klares Wort gesprochen, und das heißt: Wir brauchen die Ausländer, und wir wollen die Ausländer.«

Massimos Vater klatscht in die Hände und lässt den stehenden Kommentator ohne Ton weiterreden. »Spumante, Giulietta, haben wir Spumante?«

Seine Augen sind feucht, und er weiß nicht recht, wohin mit dem Überschwang. Er stöbert im Büchergestell nach einer Platte, und findet sie. Domenico Modugno: *I Grandi Successi Originali.* Er legt sie auf. *»Io, sono io, proprio io, vicino a te…«* rieselt es aus den Lautsprechern, und es genügt, dass die Stimme da ist, alles andere entsteht hinter geschlossenen Augen: die langsam sich drehende, glitzernde Kugel mit den tausend Spiegelscherben im Scheinwerferlicht, und darunter Modugno mit dem sympathischen Schnäuzchen und seiner ausgefeilten Showgestik. Modugnos Stimme voller Schmelz entführt sie in eine Traumwelt der Sternchen und Lichter.

Endlich hat Giulietta eine Flasche Spumante gefunden. Giovanni nimmt sie ihr aus der Hand und knallt sie auf den Tisch. Er legt ihr den Arm um die Taille, und gemeinsam tanzen sie zu *»Volare, oh oh… Cantare, ohohoho… Nel blu dipinto di blu… Felice di stare lassù…«*.

Der zwölfjährige Massimo traut seinen Augen nicht: Mama und Papa so ausgelassen, tanzend, schwebend. So glücklich hat er seine Eltern noch nie erlebt. Im Hintergrund flimmert der Nachrichtensprecher, tonlos.

Als das Lied zu Ende ist, wird der Spumante entkorkt, und der Vater fährt mit der Flasche in einem Schwung über die drei Gläser hinweg, einiges spritzt daneben, tropft aufs Tischtuch und von dort auf den Teppich, aber das spielt jetzt keine Rolle. Es ist Massimos erster Schluck Alkohol.

Bald verschwimmt alles, der Schwarzweißmann auf dem

Bildschirm, der Vater, die Mutter, die Kommode mit den gehäkelten Deckchen, das Geschirr mit den Goldrändchen in der Glasvitrine, das nie angerührt wird, nicht einmal, wenn Besuch kommt, die Zinnbecher, die eingerahmten Fotos seiner Großeltern, die Mondo-Bücher über Raketen, Lokomotiven und Tiefseetaucher, ein Ammonit, ein tellergroßes versteinertes Urtier, das seinem Vater beim Bohren in die Hände gefallen ist, der Cinzano-Aschenbecher auf dem Nierentisch, der Lüster mit fünf Stoffschirmchen in Grün, Gelb, Weiß, Beige und Rosa. Massimo muss sich hinlegen, so schön und süß dreht sich alles.

Als Massimo aufwacht, tanzen seine Eltern noch immer. Mitternacht ist vorbei, die Anzeige der Wanduhr auf den nächsten Tag gesprungen.

Er streckt und räkelt sich auf dem Sofa. Er rafft sich auf und schaut aus dem Fenster: Überall, wo Italiener zu Hause sind – und in diesem Quartier sind sie in der Mehrheit –, brennen die Lichter.

»Mein Schatz, Zeit fürs Bett«, sagt Giulietta und fixiert ihren schläfrigen Sohn, während Giovanni sie unter der sanften Lenkung seiner Arme in eine Pirouette hineinführt.

Flo Sandon's zuckersüßes *Angeli Senza Cielo* – die Engelsgeigen im Hintergrund und der Triangelschlag am Ende des Motivs, wenn man glaubt, im Himmel angekommen zu sein – die große Flo Sandon's, die zusammen mit ihrem Mann Natalino Italien den Swing geschenkt hat, beschenkt nun Giulietta, Giovanni und Massimo in Schlieren bei Zürich.

»Ach, lass ihn doch. Heute war ein großer Tag. Das muss gefeiert werden!«

Und damit hat sein Vater die ganze Welt aus ihrer Erstarrung erlöst. Alles ist eingewickelt in ein behagliches Gefühl beschwingter Sorglosigkeit. Es fühlt sich an, als befände man sich auf einem Luxusdampfer, der den unsäglichen Kontinent der Einschüchterung hinter sich gelassen hat und über das glitzernde Meer dem Paradies entgegendampft.

»Papa, erzähl mir vom Meer.«

»Was möchtest du denn wissen, Maxi?«

Vater und Mutter stehen sich hüfteschwingend gegenüber und versuchen einen Cha-Cha-Cha. Sie sehen aus wie ein balzendes Entenpärchen.

»Alles.«

»*Eh, questa è una storia lunga,* eine lange Geschichte.«

Der Tanz ist nicht so einfach, wie er aussieht. Mutter und Vater bewegen sich plötzlich in die entgegengesetzte Richtung und verlieren sich aus den Händen. Mutter sagt »Cha-Cha-Cha« und klatscht dabei drei Mal, um den Vater wieder aufs Gleis zu bringen. Und tatsächlich, jetzt verschieben sie sich bei jedem Cha-Cha-Cha wie ein zusammengeschweißter Block – Schritt nach links, Füße zusammen, Schritt nach links, Cha-Cha-Cha; oder Schritt nach rechts, Füße zusammen und Schritt nach rechts, Cha-Cha-Cha.

»Warum denn nicht?«, insistiert Massimo.

»*E va bene.*« Sein Vater dreht sich aus den Armen der Mutter und lässt sich neben ihn auf das Sofa fallen. Er ist ganz verschwitzt. Der vertraute Geruch ist behütend und abstoßend zugleich.

Von unten klopft der Nachbar mit einem Besenstiel an die Decke. Das feine Porzellan im verglasten Schrank klirrt leise. Vermutlich ging das schon die ganze Zeit so, nur hat man es vor lauter Musik nicht gehört. Der Vater steht auf und dreht die Musik leiser. Dann füllt er die Gläser mit Spumante nach.

»Noch drei Jahre, und wir kriegen die Niederlassungsbewilligung, noch fünf Jahre, und wir sind Schweizer. Und dann machen wir unser eigenes Geschäft auf, unsere eigene Tunnelbaufirma. Dann zeigen wir's allen. *Salute!*«

Giovanni knöpft sein Hemd auf, ballt es zusammen und wischt sich damit den Schweiß aus den Achselhöhlen. Dann steckt er sich eine Zigarette an, hustet, legt den verschwitzten Arm um seinen Sohn und beginnt zu erzählen.

Er hat sich bisher stets geweigert zurückzublicken, aber seit dem heutigen Abstimmungsereignis, seit der greifbaren Hoffnung auf eine gesicherte Zukunft in diesem Land hat sich alles geändert. Die Vergangenheit darf erweckt werden. Ja sie *muss* erweckt werden, damit die letzten vierzehn Jahre überhaupt einen Sinn ergeben.

Giovanni beginnt zu erzählen, von Anfang an, von seinem Vater, der im Krieg umgekommen ist, von der Zeit nach dem Krieg, als er selbst mit der *Lucia* auf Fang ging, von der Geschichte mit dem Koffer, dem Bengel, der eine Kelle Mörtel abgekriegt hat.

Wie verrückt doch das Leben ist, denkt er, als er die Vergangenheit wie einen Teppich ausrollt, wie verrückt! Und trotz allem kommt irgendwie heraus, was man sich einmal in den Kopf gesetzt hat. Er schaut sich um. Sie sind in der

Schweiz, haben beide eine Stelle, einen intelligenten Sohn, sind gesund, glücklich, und nun haben sie sogar den Schweizer Pass in Aussicht.

Er klemmt Massimos Kopf wie eine Nuss in seinen Ellbogen und flüstert ihm ins Ohr: »Man muss sich die Dinge nur ordentlich in den Kopf setzen. Hörst du? Man muss sich die Dinge nur ordentlich in den Kopf setzen.«

Massimo ist eingeschlafen. Giulietta ebenfalls. Es ist zwei Uhr morgens. Giovanni steht auf und öffnet das Fenster. Der Regen hat aufgehört. Dampf liegt warm zwischen den Häusern. Die Luft riecht nach Asphalt. Nirgendwo brennt mehr Licht. Er legt eine Decke über Giulietta und Massimo, küsst beide auf die Stirn, löscht das Licht und legt sich schlafen.

Vier Wochen nach dem Tod von Raffael Marini und zwei Wochen nach meiner Einlieferung in die Klinik Pressekonferenz. Offenbar gibt es einen Hauptverdächtigen. Ein neunundvierzigjähriger Deutscher namens Nick Lentz soll den fünfzehnjährigen Sohn des Massimo Marini entführt und umgebracht haben. Der Hinweis kam von einem anonymen Anrufer aus einer Telefonkabine in Zürich.

Die Fingerabdrücke, die dem Fahrzeug entnommen wurden, stimmen mit dem Hauptverdächtigen überein. Ausschreibung der detaillierten Personalien des Hauptverdächtigen auf allen Polizeiposten Deutschlands, Italiens und der Schweiz.

Kleinberg ist konsterniert: »Sie haben ja gar nicht über sich selbst geschrieben.« Es klingt wie eine Anklage. »Ich verstehe nicht, was das soll, dieses Geschwafel über einen Bauunternehmer.«

»Aber genau das wollten Sie doch.«

»Ihr *Verhältnis* zu ihm, zu diesem Bauunternehmer, das ist doch das Zentrale.«

»Vielleicht ist das ja genau der Witz«, sage ich.

»Welcher Witz?«

»Man spiegelt sich in dem anderen.«

Kleinberg runzelt die Stirn. Dass er selbst im Bericht

vorkommt, scheint ihn nicht verstimmt zu haben, im Gegenteil. Er sagt, ich hätte ihn »realistisch« beschrieben, »objektiv«. Trotzdem wäre es nicht nötig gewesen, ihn als »russischen Karriere-Revolutionär« zu bezeichnen. Er ist froh, sagt er, dass diese Notizen nie veröffentlicht werden.

Kleinberg meint, ich hätte mich nur deshalb in Massimos Geschichte vertieft, um mich nicht mit meinen eigenen Problemen befassen zu müssen. Feigheit gegen sich selbst durch Beschäftigung mit den anderen. Normale Leute würden ins Kino gehen. Der Effekt ist derselbe: Ablenkung von sich selbst. Der Vorteil des Kinos: Nach zwei Stunden ist man aus der Illusion entlassen. Der Nachteil des Bücherschreibens: Die Illusion bleibt, solange man schreibt, und das kann ein Leben lang dauern.

Ich fürchte, dass Kleinberg mich nun, nach diesen milden Betrachtungen, still und heimlich vom Schreiben abbringen will. Und das, nachdem er sich anfänglich so sehr dafür eingesetzt hat.

Massimos Links-Rutsch begann mit *Woyzeck*. Sein italienisches Temperament machte sich nicht nur in seinem kräftigen schwarzen gewellten Haar, seinen beneidenswert großen dunklen Augen, seinen edel gezeichneten Augenbrauen und seinem schönen lebhaften Gesicht bemerkbar.

Auch seine Gestik hatte etwas eindeutig Südländisches. Die Art, wie er beim Diskutieren mit offenen Händen vor der Brust agierte, als könne er damit die Wörter antreiben, sie aus seinem Herzen direkt auf die Zunge und schließlich hinaus in die Luft wirbeln.

Oder wie er, wenn er aufgebracht war, die Faust nicht in der Tasche, sondern neben seinem Kopf ballte, sichtbar als Leuchtturm der Wut.

Oder wie er sich mit gerecktem Haupt stolz auf einem Absatz umdrehen konnte. Das war im höchsten Maß tänzerisch und zeugte von einem äußerst entwickelten Verhältnis zum eigenen Körper.

All dies war dem Deutschlehrer schon in der ersten Stunde aufgefallen, und da er gerade ein zusätzliches Mitglied für die Schülertheatergruppe suchte, deren Gründer und Leiter er war, gab es für ihn nur einen Kandidaten: Massimo. Dies war im Jahr 1974 – Massimo war sechzehn.

Nach der Überfremdungs-Abstimmung von 1970 normalisierte sich das Verhältnis der einheimischen Schweizer zu den Italienern. Man hatte die Gastarbeiter zwar noch nicht ins Herz geschlossen, aber man betrachtete sie auch nicht mehr als rechtloses Untervolk.

Ihre Kinder wurden nach wie vor gehänselt, aber wenn sie auf dem Sportplatz ihre oft verblüffenden Fähigkeiten ausspielten, konnte es sein, dass das Missfallen in grenzenlose Bewunderung umschlug. Genau das war bei Massimo der Fall. Er war nicht nur einer der besten in Physik, Mathematik, Fremdsprachen und Latein (problematisch war nur das Zeichnen), auch im Sport war er unschlagbar.

Und jetzt stand er auch noch auf der Bühne und deklamierte als Sohn italienischer Gastarbeiter die heiligen deutschen Nationaldichter.

Nichts an seinem Auftreten war unnatürlich. Er joggte im Winter und Sommer durch die Straßen und rezitierte Kleist, Brecht, Dürrenmatt, schwitzend, speiend, laut. Man konnte ihm die seltsamsten Kostüme umhängen. Als Michael Kohlhaas war er ebenso überzeugend wie als Wilhelm Tell, als Götz von Berlichingen nicht weniger glaubhaft denn als Dorfrichter Adam.

Um ebendiesen Dorfrichter Adam ging es in der Theaterwoche. Die Schüler sollten einmal im Jahr Gelegenheit haben, sich mit einem anspruchsvollen Stoff – diesmal Kleist – auseinanderzusetzen und ihn am Ende der Woche aufzuführen. Der Deutschlehrer hatte dafür ein Ferienlager in Grindelwald organisiert, und am Ende würden sie das Dörfchen mit ein bisschen Hochkultur beschenken.

Die Kosten pro Schüler beliefen sich auf dreihundertfünfzig Franken, eine Kleinigkeit, wenn man bedenkt, dass darin die Hin- und Rückfahrt mit dem Zug, die Übernachtungen, sämtliche Mahlzeiten, die Theaterkostüme, die Staffage und ein Ausflug aufs Jungfraujoch eingerechnet waren.

Dreihundertfünfzig Franken. Als Massimo den Betrag hörte, musste er leer schlucken. Keine Kleinigkeit für ihn, und das wusste der Deutschlehrer natürlich auch. Darum reichte dieser beim Rektor ein Gesuch ein, dass die Schule die Kosten für »den finanziell minderbemittelten Fremdarbeitersohn« übernehmen solle – und es wurde prompt bewilligt.

Als Massimo von der Sonderbehandlung erfuhr, beschwerte er sich. Hundertmal lieber hätte er an den folgenden Wochenenden die Gänge des Schulhauses gewischt, Abfalleimer geleert, die Wandtafeln in sämtlichen Schulzimmern mit Schwamm und Gummiabzieher gewaschen und so das Geld selbst verdient.

Aber der Deutschlehrer ließ nicht mit sich reden. »Sei dankbar, und vergiss die Sache. Konzentrier dich besser auf deine Rolle: Handle aus dem Inneren heraus, respektiere den Augenblick, lege die ganze Kraft in das Schweigen – das sind die Dinge, mit denen du dich beschäftigen sollst.«

Zum Glück erfuhren seine Kameraden nichts von der Sonderbehandlung. Gegenüber seinen Eltern gab er die Theaterwoche als Sportwoche aus und reiste am Montagmorgen ab.

Die Aufführung am folgenden Samstag in Grindelwald war ein Erfolg. Die vornehmlich aus Rentnern bestehende Zuhörerschaft im Gemeindesaal war mehr als entzückt über die kulturelle Darbietung aus Zürich. Sechs Vorhänge! Sechs Mal musste sich Hauptdarsteller Massimo solo verbeugen – bis der Applaus allmählich verebbte.

»*Signore, benedici noi e questo cibo che stiamo per prendere. Insegnaci a dividerlo con i più poveri.* Komm, Herr Jesus, sei unser Gast, und segne, was du uns bescheret hast. Amen«, schloss sein Vater das Tischgebet.

Es war ein früher Sonntagabend. Massimo war soeben aus Grindelwald zurückgekehrt. In seinem Kopf wirbelten Kleists Strophen, und in Gedanken stand er noch immer auf der Bühne. Die Pasta lag unter der duftenden Tomatensauce begraben. Massimo wollte soeben hineinstechen, als ihn sein Vater anfuhr: »Wie lange geht das schon?«

»Geht was?«

»Verkauf mich nicht für dumm. Das mit dem Theater.«

»Seit Anfang des Schuljahrs.«

»Und diese sogenannte Theaterwoche – warum musstest du da mit?«

»Weil ich die Hauptrolle spielte, Papa, die Hauptrolle, verstehst du, Dorfrichter Adam.«

»Und worum geht es da?«

»Um den zerbrochenen Krug. Der Krug steht für die Jungfräulichkeit.«

Giovanni schüttelte den Kopf.

»Aber da ist überhaupt nichts Schmutziges dabei, wenn du das meinst. Und ich habe die Hauptrolle gespielt, Papa.«

»Ich glaube, dass du eine andere Rolle gespielt hast. Zumindest wenn ich von dem Gesuch höre für den ›finanziell minderbemittelten Fremdarbeitersohn‹.«

Der Mann wusste alles.

»Und was hast du mit dem Theater vor?«

»Nichts habe ich vor.«

»Hör zu. Ich möchte, dass du das sein lässt und dich auf die Schule konzentrierst. Auf die Fächer, auf die es ankommt, *capito?*«

Noch immer verströmten die drei Teller den Geruch von frischen Tomaten, Knoblauch, Zwiebeln, Basilikum und Olivenöl. Doch weil weder Vater noch Mutter das Besteck aufgenommen hatten, wagte es auch Massimo nicht.

»Ich konzentrier mich ja auf die Schule. Ich bin einer der besten.«

»Man kann immer noch besser sein.«

Massimo ließ die Gabel über den Fingerspitzen kreisen.

»Schau mir in die Augen, und hör mir zu, *figlio mio. La vita non è un teatro.* Im Theater wimmelt es von Träumern und Schmarotzern. Wer etwas auf sich hält, lernt einen anständigen Beruf. Oder willst du als Schaubudenkomödiant enden? Ich habe genug davon gesehen in Otranto und anderswo. Mein Sohn soll kein Nichtsnutz werden.«

»Aber ich will doch gar nicht Schauspieler werden. Ich tu das ja nur, weil es mir gefällt.«

»Weil es dir gefällt. Weißt du, mein Junge, warum Schauspieler Schauspieler geworden sind? Weil es ihnen gefallen hat. Meinst du, ich wüsste nicht, wer mit dir in dieser Theatergruppe steckt? Da ist Koni Gebistorf, Arztsohn, Manuela Schmiediger, ihr Vater hat drei Buchhandlungen, drei, Massimo, das sind verdammt viele Buchhandlungen, und natürlich Viktor Bühler, Sohn des Bankdirektors. Meinst du, ich wüsste das alles nicht? Diese Kinder brauchen keinen anständigen Beruf zu erlernen. Die sitzen eh schon auf dem Geld. Die können Theater und Literatur und Philosophie und solch nutzloses Zeug studieren. Nicht wir, Massimo. Das ist nicht unsere Welt, verstehst du? Wir sind nicht hier, um das Leben zu genießen. Wir sind hier, um etwas aufzubauen. Ich möchte, dass du das verstehst, *Dio santo*!« Beim Sprechen stieß er jetzt winzige Speicheltröpfchen aus.

»Aber der Deutschlehrer hat gemeint, dass ich ein Naturtalent bin.«

»Wer ist dein Vater, Massimo? Schau mich an. Ich frage dich, wer dein Vater ist.«

Massimo schob den Teller von sich, stand auf und rannte aus dem Haus.

Er rannte zur Limmat hinunter. Dort setzte er sich auf die Böschung und ließ Steine über das Wasser hüpfen. Er schleuderte sie so heftig, dass einige das gegenüberliegende Ufer erreichten. Der Mann wusste wirklich alles.

Dann stand Massimo auf und deklamierte Michael Kohlhaas, fehlerlos, er rief die Sätze über das Wasser der Limmat hinweg, er sprach sie so, wie er die Steine geschleudert hatte, mit der gleichen Wucht.

Als er zwei Stunden später wieder zur Tür hereinkam, schaute der Vater vom *Corriere degli italiani* auf und sagte: »Wenn ich dein Vater wäre, Massimo, weißt du, was ich dir dann raten würde?«

»Aber du bist doch mein Vater.«

»Ach ja? Bin ich das wirklich?«

»Klar doch!«

»Ich würde dir raten: Nimm deinen Vater ernst.«

Massimo verkroch sich in sein Zimmer. Eine Minute später trat seine Mutter ein. Nichts machte Giulietta unglücklicher, als wenn ihr Massimo traurig war. Sie setzte sich zu ihm auf die Bettkante.

»Muss es denn wirklich sein, mein Schatz, diese Schauspielerei?«

»Ja, es muss sein.«

»Aber worum geht es denn? Willst du nicht einfach nur um diese reichen Kinder herum sein? Oder willst auf der Bühne im Mittelpunkt stehen? Du willst mehr sein, als du bist – ist es das?«

»Das ist es nicht, Mama. Ich fühle mich so lebendig, wenn ich auf der Bühne stehe. Und die Stoffe sind wirklich gut. Ich weiß, dass ihr diese Stücke nicht kennt, aber es sind wirklich gute Stücke, die die Deutschen geschrieben haben.«

»Und italienische Stücke? Das würde deinen Papa freuen. Führt ihr denn nicht auch italienische Stücke auf?«

»Das Fach heißt Deutsch, Mama.«

Von nun an probte Massimo im Stillen. Über die Monate entwickelte er die Fähigkeit, Texte lautlos auswendig zu lernen. So wie andere im Kopf das Schachspiel beherrschen, ohne Schachbrett, gelang es ihm nun, in eine Rolle zu schlüpfen, ohne zu sprechen.

Selbst die Gestik hatte er mit der Zeit im Kopf. Er saß da, mit geschlossenen Augen, und konnte sich alles vorstellen – das Spiel des eigenen Körpers, den Gesichtsausdruck, die Sätze, die Pausen zwischen den Sätzen, den eigenen Puls.

Giovanni, Giulietta und auch Massimo wussten, wie schrecklich leichtfertig es ist, an Geld zu denken, ohne etwas dafür zu tun. Um zusätzliche Mittel zu beschaffen, waren die Marinis damit beschäftigt, einfache Gartenarbeiten in einer benachbarten Siedlung zu erledigen.

Die Bewohner dieser Häuschen – alles leitende Angestellte einer Maschinenfirma – hatten genug von den Grabenkämpfen und dem uneinheitlichen Bild, das ihr Quartier bot. Es gab solche, die alles daransetzten, einen gepflegten Rasen zu halten, und es gab andere, die ihren Rasen verwildern ließen, bis kaum noch Gras, sondern nur noch Löwenzahn wuchs. Und es gab kleine Streitereien, wer die gemeinschaftlichen Flächen (etwa den Kinderspielplatz) in Ordnung zu halten habe. Daher entschloss man sich, die Marinis zu engagieren.

Einundzwanzig Häuschen. In den vier Tagen alle zwei Wochen, in denen Giovanni nicht auf einer Tunnelbaustelle sondern zu Hause wohnte, arbeitete er zehn, manchmal zwölf Stunden am Tag und sorgte für ein gepflegtes Bild dieser einundzwanzig Häuschen. Giulietta unterstützte ihn nach Kräften – vor oder nach ihrer Schicht als Verkäuferin in einem Migros-Supermarkt.

Und selbstverständlich wurde auch von Massimo erwartet, dass er sich nach der Schule aufmachte, um mit einem Rasenmäher die Grünflächen der monotonen Vorgärten zu mähen.

Die Marinis setzten alles daran, mehr als nur das Nötigste zu erledigen. Wenn ein Sturm im Herbst das Laub vor die Kellertüren wehte, waren es die Marinis, die es zusammenschaufelten. Wenn jemand Hilfe beim Setzen der

Tulpenzwiebeln brauchte, konnte Giulietta einen halben Tag dafür opfern.

Wenn in der Nacht Schnee fiel, waren Giovanni und Massimo um fünf Uhr morgens mit dem Handpflug unterwegs, damit die Quartierstraßen für die ersten Morgengänger auch garantiert freigeräumt waren.

Für all diese Zusatzleistungen wurden sie nicht bezahlt, und das wussten die Besitzer dieser Einfamilienhäuschen natürlich. Die meisten schenkten ihnen einen Panettone zu Weihnachten. Viele auch ein Couvert mit einer Zwanziger-, manchmal sogar einer Fünfzigernote darin.

Man schenkte ihnen auch Kleider für Massimo, die von den eigenen Kindern ausgetragen, aber zum Wegwerfen zu neu waren. Einundzwanzig Panettoni (die meisten selbst für Schwäne zu trocken) und mindestens ein Dutzend Paar ausgetragene Hosen.

Bei aller Arbeit waren Giovanni, Giulietta und Massimo darauf bedacht, glücklich zu erscheinen, und meistens waren sie es wirklich. Jetzt, da Massimo die Oberstufe des Gymnasiums besuchte, war dieses Zusatzeinkommen eine Notwendigkeit. Und die Bewohner – waren ja wirklich nette Leute.

Was den Marinis jedoch am meisten Sympathie einbrachte, war nicht das Schneeschaufeln, sondern ihre Bemühungen, sich möglichst nahtlos den Gebräuchen der Einheimischen anzuschließen.

Giovanni fuhr bewusst keinen Fiat, sondern einen Opel Kadett. Giulietta trug keine Schürzen und schon gar keine schwarzen Klamotten wie in Süditalien, sondern Blusen,

Röcke und manchmal sogar Hosen, mit einem modischen Zeitabstand von drei bis vier Jahren zu den Schweizerinnen – was gerade richtig war. Und am Nationalfeiertag hängten die Marinis die Schweizerfahne über das Balkongeländer und ließen rotweiße Lampions baumeln. Sie waren bei weitem nicht die einzigen Gastarbeiter, die das taten.

»Egal, was du kriegst, sag immer schön danke«, hatte Giulietta Massimo von Anfang an eingetrichtert.

Kein einziges Mal verlor Massimo die Beherrschung, wenn er an einem Samstag den Rasenmäher über die endlosen Flächen schob, vorbei an dem einen oder anderen Klassenkameraden, der sich mit einem Mädchen vergnügte oder im Liegestuhl faulenzte und Eiscreme lutschte. Massimo dachte an seine Rolle im nächsten Theaterstück, und seine Stimme versank im Gedröhn des Zweitaktmotors.

Am Ende des nächsten Schuljahres hatte bei ihm ein komplett neues Denken eingesetzt. Der Lehrer hatte Büchners *Woyzeck* vorgeschlagen, und nach der Lektüre des Reclam-Bändchens sah sich Massimo – dem man bis dahin immer die Heldenrollen angetragen hatte – automatisch als Hauptmann.

Aber diesmal wollte es der Lehrer anders. »Es täte dir gut, wenn du auch einmal eine Rolle als Unterhund spielen würdest – du kannst auf einer persönlichen Ebene viel von einem solchen Perspektivenwechsel profitieren.«

Massimo hatte dem nichts entgegenzusetzen und lernte den Part des Woyzeck über Nacht.

Die Proben verliefen ohne nennenswerte Denkschübe. Er fühlte sich so sehr auf der Höhe seiner schauspielerischen

Fähigkeiten, dass er sich schon am Schauspielhaus Zürich sah – oder im Théâtre National de l'Odéon oder in Hollywood. Alles lief wie von selbst. Das Leben schien vor ihm zu liegen wie Zuckerguss, den er bloß aufzulecken brauchte.

Massimo hatte seine Eltern zur Aufführung eingeladen. Sie waren – nach siebzehn Jahren in der Schweiz – soeben Bürger dieses Landes geworden, und die Freude über die bescheidene, aber herzliche Einbürgerungsfeier in Schlieren (es gab Bratwürste, Bier, Kuchen, eine kleine Schweizerfahne zum Mit-nach-Hause-Nehmen und eine Rede des Gemeindepräsidenten) stand seinem Vater noch ins Gesicht geschrieben.

Noch nie hatte Massimo seine Eltern in die Schule eingeladen. Ihr Deutsch war nicht auf der Höhe, und altertümliches Deutsch, dazu die gekünstelte Sprache der Stückeschreiber – nein, das machte einfach keinen Sinn. Außerdem genierte er sich ein bisschen.

Sie waren vier Jungs italienischer Abstammung in seiner Klasse von zwanzig, und kein anderer hatte je den Mut gehabt, seine ausländischen Eltern in die Nähe der Schule zu bewegen.

Aber nun *hatte* er sie eingeladen, und sie *waren* erschienen. Sein Vater Giovanni im besten Anzug, den er besaß, einem massigen, dunkelblauen Doppelreiher, der ihn wie einen drittrangigen Mafioso aussehen ließ, und seine Mutter Giulietta in einem weinroten Zweiteiler mit einer beigefarbenen Bluse, am Hals glänzte eine zweireihige Kette aus Zuchtperlen. Sie waren wie für einen Staatsempfang gerüstet.

Aber was sie zu sehen bekamen, war der reinste Graus. Da stand ihr Sohn in Lumpen auf der Bühne, stammelte, zitterte mit jeder Faser seines Körpers, fraß Erbsen und ließ sich bis an die Grenze des Erträglichen demütigen.

Dem siebzehnjährigen Massimo aber eröffnete sich eine neue Welt. Er kam sich – erbsenspuckend – ein bisschen wie ein Fremdarbeiter vor, wie ein Immigrant, wie all die italienischen Arbeiter, die er von Emmenbrücke und Schlieren her kannte ... wie sein Vater. Und er fragte sich, was wohl schlimmer war: von einem Hauptmann gedemütigt zu werden oder von einem Schulbub, der einem »Tschingg« nachrief?

Während der *Woyzeck*-Aufführung riss sich Massimo zusammen, aber auf einmal wurde ihm klar: Es gibt die Welt der Herrschenden, und es gibt die Welt der Ausgenutzten. Er würde sich nicht, wie seine Eltern es wünschten, auf die Seite der Quäler schlagen, sondern auf die der Gequälten. Er würde gegen die Ungerechtigkeit in der Welt kämpfen – und wenn das bedeutete, dass man dafür mit seinem Leben bezahlte.

Die Souffleuse musste ihm ganze Sätze einflüstern, so sehr ließ er sich wegtragen von der Idee der Gerechtigkeit.

Dann kam die Schlussszene *(»Meint Ihr, ich hätt jemand umgebracht? Bin ich Mörder? Was gafft Ihr! Guckt Euch selbst an.«)*, und Massimo ging gleich noch ein Licht auf. Während er diese Zeilen stotternd und speiend ins Publikum brüllte, begriff er, dass nichts im Leben ausgeschlossen ist, dass alles geschehen kann. Dass man sogar zum Mörder werden kann. Unabsichtlich. Getrieben durch die unberechenbaren Kräfte des Lebens. Auch er.

Sein Vater stieg noch in derselben Woche, in der er Schweizer Bürger geworden war, aus der Tunnelbaufirma aus und gründete seine eigene. Damit übersetzte er seinen lange gehegten ausgefeilten Traum in die Wirklichkeit.

Wann immer er in den letzten Jahren in den orangenen Schutzanzug gestiegen war, hatte er die Abmachung mit sich selbst erneuert: Werde dein eigener Chef! Und nun, mit dem Schweizerpass, war es endlich möglich geworden.

Das Geschäft entwickelte sich prächtig. Doch Massimo fiel auf, dass sein Vater seine Angestellten nicht besser behandelte, als er selbst behandelt worden war. Im Gegenteil. Da die Firma noch klein war, konnte sie sich nur dank günstigeren Arbeitskräften gegen die größere Konkurrenz durchsetzen. Und das bedeutete Druck auf die Mitarbeiter.

Nun kriegte auch sein Vater Ausländerkontingente zugeteilt, und er steckte seine Saisonniers in Baracken, die sich in nichts von den Baracken der Stahlfirma unterschieden. Sie waren klein, muffig und voller Ungeziefer. Statt vier Arbeiter steckte er sechs in ein Zimmer. Fotos durften keine an die Wand gepinnt werden, weil es den Anstrich beschädigt hätte.

Wenn einer mehr als drei Tage im Jahr krank war, schickte er ihn kurzerhand nach Italien zurück. Die Ausrüstung – Helm, Kopfleuchte, Schutzanzug, Gummistiefel – mussten die Arbeiter selbst bezahlen. Giovanni verbot ihnen, sich mit Arbeitern der Konkurrenz zu treffen. Und er verbot ihnen, auf dem Heimweg den Frauen nachzupfeifen.

Ganz langsam und ohne dass es ihm selbst bewusst wurde, begann Massimo, seinen Vater mit anderen Augen zu betrachten. Mit jedem Tag veränderte sich sein Bild von dem Mann, der ihm so viele Jahre lang ein Leuchtturm gewesen war.

Hier war ein Woyzeck, der sich selbst zum Hauptmann gemacht hatte. Und als Massimo mit der Idealisierung seines Vaters vollständig aufgehört hatte, wurde ihm klar, dass er … ihn hasste. Jawohl, Massimo hasste seinen Vater, und er hasste sich selbst dafür, dass er so empfand.

Giovanni war um keinen Deut besser, als seine Chefs es gewesen waren. Er behandelte seine Arbeiter mit der gleichen Härte, mit der er behandelt worden war. Und Giulietta unterstützte den Vollblutunternehmer in allem. Es schien den zweien undenkbar, dass ein Baugeschäft anders als mit eisernem Regiment geführt werden konnte. Und der Erfolg gab ihnen recht.

Darum war es für Massimo nach dem Abitur nur noch ein kleiner Schritt zur großen Lüge: Er schrieb sich ins Studium der Architektur ein, studierte aber Philosophie.

Den Gedanken, einmal das Geschäft seiner Eltern zu übernehmen, hatte er längst an den Rand des Universums verbannt.

»So kommen wir nicht weiter, Wyss. Sie verschanzen sich hinter dieser Marini-Geschichte.«

Ich zucke mit den Schultern.

»Dieser Massimo Marini ist Ihr Bunker.«

»Schon möglich«, sage ich. »Jedenfalls ist er hundertmal interessanter als ich.«

»Genau das wage ich zu bezweifeln. Hören Sie, Wyss, Sie dürfen sich nicht abwerten.«

»Warten Sie's ab. Mit Massimos Geschichte geht's erst los. Er hat ja noch nicht einmal richtig zu studieren begonnen.«

»Trotzdem dürfen Sie sich nicht abwerten. – Übrigens: Den Mann gibt es ja tatsächlich. Und was Sie über ihn schreiben, scheint zu stimmen. Hier.« Kleinberg winkt mit einem ausgedruckten Artikel der *Schweizer Illustrierten*. Die Hochzeitsfotos: Massimo und Julia inmitten der Zürcher B-Prominenz.

»Der Artikel ist ja drei Jahre alt«, sage ich.

»Im Internet gefunden.« Ein verschmitztes Lächeln liegt in seinem Gesicht, und ich frage mich, was Kleinberg damit sagen will. »Es stimmt, dieser Marini hat tatsächlich eine Cellistin geheiratet. Und er baut am Gotthard-Basistunnel.«

»Vorausgesetzt, man darf der *Schweizer Illustrierten* glauben.«

»Ich bitte Sie.«

Keine Ahnung, ob Kleinberg nun glücklich ist, dass es Massimo wirklich gibt, oder enttäuscht. Vermutlich hätte ich mehr über mich selbst ausgesagt, wenn die Geschichte eine reine Erfindung wäre. Er rollt das Blatt zusammen, hält es ans Auge, kneift das andere zu und guckt mich durch diese Tunnelröhre an: »Wyss, warum befassen Sie sich mit den Problemen anderer Leute?«

»Das tun Sie ja auch«, erwidere ich.

»Ja, aber nicht zum Vergnügen.«

»Woher wissen Sie, dass ich zum Vergnügen schreibe? Sie haben mich ja dazu aufgefordert. Und woher wissen Sie, dass das Schreiben kein Zwang ist?«

»Dann wären Sie ja auch noch zwanghaft veranlagt, und ich müsste Ihnen zusätzliche Pillen verschreiben.«

»Leeres Papier ist die beste Medizin.«

Kleinberg lächelt wie einer, der beim Pingpong verloren hat.

Am Abend schlendere ich in den Aufenthaltsraum der Klinik. Ich schlage die Zeitung auf und erblicke die groß aufgemachte Meldung: Die Polizei will herausgefunden haben, dass die Leiche, die man im Kofferraum des Porsche Cayenne in Rom gefunden hat, in einen Perserteppich eingewickelt war, der Massimo Marini, also dem Vater des getöteten Buben, gehört.

1979 war Massimo einundzwanzig und verließ Zürich, um ein Semester an der Sorbonne zu studieren. Insgeheim erhoffte er sich dabei das, was sich alle ausländischen Studenten erhoffen, wenn sie in Paris studieren: ein Wiederaufflammen von 1968.

Mit der für ihn typischen Intensität hatte Massimo die wichtigsten Bücher der Marxisten, Anarchisten und Existenzialisten gelesen und sich sowohl geistig als auch emotional auf Paris vorbereitet. Er war gerüstet. Sein Gepäck bestand aus einem grauen Rollkragenpullover, einer Kordjacke und einer Pfeife.

Doch als er in Paris ankam, waren die Straßen leer und die Hörsäle voll von braven Studenten, deren einziges Interesse darin bestand, möglichst schnell Lehrer an irgendeinem staatlichen Collège zu werden. 68, das musste vor unendlich vielen Jahren auf einem anderen Planeten stattgefunden haben.

Zwar gab es so etwas wie eine Bewegung, aber es war eine ausschließlich geistige, in die Massimo nur zögerlich hineinfand: die Postmoderne. Er verstand sie zwar nicht – und er zweifelte insgeheim, ob sie überhaupt jemand verstand –, doch es fühlte sich so herrlich avantgardistisch an, Foucault, Lyotard, Bourdieu, Bataille zu lesen und zumindest deren Tonfall nachzuahmen.

Massimos Freunde waren geradezu darauf versessen,

sich diesen Philosophen zu Füßen zu werfen und Wörter wie »différance« bewusst falsch zu schreiben. Sie waren überzeugt, damit einem Denken auf der Spur zu sein, das die Aufklärung in puncto Radikalität meilenweit hinter sich ließ.

»Es war der im 20. Jahrhundert erfolgreichste Versuch, den gesunden Menschenverstand einzunebeln«, sagte mir Massimo Jahrzehnte später, »aber ich machte all diesen Mist eine Weile mit. Entweder man rasierte sich den Schädel wie Foucault, oder man trug die Haare bürstig wie Derrida. Weil Foucault schwul war, trug ich sie nach dem Vorbild Derridas.«

Sein größtes Hindernis bestand darin, dass er zu Hause einen Vater hatte, der mit Baumaschinen im Dreck wühlte. Alle anderen Studenten stammten aus Akademikerfamilien, bei denen zumindest ein Elternteil aktiv mit Sprache zu tun hatte – als Professor, Lehrer, Journalist oder, im schlechtesten Fall, PR-Berater.

Massimo gab sich alle Mühe, seine Herkunft zu verschleiern: Seine Eltern waren nun keine süditalienischen Gastarbeiter mehr, sondern hatten in Bologna, der ältesten Universität der Welt, studiert – sein Vater Film und seine Mutter Linguistik – ja sie seien entfernt sogar mit Umberto Eco verwandt.

Er verleugnete seine Eltern. Er verwarf sie.

Aber weil der Virus der Postmoderne mittlerweile auch die Architektur infiziert hatte, spannte sich ein natürlicher Bogen zu jenem Fach, das er in den Augen seines Vaters eigentlich studierte. Es erlaubte Massimo, am Telefon hochgestochen über die nutzlosesten Aspekte des Bauens zu plaudern: die Bedeutung des Ornaments, Doppelkodierung, Polysemie, die Auflösung von Innen- und Außenraum, von oben und unten, kurz: das ganze hohle Repertoire. Ein Wunder, dass sein Vater ihm nicht den Geldhahn zudrehte.

Nach einem Jahr Paris fällt Massimo plötzlich auf, dass keine einzige Frau in diesen Vorlesungen sitzt. Wie ist ihm das bloß entgangen? Er schaut sich um und sieht lauter wachshäutige schmale unreife Burschen, die das Leben im Grunde verachten und in der aufgeblasenen Geisteswelt eine Zuflucht gefunden haben, Bübchen, die sich vor den Kräften und Schlägen der Erwachsenenwelt fürchten.

Und Massimo? Insgeheim sehnt er sich nach den Schlägen des Lebens. Er sehnt sich danach, etwas zu bewegen. Aber was? Sicher nicht Schotter, Kies und Teer.

Wo zum Teufel ist denn das Unrecht hin? Wo ist Sartre? Wo ist Camus? Alain Krivine? Cohn-Bendit? Wo sind die Straßenbarrikaden und das Tränengas?

Massimo beschließt, noch im selben Semester nach Zürich zurückzukehren, und schreibt sich in Germanistik ein.

Als er im Frühling 1980 zurück ist, beginnt es in Zürich zu brodeln. Im Mai genehmigt der Stadtrat sechzig Millionen Franken für die Renovierung des Opernhauses. Gleichzeitig lehnt er die Forderungen nach einem autonomen Jugendzentrum ab.

Massimo wittert seine Chance. Eloquent argumentiert

er in der Studentenzeitung für eine Demonstration vor dem Opernhaus. Er ist nicht der Einzige, der so argumentiert, doch Massimo trifft genau die Vorstellungen seiner Mitstudenten: Studium in Paris, Vertiefung in Marxismus, Einwandererkind, Jugend im Arbeitermilieu – eine Herkunft, wie geschaffen –, und dann sieht er auch noch so verdammt gut aus.

Nein, er sieht fantastisch aus! Er ist groß und dunkel und kräftig wie Vollkornbrot, er ist im höchsten Grad lebendig, und in allem, was er tut, liegt eine bestechende Eleganz. Sein wacher Geist in Verbindung mit dem südländischen Charme macht ihn zu einer unübertrefflichen Legierung.

Kein Wunder, dass ihn die meisten Studenten und fast alle Studentinnen zu ihrem Vertreter wählen. Er entzückt sie alle mit seinem Talent, Begeisterung zu erzeugen, und seiner unüberbietbaren Fähigkeit, sich wirkungsvoll in Szene zu setzen. Endlich kann er die große Bühne betreten.

Massimo trifft sich mit anderen Zürcher Jugendgruppen, aber die sind schon viel weiter, die Demo ist geplant, Pflastersteine für den Notfall beschafft.

Was will er denn hier, dieser Akademiker? Er ist mit zweiundzwanzig einer der Älteren und gehört schon fast auf die Seite der Bullen. Er erkennt: Da ist keine Theorie, nicht mal eine Taktik, da ist nur ein Pulverfass voller amorpher Triebe.

Und was ihn am meisten ärgert: dass die Typen die Demo auf den 30. Mai gelegt haben. An dem Tag gibt Bob Marley sein erstes Konzert in der Schweiz, und Massimo hat Tickets. *»Get up, stand up! Stand up for your rights!*

Get up, stand up! Don't give up the fight…«, summt er in seinen Ärger hinein, aber damit kann er jetzt natürlich nicht kommen. Das wäre kleinlich. Also verkauft er die Karten.

Am Abend des 30. Mai versammeln sich Massimo und zweihundert andere Demonstranten vor dem Opernhaus. Sie wollen die Besucher im Vorfeld der Opernhaus-Abstimmung auf die Notwendigkeit eines Jugendzentrums aufmerksam machen.

Polizisten in Kampfausrüstung fordern die Demonstranten auf, den Platz augenblicklich zu räumen. Der Platz wird nicht geräumt. Erste Scharmützel.

Am späteren Abend arten die Rangeleien zu einem regelrechten Krawall aus, als die Besucher des Bob-Marley-Konzerts in die Innenstadt strömen. Barrikaden werden errichtet. Es knallt. Tränengaspetarden zischen durch die Luft. Scheiben gehen zu Bruch.

Massimo ganz vorne. Er provoziert die Bullen, indem er Absperrplanken gegen sie schleudert. Die Polizisten in Reih und Glied wie eine Schulklasse. Ihre lächerlichen geflochtenen Schutzschilder. Ihre Stiefel. Ihre Gummiknüppel. Massimo kann jedem einzelnen Bullen in die Augen sehen, so nah dran ist er. Es ist wie Stierkampf. Seine Augen glänzen. Er ist federleicht. Er tänzelt auf den Fußballen, jederzeit bereit, sich zu ducken, falls sie schießen. Aber noch schießen sie nicht.

»*I shot the sheriff*«, singt er ihnen entgegen, und auf einmal singen alle um ihn herum mit: »*I shot the sheriff; But I didn't shoot no deputy, oh no! Oh! I shot the sheriff; But*

I didn't shoot no deputy, ooh, ooh, oo-ooh; Yeah! All around in my home town, They're tryin' to track me down.« Sein Geist ist hellwach, seine Muskeln angespannt.

Dann schreiten sie los, die Bullen, synchron und in genau bemessenen Schritten, sie füllen die ganze Straßenbreite aus. Massimo tänzelt zurück. In ihren Augen steckt die Angst, er sieht sie genau, er kann sie riechen. Massimo wirft wieder eine Absperrplanke.

Und plötzlich, auf ein unsichtbares Signal, stürmen sie los. Massimo rennt und duckt sich hinter ein geparktes Auto, er versucht, unter das Auto zu kriechen, aber da packen ihn Hände an den Fesseln und schleifen ihn hervor. Was er zuletzt mitkriegt, ist eine verzerrte Fratze unter einem schwarzen Helm, ein dumpfer Schlag, dann Stille.

Als Massimo die Augen öffnet, ist zuerst nur unscharfe Helle. Allmählich wird sein Blick klarer, und er erkennt Gussbeton. Er nimmt die Maserung von Holz wahr und die unsauberen Linien, die die Verschalungsplatten hinterlassen haben. Massimo hätte gern gewusst, was außerhalb seines engen Gesichtskreises liegt. Doch er schafft es nicht, die Augen zu bewegen. Sofort sticht der Schmerz zu, der seine Augen festklemmt. Und den Kopf heben, daran ist nicht zu denken. Sein Körper fühlt sich an, als wäre jeder einzelne Knochen durch eine Steinbrechmaschine gedreht worden.

Diese verdammten Saubullen! – das könnte er jetzt denken. Denkt es aber nicht. Dazu ist Massimo viel zu intelligent. Es wäre eine persönliche Niederlage gewesen, nicht niedergeknüppelt zu werden.

In der vergangenen Nacht – oder waren zwei oder drei Nächte vergangen? – hat sich die abstrakte Staatsgewalt vor Massimo zum ersten Mal als Ungetüm von Fleisch und Blut präsentiert. Man muss dieses Tier herausfordern, damit es sich zeigt. Man muss den Köder des Ungehorsams auslegen, damit es aus seinem Panzer kriecht. Und *ich* war dieser Köder. *Ich* war es, nach dem dieser Drache geschnappt hat, *ich*.

Es gibt jetzt eine Zweiklassengesellschaft, die Niedergeknüppelten und die Verschonten, und nur wer niedergeknüppelt wurde, hat von nun an das Recht, zu sprechen.

Mit der Zeit geht es. Zuerst bewegt er die Augen, dann den Kopf, dann stützt er sich mit den Ellbogen auf die Pritsche und sieht, dass er allein in dieser Zelle liegt, die aus nichts anderem als den Wänden, der Pritsche und einer Glühbirne besteht. Ein winziges, vergittertes Fenster mit Blick auf einen Innenhof zeigt, dass es Tag ist, ein schöner, blauer Tag. Das Zwitschern von Vögeln. Ab und zu ein entferntes Hupen. Geläut von Kirchenglocken.

So schlimm ist es gar nicht. Er prüft seinen Körper und kommt zum Schluss, dass alles noch intakt ist. Schürfungen, Prellungen, ja, aber nichts, was über blaue Flecken hinausgeht.

Er denkt: Ich stehe jetzt auf einer höheren Stufe. Die anderen, denen ein bisschen Tränengas in die Nase gekommen ist, sollen besser die Schnauze halten. Ach was, ihr habt ein bisschen Wasser abgekriegt? Arme Teufel. Nach der Demo schlendert ihr nach Hause, holt euch die üblichen zwei, drei Kekse aus der Dose, putzt die Zähne, stellt den Wecker, weil ihr ja morgen wieder zur Arbeit müsst.

Legt euch zufrieden ins Bett und schaltet das Licht aus, selig, dass ihr endlich etwas erlebt habt. Und am nächsten Tag prahlt ihr damit, dass euch die Polizei angegriffen hat. Ihr könnt euch gar nicht halten vor Empörung. Doch so viele Menschen *wollen* die Bullen gar nicht zusammenprügeln. Und so viele Typen, die angeblich zusammengeprügelt worden sind, sind gar nicht an der Demo *gewesen*!

Massimo kommt sich in seiner neuen Eigenschaft als Verhafteter unheimlich reif vor. Seine Euphorie legt sich erst, als sein Vater in der Zelle steht – in Begleitung eines Wachmanns.

»Du?« Massimo rappelt sich auf.

»Dummkopf. Du nichtsnutziger, charakterloser Dummkopf, *scemo, sei uno scemo, mannaggia!*« Er schlägt eine Winston aus dem Päckchen, steckt sie sich zwischen die Lippen, aber der Polizist winkt ab.

Eine Weile steht er da, sein Vater, mit der kalten Zigarette im Mund, reglos, fassungslos, und mustert Massimos Gesicht, wie man ein totes Gesicht anschaut, unbeteiligt und ein bisschen angewidert. Kann man seinen eigenen Sohn hassen?

Giovanni hätte ihn ohrfeigen müssen. Er hätte ihn verachten müssen. Er hätte ihn verabscheuen müssen. Aber Massimo ist sein Sohn, den Giulietta und er im Koffer in die Schweiz geschmuggelt haben, ein verletzlicher Säugling, aus dem ein randalierendes Ungeheuer geworden ist. Massimo ist der Junge, für den er alles getan hat und für den er alles tun würde, er liebt Massimo, wie man nur jemanden lieben kann.

»Wie konntest du *mir* das antun?«

Sein Vater kämpft mit den Tränen. Massimo sieht ganz genau, wie er sie mit aller Kraft zurückhält. Keine einzige schafft es, sich zu lösen. Die Zigarette zittert zwischen den Lippen. Erst einmal, zehn Jahre zuvor, hat er seinen Vater in Tränen gesehen. Aber es sind nicht die gleichen wie damals, als sie zu Hause gefeiert hatten. Jetzt sind es Tränen der Wut.

Massimo wendet sich ab und starrt die Wand mit entschlossenem Denken an.

»Gehen wir«, sagt Giovanni zum Polizisten. »Ich habe genug gesehen.«

»Sie verstehen«, hört Massimo den Polizisten beim Hinausgehen zum Vater sagen, »das wird Konsequenzen haben.«

Dann rastet die Tür ein, und Massimo bleibt allein in seiner Zelle zurück.

Massimo wurde zusammen mit den anderen Rädelsführern noch am selben Nachmittag entlassen.

Die Krawalle hatten offenbar noch die ganze Nacht angedauert. Sie forderten mehrere hundert Verletzte auf beiden Seiten und Sachschäden in Millionenhöhe. Der »Opernhauskrawall« vom Mai 1980, wie er bald darauf offiziell genannt wird, war der letzte große Aufruhr der Schweiz. Soziologen interpretierten ihn als letztes Auflodern der 68er Bewegung – was für Massimo eindeutig zutrifft: Er hatte 68 verpasst, einen letzten Zipfel davon in Paris gesucht, nicht gefunden, und bekam nun doch noch eine Kostprobe.

Die Konsequenzen, von denen der Polizist so beiläufig gesprochen hat, stürzen in den folgenden Monaten mit unbarmherziger Wucht auf die Marinis ein.

Allerdings zuerst nicht auf Massimo – der wendet sich wieder der Germanistik zu und wird bekannt als Dichter subversiver Aphorismen wie *»Nieder mit den Alpen. Freie Sicht aufs Mittelmeer«* und *»Macht aus dem Staat Gurkensalat«*. Anlässlich einer Italienwoche im Jugendzentrum wird das italienische Konsulat neu bemalt. Dahinter steckt ebenfalls Massimo.

Langsam aber läuft sich die Sache tot, und er verliert die Hoffnung, mit solchen Aktionen irgendetwas zu bewegen. Außerdem braucht er Geld. Was sein Vater ihm für das Architekturstudium gegeben hat, ist aufgebraucht, und die fünfhundert Franken, die ihm noch bleiben, reichen für knapp zwei Monate, dann ist Schluss.

Er bemüht sich, eine Stelle als Assistent oder Hilfskraft bei einem Professor zu kriegen. Doch alle Jobs bleiben ihm verwehrt. Der intelligente, lebhafte, mit Bestnoten ausgezeichnete Student Massimo Marini schafft es nicht einmal in den Heizungskeller der Universität, und natürlich kann er sich ausrechnen, warum.

Das wirkliche Opfer aber ist sein Vater. Die Schande trifft ihn mit Wucht. Die öffentlichen Aufträge werden einer nach dem anderen zurückgezogen, und schon nach wenigen Monaten ist das Baugeschäft so gut wie am Ende.

Nie hätte er gedacht, dass es hinter der sichtbaren Schweiz noch eine unsichtbare gibt, wo die Fäden mit ausgeklügelter Koordination gezogen werden.

Giovanni versucht zu retten, was zu retten ist (kleinere Kanalisationsarbeiten in den Außendörfern, ab und zu eine Tunnelsanierung), aber schließlich ist er gezwungen, alle Mitarbeiter außer einem Bauführer, einem Mineur, einem Schachtmeister und einem Maschinisten zu entlassen. Ein Schuldenberg beginnt sich über der Familie Marini aufzutürmen.

An einem Montag im September desselben Jahres, als er das Schlimmste überwunden zu haben glaubt, kündigt die Hausbank auch noch den Betriebskredit. Giovanni kommt sich vor, als kreuzten sich über ihm die Bahnen all seiner Unglückssterne. Er versucht, die Angst zu unterdrücken – und zu unterdrücken, dass er die Angst unterdrückt.

Massimos Vater ist gezwungen, auch noch die letzten Mitarbeiter zu entlassen und einen Käufer für seine Baumaschinen zu finden. Aber von seinen Konkurrenten bekommt er kein einziges Angebot.

»Die wollen mich tot sehen«, sagt er abends im Bett zu Giulietta, »die Schweine setzen alles daran, dass wir uns aus ihrem Zürich zurückziehen, die wollen, dass wir unsere Koffer packen und nach Italien verschwinden. Nicht mit mir.«

Schließlich meldet sich ein Händler aus der Ostschweiz, der ihm ein Angebot macht, das mehr als schamlos ist.

»Ich könnte ihm den Kopf abreißen.«

Giovanni und Giulietta stehen beide da, Hände in den Hosentaschen, und schauen zu, wie ein Trupp von Leuten unter dem Befehl des Händlers die Baumaschinen – *seine* Baumaschinen – über eine Rampe auf die bereitstehenden

Sattelschlepper rollt. Auf jeder Maschine glänzt das weißgrüne Logo der Marini Bau AG.

Als alles verladen ist, kommt der Händler auf das Ehepaar zu. Er will ihnen die Hände schütteln, aber Giovanni verweigert ihm den Gruß. Er schaut ihm nicht einmal ins Gesicht. Er muss sich zurückhalten, dass er ihm nicht ins Gesicht spuckt. Dann steigt der Typ in seinen Corvette C3 und braust davon. Giovanni schaut ihm nach, bis er außer Sichtweite ist.

»Ich könnte ihm den Kopf abreißen – unserem feinen Herrn Sohn.«

Sie verkaufen ihre behagliche Dachwohnung in Schlieren und ziehen in eine Zweizimmerwohnung am Stadtrand von Zürich. Giovanni heuert als Akkordmaurer an. Giulietta wieder als Verkäuferin in einem Supermarkt.

Ab und zu spielen sie mit dem Gedanken, wirklich nach Otranto zurückzukehren und dort vielleicht einen Bauernhof zu übernehmen. Otranto – das Meer, die Sonne, die zerklüftete Küste, die Häuser wie Zuckerdosen, die Felder, die süßen Tomaten, die Spargel, Weintrauben, der schönste Blumenkohl der Welt, die Kirschen, die Olivenbäume – aber was wären sie beide dort anderes als gescheiterte Immigranten? Nach dreißig Jahren Emigration kann man sich ebenso gut nach Brasilien verziehen oder nach Australien oder auf den Mars.

Also bleiben sie in Zürich und beginnen wieder ganz von vorn. Nach einem Jahr stellt Giovanni den ersten Mitarbeiter ein. Ein Jahr später sind es schon drei.

Er stellt fest: Das Geschäft mit der Kanalisation ist das einzige, in dem Aufträge kommen. Straßen, Brücken, Autobahnen: Das alles geht zur Konkurrenz. Selbst die Kanalisation, die im Tagebau möglich ist, das Ausbaggern von Schächten, geht zur Konkurrenz. Offenbar wollen sie ihn in die niederste Ecke des Tiefbaus abdrängen – Abwasserstollen im Untertagebau.

Giovanni sagt sich: Gut, dann bohre ich halt Abwassertunnels, die Scheiße muss auch irgendwohin. Und rappelt sich auf. Und bohrt und bohrt und bohrt – Kilometer in und um Zürich herum. Pressvortrieb.

Die Arbeit ist unmenschlich. Man liegt in einer Röhre, kaum breiter als die eigene Brust, und treibt einen elektrischen Spezialbohrer vorwärts, dessen Geräusch und Hitze einen fast um den Verstand bringen. Alle fünf Minuten hört man auf zu bohren und stößt das lose Gestein in einer Kraxelbewegung mit Händen und Füßen nach hinten. Dann wird weitergebohrt. Es ist die Hölle.

Einmal in der Stunde kriecht ein Kollege in den Stollen, um den Schotter mit einer Art Bahre hinauszuziehen. Manchmal bringt er ein Bier mit oder ein Sandwich. Man pisst in eine Flasche. Der Sauerstoffgehalt geht gegen null.

Es ist ein Wunder, dass man am Ende des Arbeitstages überhaupt noch lebt.

Und Massimo? Er hat seinen Vater das letzte Mal im Zürcher Untersuchungsgefängnis gesehen, nach dem Opernhauskrawall. Seither haben sie, ohne dass einer von ihnen das bewusst getan hätte, den Kontakt abgebrochen. Mit

Mutter telefoniert er ab und zu und erfährt so nach und nach vom Niedergang des Geschäfts, von den ersten Entlassungen bis zum fast vollständigen Konkurs.

In dieser Zeit rüstet die Sowjetunion mit SS-20-Raketen auf. Europa liegt damit in ihrem Angriffsfeld. Als Reaktion beschließen die NATO-Mitgliedstaaten die Stationierung amerikanischer Pershing-II-Raketen in der Bundesrepublik.

Die Angst vor einem Nuklearkrieg treibt Tausende Aktivisten auf die Straßen. Massimo schaut diesem Treiben neidvoll zu. In Deutschland, da läuft was. Keine lächerlichen Auseinandersetzungen um Jugendzentren und Opernhäuser. Nein, in Deutschland geht es um den Weltfrieden, ja um die Existenz der Welt. Deutschland ist das Zentrum, der Schnittpunkt aller Kraftlinien, und da will er hin.

Aber zuerst muss Geld aufgetrieben werden. Er bewirbt sich unter falschem Namen um die Stelle als Garderobier im Zürcher Opernhaus. *La Sylphide* steht an jenem Abend auf dem Programm. Der Orchesterklang dringt bis zur Garderobe hinunter und vermischt sich mit dem Geklimper der Stricknadeln der Garderobieren.

Massimo schlendert durch die Reihen der Pelzmäntel und steckt seine Hand dabei unauffällig in jede Tasche. Außer Zigaretten, Schlüsseln, Kaugummi, Papiertaschentüchern und einer Packung Kondome fischt er nichts. Während dem zweiten Akt zieht er unbemerkt einige Nerzstolen von den Ständern und stopft sie in eine Plastiktüte.

Bevor die Oper zu Ende ist, hat er sich mit fünf Stolen

und drei Fuchsschwänzen aus dem Staub gemacht. Er verhökert sie noch in derselben Nacht auf dem Schwarzmarkt und hat nun genügend Geld zusammen für seine Fahrt nach Berlin. Er wird seinen Vater nie mehr sehen.

An der Freien Universität Berlin schreibt er sich für Literatur und Philosophie ein. Er hat Glück und bekommt eine Stelle als wissenschaftliche Hilfskraft bei einem Literaturprofessor.

Der Professor will beweisen, dass die Literatur kein Spiegel der Wirklichkeit ist. Massimo muss in kürzester Zeit tausend Romane lesen und die Anzahl Tode und Anzahl Geburten zählen. Massimo stellt fest: Es gibt tausend Mal mehr Todes- als Geburtsszenen – ein krasses Missverhältnis zur Realität (wo es gleich viele Tode wie Geburten gibt, denn jeder Geborene muss einmal sterben). Massimo staunt: Das also ist Literaturwissenschaft. Nun gut, er hat Geld verdient und Romane gelesen, es gibt Schlimmeres. Zum Beispiel in einem Stollen arbeiten.

In Berlin trifft er auf Nick Lentz und dessen Freundin Klara Hansen. Nick steht wie Massimo kurz vor Abschluss eines Literaturstudiums. Er hat bereits mit einer Examensarbeit angefangen (über die Bedeutung der Erbsünde bei Dostojewski).

Klara studiert im dritten Semester Chemie. Nick und Massimo sind gleich alt, Klara vier Jahre jünger. In intellektueller Hinsicht ist sie eine Wucht. Nicht nur hat sie die ganze feministische Literatur verschlungen, sondern auch einen Debattierclub mit dem Ziel gegründet, Intellekt und

Rhetorik der Mitgliederinnen zu schärfen, damit jede männlich-chauvinistische Äußerung schon auf der Flugbahn erkannt und abgeschossen werden kann. Sie nennt es (in Anlehnung an Ronald Reagans Strategic Defense Initiative SDI) die SPI, die Strategic Penis Initiative, mit dem Ziel, der »Schwanzherrschaft« ein für alle Mal ein Ende zu setzen und einen »sexfreien« Diskurs zu ermöglichen.

Was alle drei verbindet, ist ein tiefsitzender Hass auf Reagan, der im Januar jenes Jahres (1981) seine Präsidentschaft angetreten hat. Reagan verkörpert für sie das Schlimmste, was die Welt in puncto Regierung seit Nero hervorgebracht hat, schlimmer noch als Margaret Thatcher. Die Abscheu vor Reagan, diesem »Clown aus Hollywood«, hätte ausgereicht, um einen ganzen Planeten aus seiner Umlaufbahn zu katapultieren.

Klara ist ein schönes, aber eigenwilliges Mädchen. Sie stammt aus Bremen. Ihre Eltern sind beide Lehrer: die Mutter Deutschlehrerin an einem Gymnasium, ihr Vater Lateinlehrer an derselben Schule, die er aber aus Protest gegen eine Lehrplanreform (Abschaffung des Altgriechischen) verlässt – um eine der ersten Privatschulen in Deutschland für Hochbegabte zu gründen.

Es ist ganz natürlich, dass Klara in diesem Haushalt ein Maximum an schulischer Förderung verabreicht bekommt. Mit vierzehn ist sie intellektuell schon derart auf der Höhe, dass sie ihr Tagebuch auf Lateinisch schreibt und Simone de Beauvoirs *Tout compte fait* ins Deutsche übersetzt, noch bevor es bei Rowohlt in Übersetzung erscheint.

Auf einmal packt sie der naturwissenschaftliche Geist.

Ein Nachbar ist Chemiker und Mineraliensammler. Jedes Jahr fährt er in die Schweiz und klettert das Gotthard-Gebiet ab auf der Suche nach Kristallen. Zum fünfzehnten Geburtstag schenkt er ihr einen Teil seiner Steinesammlung – hundert verschiedene Kristalle, alle säuberlich beschriftet mit dem korrekten, wissenschaftlichen Namen und der entsprechenden chemischen Formel: Pyrit FeS_2, Fluorit CaF_2, Calcit $CaCO_3$. Klara hält sie ins Licht. Sie hält sie unters Mikroskop. Sie riecht daran. Sie fährt mit den Fingern über die Flächen und Kanten.

Wie kommt es, dass so simple Verbindungen eine so mächtige Vielfalt an Formen und Farben erzeugen? Und was sind wir Menschen anderes als chemische Verbindungen? Worin besteht der Unterschied zwischen einzelnen Menschen – der Unterschied zwischen Mann und Frau – wenn nicht in chemischen Verbindungen?

Von da an ist sie nicht mehr zu stoppen. Das Abitur schließt sie mit siebzehn ab, und mit achtzehn beginnt sie ihr Chemiestudium in Hannover. Mit neunzehn wechselt sie nach Berlin, und hier ist sie nun.

Schade, dass Klara bereits einen Freund hat, denn sie gefällt Massimo auf Anhieb. Sie besitzt ein Auftreten, das philosophischen Gedanken ein Ende setzen oder sie zum Verblassen bringen kann. Sie verkörpert alles, was er sich unter ›norddeutsch‹ vorstellt: geistvoll, flink, schamlos direkt und mit einem exquisiten Vokabular.

Er nennt sie »meine nordische Sensation«. Sie nennt ihn »Caesar« – obwohl sie natürlich weiß, dass seine Wurzeln nicht in Rom, sondern noch südlicher, in Apulien, liegen.

Selbstverständlich ist an eine Beziehung nicht zu denken. Und doch genießen sie insgeheim die Spannung, die zwischen ihnen herrscht. Es ist beiden auf Anhieb klar, dass, wenn sie sich gehenlassen, der Nord-Süd-Graben sich entweder als unüberwindbar oder explosiv erweisen wird.

Ihr schulterlanges Haar hat sie über der Stirn in einer strengen Horizontalen geschnitten. Es bringt ihr Gesicht wie ein eingerahmtes Bild zur Geltung. In ihren fast durchsichtigen blauen Augen liegt eine kleine Schärfe.

Sie kleidet sich – im Gegensatz zu den landläufigen Feministinnen – betont aufreizend: Röcke, deren Saum kaum bis zu den Knien reicht, glänzende Cavallini-Strümpfe, schwarze Stiefel. Röcke selbst im Winter – Manchester. Mindestens Zehnzentimeter-Absätze, auch wenn sie darauf nicht vernünftig gehen kann. Sie stöckelt wie ein Mädchen, das zum ersten Mal hochhackige Schuhe trägt, aber nicht weiter daran denkt und auch nicht vorhat, irgendetwas daran zu ändern.

Genau das macht sie aus: diese trotzige Unbeholfenheit, mit der sie spielt, diese widerspenstige Mädchenhaftigkeit. Ihr seid mir alle egal, sagt ihr Gang, ich bin Klara Hansen, und ich mach was ich will!

Es ist nie klar, ob sie sich für Nick oder für Massimo oder für irgendeinen Unbekannten so aufreizend herrichtet. Vermutlich aber für gar niemanden – nur für sich selbst.

Im Juni 1982 erreichen die Demonstrationen ihren vorläufigen Höhepunkt, als Reagan aus Anlass des NATO-Gipfels in Bonn eintrifft. Auf der Bonner Hofgartenwiese versammeln sich 400 000 Teilnehmer und fordern die Schaffung einer atomwaffenfreien Zone in Mitteleuropa. Mit dabei, ganz vorne in der ersten Reihe, marschieren Klara, Nick und Massimo.

Massimo, der sein Schweizerdeutsch inzwischen in ein perfektes Hochdeutsch verwandelt hat, posaunt durch das Megaphon: »Wir demonstrieren gegen die aggressive Rüstungspolitik von Ronald Reagan. Durch die Stationierung von Waffen, die im Ernstfall alles Leben auf der Erde vernichten, fühlen wir uns bedroht. Der NATO-Nachrüstungsbeschluss erhöht die Gefahr eines Krieges, den keiner von uns überleben wird!«

Dann übergibt er das Megaphon Nick, der Ähnliches in ähnlich dramatischen Tönen von sich gibt. Und dieser reicht das Mikrophon weiter an Klara und sie an den nächsten Demonstranten. Nach jeder Rede klatscht und jubelt die Menge.

Zusammen mit tausend anderen blockieren Klara, Nick und Massimo im Herbst 1983 das Amerikanische Raketenlager Mutlangen in Württemberg, um die Stationierung der Atomraketen zu verhindern. Sie leben wochenlang zu dritt in einem Zelt auf der Wiese neben dem Raketenstützpunkt.

Es kommt nicht selten vor, dass Klara und Nick sich in einen Schlafsack verkriechen und miteinander vögeln, während Massimo daneben sitzt und versucht, sich auf die Magisterprüfung vorzubereiten. Was hätte er darum gegeben, auch nur ein einziges Mal mit Klara zu schlafen!

Manchmal schmiegt sich Klara im Schlaf unabsichtlich an ihn, und Massimo lässt es geschehen. Er liegt da, reglos, genießt den Geruch ihres Haars, den Duft ihres Atems, das

Schmetterlingsgewicht ihres Körpers – und malt sich eine Welt ohne Nick aus. Zuweilen drückt er seine Erektion durch die zwei Schlafsackhüllen hindurch an ihr Bein – sachte, damit sie nicht aufwacht.

Aber Nick ist sein bester Freund, und wie in jeder anderen ist Massimo auch in dieser Beziehung äußerst konsequent.

Die Sitzblockade erweist sich als Fehlschlag. Die Stationierung der Pershing beginnt Ende 1983.

Eine ihrer letzten gemeinsamen Aktionen war zugleich die folgenschwerste – das Sabotieren eines Atomtransports.

Sie wussten, dass der Zug Cuxhaven um Mitternacht verlassen würde. Sie hatten sich etwa 80 Kilometer südlich in einer Waldlichtung versteckt, wo der Zug um schätzungsweise zwei Uhr morgens passieren würde.

Der Lokführer und die Leute der Transportfirma hatten die strikte Anweisung, nicht anzuhalten, nicht einmal zu verlangsamen, falls sich Aktivisten auf die Schienen legen sollten. Das wurde so angekündigt. Und jedermann wusste, dass es ihnen todernst war. Ihr einziger Auftrag war, die Brennelemente von Cuxhaven über Bremen ins niedersächsische Grohnde zu transportieren, und zwar in der Nacht. Die ganze Sache musste vor Sonnenaufgang beendet sein. Nicht nur, weil dann der morgendliche Zugverkehr wieder einsetzte, sondern vor allem, weil in der Nacht keine vernünftigen Foto- oder Fernsehaufnahmen möglich sind. Die Medien brauchen Bilder, und was keine Bilder hergibt, existiert nicht. Außerdem pflegen Journalisten um diese Zeit zu schlafen.

Es gelang Massimo trotzdem, die Zusage eines lokalen Journalisten zu bekommen. Und Nick hatte auch selbst eine Kamera mit Blitz dabei.

Ein Freund spielte Verbindungsmann in einem nahegelegenen Dorf, sie standen mit ihm per Funk in Kontakt. Bei ihm liefen alle Informationen über die momentane Position des Zuges zusammen.

»Nachdem wir die Stationierung von Reagans Raketen nicht hatten verhindern können, konzentrierten wir unsere Aktivitäten auf die Anti-Atom-Bewegung. Es war 1984 oder 1985, so genau weiß ich das nicht mehr. Jedenfalls wollten wir den Atomtransport in jener Nacht verhindern. Uns an die Schienen ketten. Ein absurdes Vorgehen, und gerade wegen seiner Absurdität so effektvoll«, erklärte mir Massimo viele Jahre später, als wir in der Bar der Kronenhalle saßen und den Abschluss eines Vertrages für einen Autobahntunnel feierten. »Man kann einen Zug auch anders zum Anhalten bringen. Man kann eine Brücke sprengen oder den Schienenstrang demolieren. Man kann die Oberleitung beschädigen oder die Antriebsmechanik der Lokomotive. Man kann Betonblöcke auf die Trasse legen oder Baumstämme oder Autos. Aber nein, wir würden einen Menschen, der noch das ganze Leben vor sich hat, quer über die Schienen legen und festketten. Sie erinnern sich an den Tian'anmen-Platz vor wenigen Jahren? Als ein einzelner Mensch, ich glaube, es war ein zwanzigjähriger Student der Peking-Universität, eine ganze Panzerkolonne zum Stehen bringt? Genau das versuchten wir damals auch.«

Ein Zug, beladen mit 951 Brennstäben, ein Ungetüm von tausend Tonnen, das nicht ausweichen kann, das nur entweder anhalten oder darüberfahren kann, eine Eins-Null-Entscheidung, entweder der Zug hält an, oder er zerschneidet den Körper, und wer auch immer weit oben im Führerstand sitzt und das Ungetüm steuert, wird schlussendlich die Entscheidung zu treffen haben.

Wie ernst war es ihnen wirklich? Massimo, Klara und Nick hofften, einen Hinweis auf den Grad ihrer Bestimmtheit – ihrer Verrücktheit – zu erhalten durch eine andere Störaktion etwa zwanzig Kilometer nördlich. Sie nannten jene Stelle »Adenauer«; ihr Ort war »Kohl«.

Wenn der Zug bei »Adenauer« nicht anhielt und einfach durchfuhr, dann erlaubten sie sich, sich hier in »Kohl« im letzten Moment loszuketten.

Es war März, die Nacht war kalt, sie wärmten sich mit heißem Tee aus Thermosflaschen.

Der lokale Journalist war noch nicht aufgetaucht. Keine Polizei weit und breit. Nur sie drei.

Nick war schon den ganzen Abend in seltsamer Stimmung. Er war wortkarg und schroff.

»He, was ist denn los?«, fragte Massimo.

»Das solltest du wissen.«

Um Mitternacht erhielten sie per Funk die Nachricht, dass der Zug Cuxhaven pünktlich verlassen hatte.

»So, es ist an der Zeit, zu entscheiden, wer sich aufs Gleis legt«, sagte Nick. »Gibt es Freiwillige?«

»Also, ich schlage vor, dass es einer von uns beiden ist, nicht Klara, einverstanden?«

»Einverstanden«, sagte Nick.

Klara intervenierte: »Ich möchte nicht ausgeschlossen werden, nur weil ich eine Frau bin.«

»Gut, dann hat also jeder die Chance von einem Drittel«, sagte Nick.

Massimo nickte wortlos.

»Hier ist eine Münze. Es spielt jeder gegen jeden. In dieser Reihenfolge: ich gegen Klara, Klara gegen Massimo, Massimo gegen mich. Es darf jeder einmal werfen. Wer zweimal Kopf hat, legt sich hin. Wenn es unentschieden ist, wiederholen wir die Runde. Wir beginnen mit mir gegen Klara.«

Er warf die Münze. Sie zeigte Zahl.

Nick bückte sich, hob die Münze auf und ließ sie erleichtert in seiner Hand auf und ab springen. »Damit hat Klara einen Punkt.«

Als Nächste warf Klara. Ebenfalls Zahl. Damit hatte Massimo einen Punkt gekriegt.

Schließlich war Massimo an der Reihe. Zahl würde bedeuten: Sie wiederholen die Runde. Kopf: Massimo legt sich hin.

Dass er mit Klara geschlafen hatte, konnte Nick nicht wissen. Klara und Nick waren ein festes Paar. Sie liebten sich und passten gut zueinander. Und obwohl Klara Massimo außerordentlich gefiel – sie hatte diese kühle und doch herzliche Art, sie war teuflisch weiblich, gab sich entschieden unbezähmbar, und sie hatte diese leicht hervorstehenden Zähne, die ihren Lippen etwas Verruchtes verliehen –, wäre es ihm nie in den Sinn gekommen, Nick zu betrügen.

Nick hatte, wie an jedem Montagabend, Vorstandssitzung des Anti-Atom-Bündnisses. Klara ging manchmal mit, manchmal nutzte sie die Zeit, um zu Hause an einer Chemie-Arbeit zu feilen, und manchmal nahm sie die Straßenbahn und übernachtete bei ihrer Schwester in Charlottenburg und tauchte am nächsten Morgen wieder an der Uni auf.

Aber diesmal rief sie Massimo an und sagte: »Ich möchte etwas mit dir anschauen.«

Zwanzig Minuten später stand sie in seiner Bude.

»Und was?«, fragte er.

»Das«, sagte sie und begann, sich vor seinen Augen auszuziehen, bis sie, nur noch mit einem Slip bekleidet, vor ihm stand. Die ganze weibliche Wirklichkeit!

Einen Augenblick später waren sie miteinander im Bett. Sie liebten sich bis zum Morgengrauen. Zwischendurch schliefen sie ein bisschen. Sie war göttlich schamlos.

Einmal sagte sie: »Ich mag deinen Schwanz.«

»Warum?«

»Weil er mich an den Mond erinnert.«

»An den Mond?«

Sie lag mit dem Kopf auf seiner Brust. Ihre Haarsträhnen lagen über seinem Gesicht verstreut. Er hatte eine Strähne zwischen den Lippen. »Er ist heller als deine andere Haut.« Sie fand es lustig und spielte ein bisschen an ihm herum. »Und weil er mich an die Mondoberfläche erinnert, so hügelig, so uneben.«

Dann wurde er wieder steif, und sie schliefen wieder miteinander.

Als Klara im Morgengrauen seine Wohnung verließ,

sagte sie: »Sag Nick bitte nichts. Es würde ihn quälen. Ich geh jetzt zu meiner Schwester. Wir sehen uns am Abend beim Urantransport.«

»He, wirf schon«, sagte Nick.

»Kopf.«

»Damit gehst du aufs Gleis«, sagte er.

Eine Angst durchfuhr Massimos Körper, als hätte er einen elektrisch geladenen Draht berührt.

Per Funk kam die Nachricht, dass der Zug die Stelle »Adenauer« passiert hatte, ohne abzubremsen. Die Atomgegner dort hätten sich in letzter Sekunde losketten und zur Seite springen können. Einer, der sich ins Gleisbett gerollt habe, sei durch ein herunterhängendes Kupplungskabel am Kopf verletzt worden und habe ins Spital eingeliefert werden müssen. »Momentane Position: 8 km vor Kohl.«

»Noch 15 Minuten«, meldete Nick.

Massimo musste leer schlucken.

»Fackeln«, befahl Nick.

Sie hatten Fackeln mitgebracht, die sie nun den Bahndamm entlang in die Erde steckten. Damit sollte der Lokführer auf ihre Aktion aufmerksam gemacht werden. Aber sie durften sie nicht zu früh anzünden, sonst würden sie ihre Position der Polizei verraten.

Die Fackeln brannten und tauchten die Waldlichtung in ein pfirsichgelbes Licht. Die Flammen züngelten und entließen Rußfäden, die sich im Nachthimmel verloren. Es war praktisch windstill.

Nick schraubte die Canon Spiegelreflex aufs Stativ und prüfte die Belichtung.

»Willst du noch einen Schluck?«, fragte Klara. »Es ist der letzte.«

Massimo schüttelte den Kopf. Er ging allein zum Auto, nahm die Kette aus dem Kofferraum, auch das Schloss, wuchtete sie über die Schulter und lief zum Bahndamm zurück.

Es spielt keine Rolle, wo du dich hinlegst, sagte er sich, und trotzdem spielt es eine Rolle, du erhoffst dir damit irgendeinen Einfluss. Im Licht der Fackeln sah er eine Blume, die ihm gefiel. Da würde er liegen.

»Bereit?«, fragte Nick.

Massimo nickte. Nick nahm die Kette und wickelte sie ihm in zwei Schlingen quer um den Körper. Er kam sich wie einer jener Zirkusartisten vor, die man in ein Aquarium wirft und die sich unter Winden und Drehen aus ihren Fesseln befreien. Er legte sich so, dass die Oberschenkel über die eine Schiene zu liegen kamen, sein Hals über die andere. Klara zog ihre Jacke aus und legte sie unter seinen Kopf, damit er es bequemer hatte. Nick wickelte das Kettenende dreimal um die Schiene, dann schloss er ab.

Es war still wie bei einem Begräbnis. Klara und Nick kauerten neben ihm. Das unruhige Licht der Fackeln. Die Ahnung von Bäumen im Hintergrund. Sonst war alles schwarz.

Lange Zeit sagte niemand etwas.

»Ich habe deinen Slip mitgebracht«, sagte Nick. Er zog ihn aus seiner Jacke hervor und hielt ihn Klara vor die Nase.

Schweigen.

»Wenn ihr mir etwas zu erzählen habt, jetzt wäre ein

guter Zeitpunkt«, sagte Nick und stand auf. »Dieser Fleck ist nicht von mir. Will sich irgendjemand dazu äußern?«

Massimo und Klara schauten sich an.

»Will, verdammt noch mal, sich irgendjemand dazu äußern, wie dieser verdammte Spermafleck in diesen verdammten Slip gekommen ist?«, brüllte Nick. »Denkt ihr wirklich, ich hätte nichts gemerkt? Denkt ihr wirklich, ich wäre so dumm? Ihr geht anders miteinander um als noch vorgestern. Ihr sagt kaum noch was. Ihr habt einen anderen Gang – forsch. Jede eure Bewegungen, jeder eurer Sätze zielt nur noch darauf ab, von einem Verdacht abzulenken. Ein gigantisches Geheimnis steht im Raum, jeder merkt es, und ihr tut so, als wäre da nichts. Und damit verratet ihr euch.«

Jetzt holte er Luft. Er bemühte sich, ruhig zu werden.

»Du musst mich nicht lieben, Klara, das verlangt niemand von dir. Aber das Schlimmste, was man einem Menschen antun kann, ist, ihn zu hintergehen. Das ist Verachtung. Das ist Mord. Und was dich angeht, Massimo, ich wünschte, ich hätte dich nie getroffen.« Jetzt nahm er den Schlüssel und schleuderte ihn mit voller Wucht ins dunkle Gebüsch.

»Das kannst du nicht tun, Nick!«, schrie Klara. »Bring diesen verdammten Schlüssel zurück!«

»Such ihn selbst, wenn dir etwas daran gelegen ist.«

Klara sprang auf, packte ihre Taschenlampe und stapfte in die Richtung, in die Nick das Schlüsselchen geschmettert hatte.

»Lass«, rief Massimo, »den wirst du niemals finden.«

Er versuchte, sich aus den Ketten zu winden. Es war aussichtslos.

Klara, wie von Sinnen, durchforstete das Gebüsch, rastlos quälte sie sich durch Dickicht, knickte Äste, rüttelte an Stämmen.

»Noch zwei Minuten«, krächzte Nicks Funkgerät. Massimo drehte den Kopf in Gleisrichtung, und tatsächlich, in der Ferne sah er das Scheinwerferlicht der Lokomotive. Ein weißer Punkt im Schwarz der Nacht. Er hörte das Summen im Gleis, das die heranfahrende Maschine durch die Schienen schickte. Massimo hatte gehofft, dass die Polizei doch noch auftauchen würde, aber dafür war es jetzt zu spät.

Klara ging auf Nick zu und spuckte ihm ins Gesicht. »Wie konntest du das bloß tun?« Dann schlug sie mit ihren Fäusten auf ihn ein, aber Nick packte ihre Unterarme, wie man einer Katze die Pfoten festhält: »Nein, wie konntest *du* das bloß tun?«

»Ich hasse dich!«, schrie Klara ihm ins Gesicht.

»Und ich liebe dich«, sagte Nick.

Die Vibration der Schiene.

Der Mond ging über den Wipfeln auf, und Massimo musste an die letzte Nacht denken: …weil mich dein Schwanz an die Mondoberfläche erinnert, so hügelig, so uneben.

Der Zug kam näher, und jetzt sah Massimo, dass sich jemand aus dem Fenster der Lok hinauslehnte. Aus einem Megaphon war zu hören: »Räumen Sie das Gleis, dieser Zug wird nicht abbremsen! Ich wiederhole: Dieser Zug wird nicht abbremsen!«

Tatsächlich verlangsamte er nicht. Im Gegenteil, er schien zu beschleunigen. Das Stampfen im Gleis war im

Nacken zu spüren. »Ich wiederhole: Dieser Zug wird nicht abbremsen!«, lärmte es nochmals in die Nacht hinein.

»Anhalten!«, schrie Klara und rannte dem Zug entgegen. »Halten Sie sofort an!«

Alles spielte sich innerhalb weniger Sekunden ab: Klara legte sich aufs Gleis. Etwa zwanzig Meter vor ihm. Sie legte sich hin und rief dem Zug entgegen: »Halten Sie an!«

Massimo sah, wie der Mann mit dem Megaphon aus dem Fenster starrte. Plötzlich schien er abzubremsen. Das Quietschen der Bremsen (Massimo hört sie noch heute). Und dieser Koloss, der sich über Klara aufbäumte.

Die Lok war über Klaras Beine gefahren. Massimo sah es ganz deutlich. Ihr Schreien vermischte sich mit dem Quietschen der Bremsen.

Massimo sah, wie Nick Klara zu Hilfe rannte und ihren Körper vom Bahndamm wegzog. Massimo beobachtete, wie diese gigantische Maschine auf ihn zurollte – und wenige Meter vor ihm zum Stillstand kam. Das Scheinwerferlicht der Lok war jetzt so stark, dass er gar nichts mehr erkennen konnte. Alles war schwarz. Und in diese Schwärze hinein rief Massimo: »Vergiss die Beine nicht, Nick, vergiss ihre Beine nicht!«

Die Beine hatte er nicht vergessen. Aber es war alles zu spät. Klara verblutete auf dem Rücksitz seines Renault 16, bevor er das Spital erreicht hatte.

Die Polizei tauchte eine halbe Stunde später auf und knackte die Kette mit einer Brechzange.

Massimo besitzt das halbe Kettenglied noch heute. Viele Jahre später, als er mir die ganze Geschichte erzählte – wir saßen in der Bar der Kronenhalle, wie gesagt –, griff er in seine Tasche und holte das Teil hervor.

»Sie tragen es mit sich herum, wie ein Amulett?«, fragte ich.

»Sie hat mir das Leben gerettet. Ich war in sie verliebt, wie ich noch nie in eine Frau verliebt gewesen bin, und sie hat mir das Leben gerettet.« Dann steckte er das metallene ›U‹ wieder ein. »Ab und zu piepst es bei der Sicherheitskontrolle am Flughafen. – Die andere Hälfte des ›U‹, sein Gegenstück …« – Massimo machte eine Pause – »… haben wir ihrem Grab beigelegt. Auf meinen Wunsch. Und auf Nicks Wunsch.«

Gleich nachdem die Lok zum Stillstand gekommen war, kletterte der Mann mit dem Megaphon herunter. Er war so schockiert von dem Blut und den Schreien und den Fackeln, dass er völlig zusammenbrach. Es war der Sicherheitsbeauftragte, den sie bei heiklen Transporten immer dabeihaben.

Der zweite Mann, der Lokführer, bewahrte einen kühlen Kopf und alarmierte die Polizei. Auch er kletterte nach einer Weile herunter. Er versuchte, Massimo aus der Verkettung zu lösen.

»Lassen Sie«, sagte Massimo zu ihm, »keine Chance. Alarmieren Sie lieber die Krankenhäuser in der Umgebung.«

»Schon geschehen.«

Er saß dann noch eine Weile neben ihm auf dem Gleis.

Viel gab es nicht zu sagen. Er bot ihm eine Zigarette an. Sie wussten beide, dass sie eine Rolle gespielt hatten. Er den Lokführer, der die klare Order hatte, nicht anzuhalten, und Massimo den Atomgegner, der sich vor einen Zug legt. Wenn nicht sie, hätten es zwei andere Menschen getan.

In der folgenden Zeit kämpfte Massimo gegen die Vorwürfe, die er sich selber machte, und er kämpfte gegen das befreiende Gefühl, das sich einstellt, wenn diese Vorwürfe besiegt sind. Es gab keinen Ort auf der Gefühlslandkarte, der passte.

Massimo und Nick blieben Freunde, trotz allem, aneinandergekettet durch das, was in jener Nacht geschehen war, und aneinandergekettet durch das, was nun fehlte – Klara. Sie besaßen etwas Gemeinsames: den Verlust. Es gab praktisch keinen Abend, wo sie nicht in seiner Bude hockten und Miles Davis' klagenden, riskanten Trompetenklängen lauschten. Sie heulten viel in dieser Zeit. Hie und da umarmten sie sich – zwei erwachsene Männer. Aber schließlich drifteten sie doch auseinander. Weil die Ereignisse bei ihnen Gegenteiliges auslösten.

Für Massimo war Klaras Tod das Ende einer großen Illusion. Die Opernhauskrawalle in Zürich, die Bemalung des italienischen Konsulats, die Spruchbänder *(»Nieder mit den Alpen. Freie Sicht aufs Mittelmeer«)*, die Demos gegen die Pershing-Raketen, die Belagerung der Raketenbasis Mutlangen, die Sabotage gegen AKWs, die Flugblätter, das Anketten und das emotionale Gewicht, das er in diese Aktionen gelegt hatte – was hatte all dies gebracht? Nichts!

Man konnte schauen, wohin man wollte: Da war dieser Gipsklotz von François Mitterrand mit königlichen Allüren, eine krankhaft konservative Margaret Thatcher, die schwarze Schnecke Helmut Kohl und dieser untragbar falsche Ronald Reagan.

Für Nick hingegen war Klaras Tod der Auftakt zu einer massiven Radikalisierung. Offenbar hatte Nick das Gefühl, Klara gegenüber verpflichtet zu sein, weiterzumachen bis zu seinem Tod. Als könne Klaras Tod nur dadurch aufgehoben werden. Klaras Tat war für ihn zur Verpflichtung geworden. Er ging ganz in der Anti-Atom-Bewegung auf.

Nichts erzürnte ihn mehr als alles, was mit Atomkraft zu tun hatte, und er entwickelte diesen Furor, diesen schon fast blinden, religiösen Eifer. Nicht so sehr, weil die Atomkraft gefährlich ist, sondern weil sie unnatürlich ist und darum uns Menschen nicht zusteht. Das war seine Argumentation. Kein Tier, keine Pflanze, kein Bakterium, nichts auf dieser Erde ist natürlicherweise von Atomenergie gespeist, also sollten wir die Hände davon lassen. Außerdem ist sie ein Instrument der Mächtigen, eine im höchsten Maß elitäre Technologie.

Nick wurde militant, indem er Kraftwerke sabotierte, Maschinengewehrsalven gegen Kühltürme abfeuerte und auch einmal den Direktor eines AKWs verschleppte. Die Verschleppung war harmlos und dauerte bloß einen halben Tag.

Und dann, Ende 1986, sechs Jahre nach dem Opernhauskrawall, sechs Jahre nach dem Kollaps und dem Neubeginn der Firma stirbt Massimos Vater. Woran? Die Ärzte vermuten Lungenkrebs (Giovanni hat ein Leben lang seine amerikanischen Winstons geraucht). Giovanni wurde einundfünfzig. Massimo ist achtundzwanzig.

Bei der Beerdigung, am Grab seines Vaters, bricht Massimo, der sich während der ganzen Trauerfeier tapfer gehalten und selbst dann keine einzige Träne vergossen hat, als Giovannis Lieblingssong mit dem Refrain *»Marina, Marina, Marina, ti voglio al più presto sposar …«* von einem Tonband abgespielt wurde, in den Armen seiner Mutter zusammen.

Hier liegt er, der Mann, der mich in einer Frühlingsnacht im tiefsten Apulien gezeugt hat, der mich hinter der Grenze in einem Koffer aufgegriffen, der mich durch den Gotthard hindurch nach Emmenbrücke geschmuggelt, der alles darangesetzt hat, mir ein anständiges Leben zu ermöglichen, und es mir ermöglicht *hat*, der nur ein Ziel vor Augen hatte: seinem Sohn ein Leben ohne Armut, ohne Hunger und Demütigung zu ermöglichen. Hier liegt der Mann, den ich angelogen habe, dessen Leben ich zerstört habe – den *ich* umgebracht habe.

Was sonst noch an jenem Tag geschah, daran mag sich Massimo nicht mehr erinnern – außer an das Gesicht einer jungen Frau, die auch unter den Trauergästen war.

Da ist etwas, Wyss. Sie verheimlichen mir etwas.«

Keine Ahnung, worauf er hinauswill. Warum sollte ich Kleinberg etwas vorenthalten? Ich habe ihm alles über mich erzählt, was irgendwie von Belang ist. Was zum Teufel will er denn *noch* wissen? Langsam geht er mir auf die Nerven. Man kann nicht *mehr* über sich auspacken als in einem drinsteckt. Darüber hinaus betritt man den Bereich der blanken Erfindung, der Phantasie, des Romans.

»Irgendetwas kettet Sie an diese Geschichte.«

Vielleicht hätte ich doch über mich selbst schreiben sollen statt über Massimo, denke ich plötzlich. Vielleicht hätte ich tatsächlich die maximal zwei Seiten, die es über mich zu füllen gibt, niederschreiben sollen, und damit basta.

»Haben Sie Massimo als jungen Mann einmal verletzt – physisch oder emotional?«

Ich schüttle den Kopf.

»Gab es irgendetwas zwischen Ihnen und Massimos Vater oder Mutter, das über das hinausging, was Sie mir geschildert haben?«

Nein, da war wirklich nichts. Ein Mandantenverhältnis, wenn auch ein sehr freundschaftliches, aber nichts anderes als ein intaktes Mandantenverhältnis.

»Hatten Sie mal etwas mit seiner Frau, dieser Cellistin Julia – ein Verhältnis?«

Ich muss schmunzeln.

»Wirklich nicht?«

»Nein, ich hatte definitiv kein *Verhältnis* mit dieser Frau.« Ich betone »Verhältnis«, wie wenn man von verfaulten Äpfeln spricht.

Eine Woche nach der Beisetzung seines Vaters, als der neunundzwanzigjährige Massimo durch die Büros seines geerbten Baugeschäfts schlenderte und staunte, wie groß und professionell alles geworden war – und die Mitarbeiter nicht recht wussten, wie sie sich verhalten sollten, ob Massimo nun, nach dem Tod ihres alten Chefs, ihr neuer Chef war oder nicht –, an diesem Tag erblickte er die junge Frau wieder.

Sie stand über einen Schreibtisch gebeugt, vor ihr ausgebreitet ein Konstruktionsplan. Zwischen den Lippen flog ihre Zungenspitze hin und her, und ihre Augen waren flink und konzentriert.

Sie war nicht besonders groß, etwa eins sechzig. Ihr Haar war hellbraun und fiel in schönen, weichen Wellen über die Schultern. Sie war ziemlich kräftig und von einer ungeheuren Energie.

Monika stand kurz vor ihrem Abschluss als diplomierte Bauingenieurin und machte ein Praktikum bei Massimos Vater, als dieser starb. So trafen sie aufeinander, Monika und Massimo, bei der Beerdigung seines Vaters.

Und nun diese zweite Begegnung in der Firma – die ihm gerade recht kam, denn Massimo hatte wirklich keine Ahnung, wie man den Chef spielt. Ja, er wusste nicht einmal, ob er es überhaupt wollte. Er wusste weder, wohin mit den Händen, dem Blick, noch, wohin mit den Gedanken.

Dieser Gang durch die Büros und wie sie ihn alle verstohlen anstarrten – es war grässlich. Niemand sagte ein Wort. Alle klebten hinter ihren Tischen und gaben sich beschäftigt. Ja, was genau trieben diese Leute eigentlich hinter ihren Tischen? Er spürte seinen Magen. Seine Hände waren weiß und kalt.

Massimo zwang sich, unbeschwert zu wirken, und dass es ihm nicht gelang, merkte er selbst. Wie fremd ihm dieser ganze Laden war. Dieses Theater. Dieses Sich-Beschnüffeln-Lassen. Und wie froh er war über den kleinen Schwatz mit dieser jungen Frau. Sie war ganz normal und legte es überhaupt nicht darauf an, ihn zu beeindrucken – und das beeindruckte ihn.

Monika hatte diese lebhafte Art, zu gehen, überhaupt war alles lebhaft an ihr. Wie sie essen konnte; und wie sie erst lachen konnte! Es beglückte ihn geradezu, dass sie nichts von Philosophie verstand. Welch erfrischender Unterschied zu den bleichen, lebensfremden Gestalten in den Seminaren von Zürich, Paris und Berlin. Welch heilsamer Kontrast zu den umständlichen Problemweibern und den ungepflegten Streiterinnen der Friedensbewegung.

Hier war eine Frau, die wusste, wo unter der Kühlerhaube das Scheibenwasser nachgefüllt wird; eine Frau, die zu verhandeln verstand, die aufs Natürlichste mit Menschen umgehen konnte.

Massimo würde das Bild nie vergessen: Monika, wie sie auf einem Radlader saß und das Ungeheuer durch den Tunnel steuerte, das Schmatzen, wenn die Räder in den nassen Dreck rollten, ihr gelber Helm im Licht der Neonlampen.

Wie sie strahlte. Die Mineure klatschten – manch einem fiel es schwer, sich nicht in sie zu verlieben.

Monika und Massimo heirateten noch im selben Jahr.

Der Verkauf der Firma – Massimos erster Gedanke nach dem Tod des Vaters – scheiterte am Veto der Mutter. Sie drängte Massimo dazu, das Geschäft zu übernehmen. Drei Tage verbrachte er in tiefer Ratlosigkeit.

Dann hatte er plötzlich das Gefühl, als würde sein Vater aus dem Erdinnern nach ihm greifen. Massimo warf seine Zweifel über Bord und sagte sich: Gut, ich übernehme das Geschäft, und ich tue es auf die Art, die ich von meinem Vater gelernt habe – mit aller Konsequenz. Das bin ich ihm schuldig.

Doch drei Jahre später hatte er immer noch keine besonderen Erfolge vorzuweisen, das Geschäft dümpelte vor sich hin, und Massimo war sehr unglücklich. Einige gute Mitarbeiter hatten nach Giovannis Tod gekündigt. Sie waren nicht gewillt, unter einem Chef zu arbeiten, vor dem sie keinen Respekt hatten. Das sagten sie Massimo auch.

Natürlich glaubte jedermann, dass Massimo ein Architekturdiplom besitzen würde, aber das machte die Sache nicht leichter. Im Tunnelbau hat man wenig Respekt vor Diplomen.

Wie gern hätte Massimo Autorität ausgestrahlt, aber dass er, einziger Sohn des namhaften Giovanni, sich in den letzten zehn Jahren auf keiner Baustelle hatte blicken lassen, konnten vor allem die älteren Mineure nicht vergessen.

Gleichzeitig verstand jedermann, dass er darunter litt. Viele versuchten, ihm die Aufgabe leichter zu machen, bügelten Fehler aus, bevor sie an die Oberfläche kamen, und schrieben ihm Erfolge zu, die nicht die seinen waren.

Natürlich merkte Massimo, dass man ihn mit Samthandschuhen anfasste, nicht aus Angst, sondern – und das war verheerender – aus Sympathie. Manchmal kam er sich wie von hundert Müttern umsorgt vor. Es war erniedrigend für einen Mann wie Massimo, dass man ihn so behandelte. In Watte gepackt. Behandelt wie ein rohes Ei.

Manchmal wurde er das Gefühl nicht los, dass man ihn am liebsten in die Rolle des Unternehmersohnes gedrängt hätte, der einmal pro Monat mit dem 911er vorfährt, die Firmenkasse leert und gleich wieder davonbraust.

Oft wandten sich die Mineure an Monika, bevor sie mit ihm sprachen, und machten damit deutlich, dass sie sich ihm nicht besonders verpflichtet fühlten. Monika sagte dann: Könnt ihr bitte direkt zu Massimo gehen? Doch dass sie es überhaupt sagen musste, brach ihr fast das Herz. Und wenn sie dann mit einer Frage an ihn herantraten, kam es vor, dass sie durchblicken ließen, Monika hätte sie zu ihm geschickt.

Massimo wurde missmutig und finster. Hinter jedem Satz witterte er eine stille Respektlosigkeit. Dennoch gab er sich die größte Mühe, alles zu lernen, was der Tunnelbau verlangte.

Er war begierig darauf, zu wissen, wie viel Dynamit pro Kubikmeter Gestein es beim Sprengvortrieb brauchte, wie viel Öl ein Radlader verschlang, wie Mineure in Schichten eingeteilt wurden, wie das Aushubmaterial wegtransportiert und gebrochen und zerkleinert wurde. Wie man es am besten verkaufte. Alles interessierte ihn. Das Vermessen der Deformation des Felsens. Das Abpumpen von Sickerwasser. Das Lagern von Dynamit. Das Material der Schutzanzüge. Die Qualität der Luftfilter. Die Kosten der Luftfilter. Ihre Lebensdauer.

Hier und da übermannten ihn die Zweifel, ob es nicht richtiger gewesen wäre, einfach die Firma zu verkaufen und basta. Die Lebensdauer eines Luftfilters! Sein ganzes Leben war bisher darauf ausgerichtet gewesen, sich nicht mit solchen Banalitäten zu befassen. Das Studium der Philosophie und Literatur hatte im Grunde ja nur den einen Zweck: dafür bewundert zu werden, dass man sich *nicht* mit Luftfiltern herumzuschlagen hatte. Er hatte gelernt, mit subtilen Gedanken zu jonglieren.

Stattdessen stapfte er nun in Gummistiefeln im Stollen herum, wo es heiß und stickig war, wo ihm Felswasser auf den Helm tropfte und wo er sich so verloren vorkam wie auf einem unwirtlichen Planeten.

Er stand da, im orangenen Overall, die Hände tief in den Hosentaschen, und staunte, dass alles ohne ihn funktionierte. Immer peinlich darauf bedacht, nicht im Weg zu stehen. Und er stand so perfekt abseits, dass man ihn gar nicht beachtete. Er existierte nicht. Zwischen einer Baustelle mit und einer Baustelle ohne Massimo gab es nicht den geringsten Unterschied.

Als er wieder einmal im Tunnelstollen stand, so weit abseits wie nur möglich, und nicht wusste, wohin mit den Händen, und er darum an der Kopfschraube des Helms herumdrehte, als man ihn vergessen hatte oder so tat, als hätte man ihn vergessen, gingen auf einmal die Alarmsirenen los – feuerrote Trompeten, die in regelmäßigen Abständen entlang der Tunnelmauer festgemacht waren. Sie plärrten einen durchdringenden Ton in die Röhre, der nichts mit dem auf- und abschwingenden Bombenalarm zu tun hat, wie man ihn aus Filmen kennt.

Massimo fuhr zusammen und presste seine Handflächen an die Ohren.

Einmal im Monat probten sie den Notfall. Nach wenigen Sekunden hatte jeder Mineur seine Schutzmaske auf und rannte zum vereinbarten Versammlungspunkt nahe beim Ausgang.

Nur Massimo stand verlassen im Berg und knobelte an der Schutzmaskenbüchse herum. Der verdammte Selbstretter wollte sich einfach nicht öffnen. Ich bin schon tot, dachte Massimo, und niemand hat es gemerkt.

Bis jemand an ihn herantrat – Greter, der Leiter der Sicherheitsabteilung. Mit einer Hand öffnete er Massimos Büchse und stülpte ihm die Gasmaske über das Gesicht. Massimo stand da und trat verlegen von einem Fuß auf den anderen.

Los, vorwärts, schnauzte ihn Greter an und wies in Richtung Versammlungspunkt. Massimo trottete davon. Es war nicht despektierlich gemeint – eine Frage der Sicherheit. Auch Massimos Sicherheit.

Aufgeben? Alles hinschmeißen? Nein. Er wäre nicht Massimo gewesen, wenn er sich hätte entmutigen lassen. Je hoffnungsloser die Situation, desto zäher sein Wille. Er war eisern mit sich. Er rang.

In dieser Phase der Unentschiedenheit, in der er alle Energie darauf verwendete, sich mit Wissen über den Tunnelbau vollzusaugen, fehlte ihm die Energie für die Ehe. Sie waren seit drei Jahren verheiratet, und er behandelte Monika wie eine Kollegin, mit der er eine WG teilte.

Die Romantik des Anfangs war schnell verflogen. Dass Monika im Geschäft mitarbeitete, ja in diesen Jahren die heimliche Autorität war, während Massimo seinen riesigen Nachholbedarf in Sachen Bauwirtschaft abarbeitete, half auch nicht. Der Teppich der Rücksicht, den Monika vor seinen Füßen ausrollte, dieser flauschige Teppich, der nur dazu da war, die harte Wirklichkeit abzufedern, brachte ihn auf die Palme. Natürlich war es gut gemeint.

Aber wie konnte eine Frau – seine Frau – ihn so gar nicht verstehen? Er fühlte sich allein gelassen, und jede Hilfe, die Monika ihm anbot, jeder Rettungsring, den sie ihm zuwarf, trieb ihn weiter von ihr weg.

Monika ihrerseits konnte nicht verstehen, warum Massimo so undankbar war. Sie wollte doch nur eins: seinen Erfolg. Musste man denn alle Fehler machen, wenn es sich vermeiden ließ? Musste sie es sich gefallen lassen, dass er ihr Wissen nicht schätzte?

Monika fühlte sich immer weniger verstanden. Nichts hätte sie mehr gefreut als ein nettes Wort aus seinem Mund. Aber Massimo hatte keine Zeit für nette Worte. Er kämpfte, wie er immer kämpfte, wenn er sich auf ein Ziel eingeschossen hatte, und niemand konnte dieses irrsinnige Treiben unterbrechen.

Im Bett lief folglich auch nicht mehr viel. Zwar schliefen sie ab und zu miteinander, aber Massimo betrieb den Akt etwa ähnlich engagiert wie das wöchentliche Stutzen der Zehennägel.

Sie wussten, dass sie sich liebten, aber es blieb beim Wissen. Die Gefühle wurden von anderen Dingen beansprucht.

Während dem Sex küsste er sie nicht, und sie vermied es folglich ebenfalls, sich in dem Akt zu verlieren. Es war eine seelenlose Betätigung ohne jeden erotischen Schimmer.

Möglich, dass sich Massimo noch nie so einsam gefühlt hatte wie in diesen ersten Jahren mit Monika. Und das Gleiche galt wohl für sie.

Doch am schwersten lag der Schatten seines Vaters auf ihm, Giovanni, dieses Phänomen von einem Unternehmer, dieser Tausendsassa. Dass er tot war, hatte nichts zu bedeuten. Er war omnipräsent. Und manchmal hatte Massimo den Eindruck, als schauten die Leute nicht *ihm* in die Augen, sondern dem Kobold des toten Vaters auf seiner Schulter.

Als ich (als Massimos Anwalt) mich dann auch noch mit einem juristischen Anliegen meldete, wurde es ihm zu viel. Er packte seine Sachen und fuhr mit dem Nachtzug durch den Gotthard nach Rom.

Während der Winter sich grau und dumpf über Zürich legte und die Stadt in ihren eigenen Abgasen erstickte, erstrahlte Rom im mediterranen Champagnerlicht des Novembers. Der Himmel war hell und offen und blau.

Massimo zog sein Jackett aus und schwang es über die

Schulter. Er schlenderte zum Ospedale Bambino Gesù, setzte sich auf eine Bank im Schatten und betrachtete das Gewirr der Leute, die ein und aus gingen. Hier war er auf die Welt gekommen – als Wesen, das es lange Zeit gar nicht geben durfte, und hier saß er nun, und es gab ihn!

Er flanierte weiter und fühlte sich leicht wie noch nie. Manchmal blieb er an einer beliebigen Straßenecke stehen, lehnte sich an die abgewetzten Sandsteinquader des Gebäudes, legte ein Bein über das andere und machte sich empfänglich für die Bedeutung des römischen Verkehrs.

Nirgendwo sonst hatte der Verkehr eine so mystische Kraft wie in dieser Stadt. Es war, als hätte der Verkehr hier eine Seele. In jeder anderen Stadt, dachte Massimo, besteht er aus Teilnehmern, deren einziges Ziel es ist, ungehindert von A nach B zu gelangen. Nicht in Rom. Hier gibt es kein A und kein B. Hier ist der Verkehr ein Tanz, in den sich ganz Rom schickt, eine Charade, um zu zeigen, dass man am Leben ist.

Massimo beobachtete die Tauben, wie sie sich inmitten einer schmalen Gasse niederließen, um irgendetwas aufzupicken, und wie sie im letzten Moment aufflatterten, wenn eine Vespa heranbrauste. Und alles – das Geschwirr der Tauben, das Sonnenlicht auf dem Randstein, das Geknatter des Mopeds, der Zigarettenstummel, der, vom Luftwirbel des Mopeds aufgescheucht, in einen Schacht rollte –, alles schien einer sanften Notwendigkeit zu gehorchen.

Er kam sich ein bisschen wie ein Schriftsteller oder ein Filmschauspieler vor. Der Glanz dieser Stadt drang von allen Seiten in sein Innerstes und machte ihn weich.

Wie weit weg alles auf einmal war – das Geschäft, die Mineure, das harte Gestein, der Schatten seines Vaters, Monikas erstickende Hilfsbereitschaft.

Er nahm sich vor, irgendeine Bar zu betreten, und wenn dort eine junge Frau war, würde er sie ansprechen. Er würde sich neben sie an die Theke setzen. Sie würden ein bisschen über dies und das plaudern, und nach einer Weile wären sie so sehr voneinander gefangen, dass sie alles um sich herum vergessen würden. Er würde mit der Hand um ihre Taille gleiten, dann sanft über jeden einzelnen Wirbel den Rücken hinauf zu ihrem Hals, zu ihrem Haaransatz.

Er stellte sich vor, wie sie, elektrisiert von seiner so beiläufigen Berührung, unmerklich aufzucken und seine Hand fassen würde. Und sie würden aufstehen und zu seinem Hotel schlendern, und dort würden sie miteinander schlafen, es wäre alles ganz einfach.

Er stellte sie sich vor: südländisch dunkel, schwarzes Haar, Augen wie Bonbons, jung wie ein Schmetterling. Sie würde vielleicht Violetta heißen oder Viola. Aber noch stand Massimo an der Straßenecke, und noch war er verheiratet.

Die Sonne hatte sich aus den Straßen verzogen und stand nun über den Zinnen und Dächern. Er zog das Jackett über.

Er trat in die nächste Bar, schaute sich um, aber da war keine Frau. Auch nicht in der nächsten und übernächsten. Erst in der vierten Bar erblickte er die Silhouette eines Mädchens. Sie war belagert von einer Horde laut gestikulierender Männer. Die Straßenbeleuchtung war nun eingeschaltet.

Als er so gehetzt von Bar zu Bar eilte, kam er sich auf

einmal wie ein Verlierer vor, ein Verbrecher auf der Suche nach einem Verbrechen, und so beschloss er, das einzig moralisch Richtige zu tun und ein Bordell aufzusuchen. Er fragte den Kellner in der nächsten Bar, wo es denn hier Mädchen gebe. Dieser kritzelte eine Adresse auf eine Papierserviette.

Bei der angegebenen Adresse flackerte ein Neonschild – ›Emporio‹. Als Massimo die Tür aufstieß, nahm ihn, noch bevor er reagieren konnte, eine alte Frau beim Arm und zerrte ihn zu einer Wand. Daran waren Polaroidfotos von nackten Mädchen gepinnt. Ein Dutzend Mädchen in je vier verschiedenen Posen – auf einer Bettkante sitzend, stehend von vorne, stehend von hinten und eine Porträt-Aufnahme. Von zwei Ausnahmen abgesehen waren es allesamt Schwarze, und die beiden Ausnahmen zeigten weiße Huren mit schlaffen Brüsten.

Massimos Lust war von einer Sekunde auf die andere verflogen. Der Geruch von Sperma und billigem Parfüm, der muffige Rauch, das Licht aus roten Neonröhren, der abgewetzte orangene Spannteppich, die ausgetretenen Zigarettenstummel, die geschminkte Fratze dieser alten Frau, die ihn am Arm festhielt und ihm die Qualitäten der einzelnen Mädchen aufzählte.

Gelächter hinter einer Tür, Gekicher. Eine schimpfende Männerstimme von irgendwoher. Geräusch einer WC-Spülung. Massimo riss sich los und stürzte zur Tür hinaus auf die Straße.

Rom. Was hatte er sich eigentlich von dieser Stadt erwartet? Im Laufe eines einzigen Nachmittags hatte sich Rom von einer Verheißung zu einer Katastrophe entwickelt.

Massimo nahm ein Taxi zum Hotel. Dort rief er Monika an. Ohne Erfolg. Er ließ es klingeln und klingeln, bis die Leitung nach einer Weile automatisch unterbrochen wurde. Dann rief er wieder an und wieder.

Es war Mitternacht. Wo steckte sie bloß? Dass sie bei einem fremden Mann war, seine Monika, nein, dieser Gedanke war ebenso unvorstellbar wie der Gedanke, seine Mutter hätte je seinen Vater betrogen. Nichts an Monika hätte ihn je an ihrer Aufrichtigkeit zweifeln lassen. Sie war für ihn da, wie man nur für jemanden da sein konnte. Und genau dies war der Grund, warum er ihr, nach drei Ehejahren, für ein paar Tage entflohen war: ihrer erstickenden Bemutterung, ihrer rastlosen Optimierung des Alltäglichen, ihrer himmelschreienden Güte.

Er lag auf dem Bett, die Arme hinter dem Kopf verschränkt, starrte zur Decke und quälte sich mit der Entscheidung, ob er am nächsten Tag schon nach Zürich zurücksollte oder nicht.

Aber Massimo hätte sich selbst enttäuscht, wenn er den Zweifel nicht sofort durch eine doppelte Portion Entschiedenheit ausgelöscht hätte. Wenn es eine Konstante in seinem Leben gab, dann sein eiserner Wille, sich nicht durch Rückschläge entmutigen zu lassen.

Gab es einen größeren Feind als den Zweifel? Er hatte sich vier Tage Rom vorgenommen, und es würden vier Tage Rom werden. Endlich konnte er einschlafen.

Als er am anderen Tag aufwachte, war es schon Mittag. Er zog die Vorhänge auseinander, und der blaue, römische Himmel füllte sein Zimmer bis zur Decke mit einem großen Versprechen.

Massimo setzte sich in ein Restaurant und bestellte den gegrillten Fisch, den er sich am Vortag ausgemalt hatte. Und tatsächlich, der Wolfsbarsch kam und entsprach in allen Einzelheiten seiner Vorstellung. Er schimmerte bläulich, die Butter lag golden in dem heißen Krüglein, die Kartoffeln waren leicht angebraten und mit Petersilie und Schnittlauch verziert.

Er liebte es, den Fisch zu filetieren und die geschmolzene Butter über das weiße Fleisch zu gießen. Konnte man sich ein schöneres Leben vorstellen? Massimo saß im hinteren Teil des Restaurants und ließ sich durch die großen Scheiben den römischen Verkehr vorführen.

Er war schon beinahe fertig, als sich eine junge Frau an den Nebentisch setzte und die Speisekarte verlangte.

»Darf ich Ihnen den Branzino vorschlagen«, sagte Massimo, »ein Gedicht.« Dabei küsste er seine Fingerspitzen.

Das Mädchen war südländisch dunkel, mit einem Gesicht, das nur aus Augen zu bestehen schien, ihr Haar war schwarz, und sie war jung wie ein Schmetterling. Massimo musste lachen. Immer erfüllen sich die Dinge zeitversetzt. Was haben die Erfüllungen bloß gegen den Moment? Nie geschieht im Moment, was man sich erhofft; die Hoffnung erfüllt sich erst, wenn man sie hat fahren lassen.

»Heißen Sie Violetta?«

Sie schüttelte den Kopf. »Wie kommen Sie darauf?«

»Einfach so, ich hatte nämlich so eine Vorstellung.«

»Originelle Anmache«, sagte sie.

»Dann kann es ja gleich originell weitergehen, ich finde Sie wunderschön.«

»Und ich finde, ich werde Ihren Rat befolgen und den Branzino bestellen.« Sie legte die Speisekarte zur Seite und winkte dem Kellner.

Sie arbeitete als Doktorandin am Institut für Regionalökonomie der Universität Rom: Beschäftigung mit Italiens rückständigem Süden – insbesondere mit der Steuerpolitik und wirtschaftlichen Anreizsystemen. Entwicklungshilfe im eigenen Land, sagte sie.

Gab es etwas, das ihn weniger interessierte als Regionalökonomie und Steuerpolitik? Wie konnte eine so schöne Frau etwas so Furchtbares studieren?

Massimo sank in sich zusammen, als er zu ahnen begann, dass er nicht genug Energie würde aufbringen können, um so lange über ihre Forschung zu reden, bis man endlich intimer werden konnte.

Doch dann stellte sich heraus, dass sie aus Lecce stammte, und da flammte in Massimos Herz ein Funke auf, der den Motor der Begeisterung wieder in Bewegung setzte. Er erzählte ihr von Otranto, das ja nur eine Autostunde von Lecce entfernt lag, von seinem Vater und Großvater, von den Fährschiffen aus Albanien, von der Fischerei nach dem Krieg. Seine Begeisterung für Apulien kannte keine Grenzen, obwohl er die Region nur aus den Schilderungen seiner Eltern kannte.

Dabei ärgerte er sich die ganze Zeit, dass er den Ehering nicht abgestreift hatte. Auch sie trug Ringe, aber mehrere und an verschiedenen Fingern, und so war es schwierig, etwas daraus abzuleiten. Schließlich musste sie in ihr Institut zurück. Sie verabredeten sich zum Dinner.

Massimo schwebte den ganzen Nachmittag in flimmernder Erwartung. Rom war jetzt nicht mehr bloß eine Stadt auf Erden, es war ein Vorposten auf dem Weg zum Himmel.

Er nahm sich fest vor, nicht mit ihr zu schlafen, und hoffte gleichzeitig, sie würde ihn verführen. Er wollte sich in eine Opferrolle hineinmanövrieren, damit er den bevorstehenden Ehebruch leichter würde ertragen können.

Es kam, wie es kommen musste. Nach dem Abendessen, dessen Gespräch nun doch um die Themen Regionalökonomie und Steueranreizsysteme kreiste und Massimo langweilte, ja komplett ermüdete, zog er sie zu sich ins Hotelzimmer, und sie schliefen miteinander.

Es lag keine große Lust in dem Akt, jedenfalls nicht auf Massimos Seite. Die Vorstellung einer Zukunft mit diesem Mädchen war so unmöglich wie die Vorstellung einer Trennung von Monika.

Er kam sich schäbig vor und hasste sich für sein Verhalten. Alles fühlte sich falsch und leer an.

Im Morgengrauen stand sie auf, sammelte wortlos ihre Kleider vom Boden auf und schloss sich im Bad ein. Nach zwanzig Minuten kam sie heraus, frisch geschminkt, bereit für einen neuen Tag. Sie drückte Massimo den obligaten Kuss auf die Wange und war verschwunden.

Man sagt, dass der Mensch drei Wochen lang ohne Essen, drei Tage ohne Wasser und drei Minuten ohne Luft auskommt. Aber er kommt nicht länger als drei Sekunden ohne Sinn aus. Wir können nicht leben, ohne allem eine Bedeutung zuzuschreiben.

Und so verbrachte Massimo den ganzen folgenden Tag mit genau dieser Aufgabe. Es suchte nach einer Interpretation. Schließlich kam er zu dem Schluss, dass dieses kleine Abenteuer nicht nur unvermeidbar, sondern in einem tiefen Sinn notwendig gewesen war.

Das Mädchen hatte ihm einen großen Auftrieb verschafft. Wie lange hatte er nach einem Erfolgserlebnis gelechzt (das ihm zu Hause bei all der Hilfsbereitschaft und klebrigen Bemutterung nicht vergönnt war), und nun hatte er es endlich bekommen. Zufriedenheit breitete sich in ihm aus: Er hatte getan, was er wollte.

Er war glücklich über den kleinen erotischen Wirbel. Und weil der Wirbel so klein war, würde er niemandem etwas davon erzählen.

Er gönnte sich einen Flug zurück nach Zürich und ließ das Zugticket verfallen. Dieses großmännische Verfallenlassen tat ihm gut. Er fühlte sich jung, frisch und nicht einmal schlecht.

In jener Woche versuchte ich unaufhörlich, Massimo zu erreichen. Es ging um einen Kündigungsfall, und ich brauchte dringend eine Unterschrift.

Die Antworten seiner Sekretärin waren ungenau und variierten von Anruf zu Anruf. Wann er denn zurückkehre, fragte ich. In drei oder vier Tagen oder noch später, sie wisse es selber nicht. Wo er denn sei? Im Ausland. Das Ausland ist groß, sagte ich und hängte auf. Es blieb mir nichts anderes übrig, als Monika anzurufen und sie um eine Unterschrift zu bitten.

Sie öffnete die Tür. Sie war frisch geschminkt, sie lächelte, und gleichzeitig kämpfte sie mit den Tränen. Ihre Nasenflügel zitterten. Sie wollte stark erscheinen und vermeiden, dass sie stark erscheinen *wollte*. Am liebsten hätte ich sie in die Arme geschlossen. Ich liebe Frauen im Zustand der Auflösung. Vielleicht liegt es an meiner Veranlagung, dass ich das Schwere mag und das Leichte geringschätze. Einer traurigen Frau fühle ich mich hundert Mal näher als einer glücklichen.

Sie unterschrieb das Papier sofort. Ich streckte die Hand aus, um mich zu verabschieden, aber sie strich sich mit ihren Handflächen über die Wangen, als wollte sie irgendein Unglück wegwischen. Die Bewegung hatte etwas Erbärmliches. Sie sagte: Kommen Sie doch einen Moment herein.

Ich setzte mich etwas angespannt auf das Sofa. Ich wusste nicht recht, wohin mit meinen Händen. Mich wie ein Familienfreund ins Kissen fallen lassen mochte ich auch nicht. So saß ich ziemlich steif auf dem Rand des Sofas und begrub meine Hände unter den Oberschenkeln. An meinem rechten Schuh klebte ein nasses Laubblatt, das ich in die Wohnung hineingetragen hatte.

Ich erinnerte mich, wie Massimos Vater kurz vor seinem Tod von der neuen Praktikantin geschwärmt hatte. »Sie ist intelligent, ihre Auffassungsgabe überirdisch, und sie ist ein nettes Mädchen – *una brava ragazza.* Sie hat Anstand.

Sie hat Herz. Sie packt an. Ach, in so vielem erinnert sie mich an Giulietta, meine Frau.

Meine Giulietta war in ihrer Jugend Verkäuferin im Laden ihres Vaters in Otranto. Aber sie war viel mehr als das. Sie besorgte den Einkauf, die Buchhaltung, das Lager, sie kontrollierte die Kasse, handelte niedrigere Mieten für das Ladenlokal aus und setzte sich dafür ein, dass das stillgelegte Transformatorenhäuschen vor dem Geschäft, das nur noch als Litfaßsäule diente, abgerissen wurde und dadurch zwei Parkplätze entstanden. Ohne Giulietta hätte in dieser Familie nichts funktioniert. Sie hatte Charme. Sie hatte Ausstrahlung. Ich habe sie gesehen und wusste: Das ist eine Frau, mit der man durchs Leben gehen möchte.

Ganz ähnlich kommt es mir heute wieder vor, wenn ich dieser jungen Praktikantin zuschaue. Sie ist ein Engel. *Un angelo.* Sie steht früher im Büro als alle anderen, und sie verlässt es später.

Und wissen Sie was: Sie tut es nicht, um irgendjemanden zu beeindrucken. Und sie tut es schon gar nicht, um *mich* zu beeindrucken. Sie tut es, weil sie es für richtig hält. Sie tut es, weil sie mit ihrer Arbeit vorankommen will. Weil sie aus Kundensicht denkt. Weil sie ein Gefühl für die Firma hat. Weil sie es will.

Ich sage ihr die ganze Zeit: Monika, übernehmen Sie sich nicht. Aber dann lächelt sie bloß und sagt, sie habe in ihrem Leben schon ganz anders angepackt. Was ich hier sähe, sei also noch keine Höchstleistung. Die würde sie mir dann schon noch zeigen. Was für ein tolles Mädchen. *Una ragazza fantastica!* Glauben Sie mir, jeder, der sie nicht gleich wegheiratet, ist ein Dummkopf. Kommen Sie mit.«

Er zog mich durch die Büros zu der Praktikantin. Er stellte uns gegenseitig vor. Sie war aufgestanden, und wir gaben uns die Hand. Aus ihrem Gesicht sprach Gradlinigkeit, und in ihren Augen lag eine schöne, dunkle Tiefe.

Ich fühlte mich sofort zu ihr hingezogen. Sie war nicht größer als eins sechzig, und das gefiel mir.

Glauben Sie mir, jeder, der sie nicht gleich wegheiratet, ist ein Dummkopf …

Aber daran war natürlich nicht zu denken. Ich war damals, als wir uns zum ersten Mal begegneten, zweiundvierzig (sie vierundzwanzig). Außerdem in einer festen Partnerschaft – in einer jener Beziehungen, die sich, nachträglich betrachtet, wie Perlen auf einer Schnur reihten, unterbrochen durch ungetrübte Abschnitte des Alleinseins.

Und nun, vier Jahre später, saß sie mir nicht mehr als Praktikantin gegenüber, sondern als die Frau meines Klienten. Sie war nicht mehr vier-, sondern achtundzwanzig, und ich war sechsundvierzig. Sie sah schöner aus denn je. Jeder, der sie nicht gleich wegheiratet, ist ein Dummkopf …

Sie öffnete eine Flasche Aigle Murailles.

Wir begannen zu trinken, ohne anzustoßen.

»Darf ich Sie etwas fragen?«

»Nur zu«, sagte ich.

»Was halten Sie von meinem Mann? Ich meine, er ist irgendwie völlig abgedriftet. Er hört auf niemanden mehr. Niemand dringt zu ihm durch, weder der Bauleiter noch der Finanzchef noch ich. Er hat sich in den Kopf gesetzt, alles zu lernen, was es zu lernen gibt. Er macht Fehler, was verständlich ist, denn er ist ja kein Bauingenieur. Er ist Architekt. Aber mit Hochbau hat unser Geschäft nichts zu tun. Wissen Sie, unsere Ehe leidet sehr unter seiner Verbohrtheit. Er wirft mir vor, ich würde ihn bemuttern. Er ist kalt zu mir. Ich komme mir vor wie eine Angestellte, die nebenbei noch seine Frau ist. Dieser Mann hat sich in eine unkontrollierbare Rakete verwandelt. Wenn sich Massimo etwas in den Kopf gesetzt hat, dann zieht er es bis zum Ende durch. Geht mit dem Kopf durch die Wand. Ich bin ratlos. Ich fühle mich manchmal, als würde ich in seiner Welt gar nicht existieren.«

Sie redete stockend. Manchmal war ich mir nicht sicher, ob sie das nächste Wort würde hinzufügen können. Bald öffnete sie die zweite Flasche. Sie legte eine Platte auf – *Play Bach.*

»Ich liebe ihn«, sagte sie, das Gesicht in den Händen vergraben, aber es klang so, als brauchte es diese Wörter, damit sie es wirklich empfand.

Wie gern hätte ich diese junge Frau in die Arme geschlossen. Doch alles, was ich in einer solchen Situation gern getan hätte, stand mir nicht zu. Ich redete irgendeinen Unsinn.

Tränen krochen zwischen ihren Fingern hervor. Als sie sich ausgeweint hatte, holte sie die dritte Flasche.

»Es tut mir leid«, sagte sie. »Ich bin in keiner guten Verfassung.«

Ich zwang mich dazu, distanziert zu wirken.

Sie hatte die Flasche entkorkt und schenkte ein.

»Ach, ich bin so müde«, sagte sie und legte sich auf das Sofa, den Kopf auf meinem Oberschenkel. »Entschuldigen Sie, das hat nichts zu bedeuten.«

Sie war betrunken. Sie hatte ihre Augen geschlossen und schien zu schlafen. Auch ich spürte den Alkohol. Ich sollte mich jetzt verabschieden, sagte ich mir. Doch als sie die Augen wieder aufschlug, konnte ich nicht aufstehen.

»Ich bin froh, dass Sie da sind«, sagte sie.

Ich schob meine Hand unter ihren Kopf, hob ihn hoch, bis es mir gelang, sie zu küssen. Ich spürte, wie sie meine Hand nahm. Es kam mir alles so unwirklich vor. Hier lag ich mit der Frau meines besten Klienten. Auf dem Sofa meines besten Klienten. Dass ich betrunken war, wäre Grund genug gewesen, mich schleunigst aus der Situation zu stehlen.

Doch ich ließ es geschehen. Der Teufel ritt mich. Alles drehte sich – das beige Ledersofa, die Halogenleuchte, der Arne-Jacobsen-Egg-Chair, das Büchergestell, die Grundig-Kompaktstereoanlage, das Kaffeetischchen, die Rothko-Imitation.

Plötzlich lachten wir über alles. Wir lachten über die orangenen Schutzanzüge, die die Mineure wie riesige Küken aussehen ließen, über den Titel eines Buches, das aus irgendeinem Grund aus dem Büchergestell gefallen war, über die Zottelfransen des Perserteppichs. Wir lachten über die tragische Leichtigkeit des Lebens, beziehungsweise die leichte Tragik, die über allem lag, und wir lachten über die Unmöglichkeit dieses Abends.

Nach einer Weile nahm ich alle Energie zusammen, um aufzustehen, schaffte aber nur zwei Schritte, dann stolperte ich und fiel zu Boden. Ich kam mir vor wie ein Käfer, den man auf den Rücken gedreht hatte und der nun hilflos mit den Beinen ruderte.

»Herr Anwalt, ich helfe Ihnen«, rief sie, lachte, torkelte zu mir her und ließ sich auf mich fallen. Es war grotesk. Ich glaube, wir schliefen miteinander, doch so richtig bekam ich das nicht mehr mit. Ich erinnere mich nur noch, dass in einer Ecke der Wohnung andauernd das Telefon klingelte – vermutlich die halbe Nacht.

Als ich wieder so etwas wie Bewusstsein erlangt hatte, waren Kopfschmerzen das Einzige, was dieses Bewusstsein enthielt. Meine Kraft reichte nicht aus, um die Augen aufzuschlagen. Da war nichts als das harte Trommeln im Kopf.

Allmählich gelang es mir, meine Zehen zu bewegen, dann meine Finger. Ich war also noch am Leben. Und als ich dann tatsächlich die Augen aufriss, kam mir alles so unwirklich vor. Auf dem Tischchen standen drei Weinflaschen und zwei Gläser, das eine davon halbvoll. Der Plattenteller drehte und drehte sich, und der Tonabnehmer kratzte auf der Auslaufrille.

Eine junge Frau lag nackt auf dem Boden wie etwas Angespültes. Ihr Haar war zerzaust, ihre Wimperntusche verschmiert, doch ihr Atem ging ruhig.

Überall lagen Kleider – Socken, Unterhosen, ein Hemd, eine Bluse. Mein Atem stank nach Alkohol. Ich deckte Monika mit ihrer Bluse zu, die ich mit ausgestrecktem Arm geangelt hatte. Ich fühlte mich widerlich.

Das ist das Ende deiner langjährigen Geschäftsbeziehung mit der Marini Bau AG, sagte ich mir. Zwanzig Jahre lang hast du diese Firma betreut. Zuerst den Vater, dann den Sohn Massimo. Zwanzig Jahre lang hast du dazu beigetragen, aus einem Nichts ein stattliches Unternehmen zu schaffen. Und nun ist es zu Ende. Du hast deinen besten Klienten nicht verloren, weil du schlechte Arbeit geleistet hast. Du hast ihn nicht verloren, weil du zu teuer warst. Auch nicht, weil du ihn zu stark an seinen Vater erinnerst. Nein, du hast ihn verloren, weil du dich über seine Frau hergemacht hast. Ich gratuliere zu diesem Triumph!

Ich zog die Tür hinter mir zu. Draußen lag der Novembernebel in den Straßen. Nach meiner Armbanduhr war es Mittag, aber es fühlte sich an wie das dunkle Ende eines Lebens.

Als Massimo einige Tage später wie ein König durch die Tür seiner Wohnung spazierte, war er überrascht, dass Monika ihn auch wie einen solchen empfing. Sie nahm ihm das Gepäck ab, küsste ihn sehr innig auf den Mund, hängte seinen Mantel und sein Jackett auf den Bügel, öffnete eine Flasche Champagner, reichte ihm ein Glas, küsste ihn noch einmal und lächelte.

Sie überraschte ihn nicht nur mit ihrer entwaffnenden Arglosigkeit, sondern auch mit ihrer neuen Frisur, einem Stufenschnitt, der die neuerdings schwarz gefärbten Haare wie einen Wasserfall erscheinen ließ.

Sie trug einen schwarzen Kaschmirpullover, eine Kette aus handgefertigten finnischen Glaskugeln, einen Karorock, der ihre wohlgeformte Hüfte bestens zur Geltung brachte. Sie sah umwerfend aus.

Dabei machte alles den Anschein, als hätte sie sich nicht für Massimo so herausgeputzt, auch nicht für einen anderen Mann, nein, nur für sich selbst.

Monika hatte sich nach jenem wunderlichen Absturz

mit mir neu erfunden. Sie hatte sich aus dem tiefen Loch gekämpft und stand nun wieder an der Sonne. Eine starke, schöne Frau.

Sie zog ihm die Krawatte, die er sich am Flughafen noch umgebunden hatte, um ›geschäftlicher‹ auszusehen, mit Schwung aus dem Kragen und setzte sich neben ihn aufs Sofa. Nicht das geringste Zeichen von Verärgerung in ihrem Gesicht.

Massimo wartete den ganzen Abend auf das Trommelfeuer ihrer Fragen. Er hatte sich Antworten zurechtgelegt und sie auf ihre Plausibilität geprüft, verfeinert, Antworten, die so überzeugend klangen, dass er aufpassen musste, sich nicht gleich selbst anzulügen – doch die Fragen kamen nicht. Wie war Rom? Warum hast du dich nie gemeldet? Wie hast du deine Abende verbracht? Warst du bei einer Frau? Nichts schien Monika weniger zu interessieren als Massimos Rom-Reise.

Stattdessen redete sie von der Zukunft – von den Chancen der Firma, von einem eigenen Haus mit Garten und stattlichen Bäumen und Aussicht und vielen Zimmern, und von dem Wunsch nach einem Kind.

Es war, als hätten die letzten Tage nie stattgefunden. Es gab keine Vergangenheit, keine Gegenwart, es gab einzig die Zukunft. Dabei war Monika alles andere als leichtfertig: Es waren keine luftigen Ideen, sondern handfeste, machbare Vorhaben, und die einzige Unvernunft hätte darin bestanden, sie nicht umzusetzen.

»Möchtest du nicht wissen, wo ich war?«, fragte er.

»Wo warst du denn?«

Ihre Unbekümmertheit machte ihn rasend.

»Interessiert es dich denn nicht, was ich in Rom gemacht habe?«

»Doch, schon«, sagte sie und nippte am Champagnerglas.

Es interessierte sie nicht. Und im Grunde war Massimo froh, dass er die vorformulierten Antworten nun vergessen durfte. Er war glücklich, wieder zu Hause zu sein, erstaunt über Monikas Metamorphose. Er bewunderte ihre Gelassenheit, ihren neuen strahlenden Glanz, ihre Reife. Alles fühlte sich an, als hätte es Gott in einem langen Prozess des Optimierens genau so eingerichtet. Massimo dachte an einen frischen Apfel, in den er am liebsten hineingebissen hätte.

»Ich habe dich vermisst«, sagte er plötzlich und umarmte sie. Es brach so spontan aus ihm heraus, dass es ihn selbst überraschte.

Noch auf dem Weg vom Flughafen hierher, selbst als er seine Ledertasche aus dem Kofferraum des Taxis hievte und sie vor der Wohnungstür abstellte, war ihm nicht klar: Scheidung oder Zusammenbleiben. Alles war möglich. Das Leben war an einem jener seltenen Punkte angelangt, wo sich die Möglichkeiten wie ein Fächer vor ihm auffalteten. Der kleinste Windstoß hätte ausgereicht, um seinem Leben eine neue Richtung zu geben.

Und jetzt war er hier. Wie viele Menschen können wohl sagen, dass es keinen Ort gibt, wo sie lieber wären?

»Rom hat dir gut getan«, sagte sie und drückte seine Hand. »Du bist viel gelöster.«

Plötzlich fühlte auch er, dass er sich verändert hatte. Seine Starrköpfigkeit hatte sich in Luft aufgelöst, und er war sehr ruhig. Er ahnte, dass er in absehbarer Zeit kein sogenanntes Erfolgserlebnis mehr brauchen würde, um glücklich zu sein, sondern dass es für dieses Glücksgefühl gar keinen Grund brauchte. Es war einfach da. Und wenn es doch einen Grund brauchte, so war alles, was er nun um sich herum erblickte, der Grund.

»Es scheint, als hättest du endlich akzeptiert, wer du bist, Massimo«, sagte Monika und strich ihm durch das Haar.

Zwar wusste er nicht, was sie damit meinte, aber er wollte nicht fragen, sondern hüllte sich in ein großes Schweigen und genoss, wie sie ihm die Kopfhaut massierte. Sie schmiegte ihren Kopf an seine Schulter. Sie waren glücklich miteinander. Was war daran falsch? Nichts. Es war wunderbar.

Im Rückblick betrachtet, erwies sich dieses kleine Abenteuer als ein Segen für ihre Beziehung. Wie in der Geologie, wo sich unter einer Oberfläche Spannung aufbaut, bis sie sich in einem Beben schlagartig entlädt, war es auch zwischen Massimo und Monika zu einem ruckartigen Beben gekommen – das nun den Boden für die kommenden Ehejahre geebnet hat. Die Versöhnung kam fast etwas zu geschwind. Aber sie hielt.

Fünf Monate später erfuhr ich (von Massimo), dass Monika schwanger war. Und im August 1992 kam Raffael zur Welt.

Ich blieb ihr Firmenanwalt. Monika habe ich seither nur zweimal gesehen. Einmal mit ihrem Bübchen in der Bahnhofstraße, etwa zwei Jahre nach der Geburt.

Mittagszeit, die ganze Stadt war auf den Beinen. Monika trat gerade aus der Buchhandlung, als ich hineinwollte. Ich bückte mich hinunter und fuhr mit der Hand über den Schopf des Kindes.

»Wir könnten doch offiziell zum Du übergehen, also, ich bin die Monika.«

Ihre Hand war feucht. Das Du war ihr anscheinend wichtig.

Sie musste weiter, und ich ja auch.

Ein anderes Mal sah ich sie bei der Eröffnungsfeier eines S-Bahn-Tunnels in Zürich, den Massimos Firma ausgebrochen hatte. Monika saß neben Massimo in der ersten Reihe der geladenen Gäste. Ich sah die beiden nur von hinten. Als der Verkehrsminister seine Rede beendet hatte und alle applaudierten, legte Monika den Arm um Massimos Schulter und flüsterte ihm etwas ins Ohr. Massimo drehte den Kopf zu ihr und schien zu schmunzeln.

Ich saß etwa vier Reihen weiter hinten und kriegte natürlich nicht mit, worüber sie sich amüsierten. Raffael war auch dabei. Er war damals etwa acht, ein schöner Bub mit hellem Haar, der auf den Oberschenkeln seiner Eltern herumturnte. Sie schienen glücklich zu sein.

Jetzt kommen wir der Sache näher.« Kleinberg schmunzelt. »Ich habe Ihren Text heute Morgen gelesen. Er lag ausgedruckt auf dem Tisch im Mansardenzimmer. Sie saßen noch beim Frühstück. Tut mir leid, Wyss, wenn ich in Ihrer Schreiberei wühle, aber wer weiß, ob Sie mir diesen Auszug je zum Lesen gegeben hätten.«

Er wartete auf eine Reaktion.

»Überhaupt hege ich langsam die Vermutung, dass Sie mir nur Dinge zum Lesen geben, die nichts mit Ihnen zu tun haben. Also, ich entschuldige mich dafür, dass ich in Ihren Unterlagen geschnüffelt habe, aber ich bin ziemlich sicher, die Erkenntnis daraus wird zu Ihrem Wohl sein.«

Er strahlte wie ein Detektiv, der einen Haufen verschossener Patronenhülsen gefunden hat.

»Die Erkenntnis ist ganz einfach: Sie fühlen sich wegen Ihrer kleinen Affäre mit Massimos Frau schuldig. Schuldig gegenüber Massimo. Darum sind Sie ihm dermaßen ausgeliefert. Darum Ihre heftige Reaktion, als er vor drei Wochen das Geschäftsverhältnis aufgelöst hat. Sie haben sich bis heute nicht vergeben, Wyss. Diese Geschichte wühlt noch viel zu heftig in Ihnen. Ich glaube, dort müssen wir mit unserer Therapie ansetzen.

Sie heben diesen Mann in den Himmel, und je höher Sie ihn heben, desto tiefer ziehen Sie sich hinunter. Sie sakralisieren Massimo und profanisieren sich selbst. Warum,

Wyss? Warum heben Sie Massimo auf das Podest? Warum bewundern Sie ihn dermaßen? Bei diesen Fragen müssen wir ansetzen.«

Zur Psychotherapie: Dass sich jemand so für einen interessiert, mehr, als man sich je für sich selbst interessieren kann, empfinde ich als Luxus. Ich komme mir dann eine Stunde lang sehr wichtig vor.

Es ist wie ein Dampfbad: Man schickt sich hinein, genießt die aromatische Hitze, die Entschlackung aller Gedanken, dann entsteigt man dem Dampf, und nichts bleibt von dieser Stunde übrig.

Mein Wunsch, dass jede Begegnung mich dauerhaft verändern, jede Stunde meines Lebens mich umpflügen möge, hat sich als Illusion erwiesen.

Und doch. Ich freue mich über die Gespräche mit Kleinberg. Kleinberg, der auf Anhieb das Beste im Menschen erblickt, ist, soweit ich es nach drei Wochen beurteilen kann, ein netter, aber im Grunde naiver Mensch. Er ist trainiert in dem unumstößlichen Glauben, dass jedermann nicht nur ein *Recht* auf Glückseligkeit besitzt, sondern ihm prinzipiell zur Glückseligkeit verholfen werden kann.

Wenn ich ihm dann entgegne: »Herr Kleinberg, jeder hat doch auch ein Recht auf Intelligenz und Schönheit, aber Sie wissen selbst, dass man einen dummen und hässlichen Menschen nur beschränkt zu einem Adonis umfunktionieren kann«, ist er persönlich getroffen.

Es kommt nie zur Diskussion über die Grundsatzfragen der Psychotherapie, obwohl gerade dies mich interessieren würde. Kleinberg, verkrochen in seiner Überzeugung, wiederholt dann bloß sein Anliegen, dass ich möglichst über mich schreiben soll und weniger über Massimo.

Ich sage mir: Eine Gesellschaft, die sich Tunnels durch die Alpen leisten kann, kann sich auch eine Armee von Psychiatern leisten.

Es kommt mir manchmal vor, als sei es ohnehin das Gleiche: Kleinberg treibt einen Tunnel durch mein Inneres. Das Ausbruchmaterial legt er während unserer Sitzungen Stück für Stück auf den Tisch, und wir müssen darüber reden – über meine Mutter, meinen Vater, andere Bezugspersonen aus frühester Kindheit. Alles so langweilig wie der unscheinbarste Granit, finde ich.

Kleinberg sucht und sucht. Ich glaube, er sucht nach der großen Ursache, die meine Krankheit auf einen Schlag erklären würde. Er gräbt und gräbt, aber da ist nichts. Nur langweiliges Gestein. Ich habe niemanden getötet, wurde nicht missbraucht, keine Scheidung der Eltern, überhaupt nie ein böses Wort, nur glückliche Kindheit. Manchmal fürchte ich mich tatsächlich vor diesem Moment: Kleinberg stößt am anderen Ende meiner Seele hinaus, ohne etwas gefunden zu haben.

Er wird diese Röhre in die Sonne halten, durchblicken und nichts anderes als ebendieses Sonnenlicht sehen. Das große Geheimnis: Die Seele zeigt immer das, worauf man sie richtet.

Nach ihrem prunklosen ehelichen Zwischenfall, über den Massimo und Monika nie mehr auch nur ein Wort verlieren, machen sie alles richtig. Will heißen: Sie sind das perfekte Gespann.

Sie zeugen einen Sohn, er kommt gesund auf die Welt, und sie verwandeln das Baugeschäft in die führende Tunnelbaufirma der Schweiz. So fest hat sich die Erde unter Massimos Füßen noch nie angefühlt. Dank seinem weiträumigen Geist hat er ein besonderes Flair für den richtigen Auftritt entwickelt.

Seine Auftraggeber, die studierten Architekten, Ingenieure und Stadtplaner, schätzen sich glücklich, am anderen Ende des Verhandlungstisches keinen ölbefleckten Bautrupptreiber zu wissen, sondern einen geistvollen Unternehmer, der es versteht, ihnen zuzuhören. Mehr als das: Massimo ist jemand, der mit eigenen Überlegungen nicht hinter dem Berg hält, sondern Einwände geradeheraus vorbringt.

Plötzlich beginnt die Welt, ihm aus der Hand zu fressen. 1992 gewinnen Massimo und Monika die Ausschreibung für ein Kanalisationsprojekt in Basel. 1995 den Auftrag für den besagten S-Bahn-Tunnel in Zürich. 1998 kommt ein militärischer Hochsicherheitstrakt dazu. 2001 bewerben sie sich um das wichtigste Los des Gotthard-Basistunnels, den sogenannten Mittelabschnitt Sedrun – und 2002 kriegen sie ihn. Die Marini Bau AG ist jetzt eines der größten reinen Tunnelbauunternehmen der Schweiz.

Wenn Massimo auf der Baustelle auftaucht, arbeiten seine Leute weder schneller noch langsamer, weder besser noch schlechter. Niemand wird nervös. Sein Auftreten ist meilenweit von der Ich-zeig-euch-wie-man's-macht-Attitüde der anderen Chefs entfernt.

Viel Herzblut trotz allem: Ein Durchstich befriedigt ihn geradezu körperlich.

Er ist kein Menschendrücker, und das schätzen seine Leute. Seine Leute sind übrigens weder Leute noch Arbeiter, sondern Mitarbeiter.

Eine gewisse Eleganz umgibt ihn. Massimo ist weder Patron noch Kamerad. Er versteht sich als Manager, sachlich bis ins Herz und doch menschlich auf eine unverkrampfte Art – nicht jene Menschlichkeit, die man sich in Management-Kursen antrainiert (»Lobe deinen Mitarbeiter und gehe auf seine Gefühle ein«), sondern jene Menschlichkeit, die aus einem gelebten Leben voller Wendungen erwächst.

Ihr Sohn Raffael ist so ein Kind, das jeder anlächelt. Auf der Straße bleiben die Leute stehen und streicheln mit den Fingerknöcheln über die pulverfeinen Wangen. Wenn er rennt, verzaubert er alle – so viel Glück kann man strampelnd, rennend, lachend und mit den Armen fuchtelnd gar nicht loswerden.

Die Mineure gehen in die Hocke und klopfen ihm auf die Schultern. Der kleine Raffael: stark wie ein junges Pferd und rosig wie ein Apfel.

Als er drei ist, hat er damit angefangen, dem Vater durchs Haar zu fahren. Massimo, stolz auf sein dichtes Haar, ließ es sich gefallen. Er mochte es, wenn Monika es tat, und es war nur zu verständlich, wenn Raffael es ihr nachmachte.

Raffael legte beide Händchen auf Massimos Stirn, spreizte die Finger und fuhr ihm von vorne nach hinten durch den Schopf. Ab und zu machte er eine Faust und zog angenehm an den Haaren. Natürlich hatten seine kleinen Patschhändchen nicht annähernd den beruhigenden Effekt wie Monikas Finger, dafür aber waren es die Hände seines Sohnes, dieses aufgeweckten kleinen Burschen.

Danach drückte Raffael dem Vater einen Kuss auf die Stirn – was er ebenso Monika abgeschaut hatte – und stob voller Begeisterung davon.

Ach, wie er seinen Sohn liebte. Was gab es Schöneres, als Vater zu sein.

Manchmal, an Wochenenden, legte sich Massimo extra so auf die Couch, dass Raffael rittlings auf seiner Brust sitzen und ihm durchs Haar fahren konnte. Und wenn die beiden mit dem albernen Spiel durch waren, sagte Massimo: »So, und jetzt gehen wir fliegen«, fasste Raffaels Arme, schob seine Füße sanft in Raffaels Becken, drückte die Beine durch und hob ihn so in die Luft. Dazu schnurrte er wie ein alter Sternkolbenmotor.

Sie lachten beide so vergnügt, dass Monika nicht selten dazustieß und von oben unter Raffaels Schultern griff, um ihn zu stabilisieren. Jetzt konnte er die Hände seines Vaters loslassen und seine Arme wie Flügel seitlich ausstrecken. Raffael war nun ein Vogel.

Das ging so lange, bis Massimos Beine brannten wie bei einem Skirennen.

»Wir setzen zur Landung an«, sagte er und gab dem Gewicht langsam nach, bis der Kleine auf seiner Brust lag, die Arme noch immer ausgestreckt. »Bauchlandung.«

Manchmal legte sich Monika dazu, und dann waren sie eins. Die Familie umschlungen auf dem Sofa. Wie viel Glück in einem solch alltäglichen Moment lag. Diese unwiderstehliche Geborgenheit. Diese unfassbare Abgeschlossenheit. Die Welt hätte untergehen können.

Als Raffael fünf war, zogen sie aus ihrer bescheidenen Dreizimmerwohnung in ein stattliches Haus an der Zürcher Goldküste – eine halbe Stunde vom Stadtzentrum entfernt. Das Haus lag gut versteckt an einem dieser von Villen übersäten Hügeln – ein dreistöckiges Haus auf einem erstaunlichen Grundstück, dessen Grund zwei stattliche Eichen ernährte. An den Mauern flirrte Efeu.

Von den oberen Stockwerken aus bot das Haus eine herrliche Sicht auf den Zürichsee, eine – abgesehen von den beiden Eichen – freie Halbkreissicht von der Alpenkette zur Linken bis zum ersten Zipfel der Stadt zur Rechten.

Massimo war überrascht und nicht überrascht, dass sie sich ein solches Haus leisten konnten. Wie ihm doch das Leben auf einmal in die Hand spielte. Man muss sich die Dinge nur ordentlich in den Kopf setzen – dieser Satz seines Vaters war zu seinem Satz geworden, ein Satz, der tausendmal mehr wert war als eine Golduhr, die man von Generation zu Generation vererbt.

Er hatte das Geld, jetzt brauchte er nur noch die richtige

Einstellung dazu. Er war überrascht und nicht überrascht, wie unbedenklich dieser Kauf vonstattenging.

Noch wenige Jahre zuvor hätte er Farbbeutel gegen diese enorme Eingangspforte geschmettert. Doch jetzt verspürte er weder das Gefühl von Verrat, noch die Angst, sich falsch verhalten zu haben.

Die Nachbarn: Auf Anhieb waren sie ihm sympathisch. Einer war Chefredakteur einer bürgerlichen Wochenzeitung, ein schlaksiger Mann um die vierzig mit lausbübischem Aussehen, ein hochintelligenter, belesener Kommentator allen Weltgeschehens, ausgerüstet mit Brille und einem scharfen Geist, der zu allem und jedem eine Meinung parat hatte und sie auch niemals zurückhielt. Massimo staunte, mit welcher Gewandtheit er Wörter so aneinanderreihte, dass sie am Ende jedes Satzes die gedruckte Prägnanz erzielten, um auf Münzen eines noch zu erschaffenden Staates Verwendung zu finden.

Ein anderer war Anwalt, etwas weniger umtriebig als der Chefredakteur, aber nicht weniger belesen, auch er mit einer ungeheuren Bibliothek, die ein ganzes Zimmer im Erdgeschoss einnahm.

Ein Dritter war Leiter einer internationalen Versicherungsgesellschaft und wieder ein anderer Hirnchirurg.

Massimo schätzte den intellektuellen Reichtum dieser Nachbarschaft – auch ihrer Frauen, die zwar ihre hochfliegenden Karrierepläne zugunsten von Kindern aufgegeben hatten und darin auch einen gewissen Sinn erblickten; aufgeschoben, aber nicht aufgehoben, wie sie fortwährend beteuerten.

Monika und Massimo hatten sie und ihre Familien alle zum Grillen auf ihre Terrasse eingeladen, und die Gäste hatten sich kurz darauf auf eine ungezwungene Art revanchiert.

Noch eindrücklicher als ihre Belesenheit war aber die Lebenslust dieser Leute. Sie besaßen die Fähigkeit, über den täglichen Sorgen zu schweben, zu lachen, zu genießen, die Essenz aus den lächerlich wenigen Tagen, die uns auf diesem Planeten geschenkt sind, herauszuholen, ohne sich über andere Menschen zu erheben. Im Gegenteil, sie betrachteten sich als Dienstleister für die Allgemeinheit, als Träger von Verantwortung, als Großbürger im klassischen Sinn. In Griechenland hätte es der eine oder andere als Statue auf eine Säule gebracht.

Frei von falschen Gefühlen. Frei von Gefühlen der Schuld, des Verrats. Das war Massimos Motto, als er dieses Haus erstanden hatte, und es ist sein Motto geblieben. Er sagte sich: »Dieses Haus gehört mir«, und damit war die Differenz zwischen dem Opernhausdemonstranten und dem Unternehmer Massimo Marini aufgehoben. Er war jetzt sein eigener Chef, der auf seinem Recht bestand, das zu sein, was er war.

Die zwei Eichen auf seinem Grundstück verkörperten wie nichts anderes den Anspruch, in diesem Land, in dem er nicht geboren war, zu leben und ein schönes Stück davon zu besitzen. Wann immer er auf dem Balkon stand und auf den See hinunterblickte, blickte er eigentlich in das schwere Dunkel seiner Eichen. Sie mussten über hundert Jahre alt sein.

Im Frühling und Sommer hausten Hunderte von Amseln, Buchfinken, Rotschwänzen, Spatzen und Krähen im Geäst. Der Lärm der Vögel bei Sonnenaufgang war so durchdringend, dass die Familie gut auf einen Wecker hätte verzichten können.

Im Herbst, nach einem starken Gewitter, war der Rasen von Eicheln übersät, die Massimo mit einem Rechen aus dem Gras zog.

Im Winter bogen sich die Äste unter der Last des Schnees, und hier und da brach ein Ast und blieb im Garten liegen, während es tagelang weiterschneite.

Massimo freute sich auf den Moment, wenn Raffael groß genug sein würde, dass er ihm eine Baumhütte zimmern konnte. Er hatte längst erspäht, wo zwei Äste fast horizontal abzweigten und so die Möglichkeit boten, Latten quer darüberzunageln. Für den Aufstieg würde er eine Strickleiter anschaffen. Er dachte auch daran, ein Kabel hochzuziehen, damit sie dort oben Licht hätten. Und an noch etwas dachte er: an einen weiteren Aufstieg zu einem Aussichtspunkt, höher als das Hausdach.

Aber dieser Moment kam nie. Raffael entwickelte nie irgendeine Beziehung zu diesen Bäumen. Im Gegenteil. Als er größer war und zur Schule ging und Hausaufgaben zu erledigen hatte, ärgerte er sich, dass die Vögel selbst an Wochenenden lärmten.

Die Eichen standen auch zu weit auseinander, als dass Massimo eine Hängematte dazwischen hätte aufspannen können. Jedes Jahr im Frühling mussten die Äste abgesägt werden, die zu nahe an das Dach heranreichten.

Nicht ein einziges Mal kletterte Raffael hoch. Stattdessen legte er seine ganze Energie in den Fußball, wo er es zum Verteidiger bei einem Zweitliga-Juniorenclub schaffte.

Kein Interesse an Literatur. Kein Interesse an Theater. Nicht einmal an der Natur der Bäume. Nur dieser furchtbar geistlose Fußball, die einzige Betätigung, bei der Raffael irgendeine Art von Engagement an den Tag legte.

Und doch – Massimo lebte durch seinen Sohn, er atmete durch ihn und unterstützte ihn in allem.

Und dann, im Jahr 2004, als Raffael zwölf ist, als der Bau des Gotthard-Basistunnels in vollem Gang ist, als alles in Massimos Leben so geschmeidig dahinfließt, verliebt er sich in diese Cellistin.

Seit vier Wochen in der Klinik. Noch keine Verbesserung meines Zustandes – im Gegenteil. Es ist Ende Mai 2007.

Bei den Elementarteilchen sprechen die Wissenschaftler von Flavors – von Geschmäckern. Die Quarks, aus denen die Atome bestehen, gibt es in sechs verschiedenen Geschmäckern. Und die allerwinzigsten Teilchen des Universums, die Neutrinos, kommen in drei verschiedenen Flavors daher. Und die Depression?

Auch sie, muss ich feststellen, gibt es in verschiedenen Geschmacksrichtungen. Sie verändert sich nicht gerade mit dem Wochentag, doch besitzt sie nun, seit ich in dieser Klinik lebe, eine radikal andere Qualität als vorher.

Was mir früher zu schaffen gemacht hat – die Antriebslosigkeit, die Freudlosigkeit, die Entscheidungsschwäche –, ist jetzt wie weggeblasen. Das Schreiben, auch wenn ich diesen Bericht zeitweise als eine Art Tagebuch führe, verleiht mir Kraft und Energie, die mich wiederum zum Weiterschreiben antreibt. Und die Entscheidungen, welche Schlaglichter auf Massimos Leben in welcher Reihenfolge zu werfen sind, fallen mir leicht. Kurzum, das Schreiben schenkt mir unzählige Momente der Freude, um nicht zu sagen Ekstase.

Zwischen diesen Gipfeln aber vertiefen sich die Täler. Es sind Schluchten, in die ich versinke, oftmals für Stunden, manchmal für ganze Tage, und es gibt keinen Trick, wie ich mich daraus befreien kann.

Dann bleibt mir nur, zu warten und zu heulen. Grundlos – was ich natürlich auch begreife. Und genau die Grundlosigkeit, die Absurdität dieser Trauer, verdrießt mich noch mehr. Ich habe dann das Gefühl, als würde ich von innen her aufgefressen. Innenleben – wer zum Teufel hat diesen Luxus erfunden.

Manchmal kommt es mir vor, als müsste ich so lange Tränen vergießen, bis die Schlucht damit gefüllt ist, bis ich in meinem eigenen Tränenbad schwimmend oben angelangt bin.

Es gibt Momente, etwa wenn mir ein perfekter Satz gelungen ist, in denen ich mich ohne Übertreibung als den glücklichsten Menschen der Welt bezeichne. Und es gibt Momente, in denen mir die Selbstvernichtung als die sinnvollste Tat erscheint.

Was die Therapie betrifft, erweist sich alles Bisherige als nicht durchgreifend wirksam. Kleinbergs Vorhaben, mir die Schuldgefühle gegenüber Massimo auszureden, ist gescheitert – weil es überhaupt nicht erwiesen ist, dass ich an Schuldgefühlen leide. Es ist *seine* Interpretation, eine, wie sich nun herausgestellt hat, ziemlich oberflächliche Analyse.

Also entscheidet man sich, nach Rücksprache mit dem medizinischen Leiter der Klinik, für das »Glück aus der Steckdose«: drei Wochen lang Elektrokonvulsionstherapie – die Behandlung von Depression durch Elektroschocks.

Der Patient bekommt ein Narkotikum und ein relaxierendes Mittel gespritzt. Das Mittel legt alle Muskeln im

Körper lahm – ausgenommen das Herz. Durch zwei Elektroden am Kopf fließt Strom in der Stärke von 230 Volt und 0,9 Ampere für Sekunden durch das Gehirn und löst einen epileptischen Anfall aus.

Da sich der Patient in Narkose befindet, spürt er keine Schmerzen. An der Art der Zuckungen der Gesichts-, Arm- und Beinmuskeln erkennt der Arzt, ob die Stromstärke richtig dosiert ist.

So bringt man mich jeden dritten Tag in einen hellen Raum. Dort lege ich mich auf die Liege und starre zur Decke. Nach einer Weile tritt die Anästhesistin ein, schwungvoll wie immer. Sie umwickelt meine Stirn mit einem braunen Gummiband, das die Elektroden an die Stirn presst. Auch an den Unterarmen werden zwei Kabel festgeschnallt. Sie klippt mir einen Pulsmesser an den Finger.

Ich bin nervös, weiß aber, dass ich nichts von den Stromschlägen spüren werde.

Dann sticht sie eine Braunüle in meine Vene. Sie drückt zuerst das Muskelrelaxans hinein, anschließend das Narkotikum (Propofol), das aussieht wie Milch. Ich versuche, ihr so lange wie möglich in die Augen zu schauen, aber nach wenigen Sekunden bin ich bewusstlos. 230 Volt. Ich spüre wirklich keinen Schmerz dabei, da vollständig unter Narkose.

Doch im Aufwachraum fühlt es sich an, wie wenn man mich durch die Turbine eines Kraftwerks gedreht hätte.

Ich bin dann einen Tag lang unbrauchbar für jede Art der Therapie, und das Essen muss man mir ins Zimmer bringen. Schreiben unmöglich.

Meistens liegt die Zeitung in Bünden aufgetrennt auf den langen Tischen, nachdem sich das Pflegepersonal schon darüber gemacht hat.

Es gibt nur wenige Patienten in der Klinik, denen etwas an der täglichen Zeitungslektüre liegt. Die meisten sitzen bloß da und starren ins Leere. Die Berichte zum Mordfall Raffael Marini werden spärlicher. Das Thema ist gelaufen.

Heute doch eine kleine Meldung: Der Hauptverdächtige (Nick Lentz) wurde Ende März auf der Baustelle in Sedrun gesehen, bevor er den Sohn des Unternehmers entführt und zwei Wochen später getötet hat.

Am 18. Juni 2005 (vor genau zwei Jahren) glaubt Massimo, am Ziel seiner Wünsche angekommen zu sein. Er und Julia sind seit diesem Tag ein Ehepaar. Massimo sieht sich am Ende eines langen, steilen Weges.

Nach Generationen von Fischern im tiefsten Apulien über seine Eltern, die als Fremdarbeiter in düsteren Baracken hausen und sich von einheimischen Bengeln erniedrigen lassen müssen, bis hin zu dem studierten Philosophen und Unternehmer, der er selber heute ist.

Und nun hat er sich vermählt mit einer grenzenlos kultivierten Frau, einer schönen, großen, hellen Schweizerin aus dem Zürcher Goldadel. Eine Bodmer aus Zürich. Er sagt dies mit dem Stolz, mit dem man seinen privaten van Gogh vorführt. »Eine Bodmer aus Zürich.«

Mit Julia hat er nicht nur eine bekannte Cellistin geheiratet, sondern einen ganzen Stammbaum. Dieser reicht, wie bei reinrassigen Hunden, mindestens zwanzig Generationen zurück: Kommandeure in fremden Diensten, Vermieter von ganzen Kriegsheeren an fremde Mächte, Betreiber von Salzminen, Salpeterhändler, Besitzer der ersten Druckerei der Schweiz (deren Nachfolgerin noch heute die Schweizer Banknoten druckt). Financiers der ersten Gotthardbahn.

»Eine Bodmer aus Zürich.«

Massimos ausholende Bewegung von unten nach oben, vom Dreck zum Geld, von Süd nach Nord.

Doch an jenem 18. Juni 2005 – während der Hochzeitsnacht – macht Massimo eine Entdeckung: Julia will nicht mit ihm schlafen.

»Nur weil wir jetzt verheiratet sind, heißt das noch lange nicht, dass wir miteinander schlafen müssen. Ich will das nicht«, sagt sie, während er, splitternackt und besoffen vor Glück, bedeckt nur mit einem Laken, im Bett auf sie wartet.

Dabei hätte er die Vorzeichen durchaus wahrnehmen können. Nach jener ersten Begegnung im Opernhaus, als Massimo Julias Cellospiel lauschte und sie anschließend hinter der Bühne auf die Stirn küsste und ihr (dieser Tochter einer seit Ewigkeiten hier ansässigen Herrscherfamilie) vom Dach des Opernhauses aus die Stadt Zürich, *ihre* Stadt, vorführte – nach jenem Tag trafen sie sich regelmäßig zum Kaffee, zum Lunch und schließlich zu einer Reihe von Abendessen in den besseren Restaurants.

Selbstverständlich wollte er vor ihr nicht wie einer von denen wirken, die darauf erpicht sind, Eindruck zu schinden, obwohl er natürlich gerade darauf aus war.

Massimo war wie von Sinnen, wenn er Julia ausführen durfte, und schon am Nachmittag kaum mehr anzusprechen.

Es mochte noch Verzückung sein oder schon Liebe. Jedenfalls fühlte er sich von dieser Frau mit einer Kraft gefesselt wie seit Studentenzeiten nicht mehr, seit Klara Hansen – seiner »nordischen Sensation«.

Nach dem ersten Abendessen – draußen vor dem Restaurant, als sie sich verabschieden – die erste nennenswerte Umarmung.

Am nächsten Abend eine Umarmung mitsamt Kuss.

Am darauffolgenden Abend ein Geschmuse in einem versteckten Winkel der Altstadt, wo er Julia – nachdem er sich vergewissert hat, dass ihm kein Mitarbeiter auf den Fersen ist – unvermittelt an eine Hauswand drückt, ihren Kopf packt und sie leidenschaftlich küsst.

Er fährt mit seinem Knie zwischen ihre Knie, packt sie am Hintern, zieht sie zu sich, Becken an Becken, und lässt sie durch den Hosenstoff hindurch sein erigiertes Glied spüren. Er merkt, es ist ihr nicht wohl dabei, und er lässt sie wieder los.

Einen Monat später holt er sie, bewaffnet mit einem Blumenstrauß in Hotelhallendimension, nach dem Konzert im Opernhaus ab und bringt sie ins Baur au Lac, wo er ein Zimmer für sie beide gebucht hat. Julia fühlt sich überrumpelt. Aber nach einigen Augenblicken – sie wollte eigentlich noch mit den anderen Musikern etwas essen gehen – zeigt sie Freude.

Sie freut sich tatsächlich. Und so schlendern sie, den Blicken unzähliger Passanten ausgesetzt, mit Cellokoffer und Blumenstrauß über die Quaibrücke.

Von den Hügeln herab rollt in sanften Schüben Sommerluft. Massimos Entzücken darüber, einfach nur lebendig zu sein, grundlos lebendig – es ähnelt dem Entzücken eines Kindes, das zum ersten Mal Farben mischt und das Wunder erlebt, wie Blau und Gelb zu Grün verschmelzen. Im Hotelzimmer legt sie ihre Arme um seinen Hals.

So stehen sie einige Minuten lang und küssen sich, nicht wild, sondern indem sie viel Bewusstsein hineinlegen.

Immer wieder muss Massimo sich aus der Umarmung lösen und ihr schönes Gesicht bewundern. Wie kann man nur so schön sein.

Er beginnt, ihr Kleid aufzuknöpfen, aber da kommt es wieder, dieses Gefühl, abgewiesen zu werden. Er weiß nicht, was es ist. Julia stößt ihn nicht zurück, im Gegenteil, sie hält ihn ja in der Umarmung, aber ihre Muskeln werden ab diesem Punkt starr.

Massimo macht weiter. Er mag das: Kleidungsstücke von sich schleudern und die Nacktheit immer vollkommener machen.

Er packt den Saum des Konzertkleides und zieht es über ihren Kopf hinweg, dann löst er die Lederriemen ihrer schwarzen Pumps, zuerst den einen, dann den anderen. Und die ganze Zeit fragt er sich, warum sie so reglos ist, statt sich an den Knöpfen seiner Hose oder seines Hemdes zu schaffen zu machen. Warum kann sich diese Frau ihm nicht einfach hingeben?

Es muss doch möglich sein, diese Bereitschaft in eine Wirklichkeit zu überführen. Ihm ist, als sei sein ganzer Körper wie gelähmt vor Unbeholfenheit.

Er hat sich fest vorgenommen, den teuflischen Gedanken nicht zu denken, aber nun ist er da, und Massimo fragt sich, ob er für Julia vielleicht schon zu alt sei. Er versteht nicht, woher diese Angst plötzlich kommt, und muss seine ganze Kraft aufbieten, um sie vor Julia zu verbergen.

Sie sitzt halbnackt auf der Bettkante und er wie ein braver Schüler daneben. Seine Erektion ist verschwunden. Er fasst ihre Hand und lächelt.

Einige Augenblicke verstreichen. Als hätte sich der Lauf der Welt soeben erschöpft, so fühlt es sich an.

»Wie war dein erstes Mal?«, fragt er nach einer Pause. Er fragt, einfach damit etwas gesagt ist. Er hätte ebenso gut nach der ersten Autofahrstunde fragen können.

»Das hängt davon ab, wie man Sex definiert«, antwortet sie, und es stellt sich heraus, dass Julia noch nie in ihrem Leben mit einem Mann geschlafen hat.

»Noch nie?«, sagt er. »Noch NIE?« Es klingt wie ein Vorwurf, herablassend und erniedrigend, und das reicht, dass Julia ihre Sachen packt und verschwindet.

Und das wiederum reicht, dass Massimo ihr das nächste Mal die Heirat anträgt.

Sie reden dann nie mehr darüber. Jede Seele hat ihre dunklen Seiten.

Massimo gibt sich tausend Spekulationen hin, die sich alle darin erschöpfen, dass es keinen geeigneteren Mann als ihn gibt, sie zu erwecken; dass das Schicksal gerade *ihn* damit beauftragt habe, Julia diesen Dienst zu erweisen, ihr dieses Geschenk aller Geschenke zu überreichen.

Er stellt sich vor, wie er in einem reichen, aufregenden Vorspiel die Lust in ihr wachrufen wird, wie er das Häutchen durchstoßen wird und wie sie beide, glückselig nach diesem Zauber, ineinander versunken einschlafen werden.

Julias Erweckung ist *mehr* als ein Vorhaben. Es ist eine Besessenheit. Und es ist im Grunde *diese* Obsession, die Massimo dazu antreibt, sich von Monika scheiden zu lassen und Julia zu heiraten.

Massimos Mutter ist über seinen Entschluss entsetzt und boykottiert die Hochzeit mit Julia. Sie erzählt ihm am Vorabend auch, dass sie von seinem vorgetäuschten Architekturstudium gewusst hat: »Glaubst du, ich hätte es nicht gemerkt? Architektur. Das war unter deiner Würde. Aber ich habe dich vor deinem Vater geschützt. Er hätte dir den Kopf abgerissen. Du bist abgehauen. Nach Paris. Später der Opernhauskrawall. Dann Berlin. Warum? Weil du es neben ihm nicht ausgehalten hast? Die Härte des Baugeschäfts? Weil du die Blamage der Lüge nicht aushalten konntest? Waren wir zu weich mit dir? Zu hart? Zu besorgt? Zu wenig besorgt?

Dann hast du die Kurve doch noch gekriegt, dank Monika, dank dieser Frau, der du alles verdankst. Und jetzt dieser zweite Betrug, der dich als Rohling entlarvt. Ich liebe dich, Massimo, aber ich verstehe dich nicht, und ich glaube, du verstehst dich selbst nicht.«

Massimo heiratet Julia. Und dann, am Abend, nach der pompösen Zeremonie, als er sich endlich am Ziel wähnt, spricht Julia diesen grausamen Satz aus, der Massimo bis ins Mark erschüttert: »NUR WEIL WIR JETZT VERHEIRATET SIND, HEISST DAS NOCH LANGE NICHT, DASS WIR MITEINANDER SCHLAFEN MÜSSEN. ICH WILL DAS NICHT.«

Fast zwanzig Jahre lang waren Monika und er das Vorzeigepaar. Gemeinsam haben sie die Firma übernommen und zu einem ansehnlichen Unternehmen ausgebaut, gemeinsam haben sie einen Sohn großgezogen, und gemeinsam haben sie all die Schwierigkeiten, die eine Ehe mit sich bringt, mit Anstand, Seriosität und gutem Willen überwunden.

In einem gewissen Sinn war Monika Massimos Rettung vor einem richtungslosen, jugendlichen Aktivismus. »Ohne dich wäre ich noch zum Terroristen geworden«, hat er ihr mehrmals gesagt. Es war nicht einmal übertrieben.

Sein damals engster Freund Nick Lentz, mit dem er jahrelang die spektakulärsten Demos organisiert hatte, driftete als fanatischer Atomgegner tatsächlich ins militante Umfeld ab, während Massimo durch den Tod seines Vaters und dank Monikas bodenständigem Charakter auf den vorgezeichneten Weg zurückfand.

»Ich glaube nicht, dass ich ohne dich die Kraft gehabt hätte, Vaters Geschäft zu übernehmen. Ich war damals noch so unreif und mein Leben eine einzige Verwirrung.«

Monika hatte diese Phase nicht nötig. Sie hatte ihre Portion Wirrnis schon als Kind bekommen, durch einen versoffenen Vater und eine Mutter, die sich beschimpfen und schlagen ließ und ihrem Mann dennoch jeden Tag sein Omelett zum Frühstück zubereitete, genau so, wie er es haben wollte, mit drei Eiern, einer gehörigen Portion Schmelzkäse, vier Speckstreifen und feingehackten Silberzwiebeln.

Als Monikas Vater seine Stelle als Lagermitarbeiter in einer Speditionsfirma an einen Ausländer – einen italienischen Gastarbeiter – verlor (dies behauptete er jedenfalls, wobei er wohl eher wegen seines Alkoholkonsums entlassen wurde), verwandelte er sich in ein Monster. Sein Jähzorn machte nicht einmal mehr vor seinen Töchtern halt.

Die dreizehnjährige Monika organisierte eine heruntergekommene Zweizimmerwohnung in einem entfernten Dorf, wohin sie ihre Mutter und ihre ältere Schwester verfrachtete und wo sie – die Jüngste des Frauengespanns – alle wichtigen Entscheidungen traf.

Mit sechzehn zog sie nach Zürich und beschloss, nie mehr zurückzuschauen. Sie legte alle Kraft in die Erschaffung einer neuen Monika. Sie streifte alles ab, was an Unglück an ihr klebte, und zog aus dem winzigen Rest eine fröhliche Menschenpflanze.

Fast zwei Ehejahrzehnte hat Massimo ohne das geringste Bewusstsein eines Mangels und ohne nennenswerte Affäre verlebt, bis die Cellistin Julia in sein Leben tritt, und plötzlich sieht er nur noch Mängel.

Seine Ehe: eine Wüste, eine öde Zweckgemeinschaft, ein geistiges Brachland. Monika und er nichts anderes als ein Projektteam, das sich mit vereinten Kräften dem Bauplan »Normalität« verschrieben hat – der Euphorie der Normalität.

Es kommt ihm vor, als hätte sich ihre Ehe zu einem Alptraum unendlich monotoner Vervielfältigung verdichtet. Natürlich, Zuneigung, ja sogar Liebe, aber wo zum Teufel bleibt die Leidenschaft?

Achtzehn Jahre lang sind sie das Vorzeigepaar, während es links und rechts kracht und Ehen in die Brüche gehen. Und 2005 reicht Massimo die Scheidung ein.

Schlimm war nur das letzte Jahr, nachdem er sich bereits in Julia verliebt hatte. Er brachte es nicht fertig, Monika die Wahrheit zu sagen. Er ließ sich von ihr küssen, aber während sie ihn küsste, dachte er an Julias Backenknochen, ihre Haut, ihre Lippen, ihre Brüste, ihre unverschämte Taille, ihren Duft. Monika drückte sich an ihn, aber er wollte nicht, dass sie ihn berührte.

Schließlich blieb ihm keine andere Möglichkeit, als zu gestehen. Ja, da ist eine andere im Spiel. Und es ist mehr als eine Flause: »Ich liebe diese Frau.«

»Wenn du meinst, du könntest nicht ohne diese Frau leben, dann, bitte, zieh aus, und lass dich von mir scheiden.«

Massimo ist erstaunt, wie reif Monika reagiert. Überlegen, klar, souverän. Er ahnt nicht, wie viel Kraft sie aufbringen muss, um so zu handeln, wie viel Energie, um nicht zusammenzubrechen, wenn sie ihm in die Augen schaut, während sie so vernünftig mit ihm redet – diesem Mann, der zwanzig Jahre lang ihr einziger Bezugspunkt gewesen ist, mit dem sie so gern geschlafen hat, den sie liebt und für den sie ihr Leben geopfert hätte.

Wer bist du? Was willst du? Vielleicht kann ich es dir ja geben? All dies möchte sie ihm am liebsten ins Gesicht schreien, aber sie weiß, dass es zum Diskutieren zu spät ist. Sie kennt jeden einzelnen von Massimos Haarwirbeln. Sie kennt seine Eigenheiten, wie er, wenn er nachdenkt, dasteht und die eine Fußspitze ein bisschen nach vorne streckt. Wie er seine Zahnbürste unter dem laufenden Wasser reinigt und das Wasser mit drei gezielten Schlägen auf den Rand des Spülbeckens aus ihr herausschlägt. Die Handbewegung, die dazu führt, dass sich seine Brieftasche mit einem Schwung öffnet oder der Schlüsselbund in seiner Hand landet. Der Mann, den sie so gern riecht, den sie mit verbundenen Augen unter tausend Männern erkennen würde, den sie so gern am Arm fasst, wenn sie durch die Stadt schlendern. Der Mann mit den schönsten Händen der Welt.

Er ahnt nicht, wie tief das Messer steckt, das er in Monikas Herz getrieben hat.

Massimo zieht aus, zuerst in eine winzige Altstadtwohnung, später in ein Haus am See. Und flüchtet sich in Julias Arme.

Ein halbes Jahr nach der Scheidung hatte Monika das Schlimmste überstanden. Ihr Leben hatte sich eingependelt, und der Ansturm der alltäglichen Sorgen hielt sie von der Selbstzerfleischung ab. Sie trat aus dem Geschäft aus und übernahm eine Teilzeitstelle bei einer kleinen Pensionskasse, wo man ihr den Umbau der firmeneigenen Liegenschaften anvertraute.

Von Männern hatte sie die Nase voll. Monika war zweifellos eine attraktive Frau, und es fehlte ihr nicht an der nötigen Aufmerksamkeit, doch sie schlug alle zweideutigen Einladungen aus, zum Kaffee, zu Abendessen, zu Kinobesuchen. Die Isolation war leichter zu ertragen als billige Geselligkeit und Flirts, die sie doch nur an Massimo erinnert hätten.

Nach der Scheidung hatte Massimo Mühe, sein Besuchsrecht durchzusetzen. Sie hatten vereinbart, dass er Raffael im zweiwöchigen Rhythmus sehen durfte.

Anfänglich fiel Monika das schwer. Es gab Wochenenden, in denen sie beide einfach verreist waren – Monika samt Raffael weg.

Als Anwalt verfasste ich einen Brief, in dem ich die rechtliche Situation aufzeigte und Monika die Konsequenzen ihrer Verweigerung bildhaft vor Augen führte. Und plötzlich funktionierte es. Massimo bekam Raffael jedes zweite Wochenende einen Tag lang zu sehen.

Während dieser Zeit gab es für Massimo nichts als Julia. Nichts war heilsamer als sich für sie aufzuopfern, sie zu beschenken, ihr Liebesdienste zu erweisen, sie vom Flughafen abzuholen, ihren Cellokasten zu tragen, für sie zu kochen (sie war entschiedene Vegetarierin, und Massimo zwang sich, wenn sie zusammen waren, ebenfalls zu Fleischlosigkeit). Sämtliche Gedanken an sich selbst, an Monika und an den Krater, den er hinterlassen hatte, waren dann wie weggeblasen.

An Julia zu denken, war wirksamer als Meditation. Julia war gleichzeitig Ursache und Heilung, Grund und Trost, Motiv und Erlösung. Sie war die Linse, in der sich Massimos Fluchtpunkte sammelten. Massimo musste nur an sie denken, und schon war er verzaubert und von der Qual des schlechten Gewissens befreit. Julia war der Hafen, in dem der Sturm tobte und in den er sich flüchtete.

Natürlich sehnte er sich nach körperlicher Liebe. Der Drang war so stark wie noch nie. Manchmal bildete er sich ein, spüren zu können, dass eine Veränderung unmittelbar bevorstand.

Die Abschiede schmerzten ihn. Die Aussicht, eine, zwei, manchmal sogar drei Wochen ohne Julia zu verbringen, während sie auf Tournee war, machte ihn dumpf und müde.

Er wartete begierig darauf, dass sie ihn einmal einladen

würde, ihn, den neuen Ehemann, sie auf einer Tournee zu begleiten, aber eine solche Einladung kam nie. Und sich selbst einzuladen, einfach mitzufahren, spontan zu sagen: Du, ich komme mit! – das ging nicht. Sie brauchte die Zeit zwischen den Konzerten, um sich zu erholen, um zu üben, zu proben, um Kraft und Ruhe zu schöpfen. Julia war in dieser Beziehung keine Ausnahme.

Massimo verstand; und selbst wenn er nicht verstand, verstand er. Seine Kapazität, sich mit allem abzufinden, erweiterte sich mit jedem Tag.

Einmal überraschte er sie vor einem Auftritt in Hamburg. Er wusste, dass das ganze Orchester samt Solisten im Kempinski logieren würde. Er fuhr heimlich hin und buchte das beste Zimmer für sie beide. Nur sie und er sollten im Mittelpunkt stehen.

Er wartete in der Lobby. Stundenlang. Als sie endlich ankam und aus dem Taxi stieg, war ein Mann dabei, schätzungsweise fünfunddreißigjährig, ein großer Mann mit einem scharfgeschnittenen Gesicht. Er bluffte mit seinem dünnen, blonden, strähnigen Haar, das ihm, wie bei Surfern, absichtlich ungekämmt über die Augen fiel. In dem hellen Gesicht trug er eine schwarz eingefasste Brille, die ihn sehr intellektuell aussehen ließ. Intelligenter Chic.

Die beiden waren bester Laune, als sie aus dem Taxi stiegen. Julia stand neben dem Taxi, schön wie eine Amazone, schaute zur Hotelfassade hoch, reckte sich und ließ ihren verruchten Zauber spielen. Der Mann half ihr mit dem Gepäck. Auf dem kleinen Stück zum Hoteleingang wechselte er auf eine Armani-Sonnenbrille.

Er trug einen Anzug im Sechziger-Jahre-Stil, Tom Ford wahrscheinlich. Der Mann war jung, er war unbeschwert, und er hatte ein breites Grinsen. Er war ein Geck, und von vornherein hassenswert.

Massimo ging geradewegs auf die beiden zu, als sie sich durch die Drehtür des Hotels gewunden hatten.

»Massimo, was für eine Überraschung! Bist du geschäftlich hier?«

Sie stellte den Mann als ihren Agenten und Massimo als ihren Mann vor, den Tunnelbauunternehmer, wie sie ausdrücklich sagte. Die Art, wie sie »Tunnel« aussprach – »Tunnl« – wie sie das ›e‹ verschluckte, ließ ihn ein wenig erröten, eine Reaktion, die er bei diesem Wort noch nie empfunden hatte. Sie hätte doch einfach Architekt sagen können.

Als Julia einchecken wollte, meldete Massimo, dass er schon eingecheckt habe – in die Präsidentensuite.

»Ach so«, war ihre Antwort. Sie hatte offensichtlich keine Ahnung, welch ein Vermögen die Präsidentensuite in diesem Etablissement kostete. Sie drehte sich fragend zu dem Playboy um, und der zuckte nur mit den Schultern, Hände in den Hosentaschen.

»Weißt du«, sagte sie zu Massimo, »ich muss noch proben und würde dich nur stören. Und der Konzertveranstalter hat mir sowieso ein eigenes Zimmer reserviert.«

»Nein, Julia, du störst überhaupt nicht.« Aber dann verstummte er. Mehr wollte er vor diesem Affen mit dem Arschlochgesicht nicht sagen. Jetzt nur kein Theater veranstalten. Er rang seinem Gesicht ein Lächeln ab.

»Außerdem müssen Klaus und ich noch ein paar Verträge besprechen. Also, dann sehen wir uns später.«

Sie drückte ihm einen Kuss auf die Wange und verschwand mit dem Agenten im Lift. Massimo lief ihnen ein paar Schritte nach, aber da war die Lifttür schon zu.

Er nahm die Treppe zu seiner Suite, die ihn ein Vermögen kostete. Die letzten Minuten waren wie ein schmaler Tunnel, durch den er seine Gedanken nicht zwängen konnte. Es kostete ihn einige Anstrengung, nicht gleich in ihrem Zimmer anzurufen.

Nach einer Viertelstunde ertappte er sich dabei, wie er bereits den Hörer in der Hand hielt. Er zwang sich, den Hörer wieder aufzulegen.

Er schaltete den Fernseher ein. Die Nachrichten flirrten wie lästige Insekten über den Bildschirm.

Eine halbe Stunde später rief er dann doch an.

»Massimo, es tut mir leid, wir brauchen noch etwas Zeit.«

»Ich wollte dir nur sagen, ich bin in der Suite 800.«

»Ja – danke.«

»Wann darf ich mit dir rechnen, Julia?« Er hätte sie am liebsten aus dem Hörer gesogen.

»Wenn ich hier fertig bin.«

Es fühlte sich an wie ein kleiner Erdrutsch in seinem Innern. Sie ahnte nicht, wie schmerzlich ihn ihre Worte trafen, und er hasste sich dafür, wie er fühlte und wie er sich benahm – wie ein eifersüchtiger halbwüchsiger Junge.

Er hatte im Fischereihafen-Restaurant einen Tisch für sie beide reserviert. Es war nicht einfach, diesen Tisch mit Blick auf die Elbe zu kriegen, aber der Concierge hatte alle Hebel in Bewegung gesetzt, und Massimo revanchierte sich bei ihm mit einem fürstlichen Trinkgeld.

Der Tisch war auf acht Uhr gebucht, und nun war halb neun. Massimo hatte nicht mehr den Mut, sie direkt in ihrem Zimmer anzurufen. Stattdessen beauftragte er den Concierge, ihr eine kleine Notiz unter der Tür hindurchzuschieben.

Es wurde neun. Erschöpft lehnte er die Stirn ans Fensterglas. Er öffnete das Fenster: Ein milder Sommerabend, überall spazierten gutgelaunte Leute, die Stadt schäumte, und über allem hing die mächtige Silberscheibe des Mondes.

Es wurde halb zehn. Massimo atmete durch und studierte seine Fingernägel.

Um zehn hatte Massimo Hunger und öffnete eine Dose Salzmandeln aus der Minibar. Auch eine Flasche Chardonnay. Sie schmeckte scheußlich.

Endlich, um halb elf, klopfte es. Massimo öffnete die Tür. Julia sah müde aus.

»Freust du dich, dass ich da bin?«, fragte er. Sein Herz war voll, und sein Entzücken grenzenlos, als er sie sah.

»Natürlich, das musst du doch nicht fragen.«

»Endlich.« Dabei schlang er seine Arme und Hände um sie, sein Kinn auf ihrer Schulter, und küsste sie in den Nacken.

»Ich mag nicht, wenn du mir nachspionierst, Massimo«, sagte sie und wand sich aus seiner Umarmung. Es war, als ob die Liebe, die er Julia aufdrängte, ihr jedes Feingefühl rauben würde.

»Ich spioniere dir nicht nach. Ich wollte dich nur überraschen.« Er umarmte sie wieder. »Bist du böse auf mich?«

»Nur ein kleines bisschen.« Sie hielt ihm ihre Lippen hin, damit er sie küssen konnte.

»Aber ich mag nicht, wenn du dich mit fremden Männern in deinem Zimmer triffst.«

»Erstens ist Klaus kein fremder Mann, und zweitens sind wir, nach deinem Anruf bei mir, zu ihm gegangen, um nicht gestört zu werden.«

»Dann hast du die Notiz des Concierge gar nicht gesehen, wegen des Restaurants?«

»Doch, schon, aber erst vor fünf Minuten.«

Massimo bot ihr von den Salznüssen an. Sie schob die Dose sanft weg.

»Hör, Massimo, es ist schrecklich lieb, dass du mich zum Essen ausführen wolltest, aber ich hatte dieses Meeting mit Klaus schon lange abgemacht.«

»So so, und um was genau ging es bei diesem Meeting?«

Massimo fand es widerwärtig, so mit Julia zu sprechen. Sie hatte es nicht verdient.

»Um die Salzburger Festspiele – aber du musst mir nicht glauben, Massimo, ich weiß, dass du mir nicht glaubst.«

»Woher willst du wissen, dass ich dir nicht glaube? Ich glaube dir. Ich glaube dir immer.« Es kostete ihn große Anstrengung, so unbekümmert zu antworten.

Sie war sehr schön. Auch wenn sie müde war und ein bisschen stur, konnte sich Massimo nicht satt sehen. Er hätte sie jetzt am liebsten geküsst, aber er wollte nicht immer derjenige sein, der die Initiative ergriff. Und gleichzeitig wollte er nicht aufsässig wirken. Aber genau das war er.

Seine Reise nach Hamburg hatte sich schon jetzt als Unglück erwiesen, und eigentlich wäre es am vernünftigsten gewesen, den Koffer zu packen und abzureisen. Doch Massimo hoffte noch immer, das Blatt würde sich wenden und der Abend sich in einen romantischen verwandeln.

»Komm, lass uns durch die Stadt schlendern. Es ist so schön, es ist Vollmond.«

»Massimo, Lieber, kannst du dir nicht vorstellen, wie müde ich bin?«

»Doch, schon, aber ein bisschen Luft täte dir vielleicht gut.«

»Weißt du, was mir guttäte? Schlaf.«

Julia legte sich auf das Bett. Sie trug den Rollkragenpullover, den er so gern an ihr mochte. Der Rock fiel weit um sie herum. Sie sah aus wie eine schlafende Ballerina. Die schwarzen Strümpfe ließen die Beine im Licht des Mondscheins schimmern.

Noch immer trug sie diese polierten, rotbraunen Schühchen, die nur aus Luft und Absatz zu bestehen schienen und deren dünne Riemen sich auf eine leicht verruchte Weise um ihre Fesseln schlossen. Er kniete sich hin, löste die Riemen und streifte die Schuhe von ihren Füßen. Dabei streichelte er ihr über die Waden. Er küsste ihre Knöchel, aber er verbot sich weiterzugehen.

Am liebsten hätte er ihr die Kleider vom Leib gerissen. Massimo legte sich neben Julia. Er begann, sie auf den Mund zu küssen, aber sie stieß ihn mit einer gleichgültigen Bewegung weg: »Nicht, Massimo.«

Er bot alle Kraft auf, um nicht weiter nach dem Agenten zu fragen. Massimo war stoisch, und einmal in dieser gedanklichen Haltung, war es nicht mehr so schwierig, die Schläge hinzunehmen.

Er fragte sich, ob er sie auch irgendwie verletzte, aber er fand – außer seiner ungestillten Lust nach Körperlichkeit, die sich nicht immer unterdrücken ließ – keinen einzigen Hinweis dafür. Er redete sich ein, dass Julia ein Begehren haben musste wie jede normale Frau und dass der Tag kommen werde, an dem seine Ausdauer belohnt werde.

Julia war eingeschlafen. Massimo wagte nicht, ihr die Kleider auszuziehen, damit sie es bequemer hätte. Er legte die Decke über sie. Dann schaltete er noch einmal den Fernseher ein, schaute sich den Kommentar zu irgendeiner Landtagswahl an, die ihn nichts anging. Seine Lust war monströs. Lange Zeit konnte er nicht einschlafen. Die richtige Gelegenheit wird kommen, sagte er sich. Jetzt nur nicht die Beherrschung verlieren, sondern offen sein für die Möglichkeit einer Veränderung.

So vergingen Wochen und Monate. Nichts deutete auf eine Veränderung hin. Er wusste, dass er zu viel erwartete, und erwartete trotzdem weiterhin zu viel.

Er liebte es, mit Julia durch die Straßen zu schlendern. Ihre Taille war ein sanft eingeschnittenes Tal. Wie gern seine Hände in diesem Tal ruhten. Sie spazierten im Gleichschritt. Ihre Schritte waren etwas zu lang und seine etwas zu kurz, aber wenn man sie so sah, dachte man an ein glückliches Paar.

Sie schlenderten, als würden sie wie Verliebte über Wasser gehen, dachte er. Genau so.

Er spürte den synthetischen Stoff der Bluse in seiner Hand und darunter die Bewegung der warmen Muskeln, und wieder darunter ihr Hüftgelenk. Er liebte es, sie so anzufassen. Er spreizte seine Hand und legte sie mit einem leichten Druck um ihre Hüfte, um ein Maximum aus ihrer Bewegung zu holen.

Vom ersten Tag an ging sie immer rechts von ihm. Er liebte das, weil er Rechtshänder war und er die Rechte als seine sensiblere und gleichzeitig stärkere betrachtete. Er wünschte sich nichts sehnlicher, als dass sie diesen entspannten Umgang miteinander auch im Bett hätten.

Aber wann immer seine Küsse verlangender wurden, zog sie sich von ihm zurück. »Bitte nicht«, sagte sie dann und wandte sich von ihm ab. Und nach einer Weile: »Massimo, du bist mir doch nicht böse?« Und Massimo antwortete: »Wie könnte ich.«

Er zwang sich, nicht länger über die kleine Kränkung nachzudenken und sich an dem zu freuen, was er für sie empfand.

Küsse auf die Stirn ertrug sie. Aber sie mussten trocken sein. Sobald auch nur der Anflug von Lüsternheit darin lag, sobald sie auch nur ein bisschen nass waren oder Massimos Lippen feucht, wehrte sie ab. Sie tat es mit Anstand, niemals grob. Sie wollte ihn nicht verletzen. Sie wusste, dass ihr Verhalten seltsam war und dass sie ihm Kummer bereitete.

Sie wusste aus den Schilderungen ihrer Freundin und Kollegin in Paris, wie unverkrampft man sich den Avancen eines Mannes hingeben und wie himmlisch es sein konnte, diese zu erwidern. Aber sie brachte es einfach nicht über sich. Es lag nicht an Massimo, das war ihr vollkommen klar.

Sie wünschte, sie könnte die Vergangenheit ungeschehen

machen und noch einmal geboren werden – als ganz normales Mädchen, in eine ganz normale Familie.

Wenn es einen Mann gab, der ihr diese Mauer wegsprengen könnte, dann war es Massimo. Noch nie hatte sie einen Mann getroffen, der sie so unverkrampft und so aufmerksam behandelte. Und noch nie hatte sie einen Mann getroffen, der so sehr in sie vernarrt war.

Manchmal nannte er sie ein »perfektes Weib«. Das war ihr nicht geheuer, er merkte es, und sie erwiderte: »Niemand ist perfekt. Auch du nicht.«

Natürlich war ihm klar, dass Julias Innenleben aus besonderem Silber angefertigt war und dass sie weit außerhalb der üblichen emotionalen Fahrwasser trieb.

»Und wenn du zu einem Psychologen gehst?« Einmal, an einem Sonntagmorgen, als sie nebeneinander im Bett lagen wie ein altes Ehepaar, wagte er es ganz vorsichtig anzusprechen. »Vielleicht ist da irgendetwas im Unterbewussten, ein Knoten, von dem du selbst nichts weißt.«

Sie sagte nichts, sondern drehte sich auf die Seite, und Massimo schmiegte sich an ihren gekrümmten Rücken und küsste ihren Hals.

Später sagte Julia: »Du willst mich in einer Theorie auflösen. Ist es das, was du willst? Du kannst nicht akzeptieren, dass ich bin, wie ich bin?«

Massimo gestattete sich niemals, ungeduldig zu werden, niemals aufdringlich, sondern ertrug alles mit Engelsgeduld.

Er war heroisch.

Rückblickend betrachtet, überrascht es mich, dass die beiden nie die Kraft aufgebracht haben, das Thema sachlich zu diskutieren. Wenn ich gewusst hätte, wie verkrampft Julia in dieser Hinsicht war und wie stark sie beide darunter litten, ich hätte Massimo geraten, sie unverzüglich zu einem Therapeuten zu schicken. Aber damals hatte ich keine Ahnung von der Kluft, die zwischen ihnen lag.

Der einzige Hinweis, den Massimo mir gab, war seine hypothetische Frage damals, als wir nach der Besichtigung der Baustelle zurück nach Zürich fuhren. Aber damals wollte ich nicht empfänglich sein für seine persönlichen Probleme. Ich war glücklich, sein Anwalt zu sein, und vermied jedes Gespräch, das in Richtung Freundschaft ging.

Alles, was ich über ihre Verweigerung weiß, habe ich erst nach Raffaels Tod erfahren.

Jede Aufmerksamkeit, die Massimo ihr schenkte, verursachte ihm einen kleinen Glücksschauer. Es überraschte ihn, dass er so viel achtsamer war als in seiner Ehe mit Monika. Und es verwunderte ihn, dass sich die Art, wie er Julia beschenkte, wie er sie mit kleinen Geschenken überhäufte, so selbstverständlich anfühlte.

Bei Monika hatte er sich nötigen müssen, bei Julia musste er sich bremsen. »Blumen kaufen, Geburtstag Monika« – solche Einträge fanden sich damals in seiner Agenda.

Bei Julia hätte er sich schon fast notieren müssen, *keine* Geschenke zu kaufen. Die Aufmerksamkeiten flossen förmlich aus ihm heraus.

Und immer wieder redete er sich ein, dass dieser große Einsatz von Liebe langfristig einen Effekt haben *müsse*. Er sammelte die kleinsten Zeichen, die auf eine Entspannung hindeuteten – ein spontaner Kuss von ihr, ein wohliges Schnurren, wenn er ihre Schultern massierte.

Mehr noch als mit Dingen beschenkte er sie mit Worten. Er überhäufte sie mit Komplimenten, nicht, um sie ins Bett zu zwingen – er wusste, dass dies vorläufig aussichtslos war –, sondern, weil die Komplimente einfach aus ihm heraussprudelten, und er war so glücklich, wenn er sie aussprach.

Massimo klammerte sich an eine Hoffnung, die alle anderen Hoffnungen in den Schatten stellte: Julia wünschte sich seit ihrer Kindheit – seit sie zum ersten Mal Jacqueline du Pré gehört hatte – brennend ein Stradivari-Cello.

Er wollte ihr dieses Geschenk zum einjährigen Hochzeitstag machen. Sie sollte es besitzen. Ein Geschenk, das, wenn man vernünftig dachte, seine Mittel um einiges überstieg und das gerade darum so bedeutungsvoll sein würde.

Der Auktionsrekord für ein Cello stand zu jenem Zeitpunkt bei einer Million Euro für das sogenannte *Bonjour*-Cello. Es kursierten Gerüchte, dass ein Händler in Rom das *Dutreux*-Stradivarius besitze.

Massimo war drauf und dran, diesen Händler aufzusuchen und ihm das *Dutreux* umgehend abzukaufen, auch wenn er verlangte, was er wollte. Denn weder in den Auktionskatalogen von Christie's noch in denen von Sotheby's noch sonst irgendwo war ein Stradivari-Cello gelistet.

Antonio Stradivari hat neben einer Unmenge von Geigen nicht mehr als 80 Celli gebaut. Davon existieren heute noch 63. Das *Dutreux* ist darum so außergewöhnlich, weil Friedrich der Große es bei der Eröffnung des Schlosses Sanssouci in Potsdam spielen hören und es, vom Klang überwältigt, dem Cellisten Quennel Dutreux kurzerhand weggekauft hatte.

Friedrich der Große, der leidenschaftliche Flötist, versuchte daraufhin seinen Freund Voltaire zu überzeugen, Cellostunden zu nehmen, damit sie gemeinsam Friedrichs Lieblingspartituren hätten aufführen können, aber Voltaire besuchte nur eine einzige Unterrichtsstunde und ritzte dabei den berühmten Spruch in den Bodendeckel des Instruments: »Versucht, einem unmusikalischen Menschen Neigung zur Musik einzuflößen – ihr könntet ebenso gut einen Blindgeborenen sehend machen wollen.«

Daraufhin wurde ihm das Cello – dessen Klang sich durch die Verletzung noch verbessert haben soll – entrissen und galt eine Zeitlang als verschollen, bis es vor einigen Jahren bei dem italienischen Instrumentenhändler wieder auftauchte.

Massimo machte die Telefonnummer in Rom ausfindig. Wochen vergingen ohne Antwort. Es wurde Sommer, dann Herbst.

Schließlich meldete sich der Mann per E-Mail. Er sei »vermutlich« Ende Oktober in Rom, es würde ihn freuen, Massimo »eventuell« zu treffen. Alles klang sehr unverbindlich. Aber Massimo hatte eine beispiellose Kraft, sich von der Unvernünftigkeit dieses Vorhabens nicht beirren zu lassen. Überhaupt schien es ihm eine gute Idee, gemeinsam ein bisschen wegzufahren. Vielleicht hatte ihn das Geschäft in letzter Zeit zu stark in Anspruch genommen, und Julia reagierte darauf, indem sie sich ihm noch mehr verschloss als sonst. Sie waren nun seit über einem Jahr verheiratet, und Massimo war krank vor Erwartung. Und vielleicht war es gerade eine Reise nach Rom, eine herbstliche Reise in seine heimliche Welthauptstadt der Liebe, die den Durchbruch bringen würde.

Sie logierten im Hotel Admiral Grand, in der Nähe des Vatikans. Jeden Morgen und jeden Abend läuteten die Glocken des Petersdoms, die Mopeds lärmten den ganzen Tag, die Tauben gurrten rastlos auf dem Fenstersims, und über allem lag das strahlende, trotzige, unerschütterliche Blau des herbstlichen Roms.

Als sie am Tag der Anreise an einer Pasticceria vorbeikamen, erinnerte sich Massimo daran, wie unwiderstehlich der kleine Raffael die Tartufi, Cannoli und überhaupt die Pastiera Napoletana gefunden hatte – und erst Monika. Sie waren oft als Familie in Rom gewesen.

Massimo war stolz auf seine italienischen Wurzeln und ließ keine Gelegenheit aus, sie seinem Sohn vorzuführen. Oft kauften sie schachtelweise Süßigkeiten und verzehrten sie im Freien – auf dem Rand des Trevi-Brunnens oder im Säulengarten des Forum Romanum.

Am nächsten Morgen, noch bevor Julia aufgewacht war, schlüpfte Massimo in seine Jeans, zog sich ein Hemd über und ging hinunter auf die Straße.

»Du verwöhnst mich ja richtig«, sagte Julia und strich ihm mit dem Handrücken über die Wange.

Er war mit einem Tablett voll mit den feinsten römischen Pasticcini zurückgekommen, einem frisch gepressten Orangensaft und einem Cappuccino, die er allesamt auf dem Papptablett balancierte. Er legte die Süßigkeiten der Reihe nach auf die Bettdecke. Den Kaffee und den Orangensaft stellte er auf das Tischchen daneben. Dann zog er seine Kleider aus und schlüpfte unter die Bettdecke. Er nahm ihre Hand und küsste sie.

»Es ist wunderbar, hier zu sein«, sagte sie.

»Es ist wunderbar, mit dir zu sein«, sagte er.

Es entzückte ihn, ihr beim Kaffeetrinken zuzuschauen – ihre Liturgie, wenn es an den Cappuccino ging: Zuerst streute sie ein ganzes Tütchen Zucker über den Schaum. Dann leckte sie den Schaum mit der Zungenspitze weg, bis kein einziges Bläschen mehr auf der braunen Oberfläche schwamm. Anschließend entnahm sie ihrer Handtasche ein Döschen mit künstlichem Süßstoff und ließ zwei Tabletten in die Tasse plumpsen. Sie klaubte eine Multivitaminkapsel aus einem Plastikbeutel, den sie ebenfalls ständig mit sich herumtrug. Jetzt legte sie die Kapsel auf die Zunge und spülte sie mit dem Kaffee hinunter. Dann sah sie auf und war glücklich, und das war die Hauptsache.

Wieder fasste Massimo vor lauter Freude ihre Hand und drückte sie. Wie unkonventionell und unvernünftig diese Frau doch war. Julia hob alles auf eine andere Ebene.

Als sie ihre Kapseln und die Süßstoffdose wieder verstaut hatte, glitt er mit der Hand unter ihr Nachthemd und streichelte ihre Brüste. Dabei beobachtete er sie ganz genau. Er wollte auf keinen Fall zu weit gehen. Er sah, dass sie sich ein bisschen gehenließ.

»Das machst du sehr schön«, sagte sie, »aber bitte dräng mich nicht schon wieder.«

Erschrocken zog er die Hand zurück. Gab es etwas Aussichtsloseres als den Geschlechtsverkehr? Seine Venen schienen wie mit Blei gefüllt, und was er nun fühlte, war nichts als eine totale Erschöpfung. Von den Pasticcini hatte sie kein einziges Stück angerührt.

Er setzte sich an den Schreibtisch des Hotelzimmers und versuchte, sich mit allerlei Stadtführern abzulenken. Er freute sich auf den Besuch bei dem Cello-Händler, er freute sich auf den Moment, an dem Julia das *Dutreux* zum ersten Mal würde umarmen dürfen, er freute sich auf den ersten Bogenstrich, und er freute sich auf das Abendessen, bei dem sie den Kauf gemeinsam feiern wollten. Er stellte sich vor, wie der Fisch in der geschmolzenen Butter lag und er die Zitrone darüber auspresste.

Nach einer Weile schaute er auf. Julia, müde von den Strapazen der Reise, schien wieder eingeschlafen zu sein. Ihr Kopf lag in den Falten des mächtigen Kissens, und ihr Atem war ruhig und gleichmäßig.

Er trank geradezu ihren Anblick. Was war es eigentlich, das ihn mit einer solchen Lawine des Entzückens erfüllte? Dass sie schön war? War es so banal?

Er fragte sich, ob es möglich wäre, sie einen Moment lang mit den Augen eines Fremden, eines gänzlich Uninteressierten zu sehen. Er wollte versuchen, sie wenigstens einmal im Leben objektiv zu betrachten. Aber sosehr er sich auch anstrengte, es gelang ihm nicht. Und je stärker er es versuchte, desto mehr zog es ihn zu Julia hin.

Es war Zeit aufzubrechen. Er setzte sich auf den Bettrand, nahm ihren warmen Kopf in seine Hände und küsste sie auf die Stirn. Sie schaute ihn schlaftrunken an, und er lächelte zurück. »Wenn ich nur eine Spur Vernunft hätte, würde ich dir dieses Geschenk nicht machen«, sagte er und drückte ihre Hand.

Wie sehr er sich für seine Maßlosigkeit verachtete. Sie reichte ihm ihre Lippen zum Kuss, und er küsste sie. Dieser Kuss belohnte ihn für all die Entbehrungen, die er bisher durchgemacht hatte.

Als sie eine Stunde später an der Tür des Instrumentenhändlers klingelten, öffnete eine ältere Dame. Ihr Haar war seitlich gescheitelt und wuchs aus der Furche des Scheitels wie ein strähniger Pilz ungeordnet über den Kopf bis zu den Schultern hinunter. Sie trug eine altmodische, grüngetüpfelte Bluse und darüber eine graue Strickjacke. Sie sah aus wie eine Putzfrau, und vielleicht war sie das ja auch.

»Signor Lombardi ist erst in zwei Tagen wieder da.«

»Aber wir haben mit ihm korrespondiert«, sagte Massimo.

»Tut mir leid, ich kann nur wiederholen, was ich schon gesagt habe.«

»Wir sind für heute, 16 Uhr, verabredet, und jetzt ist es 16 Uhr.«

Die Frau öffnete ihre Hände und ließ Luft daraus kullern.

»Haben Sie vielleicht eine Telefonnummer?«, fragte Julia.

»Er reist immer ohne Handy. Nichts stört ihn mehr als Erreichbarkeit.«

»Könnten wir das Cello wenigstens schon mal anschauen, das *Dutreux*?«

Die Art, wie Julia *Dutreux* aussprach, mit einem langgezogenen ›ö‹ am Schluss, auf dem die volle Betonung lag, hätte ausgereicht, dass Massimo ihr jeden Wunsch erfüllt hätte. Aber das tat er ja schon, und so war Julias vornehmes Französisch bloß noch die endgültige Bestätigung dafür, dass sich die herbstliche Reise nach Rom gelohnt hatte.

»Nur mit der Bewilligung von Herrn Lombardi, aber der ist nicht hier«, antwortete die Frau.

»Ist das *Dutreux* denn hier?«

»Aus Sicherheitsgründen darf ich Ihnen diese Frage nicht beantworten. Es ist vielleicht hier, vielleicht im Tresor einer Bank, vielleicht in einem anderen Land. Es tut mir leid, meine Dame, mein Herr«, und jetzt verbeugte sie sich leicht, »dass ich Ihnen nicht weiterhelfen kann. Kommen Sie in zwei Tagen wieder, dann wird Signor Lombardi hoffentlich hier sein.«

Massimo und Julia verbringen ihre Zeit wartend in Rom, zur Geduld verurteilt. Immerhin gibt es die Restaurants. Hier entfaltet Massimo einen unbändigen Appetit. Kein Straßencafé, in das sie sich setzen, ohne dass er nicht eine Kleinigkeit bestellt – Prosciutto e Melone, Grissini umwickelt mit Parmaschinken, Mozzarella di Bufala mit ein bisschen Olivenöl, Bruschetta al Pomodoro. Es ist, als hätte Massimo hier in Rom die Liebe zum Essen entdeckt.

Und erst die Abendmahlzeiten. Es ist so richtig aufregend, in die Bassins der Fischrestaurants zu gucken, dem

Kellner zu zeigen, welchen Fisch man haben möchte, und ihm dann zuzusehen, wie er den Fisch packt, wie der Fisch im Netz zappelt, wie der Kellner mit dem zappelnden Fisch in der Küche verschwindet. Massimo kommt sich vor wie der Kalif von Byzanz. Man tritt in den Harem, wählt sich ein Mädchen aus, und man verschlingt es.

Überhaupt, die Fische zu beobachten, wie sie blau-grün-gelb schimmernd und durcheinanderschlängelnd um einen Platz an der Luftdüse kämpfen. Die letzten Tage ihres Lebens. Die letzten Augenblicke. Julia findet es grausam.

Und wenn der Fisch dann kommt, genießt Massimo die Farben auf dem Teller, das Gold der gebratenen Butter, das Goldbraun der Fischhaut, das helle Rosa des Fleisches. Er genießt den kühlen Weißwein, den Biss auf die gegrillte, salzige Fischhaut und den leicht nach Rauch schmeckenden Reis.

Julia sitzt ihm gegenüber, stochert im Gemüseteller herum und nippt ab und zu an ihrem Wasserglas. Als Vegetarierin kann sie die Erbarmungslosigkeit nicht ertragen, mit der der Mensch »über die anderen Kreaturen herrscht«. Und sie kann die Lust nicht verstehen, die im Essen liegt. Überhaupt die Lust.

Nach zwei Tagen ist Herr Lombardi noch immer nicht zurück. Wieder öffnet die alte Frau die Tür, und wieder zeigt sie ihr zermürbtes Gesicht. Nichts hat sich verändert, weder ihr Tonfall noch die Aussicht, den Besitzer des *Dutreux* zu treffen. Massimo kommt sich vor, als hätte jemand auf die Pause-Taste seines Lebens gedrückt.

Am dritten Tag endlich ist er da. Lombardi, eine Tonne von einem Mann um die sechzig, begrüßt sie mit einem kräftigen Handschlag. Sein Haar ist dicht und in jenem Stadium, in dem es weder schwarz noch grau ist. Es ist lang und zurückgekämmt, und die verschwitzten Nackenlocken berühren den Hemdkragen. Seine Haut ist dunkel und fleckig, darunter schimmert es rötlich.

Sein Blick verströmt die Gelassenheit eines Mannes, der der Welt nichts mehr zu beweisen hat. Er trägt einen marineblauen Anzug, aus dessen Brusttasche die zwei Spitzen einer sorgfältig gebügelten roten Pochette herauslugen. Neben ihm kommt sich der gutgewachsene Massimo ein bisschen wie ein Messdiener vor.

Selbst wie er die noch schwarzen Augenbrauen zu seinem ergrauenden Haar hebt, ist bemerkenswert. Es scheint, als wolle seine ganze Art nur eines sagen: »Ich bin Lombardi, und ich bin auf keinen Deal mehr angewiesen; alles, was ich tue, tue ich ausschließlich zu meiner Belustigung.«

In einem endlosen Monolog breitet er vor ihnen die Geschichte dieses Cellos aus – die Julia bestens bekannt ist. Als Julia einwirft, er könne sich die Herkunftsangabe sparen, reagiert er unwirsch: »Signora, die Geschichte gehört zu diesem Cello wie sein Bogen. Ja, es ist sogar so, dass das Cello zur Geschichte gehört und nicht umgekehrt und man eigentlich die Geschichte kauft und nicht den Klang.«

»Dürfen wir das Instrument nun endlich sehen?«, fragt Julia, als Lombardi nichts mehr einfällt.

»Aber selbstverständlich.« Er öffnet zwei Flügeltüren und führt sie in einen Raum, der bis zur Decke mit Instrumenten vollgestopft ist. »Hier haben wir das *Dutreux.*« Der Mann greift in die Flut von Instrumenten hinein und zieht ein Cello heraus. »Und da, sehen Sie, meine Liebe, hat Voltaire seinen Spruch eingeritzt.«

Julia war vom Klang auf der Stelle hingerissen, und Lombardi schien sich besonders an Julias Begeisterung zu berauschen: »Dieses Cello ist mehr als ein Instrument, es ist das klangbildliche Pendant zu Michelangelos Sixtinischer Kapelle.«

»Dann bleibt also nur noch die Frage des Preises«, warf Massimo ein, als wäre dieser Punkt so nebensächlich, dass es schon fast peinlich war, ihn überhaupt vorzubringen.

»Der Preis? Signori, das Instrument hat dreihundertfünfzig Jahre gewartet, bis es seine endgültige Bestimmung« – und nun machte er eine ausschweifende Handbewegung zu Julia hin – »in der schönen Signora gefunden hat. Auf einen Tag mehr oder weniger kommt es nun auch nicht an. Reden wir morgen über den Preis.«

»Hören Sie, das geht mir alles zu langsam. Ich habe eine Firma zu leiten in der Schweiz, und meine Frau hat Konzertverpflichtungen.«

Julia konnte ihre Finger nicht von dem Cello lassen. Sie streichelte die Maserung des Holzes, als wäre es die Wange eines Kleinkindes. Sie roch am Lack. Sie befühlte die F-Löcher, fuhr mit den Fingern hinein und tastete die Innenseite des Bauchdeckels ab. Die glänzende Rundung der Schnecke, im Lauf der Jahrhunderte mehrmals frisch lackiert, wirkte auf Julia so verführerisch, dass sie sich zurückhalten musste, um nicht ihre Lippen daranzudrücken.

Massimo bot dreihunderttausend Euro.

Als Lombardi das Angebot hörte, kriegte er sich nicht mehr ein vor Lachen. Dabei wackelte sein Körper, als würde er ungefedert über eine Landstraße holpern.

»Dreihunderttausend?« Sein Gewieher ließ die Wände erzittern. »Warum nehmen Sie es nicht gleich *umsonst* mit? Nein, mein werter Herr, für dreihunderttausend lohnt es sich nicht einmal, sich darüber zu unterhalten. Dreihunderttausend ist kein Angebot, dreihunderttausend ist eine Frechheit. Schämen Sie sich!«

All der Wahnsinn, den das Begehren erzeugt. Massimo wünschte, er hätte diese Idee mit dem Cello nie gehabt.

Wie einfach das Leben mit Monika doch gewesen war, wie wunderbar unspektakulär, wie herrlich reibungslos. Gerade kam es ihm vor, als sei alles bis auf Monika ein Fehler gewesen.

»Ich gebe Ihnen einen Tipp. Wenn Sie verdreifachen, haben Sie eine reelle Chance.«

»Meinetwegen.«

»Eine Million.«

Handschlag.

So schnell hatte sich Massimo noch nie weichklopfen lassen. Die Art, wie er hier verhandelte, die Art, wie er sich von diesem Händler weichprügeln ließ, entsprach in keiner Weise dem Unternehmer Massimo.

»Zahlbar in bar.«

»Cash? Und wie, glauben Sie, organisiere ich hier in Italien schnell eine Million?«

»Dann holen Sie das Geld eben in Zürich. Wenn es ein

Instrument auf dieser Welt gibt, das Geduld bewiesen hat, dann das *Dutreux*.«

Am nächsten Morgen verließ Massimo das Hotelzimmer in aller Frühe, um den ersten Flug nach Zürich zu nehmen.

Als Julia eine Stunde später aufwachte und den Sonnenaufgang über dem Petersplatz betrachtete – sie stand am Fenster, nur dürftig in den etwas kratzenden Hotelmorgenmantel gehüllt –, zündete sie sich eine Zigarette an. Was sie beschwingte, war nicht so sehr diese prächtige Stimmung, sondern die Vorstellung, bald mit dem *Dutreux*-Cello eins zu werden. Das Ganze hatte ein bisschen den Reiz einer Affäre: Man hat sich schon einmal gesehen, und bald würde man sich auf der intimsten Ebene kennenlernen – das Cello und sie.

Sie nahm einen letzten tiefen Zug, blies den Rauch gekonnt durch Mund und Nase gleichzeitig aus und zerquetschte die Kippe in einer Kaffeetasse. Sie vertrug ihn nicht, diesen Rauch am frühen Morgen, und doch hatte es sein müssen.

Plötzlich musste sie an den Cellisten Lukács Németh denken, mit dem sie einige Jahre zuvor eine tumultuöse Liebschaft gehabt hatte.

Und an ein anderes Erlebnis viele Jahre davor: die Wunde.

Die unendliche Wunde. Wieder hörte sie, wie Grunbaum auf sie einredet: »Spiel, Mädchen, spiel.« Es war ihre erste Einzelstunde bei dem großen Mann. Er packte die damals Sechzehnjährige am Gesäß und hob sie, als wäre sie ein Hündchen, auf seine Knie. Fingerübungen. Er spielte die

Läufe mit der linken Hand vor, die sie eine Oktave höher nachzuspielen hatte, während er mit der rechten unter ihren Rock griff, das Höschen mit dem Zeigefinger, so beiläufig wie man ein Portemonnaie auftut, beiseiteschob und von unten in sie eindrang, derweil die Finger seiner Linken das Thema wiederholten, ohne auch nur im Geringsten vom Takt abzuweichen.

Nur sie kriegte es immer schlechter hin, fiel aus dem Rhythmus, verrutschte auf den Tasten, begann zu zittern. »Spiel, Mädchen, spiel«, hauchte er ihr ins Ohr. Er fuhr mit der rechten Hand über ihren Oberschenkel, spreizte ihn seitlich weg und drückte ihn fest zu sich herunter, seine Nase steckte jetzt in ihrem Haar, und mit der Zungenspitze leckte er das kleine Tal hinter ihrem Ohr ab.

Max Grunbaum, ein wuchtiger, weißhaariger, siebzigjähriger Mann, war berühmt für seine Meisterkurse, die er überall auf der Welt gab. Kein Konzerthaus dieser Welt, wo der deutsch-amerikanische Starpianist nicht schon aufgetreten war.

Seine Biographie liest sich wie eine Reise durch die Klassik des 20. Jahrhunderts. 1918 in Berlin geboren, emigriert er 1928 mit seiner Familie nach San Francisco, wo er seine Klavierausbildung am Conservatory of Music und später an der Universität Michigan fortsetzt.

Bald danach wechselt er nach New York und vervollkommnet seine Fertigkeiten bei Arthur Schnabel. Er ist eines der ganz wenigen Wunderkinder, die Schnabel zum Studium akzeptierte.

Mit seinem Debüt beim New York Philharmonic beginnt er seine internationale Karriere. Es kursieren Gerüchte, wonach Prokofjew ihm, dem damals zwanzigjährigen Star, eine Klaviersonate gewidmet, sie aber unter dem Druck der Partei dem sowjetischen Pianisten Sviatoslav Richter geschenkt habe.

Toscanini hat Grunbaum während des Krieges für die Musikfestwochen von New York nach Luzern geholt – ein mutiger Akt in der von Nazis umzingelten Schweiz. Seither gilt ihm Luzern als zweite Heimat.

Seine Beethoven-Interpretationen sind legendär, und seine *Goldberg*-Variationen galten einige Zeit als Messlatte, bis der etwas jüngere, exzentrische Kanadier Glenn Gould ihm den Rang ablief. Goulds plötzlicher Erfolg hatte Grunbaum so tief verletzt, dass er verkündete, nur noch in jenen Konzerthäusern aufzutreten, in denen Gould nicht schon aufgetreten sei und mit seinem »barbarischen Geklimper« die »Atmosphäre für immer verseucht« habe. Die Konzertveranstalter hatten also die Wahl: entweder ihn oder diesen »Tastenhacker«. Eine Situation, die sich entspannte, als Gould 1964 sein letztes öffentliches Konzert gab und fortan nur noch Studioaufnahmen produzierte.

Von da an gehörten die Konzerthallen wieder ihm, Max Grunbaum, dem Weltbürger, dem Bahnbrecher, dem Zauberlehrer.

Grunbaum machte kein Geheimnis daraus, dass die Nachricht von Goulds Tod 1982 ihn aufs tiefste befriedigte, ja in allen Aspekten seines Lebens beflügelte. Goulds rapider körperlicher Zerfall war ohne Zweifel der Beweis dafür, dass die höheren Mächte diesem »Scharlatan« nicht länger zusehen konnten. »Es ist der größte Einwand gegen die

Musik, dass es diesen Menschen je gegeben hat«, sagte er in einem Interview mit der Londoner Musikzeitschrift *Musical Opinion* kurz nach Goulds Tod.

Als der Maestro einen Monat lang in Zürich gastierte und als die sechzehnjährige Julia davon erfuhr, war sie eines von zweihundert verheißungsvollen Jungtalenten, die sich um die Teilnahme an seinem Meisterkurs bewarben – und sie war eine von zehn, die es schafften, vom Maestro akzeptiert zu werden.

Schon in der ersten Stunde, einer einführenden Theorielektion für die ausgewählten Eleven, bevor es dann zum Einzelunterricht ging, war sie von seinem Auftreten verunsichert. Allein seine Hände: Pranken auf den Tasten, und wenn er stand, waren es Fächer, die, wenn er sie bewegte, Luftwirbel erzeugten.

»Was ist Musik?«, fragte er streng in die Runde.

Julia zitterte. Mit sechzehn war sie die Jüngste in diesem Raum. Die anderen waren alle etwa zwei Jahre älter und studierten teilweise schon am Konservatorium.

»Musik ist eine Ausdrucksform des Herzens«, sagte schließlich ein hagerer Bursche mit schulterlangen Haaren in Champagnertönung. Er trug einen englischen College-Pullover, und die Art, wie er sich ausdrückte, die Art, wie er »Herzens« betonte, deutete auf jahrelange Verbildung durch irgendwelche Rudolf-Steiner-Internate.

Grunbaum bewegte seinen Kopf ein bisschen hin und her und erwog, ob er die Antwort gelten lassen solle. Schließlich sagte er: »Falsch!« Dabei zog er das »sch« so in die Länge, dass Julia ein Schauer über den Rücken lief.

»Meisterschaft«, beantwortete er seine Frage gleich selbst. »Das Wichtigste für Sie als angehende Konzertpianisten, das Allerwichtigste – sind Fingerübungen. *Mastery through finger drills.* Das Spiel von Partituren ist Ihnen, solange ich in Zürich gastiere, strikt verboten. Die wirkliche Arbeit besteht in der täglichen Fingerübung«, und dabei wedelte er mit seinen Fingern durch die Luft. »Wir sehen uns im Einzelunterricht. Und nun raus mit euch.« Mit seinen Pranken wirbelte er die Schüler aus dem Zimmer.

»Und jetzt im doppelten Tempo.« Ab und zu kroch sein Mund hervor und hauchte »schneller« in ihr schon feuchtes Ohr, während die Finger seiner linken Hand auf den Tasten beschleunigten. »Spiel, Mädchen, spiel.«

Julia wurde übel, sie musste sich vor Schmerzen krümmen, aber Grunbaum zog seine Hand aus ihrem Slip, legte den Arm um ihren Hals und zog sie zu sich hin: »Aufrechte Haltung!«

Sie rannte nach Hause und zog sich drei Tage lang in ihr Zimmer zurück. Sie aß nichts. Sie übte nicht. Bücher interessierten sie nicht. Sie sagte nichts. Sie heulte nicht. Sie verkroch sich unter die Bettdecke und wartete darauf, dass irgendeine Hand aus dem Nichts auftauchte, um mit einem großen Pinsel die Vergangenheit auszulöschen.

Endlich, am Abend des dritten Tages verließ sie ihr Zimmer und heulte los, in den Armen ihrer Mutter, heulte, bis die Augen keine Tränen mehr hergaben, und heulte noch in den Zuckungen ihres Körpers und ihrer Versuche, Satzfetzen zu formen.

Julias Mutter glaubte ihr zuerst nicht, dachte, es sei eine

jener melodramatischen Aufführungen, für die Julia schon immer ein gewisses Talent gehabt hatte. Sie dachte, Julia hätte die ganze Geschichte mit dem Klavierlehrer, der ihr unter den Rock ging, erfunden, damit sie das Klavier endlich aufgeben durfte, um sich ganz ihrem Lieblingsinstrument, dem Cello, zu widmen. »Du gibst mir das Klavier nicht auf, mein Liebstes. Es ist schlichtweg unerlässlich. Wie denn, liebes Kind, soll man ohne Klavier je die Harmonik meistern?«

Die Mutter schleifte sie zum Psychiater, und erst als dieser bestätigte, dass ihre Tochter tatsächlich missbraucht worden war, erst als es die Mutter aus wissenschaftlich berufenem Mund hörte, gab sie ihr Bemühen um Fortsetzung des Klavierunterrichts auf.

Eine Strafanzeige gegen Grunbaum? Einen öffentlichen Skandal? Nein. Man wollte es der Tochter nicht schwerer machen, als sie es ohnehin hatte. Nirgendwo ist die Konkurrenz so brutal wie in der Musik, und was zählte schon die Behauptung einer Sechzehnjährigen aus dem zwergenhaften Zürich gegen Max Grunbaum aus der großen Welt. Außerdem sollte sie durch ihr Musizieren bekannt werden und nicht durch eine Kinderschändung. Daher wurde die Sache dem Vergessen anheimgegeben.

Aber Grunbaum kriecht immer wieder aus dem Vergessen hervor. Er meldet sich im Traum. Er erscheint beim Autofahren. Er lauert beim Einkaufen hinter den Gestellen. Er taucht beim Nägelschneiden auf und wenn sie auf der Toilette sitzt. Und er ist da, wann immer sie ein Klavier sieht oder hört.

Jene Einzellektion war nicht nur ihre letzte Klavierstunde, es war auch das Ende der Beziehung zwischen Julia und ihrer Mutter. Zwar lebte sie noch zu Hause, bis sie zweiundzwanzig war – auf dem großzügigen Anwesen oberhalb von Zürich, das ihr zweiundsiebzigjähriger Vater, nachdem er ein schwarzes Fashion Model geheiratet hatte und es damit ein viertes Mal mit einer unmöglich jungen Frau versuchte, der Mutter überlassen hatte.

Inzwischen gab es nichts, das sie so froh stimmte wie die Gewissheit, nie mehr sechzehn sein zu müssen.

Für die Juilliard School of Music bewarb sie sich vergeblich. Sie studierte am Zürcher Konservatorium Cello, gab hier und da ein Konzert, lebte zurückgezogen in einer winzigen Wohnung nahe der Universität und beschränkte sich auf die Beziehung zu ihrem Instrument: Bis sie sich im Alter von sechsundzwanzig – also zehn Jahre nach dem großen Unheil – in den ungarischen Cellisten Lukács Németh verliebte, mit dem sie eine zweijährige *affaire de cœur* hatte.

Lukács war fünfundfünfzig, hatte eine Prostata-Operation hinter sich und war seither impotent. All dies wusste Julia natürlich nicht, als sie ihn nach dem Konzert in der Tonhalle ansprach. Noch nie hatte sie einen Maestro einfach so angesprochen, aber diesmal konnte sie nicht anders.

Er vereinte alles, was sie sich von einem Mann erträumte: Er war lebhaft, ungebunden, und seine Interpretationen zeugten von Phantasie – nicht von übermütiger Phantasie, sondern einer, die der Gravitas entsprang. Er hatte eine Art mit dem Arpeggio, dass es ihr fast das Herz zerriss. Man könnte sagen: Er hatte eine *Affäre* mit dem Arpeggio.

Er schenkte dem Cello eine Lebenskraft, eine Glut und einen Frieden, dass man glauben konnte, es würden demnächst weiße Tauben aus den F-Löchern flattern. Und er besaß diesen melancholischen Blick. Er war so anders als die üblichen Stars, die, auf Präzision getrimmt, bloß Sklaven der Partituren waren.

Lukács hatte eine Art der Interpretation, die weicher war, zugänglicher, menschlicher. Er konnte Bach spielen, als hätte Bach posthum Goethes *Werther* vertont, dunkel, weich, zärtlich, verzweifelt. Allein wie er den Bogen hielt – und erst das ganze Instrument!

Dieser Mann hatte nicht nur eine Seele, er hatte hundert Seelen.

Dass er auf einem Stradivari-Cello musizierte, war nur noch die Krönung. Also nahm sie, die sechsundzwanzigjährige Julia, all ihren Mut zusammen und sprach ihn nach dem Konzert an.

Auf ihren Hinweis, dass auch sie Cellistin sei, erwiderte er: »Sind wir nicht eine wunderschöne Gemeinde?« Julia wusste nicht, ob damit *sein* Äußeres gemeint war oder *ihres* oder ob es *allegorisch* zu deuten sei. Und als sie ihn rundheraus fragte, ob er ihr dieses akzelerierende Arpeggio zeigen könnte, war sie ganz erstaunt, als er sich darauf einließ.

Julia stand noch am selben Abend, den Cellokasten in der Hand, vor der Tür seines Hotelzimmers und klopfte an.

Lukács öffnete. Er setzte sich auf das Bett, sein Haar war ganz zerzaust. Der Fernseher lief, auf stumm gestellt.

Offenbar hatte er geschlafen. Julia wusste nicht, wohin mit sich und wohin mit ihrem Cello. Lukács saß einfach da und sagte nichts.

Überall lagen Klamotten verstreut, der Cellokasten lag wie ein Sarg neben ihm auf dem Bett, ein Schalenkoffer geöffnet auf dem Boden. Und was sagte er? »Damit Sie es gleich wissen, ich bin impotent. Also, wenn es Ihnen nichts ausmacht, schreiten wir gleich zum zweiten Teil.«

Er packte sein Stradivarius aus dem Kasten, sie ihr Cello, und gemeinsam spielten sie zweistimmige Preludien von Bach – vom Blatt.

Es fühlte sich himmlisch an. Julia war ganz gelöst, dass sie sich diesem Mann so hingeben konnte – als Musikerin, und nicht als Frau. Dann tauschten sie die Instrumente. Es war das größte Geschenk, das ihr ein Mensch machen konnte. Zum ersten Mal in ihrem Leben spielte sie auf einem Stradivarius.

Es war nicht nur Julias Aussehen, das Lukács bewog, sie seinem Agenten anzuvertrauen. Lukács erkannte in Julia eine talentierte, hart arbeitende, seriöse, wenn auch nicht geniale Musikerin.

Bald erhielt Julia Anfragen aus großen Städten Europas. Ihre Karriere hatte endlich begonnen. Alles stimmte. Sie spürte, wie sie förmlich in die Zukunft hineinragte.

Und dann, nach zwei Jahren, von einem Tag auf den anderen, machte Lukács mit ihr Schluss. Bis heute hat sie diesen Schlag nicht verwunden. Bis heute lebt sie in der Hoffnung, dass er irgendwann wieder auftaucht.

Nach dem abrupten Ende – Julia war achtundzwanzig – hat sie genug von Männern. Und doch nicht. Sie sucht keinen Mann, sondern einen Lukács-Ersatz.

Männer drehen sich ständig nach ihr um, und nicht ungern starrt sie mit gespielter Aggressivität zurück. Sie hofft, verliebt zu sein. Sie rechnet sehr damit. Sie verliebt sich tatsächlich ein bisschen in manche Männer.

Sie weiß, dass nur ein Mann in Frage kommt, der ein ebenso komplexes Innenleben hat wie sie, die gleichen Antennen für die Nuancen des Seelischen und der darin enthaltenen Wirrungen. Ein Mann, dem sie sich hingeben kann mit all ihrer emotionalen Tiefe und der nicht von ihrer Intellektualität eingeschüchtert ist. Ein Mann in dessen Arme sie sich werfen kann, um zu weinen. Ja, am liebsten würde sie sich in den Armen eines starken Mannes ausheulen, all das loswerden, was sich an Tragik, Melancholie und Einsamkeit seit ihrem sechzehnten Lebensjahr angehäuft hat.

Vor manchen Konzerten hofft, nein, betet sie darum, dass dieser Mann im Publikum sitzen und sie endlich erwählen wird. Dass dies mehr als eine kindliche Vorstellung ist, dass eine solche Koinzidenz möglich ist, weiß sie von ihrer Freundin, der Geigerin, die im Alter von fünfundzwanzig, nach einem Konzert in der Salle Pleyel in Paris von einem charmanten, gutaussehenden Herrn um die vierzig abgefangen, ja, man könnte sagen, ins Leben entführt wurde.

Sie schrieb Julia Briefe, in denen sie die Gespräche schildert, die sie mit diesem wunderbaren Mann führt, Gespräche, die mühelos zwischen der sachlichen, ironischen, emotionalen, burlesken und hochgeistigen Ebene wechseln. Kurzum, in allen Tonarten konnte man mit diesem Mann kommunizieren.

Sie beschrieb die sexuellen Tollheiten, sein Zartgefühl einerseits und sein raubtierhaftes Zupacken andererseits. Und wie sehr sie den Geruch dieses Mannes liebe, ja wie sie sich gar nicht vorstellen könne, einen Mann zu lieben, der nicht genau so rieche.

Sie beschrieb die Reisen, die sie gemeinsam unternommen hatten, Reisen in die USA, nach Chile, nach Italien, Spanien, Japan, Reisen in die schönsten Konzertsäle der Welt, die Nächte vor und nach ihren Konzerten, dann ihren gemeinsamen Wunsch, eine Familie zu gründen, ihr unbeschreibliches Glück mit drei strahlenden Töchtern (Fotos beigelegt) und den beispiellosen Aufstieg dieses Mannes zum Bürgermeister des 5. Arrondissements von Paris (Zeitungsausschnitt beigelegt).

Also gibt es diese Männer. Es gibt sie. Und der Mann, denkt Julia, den mir das Schicksal bestimmt hat, wird heute Abend im Publikum sitzen und mich erkennen. Er wird nach dem Konzert beim Künstlereingang auf mich warten, und ich werde ihn an seinem Blick erkennen, an seinen dunklen Augen, seinem Auftreten, seiner Gegenwart, seiner Gravitas, er wird mich küssen, auf die Stirn, das wird das Zeichen sein (der Bürgermeister des 5. Arrondissements hatte ihre Freundin offenbar auch zuerst auf die Stirn geküsst).

Sie weiß ganz genau, was sie auf seinen ersten Satz antworten wird. Sein erster Satz wird sein: »Darf ich Ihnen gratulieren? Das war großartig.« Und sie wird antworten:

»Das war offenbar Ihre Präsenz«, oder einfach: »Ihre Präsenz«, mit oder ohne »offenbar«, das hängt davon ab, wie schelmisch er sein wird.

Sie wird sich ihm noch am selben Abend an den Hals werfen. Er wird am Anfang sehr behutsam sein, zart, er wird von sich aus erkennen, welche Verletztheit, welche sensible Potenz in ihr steckt. Und dann, nach und nach, werden sie sich in nichts als liebende Körper verwandeln. So stellte sie es sich vor.

Ab und zu wartet tatsächlich jemand auf sie, wenn sie nach dem Konzert das Gebäude verlässt. Ein Mann, der ihr einen Blumenstrauß überreicht, ein Mann, der so aussieht, wie ein Mann eben aussehen *muss*, und dann winkt er seine Gattin her, die er ihr auch noch *vorstellt*, und Julia könnte ihr das Gesicht zerkratzen.

Und dann, einige Jahre später, bei einer Probe im Opernhaus, taucht Massimo auf. Er sagt: »Das war großartig«, und küsst sie auf die Stirn.

Sie hat sich oft gefragt: Warum gerade Massimo? Die ehrlichste Antwort, die sie gefunden hat, klingt ernüchternd: Es ist ein Genuss, mit Massimo nicht über Musik reden zu können. Er versteht zu wenig davon, er ist praktisch veranlagt, und genau das ist sein unschätzbarer Vorteil. Seine musische Ignoranz. Julia genießt sie wie Urlaub.

Noch immer stand Julia am Fenster und schaute auf den Petersplatz hinunter. Die Sonne war aufgegangen und schickte ein helles Viereck an die Wand.

Unterdessen war Massimo in Zürich gelandet. Er hob

das Geld ab, packte es in einen Aktenkoffer, schmuggelte es durch den Zoll und war am späteren Nachmittag zurück in Rom.

Es war stockdunkel, als Massimo aus dem Taxi stieg und den Cellokasten aus der Hand des Taxifahrers riss, bevor der ihn wie ein billiges Gepäckstück behandelte.

Im Hotelzimmer erwartete ihn Julia. Sie hatte einige Partituren mitgebracht und sogar einen Notenständer aufgetrieben. Sie hielt Massimo die Lippen hin, um sich von ihm küssen zu lassen. »Ich bin dir sehr dankbar für dieses Geschenk. Ich weiß, dass ich es nicht verdient habe.«

Wie erleichtert er sich fühlte, als er das hörte. Es war ihr also durchaus bewusst, dass sie es ihm schwermachte. Allein diese Tatsache beglückte ihn.

Massimo ging vor dem Koffer in die Hocke, ließ die Schnallenschlösser aufspringen, dann schob er ihn einen Spaltbreit auf, dann noch etwas und noch weiter. Er genoss die Wirkung wie ein Zauberkünstler. Als der Kasten ganz offen stand, griff Julia hinein. Das *Dutreux*!

Die leichte Traurigkeit im Augenblick der Besitznahme.

Sie streichelte das Instrument wie eine Katze. Julia glitt mit der Hand über seinen Boden, folgte aufmerksam dem Hals, bis nach oben zur Schnecke. Massimo musste sich beherrschen, dass die Eifersucht ihn nicht übermannte.

Sie setzte sich und begann zu spielen. Sie spielte die ganze Nacht – Brahms, Bach, Schumann, Schubert –, und als sie mit den Partituren durch war, begann sie wieder von vorne.

Massimo lag auf dem Bett, den Kopf auf den Ellbogen gestützt, und verfolgte jede ihrer Bewegungen. Am liebsten hätte er sich in dieses Cello verwandelt. Er war zum Umfallen müde und hellwach vor lauter Entzücken. Er kam sich vor wie ein Pascha – und er war überzeugt, dass sie in diesem Augenblick tiefer miteinander verbunden waren als je zuvor.

Ab und zu schaute sie auf, und ihre Blicke berührten sich. Noch nie hatte er Julia glücklicher erlebt. Massimo war stolz auf sich, weil die ganze Art des Kaufs – dieses brisante Gemisch aus Tempo, Beharrlichkeit, Ausdauer, Starrsinn und Entschlossenheit – seinem Innersten entsprach.

Um 23 Uhr polterte es zum ersten Mal an die Tür. Man möge endlich das Radio leiser stellen, krächzte eine Stimme.

Kurz vor Mitternacht ein Anruf von der Rezeption – man bitte eindringlich, jetzt mit dem Musizieren aufzuhören.

Zehn Minuten später rief der Hoteldirektor an und drohte, sie beide samt Instrument aus dem Zimmer zu werfen, wenn nicht null Komma plötzlich Ruhe herrsche.

Eine halbe Stunde nach Mitternacht stand er persönlich im Zimmer. Man hatte ihn aus dem Bett gezerrt, er kochte vor Wut. Doch als er Julia erblickte, verstummte er. Sie sah umwerfend aus. Massimo trat an ihn heran, tischte ihm irgendeine Geschichte von einem Konzert mit Pavarotti auf, man müsse halt noch proben.

Sofort organisierte der Direktor ein Zimmer in einem kaum belegten Trakt des Hotels. Sie zogen um, und Julia musizierte noch die ganze Nacht. Sie spielte sich zurück bis zu jenem himmlischen Abend, an dem sie mit sechsundzwanzig den Cellisten Lukács Németh in seinem Hotelzimmer aufgesucht und sich in ihn verliebt hatte. Sie schloss halb die Augen und stellte sich vor, dass nicht Massimo, sondern Lukács auf dem Bett lag.

Zwischendurch fielen Massimo die Augen zu. Als er sie öffnete, spielte Julia noch immer. Der Morgenhimmel brach durch die Fenster herein. Hinter dem Petersdom verschwand der Vollmond.

Heute in der Sitzung: »Sie entfernen sich ja immer weiter von sich selbst«, meint Kleinberg.

Er hat das letzte Kapitel gelesen.

»Der Bauunternehmer Massimo ist das eine. Aber warum müssen Sie jetzt auch noch seine ganze Liebesgeschichte ausrollen. Und diese Geschichte mit dem Cello. Wohl mehr Phantasie als Wirklichkeit. Der Kauf des Stradivari-Cellos, Wyss – waren Sie überhaupt je in einem Konzert dieser Julia?«

Ich schüttle den Kopf.

»Wie können Sie dann darüber schreiben, ich meine, warum schreiben Sie nicht mal etwas über Ihre Mutter oder Ihren Vater? Oder über Ihre Kindheit? Das wäre doch aufschlussreich.«

Ich bitte um mehr Papier.

»Wyss, so kommen wir nicht weiter. Wann endlich fangen Sie an, sich selbst ernst zu nehmen?«

Ich bitte um zusätzliche Druckerpatronen.

»Sie verlieren sich noch komplett in dieser Geschichte.«

Julia stieg aus der Dusche und setzte einen Fuß nach dem anderen auf das Tüchlein am Boden. Sie war am ganzen Körper mit glitzernden Wassertröpfchen bedeckt. Sie nahm ein Frotteetuch von der Stange und warf es sich um die Schultern.

Sie liebte es, sich in diesem riesigen Tuch zu verlieren. Sie rieb ihre Haare viel länger als nötig. Sie rieb an ihrem Körper, als die Haut schon trockener war als das Tuch. Dann eine Handvoll Lotion. Sie genoss das Gefühl der frischen, kalten Creme auf ihrer Haut und den Duft, den sie verströmte.

Gerade als sie die Tube in den Spiegelschrank zurücklegen wollte, sah sie, dass die Badezimmertür einen Spaltbreit offen stand. Sie sah, dass es Raffaels Augen waren, die durch den Türspalt blinzelten.

»Raffael, was machst du hier?«

Raffael rannte davon.

Als Julia angezogen war, ging sie ins Wohnzimmer. Sie wollte lesen. Auf dem Sofa saß Raffael. Er hatte sich hinter einem Computermagazin verschanzt. Er schaute nicht auf, und er sagte kein Wort. Er saß da und hielt die Zeitschrift mit verkrampften Händen. Julia setzte sich neben ihn und begann in ihrem Buch zu lesen.

Dass Raffael sie beobachtet hatte – vermutlich während

der ganzen Zeit im Bad –, erfüllte sie mit einem süßen Cocktail von Emotionen, deren Bestandteile sie jetzt zu analysieren versuchte. Beide gaben vor zu lesen. Es hätten genauso gut leere Seiten sein können.

»Raffael, hast du schon einmal ein Mädchen geküsst?«

Jetzt wurden sogar seine Ohren rot. Er zog sich zurück wie ein Flusskrebs, dem man aufs Gehäuse geklopft hat.

»Ja?«

»Nein«, brachte er mit trockener Zunge hinter dem aufgespannten Heft hervor.

Julia beschloss, ihn nicht länger zu quälen. Sie wollte ja schließlich ein bisschen lesen, bevor Massimo wieder zu Hause sein würde.

Raffael trug ein rotweißes A.S.-Bari-T-Shirt und khakifarbene Shorts. Seine Beine waren leicht behaart, seine Oberschenkel groß und kräftig, und er hatte Waden wie aufgeblasene Ballone. Das kam vom Fußball. Raffael war ein leidenschaftlicher Fußballer. Verteidiger bei einem Zweitliga-Juniorenclub. (Massimo behauptete stolz, das sei *sein* Italienerblut.) An seinen Armen und Händen sah Julia die blonden Härchen. Sie musste an frisch gesäte Felder im Frühling denken, an den leuchtend grünen Hauch auf der schwarzen Erde. Härchen auch auf der Oberlippe und am Kinn. Wenn Raffael am Wochenende bei ihnen war, nahm er manchmal Massimos Rasierapparat und experimentierte damit herum.

Eine Woche später erhielt Julia eine E-Mail mit dem folgenden Inhalt und dem Vermerk »vertraulich«: »Liebste Julia, du hast mich gefragt, ob ich schon einmal ein Mädchen geküsst hätte. Und ich habe geantwortet: Nein. In meinen Träumen habe ich aber schon hundertmal geküsst. Ich habe schon tausendmal innigst geküsst. Und zwar dich. Nichts ist süßer, als dich im Traum zu küssen. Du bist schöner als ein Engel, schöner als die schönsten Träume. Ohne dich kann ich nicht mehr leben, du schönster, schönster Engel. Dein Raffael.« Julia löschte die E-Mail sofort und beschloss, keinen Gedanken daran zu verschwenden.

Am nächsten Tag kam die folgende E-Mail: »Liebe Julia, vergiss, was ich gestern geschrieben habe. Lösch die E-Mail. Es war ein Fehler. Ich war ein Idiot. Bitte entschuldige. Ich bin jetzt wieder klar im Kopf. Raffael.«

Vier Wochen später war Massimo wieder auf der Gotthard-Baustelle. Raffael klingelte, und Julia öffnete die Tür. Er kam vom Fußball, war verschwitzt und schmutzig, und er stank, wie nur halbwüchsige Jungs stinken.

Julia schickte ihn direkt in Massimos Badezimmer. Sie legte ihm ein frisches Frotteetuch, einen Waschlappen und eine neue Seife auf den Rand der Badewanne – eine hübsche kleine Pyramide. Dann ging sie raus und zog die Tür hinter sich zu.

Man hörte das Plätschern der Dusche. Später hörte man das Surren des Rasierapparats.

Julia konnte sich nicht auf ihr Buch konzentrieren, und es irritierte sie, dass sie das nicht konnte. Es war idiotisch. Im Haus war ein fünfzehnjähriger Junge, im Grunde noch ein

Kind, der Sohn ihres Mannes, und sie war erregt – sie, eine erwachsene Frau von fünfunddreißig Jahren.

Wann immer sie Gefühle empfand, die sie nicht einordnen konnte, half nur eins: Musik. Sie schloss die Tür zum Musikzimmer hinter sich und begann, an Tschaikowskys *Nocturne* zu feilen. Das Konzert war in drei Wochen, und sie fühlte sich noch überhaupt nicht sattelfest. Das Stradivari-Cello verlieh ihr bei jedem Auftritt zusätzliche Bedeutung. Sie hatte jetzt nicht nur eine Verpflichtung gegenüber ihren Zuhörern, sondern auch gegenüber dem toten Antonio Stradivari persönlich.

Gerade als sie diese blöde Erregtheit weggespielt hatte und vollständig in die Partitur eingetaucht war, hörte sie, wie sich die Tür öffnete. Natürlich wusste sie, dass es Raffael war. Aber sie ließ sich nichts anmerken und spielte weiter.

»Raffael, bitte lass mich in Ruhe«, sagte sie, ohne aufzusehen.

Sie zog als nächstes Antonin Dvořáks Konzert in h-Moll hervor. Sie liebte diese Partitur, besonders das Adagio mit seiner aufgewühlten Pastorale. Julia stellte sich dann immer vor, sie stünde auf jenem zerklüfteten Berggipfel mit Blick aufs Nebelmeer und Caspar David Friedrich hätte sie von hinten gemalt.

Als sie sich umdrehte, um zu sehen, ob Raffael endlich gegangen war, sah sie ihn nackt in der Tür stehen. Sein Glied war steif. Er stand da und wusste nicht, wohin mit den Händen. Er sah sie herausfordernd an und sagte: »Ich will dich.« Sofort merkte er, wie großspurig er auftrat, wie falsch es klang, und korrigierte etwas umständlich: »Ich möchte mit dir Liebe machen.«

»Raffael, ich sage es noch einmal, bitte lass mich in Ruhe.«

»Aber dann möchte ich dich wenigstens küssen, bitte, bitte.« Er kam auf sie zu.

»Geh weg.«

Aber jetzt warf er sich auf den Boden, umklammerte ihr rechtes Bein, streichelte es fester und fester, küsste und leckte es ab. Dann schmiegte er sich mit dem ganzen Körper an dieses Bein, und plötzlich ejakulierte er. Der Samen rann über ihren Knöchel in den Schuh und tropfte auf das Parkett. Raffael stand auf und rannte davon.

Sie hielt noch immer den Hals des Cellos in der linken Hand, weit von sich gestreckt. So nahe hatte Julia noch nie einen Mann an sich herangelassen, geschweige denn ein steifes Glied. Sie drehte das Instrument um die eigene Achse, um zu prüfen, ob es auch etwas abbekommen hatte, aber es war unbefleckt. Sie legte es beiseite. Dann zog sie den Schuh aus und humpelte auf dem anderen ins Badezimmer, wo sie sich am ganzen Körper wusch.

Sie zog ihre »Putzkleider« an – verwaschene Jeans und ein altes T-Shirt –, füllte einen Eimer mit heißem Wasser, schüttete eine gute Portion Reinigungsmittel hinein und schrubbte die Samentropfen vom Boden weg. Sie schrubbte diese Stelle etwa fünf Minuten lang, wechselte das Wasser aus und rieb nochmals an der Stelle herum.

Der Schuh hingegen war nicht mehr zu retten. Sie versuchte, ihn unter dem Wasserstrahl mit Seife von dem klebrigen Zeug zu befreien, aber da war das Leder schon aufgequollen und die erste Naht öffnete sich.

Eines Tages war Raffael krank. Er hatte Fieber, und Monika rief an, um auszurichten, dass er dieses Wochenende nicht würde kommen können. Sie vermutete, dass er sich beim Fußballspielen erkältet hatte. Es war Anfang Dezember, der erste Schnee war gefallen, weggeschmolzen, und neuer war angekündigt, aber Raffael konnte es nicht lassen, in kurzen Hosen und Sommertrikot auf dem Fußballplatz zum Training aufzukreuzen. Er war nun offenbar in dem Alter, in dem man keine Konzessionen mehr an die Jahreszeit macht.

Massimo und Julia wollten ihn an diesem Samstag mit dem Besuch eines Fußballspiels der Nationalliga überraschen, zu dritt. Auch wenn Julia das Beingerangel um einen Ball als so unnatürlich und absurd empfand, als würde man sie zwingen, mit den Füßen Cello zu spielen, wollte sie ihm eine akzeptable Ersatzmutter für die zwei Samstage im Monat sein. Aber jetzt war der Junge krank.

Massimo beschloss, nach Sedrun zu fahren, um auf der Baustelle Präsenz zu markieren. Es war Wochenende, und da machte es sich besonders gut, wenn der Chef auftauchte. Vorher aber wollte er noch schnell bei Monika vorbeigehen, um zu schauen, wie es um Raffael stand.

Als Massimo sich auf den Bettrand setzte, sah er, dass Raffael glühte und schwitzte.

»Neununddreißig Grad Fieber«, sagte Monika.

Massimo war froh, dass Raffael in guten Händen war. Überhaupt war er zufrieden, wie vernünftig und erwachsen er und Monika in letzter Zeit miteinander umgehen konnten. Massimo spürte in diesen Tagen zum ersten Mal, dass Monika nicht mehr an ihm hing. Es hatte etwas von Erlösung und Trauer in einem.

»Mein Raffael.« Massimo streichelte ihm über den Kopf. »Julia und ich hatten einen schönen Tag für dich geplant, aber den holen wir nächstes Wochenende nach, wenn du wieder gesund bist. Jetzt ist es wichtig, dass du dich ausruhst, dass du viel trinkst und schläfst, und bald bist du wieder auf den Beinen.«

»Darf ich nicht doch zu euch kommen?«, fragte Raffael. »Ich kann ja auch bei euch krank sein.«

»Das macht doch keinen Sinn«, fuhr Monika dazwischen. »Solange du nicht vollständig gesund bist, gehst du mir nicht aus dem Haus.«

»Genau«, pflichtete Massimo bei. »Also, dann verschwind ich mal auf die Baustelle, und wir sehen uns am nächsten Wochenende, einverstanden?« Und küsste ihn auf die Stirn.

»Raffael, was ist los?«, rief Julia, als sie die Tür öffnete. »Komm herein, sonst erkältest du dich noch mehr.«

»Darf ich *hier* krank sein?«

»Das musst du mit deiner Mutter klären, Raffael. Ich bin nicht deine Mutter, und ich bin sicher, dass deine Mutter viel besser nach dir schauen kann als ich. Außerdem habe ich ein Konzert heute Abend.«

Raffael insistierte.

Eine Viertelstunde später klingelte Monika an der Tür, um Raffael zurückzuholen.

»Sag mal, Raffael, was geht hier eigentlich vor? Du kommst jetzt sofort zurück. Du bist krank. Wenn man krank ist, hüpft man nicht einfach aus dem Bett oder verlässt gar das Haus.«

»Aber heute bin ich doch eigentlich hier.«

»Ja, aber nicht wenn du krank bist. Es ist nicht gescheit, was du tust.«

Irgendwie bekam es dieser Bursche doch hin, dass er bei Julia bleiben durfte. Die Frauen verständigten sich untereinander. Monika war nicht wohl bei der ganzen Sache. Julia auch nicht, aber als Massimo am Nachmittag von der Baustelle zurückkehrte, fühlte es sich ganz logisch an: Es war Massimos Samstag mit seinem Sohn, und nun war es eben Massimos Samstagabend mit seinem *kranken* Sohn.

Am Sonntag ging es Raffael nicht gut. Es sei gescheiter, wenn Raffael hierbleibe, meinte Massimo zu Monika.

Das Fieber stieg an. Essen mochte er nicht einmal mehr seine Lieblingskrankenspeise Prosciutto mit Cornichons.

Am Montagmorgen, als Massimo zur Arbeit fuhr, hatte sich das Fieber zum Glück stabilisiert. Raffaels Atem war angestrengt, die Pupillen klein und wässerig, und seine Stirn war mit Schweißperlen beschlagen.

An jedem anderen Tag wäre Massimo zu Hause geblieben und hätte sich um seinen Sohn gekümmert. Aber nicht an diesem. Der 4. Dezember stellte jeden anderen Tag des Jahres in den Schatten, er war wichtiger als Ostern und Weihnachten zusammen. An diesem Tag ruhte die Arbeit auf den Baustellen, und statt zu bohren, warfen sich die Mineure in ihre Anzüge, banden sich eine Krawatte um und zelebrierten im Tunnel die Messe zur Verehrung der heiligen Barbara, ihrer Schirmherrin. Als Chef durfte er nicht fehlen. Massimo küsste Raffael auf die Stirn, Julia auf die Wange und eilte zur Tür hinaus.

Julia schaute ständig nach ihm. Sie hatte in ihrem Leben noch nie einen Kranken gepflegt. Am liebsten hätte sie Monika angerufen und sie gebeten, Raffael abzuholen. Ein kranker Junge im Gästebett, das war mehr, als sie glaubte verkraften zu können – und selbstverständlich wäre Monika wenige Augenblicke später mit einem Siegeslächeln eingefahren und hätte sie, Julia, wieder einmal als lebensuntauglich und egozentrisch bloßgestellt. Und Julia hätte sich sogar so *gefühlt*. Also wollte sie durchhalten, bis Massimo am Abend wieder zu Hause war, dann würden sie die Sache in aller Ruhe besprechen.

Als sie das nächste Mal am Krankenbett stand, war Raffael vollkommen durchgeschwitzt.

»Raffael, wie geht es dir?«, fragte Julia.

Er antwortete nur mit einem Seufzen. Dass er so hilflos war, machte ihn seltsam anziehend – wie wunderbar ungefährlich dieser Junge dalag.

»Du solltest dir den Schweiß abduschen. Und ich werde unterdessen das Bett neu beziehen, einverstanden?«

Aber er war zu schwach, um aufzustehen. Er war zu schwach, um zu antworten. Er lag einfach da, betrachtete Julia und atmete.

»Was machen wir denn jetzt?«, seufzte sie.

Sie ging hinaus, füllte eine Schüssel mit lauwarmem Wasser und stellte sie neben das Bett.

»Komm«, sagte sie und zog die Bettdecke und das Laken weg. Sie zog ihm das T-Shirt über den Kopf und begann, ihn mit einem Lappen abzuwaschen. Sein Körper glänzte vor Schweiß. Sie bemühte sich, unbefangener zu wirken, als sie war.

Zuerst wusch sie sein Gesicht, die Stirn, die Augenhöhlen, Wangen, das Kinn, die Lippen, die Stelle hinter dem Ohr. Dann den Hals, die Schultern. Als Nächstes zog sie seinen linken Arm hoch, der viel schwerer war, als sie erwartet hatte, und rieb seine Hand, die Handinnenfläche, die Finger, den Unterarm, bis runter zur Achselhöhle.

Sie tauchte den Waschlappen immer wieder in die Schüssel, wusch ihn aus und rieb weiter an diesem fremden Körper.

Die Achselhöhle. Irgendetwas faszinierte sie daran, es war nicht das quirlige Wäldchen, auch nicht die Form der Achsel, die sie an eine Brückenkonstruktion erinnerte. Was war es bloß?

Julia spürte eine seltsame Wärme in sich aufsteigen. Es fühlte sich an wie eine winzige Explosion, die sich tief in ihr entzündet hatte und sich jetzt in alle Richtungen, Winkel und Poren ihres Körpers ausbreitete. Sie zwang sich, dieses Gefühl zu unterdrücken, indem sie den Waschlappen heftiger als nötig auspresste.

Dann nahm sie seinen rechten Arm hoch und wusch die Finger der rechten Hand, die Handballen, bis hinunter zur rechten Achselhöhle. Und auch hier verweilte sie. Sie stellte sich vor, dass sie sich dort drin würde verstecken können, falls irgendetwas Böses über ihr zusammenschlug. Gleichzeitig erschrak sie über die Absurdität dieser Vorstellung. Sie spürte ihren Puls in der Halsschlagader und ein leichtes Zittern am ganzen Körper.

Raffael ließ alles mit sich geschehen. Sein Gesicht war noch immer ausdruckslos, aber seine Augen hatten einen seltsamen Glanz bekommen.

Raffael ist ein Mann, und doch noch keiner, dachte sie, als Schmetterling befände er sich jetzt im letzten Stadium der Metamorphose, kurz davor, auszubrechen, aber noch immer im Kokon gefangen.

Julia machte weiter, wusch seine Brust, den Bauch, sie fuhr mit dem Lappen über die Rippen, dann drehte sie ihn um und wusch seinen Rücken. Sie hob das rechte Bein an und wusch Fuß, Unterschenkel, Kniekehle und Oberschenkel; dann das Gleiche mit dem linken Bein. Mit jedem Finger nahm sie die Topographie dieses Knabenkörpers auf; mit jedem Finger registrierte sie all seine schönen Unebenheiten, die Sehnen, die Muskeln, das Tal, wo sich zwei Muskelstränge trennen, das bisschen Fett an den Lenden, die Knochen darunter. Jeder ihrer Finger war ein Mund.

Nun zog sie den Bund seiner Unterhose ein Stück weit hoch und glitt mit dem Lappen hinein, um die Pobacken abzureiben. Sie fühlten sich prächtig an, und sie spürte, wie Raffael sie anspannte und wieder losließ.

Dann drehte sie Raffaels Körper wieder auf den Rücken. Sein Glied war steif und spannte die Unterhose wie ein Zelt auf. Sie merkte, wie Raffael sie anschaute, aber sie wollte ihm jetzt nicht in die Augen sehen, sondern die Arbeit konzentriert zu Ende bringen, die sie angefangen hatte.

Sie redete sich ein, dass sie bisher alles auf eine sehr sachliche Art getan habe, wie eine Krankenschwester, und dass nichts dabei sei, das restliche Stück ebenso sachlich zu erledigen. Sie redete sich ein, dass die Lust, die sie im Moment verspürte, auf Vorstellungen basierte, die nichts mit dem Körper auf diesem verschwitzten Laken zu tun hatten. Sie redete sich ein, dass sie nicht zitterte. Sie redete sich ein, dass sie nicht aufgewühlt war. Und sie redete sich ein, dass sie sich dies alles gar nicht einredete, sondern dass es genau so war.

Wieder hob sie den Bund der Unterhose mit der einen Hand ein Stück hoch und fuhr mit dem Waschlappen der anderen Hand hinein. Sie tat, als würde sie nicht bemerken, dass sich Raffaels Hand gleichzeitig unter ihren Rock geschoben hatte und er dabei war, den Eingang unter ihren Slip zu finden. Sie kam ihm ein Stück entgegen, damit es ihm mit weniger Verrenkungen gelang, seine Finger an ihre Scham zu legen. Eine Unendlichkeit lang ging es so.

Julia vergaß darüber, den Waschlappen auch nur einmal in die Schüssel zu tunken, um ihn auszuwaschen, und Raffael vergaß, dass er hochfiebrig krank war, denn plötzlich packte er Julia, zog sie zu sich ins Bett, und sie schliefen miteinander.

Es war das erste Mal für Julia, und es war das erste Mal für Raffael.

Nach dem Akt, der schnell ging und Julia ohne Orgasmus, aber trotzdem sehr glücklich zurückließ, waren beide so verblüfft, dass ihnen nichts anderes einfiel, als wieder in ihre Rollen zu schlüpfen.

Ohne auch nur ein Wort zu wechseln, schaffte Julia die Schüssel hinaus, und Raffael spielte wieder den Kranken, der er ja auch war. Sie überzog das Bett mit frischer Bettwäsche, warf Raffael eine frische Unterhose und ein frisches T-Shirt zu und verließ das Zimmer. Dann duschte sie hinter abgeschlossener Tür und trat erst wieder aus dem Zimmer, als sie vollständig angezogen war.

Sie kam sich unheimlich reif und unheimlich dumm vor. Es gab jetzt nur eins: diese Gefühle in der Musik zu ertränken. Und genau das tat sie. Sie spielte und spielte – ihr ganzes Repertoire von Bach bis Tschaikowsky –, bis Massimo am Abend nach Hause kam und sie unterbrach.

»Julia«, sagte er und drückte ihr einen Kuss auf die Wange.

Sie unterdrückte das flüchtige Gefühl des Unbehagens, so kurz nach dem Geschlechtsverkehr die Lippen eines anderen Mannes auf ihrer Haut zu spüren. Ihre Hände zitterten. Massimo nahm sie zärtlich in seine auf. Er hatte so große, schöne, warme Hände, doch nun erinnerten sie sie plötzlich an die Pranken des Konzertmeisters Max Grunbaum, und Julia erschrak.

»Alles in Ordnung?«

Julia nickte und rieb sich die Hände, als müsste sie sich von Spinnweben befreien.

»Wie geht's Raffael?«

»Besser, glaube ich. Ich habe das Bett mit frischer Wäsche bezogen.«

Und dann gingen sie zusammen ins Gästezimmer, wo Raffael lag. Sein Gesicht war noch immer blass und durchschimmernd, aber seine Augen leuchteten verräterisch. Julia und Raffael mussten alle Kraft aufbringen, um sich nicht in die Augen zu schauen; das war ab jetzt das Spiel, das sie, ohne sich abzusprechen, vor Massimo spielten. Sie hatten Massimo betrogen, beide auf ihre Weise, und damit hatten sie dieses Monstrum geschaffen, das man Geheimnis nennt und das das Zimmer bis in die letzten Ritzen füllte.

Gleichzeitig spürte Julia ein starkes Verlangen; sie wäre

am liebsten gleich wieder in diesen lustvollen Wirbel gesprungen, aber jedes Wort von Massimo, jedes so sachliche Wort, zog sie schrittweise da heraus.

»Alles klar, junger Mann?«, fragte Massimo und strich ihm übers Haar.

»Alles klar«, antwortete Raffael mit einer Stimme, die Angst und Sieg in sich vereinte.

»Ich sehe, dir geht es besser, und morgen bist du vielleicht schon gesund.«

Raffael nickte.

Angst und Sieg. Ja, Raffael kam sich verdammt siegreich vor. Zum ersten Mal in seinem Leben hatte er seinen mächtigen Vater bezwungen. Dies war bisher immer nur möglich gewesen, weil Massimo sich bewusst zurückgenommen hatte – beim Tennis, beim Schach, beim Kreuzworträtsel –, um Raffael einen getürkten Triumph zu gönnen.

Aber diesmal war er ihm wirklich überlegen. Er hatte mit seiner schönen Frau geschlafen. Und seine schöne Frau mit ihm. Und jetzt gehörten sie einander, Raffael und Julia, und Massimo stand weit draußen im Abseits. »Diese Frau gehört jetzt mir«, hätte er ihm am liebsten ins Gesicht geschrien, »verschwinde, Alter, du hast hier nichts mehr zu suchen.«

Aber gleichzeitig wusste er, dass es keinen größeren Betrug auf der ganzen Welt gab. Dieser erste Sieg gegen seinen Vater war der größtmögliche und verheerendste Sieg zugleich. Es war nur eine Frage der Zeit, bis er es herausfinden würde. Bis er es *roch*. Die Uhr hatte zu ticken begonnen.

»Dann hoffen wir, dass du gut schlafen kannst, mein

Goldjunge. Und wenn ich irgendetwas für dich tun kann, rufst du mich, ja?« Massimo drückte ihm einen Gutenachtkuss auf die Stirn und löschte das Licht.

Fünf Minuten nachdem Massimo am nächsten Morgen das Haus verlassen hatte, stand Julia mit Wasserschüssel und Waschlappen in Raffaels Zimmer, wo sie dasselbe Stück in allen Details noch einmal aufführten.

Und schon am Nachmittag führten sie es erneut auf. Sie ließen keine Abkürzung zu, sondern verzögerten im Gegenteil noch das Vorspiel. Wollte der eine beschleunigen, so bremste der andere bewusst. Sie lernten rasch, wie man den Moment der Erfüllung steigert. Sie lernten, gleichzeitig das Gleiche zu wollen. Und Julia erlebte nun auch den Orgasmus, der mit jedem Mal schöner und voller wurde.

Es war weniger der Betrug, der sie miteinander verband, als die Tatsache, dass sie die lustvollste und gleichzeitig elementarste menschliche Betätigung miteinander entdeckt hatten. Gemeinsam hatten sie diesen Tunnel des Zweifels, der Unsicherheit und der Scham durchschritten und waren endlich dort angekommen, wo die meisten Menschen irgendwann ankommen: bei einem unverkrampften Verhältnis zur Sexualität. Raffael hatte es geschafft, Julia von dem Gespenst der Vergangenheit zu befreien, was ihre Psychotherapeuten im In- und Ausland in zwanzig Jahren nicht geschafft hatten.

Das Problem war nur, dass Raffael allmählich gesund wurde. Am vierten Tag war er so weit genesen, dass es sich nicht mehr verheimlichen ließ – weder vor Monika noch vor Massimo. Also nahm er sein Leben als Sohn, der von seiner alleinstehenden Mutter aufgezogen wird, wieder auf.

Oft schaute er nach der Schule bei Julia vorbei, sie schliefen miteinander, und er machte, dass er vor dem Eintreffen seines Vaters wieder aus dem Haus war.

Bald jedoch wurde das Versteckspiel mühsam. Was zu Beginn für Kitzel gesorgt hatte, wurde mehr und mehr zur Belastung – vor allem die Gefahr, dass Massimo jederzeit auftauchen konnte.

Was Julia jedoch am meisten bedrückte, war die Tatsache, dass sie sich von Massimo körperlich abgestoßen fühlte. Nicht dass Massimo sich verändert hätte – er sah nach wie vor großartig aus und hatte einen athletischen Körper, er war schlank und fit, ein, objektiv betrachtet, sehr männlicher Mann, viel männlicher als der knabenhafte Raffael –, aber sie ekelte sich jetzt vor ihm. Der Geruch seiner Haut, den sie eigentlich immer gemocht hatte, war ihr unangenehm. Seine Eigenheiten – wie er die Nase rümpfte oder den Mund nach einer Seite verzog, wenn ihm etwas nicht passte – konnte sie kaum mehr ertragen.

Doch am meisten hasste sie sich selbst für das, was sie für Massimo – ihren selbstgewählten Ehemann, den sie liebte – empfand. Sie brauchte ihn nur anzuschauen, und es war, als würden sich Messer in ihrem Bauch drehen.

Nach einigen Wochen war ihr Entschluss klar: Sie musste die Beziehung mit Raffael beenden. Die Affäre hatte ihren Zweck erfüllt, und darüber hinaus gab es keine Zukunft für die Liebe zu einem fünfzehnjährigen Knaben. Selbst wenn sie sich zu ihm hingezogen fühlte und sein junger, ungefährlicher Körper genau ihrem Verlangen entsprach, musste sie diesen Schritt tun. Außerdem war es für die seelische Entwicklung Raffaels besser, wenn er ein Mädchen seines Alters kennenlernte.

Sie bat Massimo, Raffael vorläufig nicht mehr ins Haus zu lassen und auf die Wochenenden, an denen er das Besuchsrecht hatte, zu verzichten.

»Aber warum? Ihr habt euch doch immer so gut verstanden?« Massimo fiel aus allen Wolken.

»Weil es nicht mehr geht, Massimo. Weil Raffael in einer schwierigen Phase der Pubertät steckt und ich nicht die Geduld habe, das mit anzusehen.«

»Aber was ist denn so schlimm an der Pubertät? Er guckt den Mädchen nach – na und? Er schaut sich gewisse Webseiten an – na und? Er onaniert – na und? Das ist doch alles nur natürlich. Du willst mich also von meinem einzigen Sohn fernhalten, nur weil er in das Alter kommt, wo er an Sex denkt? Das ist absurd, Julia. Das ist nicht nur unfair, das ist verletzend, und ich weiß nicht, ob ich das kann.«

»Bitte tu mir den Gefallen. Ich weiß, es klingt hart, und es *ist* hart, aber er irritiert mich. Es muss ja nicht für immer sein.«

Und Massimo gab nach. Er baute eine Mauer zwischen sich und seinem Sohn auf, die weder zu überwinden noch zu untergraben war. Mit derselben Entschlossenheit, mit der er alles baute – mit der er überhaupt alles anpackte. Jeder Stein, den er auftürmte, schmerzte ihn. Er zog die Mauer in einem engen Bogen um sich und Julia herum.

Er erklärte zuerst Monika, dann Raffael, dass sein Haus für die nächste Zeit nicht mehr zur Verfügung stehe. Natürlich würden sie einander noch sehen können, aber nicht mehr in Anwesenheit von Julia. Er müsse leider Rücksicht auf ihre Befindlichkeit nehmen.

Monika antwortete nur: »Großartig, Massimo. Sie hat dich dazu gebracht, dass du nicht mehr Herr über dich selbst bist. Sie hat dir auch noch den letzten Rest an Selbstbestimmung geraubt. Ich gratuliere dir. Genau so hast du dir das Leben doch vorgestellt, nicht wahr? Diese Julia hat das Rückgrat aus deinem Körper gerissen und es zu Matsch gemacht.«

Das konnte er noch einigermaßen verkraften. Aber nicht, was geschah, als er in Raffaels Zimmer trat und ihm sagte, dass es vorläufig keine weiteren Besuche geben werde. Raffael fing an zu zittern.

»Ist es wegen Julia?«, stammelte er.

»Ja.«

Raffael sah seinen Henker vor sich. Er hatte mit dem höchsten Einsatz gespielt und gegen seinen Vater verloren. *Er* war verloren. Nicht einmal mehr seine Fußballerbeine vermochten ihn zu halten. Er knickte ein, hielt sich gerade noch mit den Händen an der Tischkante fest, um nicht hinzustürzen.

»Sie war es, die angefangen hat, sie ist zu mir gekommen, sie war es, ich schwöre es, ich habe nicht damit angefangen …«

»Beruhige dich wieder, Raffael.«

Als er merkte, dass sein Vater von dem Verbrechen nichts wusste, ja nicht einmal die leiseste Ahnung hatte, verflog seine Angst, und die Kraft kehrte in seine Glieder zurück.

»Sie will mich nicht mehr sehen?«

»Vorläufig nicht.«

»Julia mag mich nicht mehr?«

»Das kann sich alles wieder ändern, mein Junge. Frauen sind manchmal kompliziert. Hauptsache, *wir* sehen uns noch ab und zu.«

Aber das war ja noch viel schlimmer. Raffael weinte hemmungslos, und Massimo bekam Angst, dass er bald keine Luft mehr kriegen würde. Sein fünfzehnjähriger Sohn, sein geliebter fünfzehnjähriger, *intelligenter* Sohn führte sich auf wie ein Kleinkind, dem man den Ball weggenommen hat, nein, wie ein Held in einem Sturm-und-Drang-Stück, dem man die Geliebte weggenommen hat. War es das? War es – das? Massimo schauderte angesichts dieses Gedankens. Er zwang sich, ihn gleich wieder zu verwerfen.

Am nächsten Tag klingelte Raffael bei Julia. Durch das Guckloch beobachtete sie ihn. Sie sah, dass er einen Blumenstrauß unter seine Jacke gestopft hatte, und sie sah sein verheultes Gesicht.

»Raffael«, rief sie durch die Tür hindurch, »ich kann dich vorläufig nicht mehr sehen. Hast du verstanden, Raffael! Es liegt nicht an dir, also mach dir keine Gedanken. Es ist allein meine Entscheidung.«

»Julia, mach auf!« Er polterte wie ein Verrückter an die Tür.

»Raffael, ich kann nicht, und ich werde nicht.«

»Liebst du mich denn nicht mehr?«

»Nein«, antwortete sie schroff, »weil es nicht geht.«

»Julia …«

»Bitte, geh.«

»Ohne dich werde ich sterben.«

»Sag nicht so was Lächerliches. Und verschwinde jetzt.«

Sie war kalt, sogar grausam, aber sie wollte einen klaren Schnitt ziehen. Keinen ausufernden Abschied, der sich über Wochen und Monate hinzog. Auch die letzte Lektion der Liebe hatte sie gelernt, dass man sie nämlich nur anstandslos beenden kann – roh und herzlos. Es gibt keinen Weg, den Schock abzufedern. Liebeskündigungen sind Stürze auf Betonplatten. Aber Raffael war noch viel zu jung, um das zu wissen. Sie tröstete sich: Er wird mir einmal dankbar sein für die Kälte, mit der ich ihm entgegentrete.

Sie sah und hörte, wie er mit dem Strauß wie mit einem Baseballschläger gegen die Tür schlug, er malträtierte ihn, bis die letzte Blüte vernichtet war. Dann rannte er davon. In dem Augenblick ahnte Julia, dass es keinen guten Ausgang haben würde.

Vier Monate später, im April 2007, war Raffael tot. Und einen Monat danach, im Mai, war es nicht mehr zu verheimlichen, dass Julia schwanger war.

Mein dreiundsechzigster Geburtstag. Das Pflegepersonal wird zusammengetrommelt und singt, um mich herum versammelt, *Happy Birthday*.

Der Küchenchef zaubert eine Schokoladentorte mit Kerzchen zum Ausblasen auf den Tisch. Ich werde eine Stunde brauchen, um alle Kerzen auszublasen, denke ich, als ich den Kuchen sehe. Er hat etwas Beschämendes.

Dreiundsechzig: kein Alter, über das man sich freut. Es scheint mir kontraproduktiv zu sein, solche Geburtstage zu feiern – zumindest für klinisch Depressive. Ich hoffe, Kleinberg wird diese Notiz lesen und sie an die Direktion weiterleiten.

P.S. Heute kein Wort zu diesen Aufzeichnungen.

Ende Februar 2007 meldete sich bei Massimo – er wusste zu diesen Zeitpunkt noch nicht, dass Julia mit seinem Sohn eine Affäre gehabt hatte, geschweige denn, dass sie schwanger war – ein gewisser Herr Hildebrand, ein großer, drahtiger Mann mit rotblondem Haar und einem schütteren Bart, der ihm wie Tang am Gesicht klebte.

Er trug eine Brille im Stil der 80er Jahre, groß und eckig, deren Bügel sich in den rötlichen Koteletten verloren. Seine Augen waren blau und hinter der Brille verhangen und seltsam ausdruckslos. Er trug dunkle Jeans, eine enge, verwaschene Jeansjacke und darunter ein beiges Hemd mit großen Brusttaschen.

Massimo hatte keine Ahnung, wer dieser Mann war. Er stand plötzlich in seinem Bürocontainer auf der Baustelle in Sedrun. Er musste, ohne anzuklopfen, hereingekommen sein, und als Massimo vom Schreibtisch aufsah, dachte er im ersten Moment, es handle sich um einen Mineur der Konkurrenz, der sich bei ihm bewerben wolle.

Doch dann erfuhr er, Hildebrand sei Journalist, der für eine große deutsche Tageszeitung einen Artikel zum Gotthard-Basistunnel schreiben wolle. »Einen Hintergrundartikel zu diesem Jahrhundertbauwerk, der an vier Personenporträts aufgezogen wird: über einen Mineur, einen Sprengmeister, einen Vermesser und, sozusagen an der Pyramidenspitze, Sie als Bauunternehmer.«

Mindestens einmal die Woche kam es vor, dass jemand telefonisch oder schriftlich anfragte, ob man die Baustelle besuchen dürfe. Oft waren es Seniorengruppen oder Schulklassen, für die Massimo eine zweistündige Führung parat hatte – samt Einführungsfilm über das 57 Kilometer lange Gesamtprojekt, die Darstellung der verschiedenen Bohrtechniken und die Herausforderungen der Geologie. Anschließend zog man die Schutzanzüge an, fuhr an die Tunnelstirn, fuhr an den Stolleneingang zurück und besichtigte das Aushubmaterial – was er meistens an einen seiner Betriebsleiter delegierte.

Es kam aber auch vor, dass sich ein Rotary-Club oder eine hochrangige Unternehmerdelegation für eine Besichtigung interessierte; und bei solchen Gruppen ließ Massimo es sich nicht nehmen, sie persönlich durch die Baustelle zu führen und ihnen zum Abschied nicht nur einen Firmenprospekt, sondern auch einen ausgebrochenen polierten Stein mit dem eingekerbten Logo der Marini Bau AG zu überreichen. So konnte jeder Besucher ein Stück Gotthard mit nach Hause nehmen.

Und noch andere Besucher gab es. Einmal kam ein Doktorand vorbei, der sich für die Geologie der Tavetscher-Mulde interessierte, eine Bohrstelle, deren Gestein aus lockerem, zuckerartigem Quarz besteht.

Einmal ein Schriftsteller, der Material für einen Roman brauchte. Er stellte allerlei Fragen zur Bohrtechnik und interessierte sich brennend dafür, wann welcher Tunneldurchbruch bei welcher Bohretappe zu erwarten sei. Es schien, als versuche dieser Schreiber die Realität in irgendeinen Plot zu zwängen.

Doch als Massimo ihn nach der Geschichte fragte, kratzte er sich an der Innenseite seines Arms und schwieg. Irgendeine Immigrantenstory über mehrere Generationen sollte es werden, die in der Figur eines Bauunternehmers kulminiert. Mehr war aus ihm nicht herauszubekommen. »Männer in Schwierigkeiten«, lachte er ablenkend. Großtuerisch versprach er, den fertigen Roman dann zu schicken, mitsamt Widmung, doch es kam nie etwas.

Einmal meldete sich eine Komponistin aus Dresden, die die Alpensinfonie von Richard Strauss neu zu interpretieren versuchte, und zwar »aus der unterirdischen Warte«, wie sie es ausdrückte. Massimo nahm sich für sie einen vollen Tag Zeit, fuhr mit ihr anschließend sogar auf die Alp, die genau oberhalb der Baustelle lag, ein Wunsch, dem er nicht nur nachkam, weil die junge Dame außerordentlich hübsch war und die frische Energie besaß, die ihn an Klara Hansen aus seiner Berlin-Zeit erinnerte, sondern auch, weil ihn das Projekt wirklich interessierte.

Richard Strauss pflegte zu scherzen, er könne selbst ein Glas Bier so präzise vertonen, dass der Zuhörer den Unterschied zwischen Pils und Export erkennen würde. Und genau das hatte auch sie vor. Der Zuhörer würde den Unterschied zwischen Granit und Gneis heraushören. Sie versprach, ihn zur Uraufführung ihres Werks einzuladen, wenn es denn einmal so weit sei, drückte ihm zum Abschluss sogar einen Kuss auf die Wange, und Massimo hörte nie wieder von ihr.

Ein Porträt über ihn. Er überlegte. Den Journalisten, der vor ihm stand, kannte er von irgendwoher. Seine Stimme kam ihm seltsam bekannt vor: die Art, wie er dastand, die Ruhe, die dieser Mann verströmte, die Abgeklärtheit, die in dieser Ruhe lag, die Wucht seiner Fassung. Doch Massimo konnte ihn nicht einordnen.

Das Interview begann harmlos. Massimo ließ sich von seinem Schichtleiter verschiedene Gesteine bringen, die man ausgebrochen hatte, und gab sie dem Journalisten zum Betasten.

»Das hier ist Granit. Hier, das Glänzende, ist Quarz, das Dunkle ist Glimmer, und das Helle ist Feldspat. Granit entsteht durch die Erstarrung von Magma innerhalb der Erdkruste, meistens in einer Tiefe von mehr als zwei Kilometern unter der Erdoberfläche. Das ist der Unterschied zu vulkanischem Gestein, das an der Oberfläche erstarrt. Darum ist Granit so kompakt. Es braucht den Druck der Erdoberfläche, damit so etwas entsteht. Granit wird normalerweise als Bordstein oder Grabstein eingesetzt. Aber unser Ausbruchmaterial ist dazu viel zu klein. Es wird zusammen mit dem anderen Aushub als Schüttmaterial für Flachwasserzonen im Vorderen Rheintal gebraucht.«

»Ansonsten gäbe das eine Menge Grabsteine. Damit könnte man jedem Schweizer seinen Grabstein machen«, sagte der Journalist. In seinen Augen lag ein bisschen Spott.

»Und für die kommenden Generationen gleich mit«, lachte Massimo. Er nahm ihm den Granitbrocken wieder aus der Hand und hielt ihm einen anderen hin.

»Das hier ist das andere Hauptmaterial: Gneis. Ähnlich wie Granit, aber etwas weicher. Das merken Sie natürlich nicht, wenn Sie ihn einfach so in der Hand halten. Aber wenn Sie Gneis an Granit kratzen, sehen Sie sofort, welcher

Stein der härtere ist.« Massimo nahm ihm den Stein wieder aus der Hand. »Sehen Sie«, und nun schlug Massimo die beiden Steine gegeneinander: »Granit ist eindeutig härter. Bei Gneis kommen wir etwas schneller vorwärts als beim harten Granit.«

Massimo liebte diesen Umgang mit den Steinen, und er empfand dabei ein seltenes Gefühl von Meisterschaft.

»Das Gotthard-Massiv und die umliegenden Gebirge sind geologisch gesehen sehr aktive Zonen. Vor zwanzig Millionen Jahren brach hier der Boden des Urmeers auf. Die einzelnen Platten wurden unter großem Druck verformt und teilweise übereinandergeschoben. Und schließlich türmten sich die Gesteinsschichten steil zu einem Gebirge auf, den heutigen Alpen. Durch dieses Massiv bohren wir uns, hinein ins Innerste dieser Verwerfung. Ist das nicht phantastisch?«

Hildebrand nickte.

Was Massimo irritierte, war nicht so sehr die professionelle Gleichgültigkeit, die dieser Mann an den Tag legte, seine aufgesetzte Langeweile, wie man sie bei vielen Journalisten findet – sie fragen, weil es ihr Job ist, nicht, weil es sie wirklich interessiert –, sondern die Tatsache, dass er Massimo nicht aus den Augen ließ.

Massimo konnte ihm zeigen, was er wollte, er ließ nicht davon ab, ihn durch seine Brille hindurch anzustarren. Er hätte ihm Vogelspinnen statt Steine in die Hand drücken können, der Mann hätte es nicht gemerkt.

»Eine der schwierigsten Stellen ist das Tavetscher-Zwischenmassiv, eine ehemalige Bruchzone der Erdkruste. Über Jahrmillionen haben gegeneinanderreibende Massive den Fels größtenteils zermahlen. Und das kommt dabei heraus.«

Massimo nahm einen Brocken in die Hand und zerrieb ihn zwischen den Fingern. Wie Zucker rieselte es aus seinen Händen auf den Schreibtisch.

»Versuchen Sie da erst mal zu bohren. Da bricht gleich alles ein. Aber wir schaffen's, indem wir nach der Sprengung die Tunnelwand mit Eisenbögen und Spritzbeton fixieren.«

»Und was ist mit Kristallen? Finden Sie auch Kristalle da drin?«

»Das kommt selten vor. Aber ich kann Ihnen einen zeigen, den wir gefunden haben.«

Massimo stand auf, drehte sich um und öffnete den Tresor, der hinter ihm an der Wand stand. Er machte sich so breit wie möglich, damit der Journalist die Zahlenkombination nicht erkennen konnte. Er griff mit beiden Händen hinein und hievte das Ungetüm von einem Bergkristall heraus. Dann schloss er den Tresor wieder.

»Ist das nicht ein Prachtstück? Kommt selten vor, besonders in dieser Größe und Reinheit.«

Der Kristall spaltete das Licht in hundert Farben und warf es an die Wände des Containers.

»Wem gehört der?«, fragte der Journalist.

»Der Firma.«

»Nicht den Steuerzahlern?«

»Gute Frage.«

»Allerdings.«

Massimo zuckte zusammen. War das ein Angriff? War das eines jener Messer, die die Journalisten so gern hinterrücks bereithalten? Am liebsten hätte er ihn vor die Tür gesetzt und sich wieder seiner Arbeit gewidmet, aber dazu war es jetzt zu spät. Er stellte den Kristall auf den Tresor, gleich neben die Statue der heiligen Barbara.

»So, so, an die Muttergottes glauben Sie auch?«

»Das ist die heilige Barbara, unsere Schutzpatronin. Sie kennen sie nicht? Die müssen Sie kennen, wenn Sie einen Artikel über den Tunnelbau schreiben.«

War es nötig, dass er sich wie ein Oberlehrer aufführte? Da die Sache mit der Schutzpatronin nun angeschnitten war, wollte er die Legende noch schnell loswerden und dann zum Abschluss dieses unseligen Gesprächs kommen.

»Die Geschichte von der heiligen Barbara geht so: Im 3. Jahrhundert gab es einen reichen Römer. Der lebte in Kleinasien, in der heutigen Türkei. Er war Heide, und als Heide verehrte er Götzen. Er hatte eine bildhübsche Tochter namens Barbara.

Um ihre Schönheit zu bewahren, wollte er sie von den Menschen fernhalten. Darum sperrte er sie in einen Turm ein – in eine Art goldenen Käfig. Barbara nutzte diese Einsamkeit zum Studium von Büchern. Als sie so das Christentum kennenlernte, sah sie darin ihre Lebensaufgabe und ließ sich taufen.

Bevor ihr Vater eine größere Reise antrat, ließ er im Turm eine Badestube mit zwei Fenstern einrichten. In der Abwesenheit ihres Vaters wurde auf Barbaras Wunsch ein weiteres Fenster hinzugefügt – wegen der Dreifaltigkeit Gottes.

Als der Vater von seiner Reise zurückkehrte, musste Barbara ihm natürlich erklären, warum der Turm auf einmal ein drittes Fenster hatte. Damit bekannte sie sich zum Christentum. Ihr Vater war darüber so wütend, dass er seine Tochter mit einem Messer töten wollte.

Barbara aber betete zu Gott, worauf sich der Fels auftat, Barbara aufnahm und sie auf einem Berg wieder freigab. Ihr Aufenthalt wurde jedoch verraten. Man folterte sie, aber sie wandte sich nicht vom Christentum ab, trotz der Qualen. Daraufhin wurde sie von ihrem eigenen Vater am 4. Dezember enthauptet. Er wurde kurz darauf von einem Blitz getroffen und getötet.«

»Immer diese Vater-tötet-eigenes-Kind-Geschichten. Griechische Mythologie in neuen Schläuchen«, sagte der Journalist.

»Jeweils am 4. Dezember wird es ganz still auf allen Tunnelbaustellen der Welt. Auch hier am Gotthard. Die Mineure kommen in Anzug und Krawatte in den Tunnel, und dann feiern wir eine Messe zu Ehren der heiligen Barbara. Im Stollen. Da werden selbst die hartgesottensten Mineure nachdenklich. Nach der Messe spendiert die Firma ein Mittagessen. Manchmal kommen hohe Gäste zu Besuch. Letztes Jahr sogar der Verkehrsminister. Sehen Sie« – und nun stellte Massimo die Statue vor dem Journalisten auf den Tisch – »die heilige Barbara wird meistens mit einem Turm und einer Feder dargestellt. Der Turm bezieht sich auf ihre Gefangenschaft. Die drei Fenster, wie gesagt, stehen für die Dreifaltigkeit. Und die Feder dient als Symbol der Jungfräulichkeit.«

»Die Feder als Symbol der Jungfräulichkeit – interessant«, sagte der Journalist und spielte ein bisschen an der Feder herum, bis sie abbrach.

»Hoppla, tut mir leid.«

Massimo war verärgert, ließ sich aber nichts anmerken. Die Statue war ein billiger, in Pastelltönen gehaltener Plastikguss, den er von einem polnischen Mineur zum Geburtstag bekommen hatte. Und doch – ein seltsames Gefühl durchzuckte ihn, ein eigenartiges Gemisch aus Eifersucht, Empörung und Reue, und er musste mehrere Schlucke Wasser trinken, bis der Spuk vorbei war.

»Aber kommen wir zu Ihnen«, schlug der Journalist vor.

»Nur zu, was wollen Sie wissen?«

Massimo versuchte, so locker wie möglich zu wirken, obwohl er den Typen am liebsten losgeworden wäre.

»Sie verdienen an diesem Staatsauftrag viel Geld, sehr viel Geld, verglichen mit Ihren Mineuren, die im Stollen ihr Leben riskieren, während Sie hier gemütlich am Schreibtisch sitzen. Wie gehen Sie mit dieser Ungerechtigkeit um?«

Massimo schluckte. Musste er diese Frage beantworten? Er spielte mit dem leeren Wasserglas. Nein, das musste er nicht. Er könnte ihm einfach Steine vorführen, bis der Typ vor Langeweile umkippte. Er hatte noch eine ganze Sammlung von Bohrkernen in seinem Schrank, von Phylliten über Schiefer bis zu Dolomitmarmor.

»Warum sind Sie so verdutzt? Und kommen Sie mir jetzt ja nicht mit dem Quatsch, dass Sie Arbeitsplätze schaffen. Lassen Sie sich was Besseres einfallen.«

»Ich weigere mich, in diesem Ton ein Interview zu führen«, entgegnete Massimo und stand auf. »Wir brechen hier ab.«

»Na gut. Das wird Ihr schlechtes Gewissen sein.«

»Und ich lasse mir von Ihnen kein schlechtes Gewissen einreden.«

»Das rede nicht ich Ihnen ein. Das haben Sie bereits.«

Plötzlich war es heiß im Container. Massimo spürte, dass sich Schweißflecken unter seinen Achseln gebildet hatten. Er riss das Fenster auf. Wie ein Wasserfall brach die eiskalte Luft in den Raum.

»Ich habe Nachforschungen betrieben und bin auf Ihre Studentenzeit gestoßen, Herr Marini. Damals haben Sie gegen das Opernhaus demonstriert, und heute sind Sie mit einer Opernhaus-Cellistin verheiratet. Damals haben Sie Häuser besetzt, und heute leben Sie in einer Villa am Zürichsee. Damals waren Sie für die Verstaatlichung aller Großfirmen, heute besitzen Sie selbst eine. Damals waren Sie für Revolution, heute für den freien Weltwirtschaftskrieg ...«

Das Gefasel dieses Journalisten fraß sich wie ein Sägeblatt in seine Seele, mit jedem »Damals-Heute« ein Stück tiefer.

Am liebsten hätte er diesen Burschen an seiner scheußlichen Jeansjacke gepackt und ihn in hohem Bogen aus dem Fenster geworfen, hinunter in die rauschende Schlucht mit ihrem tosenden Gletscherwasser. Damals, heute, damals, heute.

»Ein Mensch kann sich ändern. Lasst ihr Journalisten diese Möglichkeit nicht zu? Oder versteht ihr das Wort *Veränderung* nicht? Habt ihr es aus eurem Wortschatz ausradiert? Aber das ist für euch das Schlimmste: Wenn einer am Käfig der eigenen Identität rüttelt. Ihr tut dann so, als hätte man einen *Menschen* umgebracht. Dabei hat man bloß Mord an einer *Idee* begangen.

Für euch muss immer alles ein Leben lang übereinstimmen. Stellt euch einmal die Absurdität dieser Erwartung vor. Der *Irrsinn* dieser Erwartung. Die *Tyrannei* dieser Erwartung. Mit eurem naiven Anspruch garantiert ihr, dass nur solche Leute überleben, deren Lebenslauf von hinten bis vorne glatt ist wie ein frischgeputzter Babyarsch. Diese Scheinheiligkeit!«

Im wilden Bemühen, sich verständlich zu machen, war Massimo aufgestanden. Der kleine Bürocontainer kam ihm jetzt wie ein Gefängnis vor.

Er sah aus dem aufgerissenen Fenster und bemerkte, dass verschiedene Mitarbeiter aus der Distanz lauschten, doch das kümmerte ihn einen Dreck. Er kannte sich selbst nicht mehr in diesem Furor.

Endlich gelang es ihm, zu artikulieren, worunter er zwanzig Jahre lang gelitten hatte. Zugleich gelang es ihm, sich von seinen eigenen Vorwürfen zu befreien. Er realisierte, dass er sein durfte, wer er war, und dass er ein anderer sein durfte, wenn es ihm passte, und dass er dazu niemandes Einverständnis benötigte. Er erkannte, dass eine Begründung immer schon der erste Schritt auf dem Weg zur Selbstzerstörung war.

Endlich brach all das aus ihm heraus, was ihm in den letzten Jahren zu schaffen gemacht hatte: seine Schuld am frühen Tod des Vaters; die maßlose Enttäuschung seiner Mutter; die Lüge um das Architekturstudium; die Tatsache, dass er reich war und nicht arm; die Tatsache, dass er gesund war und nicht krank; die Tatsache, dass er sich Julia zur Frau genommen und Monika verstoßen hatte.

An jedem einzelnen Triumph hing ein Mühlstein der Schuld. Und diese Mühlsteine warf er nun einen nach dem anderen ab. Er spürte, wie sich seine Wirbelsäule aus der Krümmung befreite und er sich aufrichtete. Nein, er musste sich keine Vorwürfe machen und sich keine Vorwürfe gefallen lassen. Er war so, wie er war, und wenn er sein Leben noch zehnmal umstellen würde, bevor der Tod ihn holte, dann sollte es so sein.

»Wem dieser Kristall gehört? Ich zeige Ihnen, wem dieser Kristall gehört!« Und jetzt packte er den Edelstein und schmetterte ihn gegen die Stahlwand des Tresors. Er zersprang in hundert Stücke. »Niemandem gehört dieser Kristall. So einfach. Und niemandem gehört eine Identität. Haben Sie verstanden?«

Massimo warf sich in seinen Stuhl und ließ die Hände über die Armlehnen nach unten fallen. Er war jetzt komplett durchgeschwitzt. Vereinzelte Schneeflocken segelten in den Raum und verwandelten sich in winzige Tröpfchen, wo immer sie mit dem Linoleumboden in Berührung kamen.

Der Journalist stand auf. Zum ersten Mal hatte er seinen Blick von Massimo abgewandt und schaute zum Fenster hinaus auf die Felsen, die beidseits des Tals grimmig in die Höhe ragten. Er starrte in diese Felsen hinein. Dann machte er das Fenster zu, trat an den Tisch, nahm die riesige Brille aus seinem Gesicht und legte sie auf die lederne Schreibunterlage, die sich vor Massimo ausbreitete.

»Erkennst du mich denn nicht?«

Massimo presste die Augen zusammen und starrte ihn an. Eine ganze Weile. Plötzlich sprang er auf. »Nick – das darf nicht wahr sein!«

»Massimo!«

Als Nick sich ihm mit ausgebreiteten Armen näherte, wich Massimo zurück, nur einen Schritt, und ließ sich dann doch umarmen. In dem Geruch, der von Nick ausging, lag die ganze Vergangenheit. Massimo war froh, als sie sich wieder gegenüberstanden. Sie gaben sich Püffe an die Schultern und hielten einen schmerzhaft foppenden Händedruck durch.

»Dein Bart, seit wann trägst denn du einen Bart?« Massimo zupfte spöttisch an einem Zipfel.

»Seit ewig, ich glaube, seit du dich aus Deutschland verabschiedet hast, seit – lass mich nachrechnen – zwanzig Jahren.«

»Warum hast du's nicht gleich gesagt? Was sollte dieses dämliche Journalistengequatsche?«

»Ich wollte mir zuerst ein Bild von dem bürgerlichen erfolgssüchtigen Aufsteiger machen.«

Massimo zwang sich, ein Unbehagen wegzulächeln. Es gibt Freunde, deren Freundschaft wirst du nicht los, dachte Massimo. Selbst wenn unsere Leben nichts mehr miteinander zu tun haben.

»Schade um den Kristall«, sagte Nick.

»Am liebsten hätte ich ihn dir ins Gesicht geschmettert, du Idiot.«

1986, als Massimo zur Beerdigung seines Vaters zurück in die Schweiz fuhr und Deutschland endgültig den Rücken kehrte, trennten sich die Stränge ihres bislang gemeinsamen Lebens. Natürlich hätte Massimo, ebenso wie Nick, eine Aktivistenkarriere einschlagen können. Um ein Haar hätte er es getan.

Aber ist nicht alles stets *um ein Haar* voneinander getrennt? Um ein Haar wäre Massimo Philosophielehrer an irgendeinem Gymnasium geworden. Um ein Haar Schauspieler. Um ein Haar hätte er Julia nie getroffen. Um ein Haar hätte er es als Säugling nicht über die Schweizer Grenze geschafft. Und jetzt war er *um ein Haar* erfolgreicher Schweizer Bauunternehmer geworden.

»Und wo lebst du heute?«, fragte Massimo.

»In Rom. Ich betreibe ein kleines Büro, das den kompletten Ausstieg aus der Atomkraft unterstützt.«

»Rom – nicht schlecht.«

»Italien hat seine vier AKWs vor Jahren stillgelegt, aber nun denkt die Regierung laut darüber nach, sie wieder in Betrieb zu nehmen. Und so habe ich mich entschieden, nach Rom zu ziehen und dagegen zu kämpfen. Das darf nicht passieren. Dieser Trend muss unterbunden werden, sonst zieht ganz Europa nach.«

Nicks Augen hatten noch immer dieses Eindringliche, aber sie waren heller geworden, sanfter, ein Weißblau wie an einem Wintertag. Er zündete sich eine Zigarette an und blies den Rauch gekonnt gegen die Decke – trotz oder gerade wegen der unübersehbaren »Rauchen verboten«-Schilder.

Massimo sagte nichts.

Das Zusammentreffen in der Baracke hatte einen Hauch

von Unterwelt. Anarchische Gefühle stiegen in ihm auf, die er längst vergessen glaubte, und er genoss die verschlagene Verspieltheit und die Unvernunft, die in allem lag.

Er holte eine Zigarette aus dem Tresor und steckte sie sich an. Er rauchte, als wäre der Rauch eine Nahrung. Er, der vor seiner Belegschaft ständig die Vorteile des Nichtrauchens pries und sich auch überwiegend daran hielt, musste seine Zigaretten im Versteck aufbewahren. Er gönnte sich höchstens an den Wochenenden eine, wenn die ganze Mannschaft samt Bauleiter im Stollen war und er ganz allein im Bürocontainer saß.

Nick wälzte den Rauch im Mund, bevor er ihn herunterschluckte. »Seit viele Staaten keine AKWs mehr bauen, hat auch der Druck der Bevölkerung massiv nachgelassen. Aber damit sind wir doch nicht am Ziel. Abschalten müssen wir sie. Restlos abschalten. Und sie stillgelegt *lassen*. Wenn ich Geld hätte, würde ich Anzeigen in sämtlichen großen Zeitungen Europas schalten.«

Massimo betrachtete ihn, während er sprach, und dachte: Das wäre Massimo, zwanzig Jahre später, wenn mein Vater nicht gestorben wäre. Wenn ich nicht Monika geheiratet hätte und mich nicht in die Arme des sogenannten normalen Lebens geworfen hätte. Massimo, zwanzig Jahre später, noch immer mit der Schnüffelnase auf der Spur der Ungerechtigkeit. Kampf gegen Unterdrückung, gegen Technologiegläubigkeit – Massimo schüttelte den Kopf. Es war, als wollte man das Wetter abschaffen.

»Uns fehlen einfach die Druckmittel. – Sag mal, kannst du nicht bewirken, dass keine Brennstäbe durch den neuen

Tunnel transportiert werden? Das wär doch einen Versuch wert. Wenn es uns nämlich gelingt, den Transport von Uran in ganz Europa zu unterbinden, wird es automatisch keine AKWs mehr geben. Dann muss man über Stilllegungen gar nicht mehr diskutieren. – Du mit deinen Beziehungen?«

Massimo blies den Rauch gekonnt durch die Nase und schwieg. Er staunte, wie heftig dieses Thema Nick noch immer umtrieb, und er beneidete ihn fast ein bisschen um seinen alten Idealismus. Massimo hörte in sich hinein, aber da war keinerlei Regung mehr in dieser Richtung zu vernehmen. Von ihm aus hätte man den Tunnel ausschließlich für Atomzüge betreiben können, Hauptsache, er wurde für seine Aufträge bezahlt.

Er fragte sich, ob er sich im Vergleich zu Nick weiter- oder zurückentwickelt hatte, ja, ob die letzten zwanzig Jahre nicht vielmehr beharrliche Schritte in Richtung Abgrund waren – und kam sich plötzlich sehr oberflächlich vor.

»Mal schauen, was sich tun lässt«, sagte Massimo. Dabei winkte er durch das Fenster einer Gruppe von Männern, die offenbar auf ihn warteten.

»Also, ich muss auch weiter. Wenn du mal in Rom bist, ruf mich an.«

Nick kritzelte seine Handynummer auf die Rückseite von Massimos Visitenkarte, die er auf dem Tisch fand. Sie umarmten sich nur, weil ihnen beiden ein Händedruck als zu geschäftsmäßig erschienen wäre, dann war Nick verschwunden.

Seit zwölf Wochen in der Klinik Burghölzli. Es ist Ende Juli 2007. Die Depression lässt langsam nach, glaube ich. Zumindest erlebe ich die Ausschläge weniger heftig. Das emotionale Auf und Ab ist verschwunden. Wenn ich meine Gefühlskurve als Bild ausdrücken müsste, würde ich sie mit der Flugbahn eines Sperlings vergleichen – girlandenartig. Keine Schluchten mehr, sondern weite, flache Täler mit niedrigen Spitzen.

Kleinberg schreibt den Erfolg der Elektrokonvulsionstherapie zu, dem ›Glück aus der Steckdose‹. Ich tippe auf die Schreiberei.

Jeden Morgen, gleich nach dem Frühstück, klettere ich zur Dachkammer hoch und setze mich an den Bildschirm. Einzig Mahlzeiten oder Therapiestunden reißen mich noch von hier weg. Oft blättere ich zurück und korrigiere bereits Geschriebenes oder füge ganze Abschnitte ein.

Das ist es wohl, wenn man vom therapeutischen Effekt des Schreibens spricht. Man begibt sich in eine andere Welt, wo man selbst ein anderer ist – der Puls ist anders, die Hormone, die Blutkörperchen. Ich bin überzeugt, dass man dies alles messen könnte. Und natürlich streift man dabei vieles ab, was einen vorher belastet hat.

Ich preise die Zeit hier oben. Die Aussicht ist übrigens weniger idyllisch als ursprünglich angenommen. Ich sehe Baukräne (was mich freut) und die Autobahn auf der ge-

genüberliegenden Seeseite. Die Tage werden immer heißer. Kleinberg hat mir einen kleinen Tischventilator gekauft, der mir die Hitze direkt ins Gesicht schaufelt. Bei Regen schreibt es sich am besten.

Zwölf Wochen. Langsam möchte ich schon wissen, was Kleinberg von mir denkt. Er hat mich nun lange genug analysiert, finde ich.

»Was Ihr Problem ist? – Wissen Sie, was Ihr Problem ist? Die Distanz. Am liebsten würden Sie nur geistig existieren. Furcht vor allem Lebendigen, vor Dreck, Schweiß, Komplikationen.

Lassen Sie mich offen sein. Und – was ich hier sage, hat nichts mit Therapie zu tun. Ich sag's Ihnen einfach, weil Sie mich so direkt gefragt haben und weil ich Sie als einigermaßen stabil einstufe: Sie haben Angst vor allem, was das Leben ausmacht. Darum Anwalt: das Leben aus Distanz. Wenn Sie Unternehmer wären, würden Sie *Distanz* verkaufen. Distanz am Laufmeter.«

Kleinberg versucht mir klarzumachen, dass meine Depression auf einem Willensakt beruht. Ich staune nicht schlecht.

»Nur damit ich es verstehe: Mit Willensakt meinen Sie, dass sich das Unbewusste bewusst für eine Depression entschieden hat?«

»Wenn ich es richtig überblicke, litten Sie nie an einer ernsthaften Krankheit, waren nie im Spital, waren nie in einen Unfall verwickelt, nie arbeitslos, nie bankrott, man hat Sie nie öffentlich durch den Dreck gezogen, Ihnen nie das Herz gebrochen, man hat Sie nie bedroht, nie bestochen und nie gehasst.

Sie haben sich aus allem Mist ein Leben lang tapfer, konsequent und erfolgreich herausgehalten. Darum auch keine Kinder. Kinder sind die reinsten Problemfälle – sie kommen als Problem auf die Welt, und bis sie das Haus verlassen, purzeln sie von einer Krise in die nächste. Darum auch keine langfristigen Beziehungen. Vortäuschung von Bindungsunfähigkeit – nichts anderes als der blanke Egoismus.

Kurzum, es scheint mir, Wyss, dass Sie ein Leben lang versucht haben, den Kontakt mit der unreinen, gefährlichen Realität zu vermeiden, was Ihnen mit Bravour gelungen ist.

Sie trafen – bitte korrigieren Sie mich, wenn ich hier falsch liege – nie auf eine einzige schwierige Situation in Ihrem Leben. Ihre Partnerinnen, so wie Sie sie mir schildern, waren allesamt gesunde Frauen von bodenständigem Charakter und mit seriösen Berufen. Keine Problemweiber, wenn Sie so wollen. Weder abhängige Saugmäuler noch hyperempfindsame Romantikerinnen. Weder oberflächliche Prinzessinnen noch sinnsuchende Eso-Tanten. Nein, Sie haben sich stets gesunde, kernige, selbständige Frauen ausgesucht mit einem ausgesprochenen Talent zur Problemvernichtung.

Und erst Ihre Kindheit. Herr Wyss, Ihre Mutter war die reinste Hindernisfresserin. Konflikte mit Ihrem Vater? Keine. Ihrer Mutter? Ihrer Schwester? Keine. Es herrschte makellose Harmonie. Nicht nur gab es kein Problem, es gab nicht einmal das Wort ›Problem‹. Privilegiert und keimfrei bis zum Äußersten.

Ihr Leben ist ein einziger Hygienetrakt, Wyss, und nun hat sich Ihr Unterbewusstes gemeldet. Es sagt: Genug heile Welt gespielt, ich will auch einmal ein Problem haben. Und stürzt Sie in eine Depression. Verstehen Sie? Ihr Unterbewusstsein übermittelt Ihnen eine Botschaft. Es sagt: Lebe endlich. Wirf dich in den Dreck. Schlachte deine Ruhe. Morde deinen Komfort. Geh ein Wagnis ein. Und greift zum schrecklichsten Werkzeug, das es gibt, um etwas aufzubrechen: der Depression. Ihre Depression ist nichts anderes als die Kompensation Ihrer erstklassigen Ereignislosigkeit.«

Kleinberg ist aufgestanden und starrt aus dem Fenster. Dann tritt er ans Büchergestell und zieht ein Buch heraus. Eine Seite ist mit einem Zettel markiert:

»Musil beschreibt in *Der Mann ohne Eigenschaften* den Protagonisten mit den folgenden Worten: ›Es ist nicht schwer, diesen zweiunddreißigjährigen Mann Ulrich in seinen Grundzügen zu beschreiben, auch wenn er von sich selbst nur weiß, dass er es gleich nah und weit zu allen Eigenschaften hätte und dass sie ihm alle, ob sie nun die seinen geworden sind oder nicht, in einer sonderbaren Weise gleichgültig sind.‹

Nun sind Sie nicht mehr zweiunddreißig, sondern dreiundsechzig, Wyss. Sie haben einiges erreicht, was bei Ulrich in dem Roman nicht der Fall ist. Doch die Eigenschaften sind Ihnen auf unübersehbare Weise abhanden gekommen, und ich kann nur hoffen, dass Ihnen diese Tatsache halbwegs bewusst ist.«

Was für ein arroganter, mutiger, geschliffener Bursche. Diese hart an der Grenze zum Sarkasmus schrammende Zungenfertigkeit. Diese an Beleidigung grenzende Schroffheit. Als ich noch so jung war, wäre es mir niemals in den Sinn gekommen, so zu einem dreiundsechzigjährigen Mann zu sprechen. Nicht einmal heute käme es mir in den Sinn. Aber ich sage mir: Gut, hör ihm zu, er hat Bücher gelesen, er hat studiert, er hat ein bisschen geforscht, und vor allem: Ich bin nicht sein erster Fall von Depression. Lass ihn reden. Du kannst ihm, wenn's sein muss, jederzeit übers Maul fahren, aber lass ihn erst mal reden, vielleicht ist ja was dran.

»Sie erzählen mir viel von Massimo Marini und schreiben ausschließlich über ihn. Warum fasziniert er Sie so? Warum wohl? Weil er sich vor dem Leben nicht drückt. Weil er entscheidet. Weil er riskiert. Weil er sich sagt: ›Mensch, ich will diese Julia‹, und sie sich dann nimmt. Weil sie ihm *zusteht*. Weil er die Welt so betrachtet, als würden ihm die Dinge eben *zustehen*. Weil Massimo den Kampf um die Dinge nicht scheut. Das ist kein Mann, der sich irgendwie durchmogelt.

Sie hingegen versenken sich in der tröstlichen Selbsttäuschung, Sie könnten durch Entsagung vom Leben zu einer heiteren Gelassenheit gelangen. Immer *allgemein* über das Leben nachdenken. Alles *geistig* erfassen. Alles immer mit den Handschuhen der Vernunft anfassen. Sie sind ein Gigant der Oberfläche, Wyss. Was Sie nicht denken können, existiert nicht. Sie haben keine Träume. Sie haben keine Unwirklichkeit. Sie ziehen den Kreis Ihrer Erfahrung dort, wo das Denken aufhört.

Wachen Sie auf, Wyss. Revidieren Sie Ihre Plastikvorstellung vom Leben. Seit dreiundsechzig Jahren sind Sie ein Gefangener. Sie leben in einem Sarg aus Angst.«

Dass niemand anders als der Deutsche Nick Lentz der Entführer und Mörder von Raffael sein kann, ist spätestens klar, seit man Fingerabdrücke von Lentz im Porsche Cayenne gefunden hat, in dem die Leiche versteckt war. Aber eindeutig bewiesen wurde es durch die Tatsache, dass der Erpresserbrief, in dem ein Verbot radioaktiver Transporte durch den Gotthardtunnel gefordert wird, eindeutig aus Lentz' Drucker stammt, ja man hat sogar den Brief auf der Festplatte des beschlagnahmten Rechners gefunden.

Seltsam ist bloß, dass kein einziger Fingerabdruck von Lentz an Raffaels Jackenknöpfen oder der Gürtelschnalle zu finden war. Es scheint, dass Lentz die Leiche gar nicht oder nur mit Handschuhen berührt hat, bevor er sie in den Perserteppich gewickelt und in den Kofferraum des Cayenne gesteckt hat, wo sie am 18. April gefunden wurde.

Jedenfalls ist Nick Lentz ein seit Jahren gesuchter Atomgegner, der für zahlreiche Sachschäden in Deutschland verantwortlich gemacht wird. Dies ist sein erster Mord. Interessanterweise ergeben die Nachforschungen, dass es in der Vergangenheit eine persönliche Verbindung – Feindschaft? – zwischen Massimo Marini und Nick Lentz gegeben hat.

Vermutlich war Lentz auf den Gedanken gekommen, Massimos Sohn zu entführen, weil Massimo unmittelbar mit dem Basistunnel zu tun hat und weil er – nach der

Ansicht des führenden Zürcher Kriminalpsychologen – »Massimo bestrafen wollte für seinen Ausstieg aus der Aktivistenszene und seinen glanzvollen Aufstieg im kapitalistischen Milieu«. Besonders nachdem Massimo sich in einem Anfall öffentlicher Selbstinszenierung mit der High-Society-Figur Julia verehelichen ließ. Dies alles macht Sinn.

Woher ich das weiß? Kleinberg steckt mir diese Informationen zu. Sein Nachbar arbeitet bei der Kripo. Kleinberg gesteht, dass er sich früher keinen Deut für Morde interessiert hat. Sein Nachbar war für ihn ein Spießer, den man bei schönem Wetter von Balkon zu Balkon gegrüßt hat und es dabei als Vorteil betrachtete, kein gemeinsames Thema zu finden. Aber seit er die Geschichte um Raffael Marini kennt, ist Kleinberg nicht mehr zu halten. Er sei, so hat er mir letzthin enthüllt, sogar ein Bier mit seinem Nachbar trinken gegangen. So etwas wäre ihm früher nicht in den Sinn gekommen.

»Bringen Sie meinen Klienten ja nicht in Schwierigkeiten, Kleinberg, ich warne Sie!«

»Ihren Exklienten.«

»Wie auch immer. Sie wissen zu viel. Wenn etwas von dem, was Sie hier gelesen haben, an die Polizei geht, dann höre ich auf der Stelle mit dem Schreiben auf.«

Die Drohung sitzt. Kleinberg beteuert, dass er diese Aufzeichnungen wie ein vertrauliches Arztgeheimnis behandeln wird. Und ich glaube ihm.

Ab und zu habe ich das Gefühl, dass er mich nur noch

hierbehält, um näher an der Geschichte dran zu sein. Es wäre die größte Enttäuschung für ihn, denke ich, wenn ich auf einmal gesund wäre.

5. August 2007: »Eine junge Frau hat Sie gesucht. Vor drei Tagen. Blond, schlank, groß, eine hinreißende Erscheinung. Keine Ahnung, was sie von Ihnen wollte. Sie stand am Empfang, als ich aus dem Aufzug trat. Es schien dringend zu sein. Aber sie weigerte sich, Namen oder Telefonnummer zu hinterlassen. Der Pförtner konnte seinen Blick kaum von ihr lassen. Es war fast schon peinlich. Ich glaube«, und jetzt verschränkte Kleinberg seine Arme wie ein Besserwisser, »es war Julia, Marinis Frau.«

Zwei Tage später, wir hatten gerade wieder Sitzung, plötzlich ein Anruf. Kleinberg nahm den Hörer in die Hand, sichtlich verärgert, denn er hatte die eiserne Regel aufgestellt, dass nur im Ausnahmefall angerufen werden dürfe, also nie. »Ich bin in Konsultation.« Dann eine kurze Pause, während der er zuhörte.

Er legte die Hand auf die Muschel, drehte sich zu mir und flüsterte: »Die Frau ist hier und möchte Sie sprechen.«

»Welche Frau?«

»Die Sie vor Tagen gesucht hat.«

»Julia«, rief ich und warf ihr meine Hände entgegen. Meine Herzlichkeit überraschte uns beide, und so taten wir einen kleinen Schritt zurück. Sie schaute sich um. Als ihr Blick den Empfangsmitarbeiter streifte, glitt ihm der Kugelschreiber aus der Hand, und er begann, in irgendwelchen Unterlagen zu blättern.

Kleinberg tat, als wäre er in Gedanken vertieft, unfähig, auch nur einen Fuß vor den anderen zu setzen.

Julia war hochschwanger. Vielleicht war ich deshalb so überschwenglich, weil sie für mich in diesem Augenblick den direkten Draht zu Massimo verkörperte, von dem ich seit über drei Monaten – also seit ich in dieser Klinik stecke – nichts gehört hatte.

Wir setzen uns in die Cafeteria mit Sicht auf den Innenhof. Ich schlage einen Tisch am Fenster vor, aber der ist ihr zu exponiert. Ein Tischchen hinter dem Abräumgestell: zu dunkel. Ein Tisch gleich neben dem Eingang: die Zugluft. Wir entscheiden uns für einen Ort, der von den anderen Tischchen so weit entfernt ist, wie es nur geht.

Sie windet sich aus ihrem Mantel, und ich helfe ihr dabei. Julia in Jeans und Pullover mit V-Ausschnitt. Das Haar mit einem Gummi zusammengebunden. Alles sehr mädchenhaft.

Wir reden über Belangloses. Ich berichte vom Klinikalltag, von den Pillen, den Sitzungen mit Kleinberg, vom ›Glück aus der Steckdose‹. Sie von Konzerten, Gegnern und Kritikern. Bis sie sagt: »Sie sehen, dass ich schwanger bin.«

Ich nicke.

»Sie wissen auch, von wem.«

Ich nicke.

Sie trinkt von ihrem Latte macchiato. Eine Strähne fällt ihr über die Stirn, und sie muss die Tasse absetzen, um die richtige Hand frei zu haben, dann streicht sie die Strähne zurück.

»Ein Mädchen.«

Sie trinkt viel zu schnell.

Nach einer Weile stellt sich heraus, warum sie hier ist. Es ist nicht so sehr ihre Scham darüber, dass sie mit einem Minderjährigen geschlafen hat, sondern sie will wissen, was das Gesetz dazu meint. Sie will die Konsequenzen aus dem Mund eines Anwalts hören.

»Ein Straftatbestand, zweifellos.«

»Aber Raffael ist doch tot.« Ihr Blick wich meinem aus.

»Das spielt keine Rolle. Geschlechtsverkehr mit Minderjährigen ist ein Offizialdelikt. Dazu braucht es keinen Kläger. Wie bei Mord, da braucht es auch keinen Kläger, Mord allein genügt.«

»Gibt es da einen Ausweg, irgendeinen?«

»Was ich Ihnen raten kann: Halten Sie die Sache unter Verschluss. Wer weiß denn davon?«

»Bisher nur Sie – und Massimo.«

»Gut.«

Natürlich konnte ich meinen kalten Ton bequem mit dem ihren rechtfertigen. Aber er war unnötig und führte nicht weiter. Wie gern hätte ich diese Frau besser verstanden, doch ich fand keinen Zugang. Ich hatte gedacht, wenn ich sie sähe, würde ich instinktiv das Richtige tun, aber irgendwie war alles ganz anders.

»Stellen Sie sich vor, das käme an die Öffentlichkeit«, brach es plötzlich aus ihr heraus, »Cellistin verhaftet wegen Sex mit minderjährigem Sohn ihres Mannes. Stellen Sie sich diese Schlagzeile vor.«

Ich sagte nur: »Das wäre wohl das Ende Ihrer Karriere.«

Alles sehr unwirklich. Ihr Gesicht blieb Maske. Ich fragte mich, was Massimo in dieser Frau sieht oder gesehen hat. Sie ist ungewöhnlich schön, wie gesagt, aber blutlos, finde ich. Eine Brave-Mädchen-Gestalt ohne Wärme. Eine Haut wie Plastikfolie – dünn und glatt und durchsichtig.

Dass Raffael entführt und umgebracht worden war, schien sie nicht zu beschäftigen. Ich wollte es mir gar nicht ausmalen: der fünfzehnjährige Raffael und die fünfunddreißigjährige Julia. Die Vorstellung ekelte mich.

Als wir in diesem Café saßen, wusste ich natürlich noch nichts vom Missbrauch durch Grunbaum. Massimo hatte mir erst später davon erzählt. Ich hatte keine Vorstellung von der Größe dieser Wunde. Ich hatte keine Vorstellung von ihrem Leiden und ihrem Erschrecken, wenn ein Mann sich ihr näherte.

Dabei konnten die Avancen noch so unterschwellig, liebenswürdig, ironisch oder spielerisch sein, harmlos in jedem Sinn. Julia hatte ein feines Gespür entwickelt für alles, was im Entferntesten nach Sexualität roch. Und doch war da ein Verlangen – rein körperlich, biologisch, hormonell, wenn man so will.

Vielleicht darum: Raffael konnte, anders als jeder ausgewachsene Mann, nicht mit Grunbaum verwechselt werden. Vielleicht aber beruhte seine Anziehungskraft auch auf der banalen Tatsache, dass er als Fünfzehnjähriger noch kein nennenswertes Innenleben besaß. Raffael war nichts als jung. Und ich fragte mich einen Moment lang, ob er, wenn er noch leben würde, nicht auch Wunden davongetragen hätte.

Zuerst glaubte sie, es sei ein Aussetzen der Periode, was auch schon vorgekommen sei, besonders vor großen Auftritten. Doch ein Test bestätigte die Schwangerschaft. Zwei Monate lang behielt sie das Wissen für sich.

Sie hatten Anfang Dezember 2006, in einem, wie sie es ausdrückte, »idiotischen Anflug von Begierde« miteinander geschlafen. Wie Teenager, die sich in die Garage schleichen und es zum ersten Mal auf dem Rücksitz des Wagens der Eltern tun.

Die Frage der Abtreibung war bald erledigt. Julia wollte das Kind, und sei es, um sich zu beweisen, dass sie, entgegen ihrem Ruf, eine reife, erwachsene Frau war. Anfang März beichtete sie es Massimo.

Kann man sich eine größere Verletzung vorstellen, die man diesem starken Mann hätte zufügen können? Massimos Stolz war gebrochen. Seine Männlichkeit zerstört. Er versuchte krampfhaft, sich die Szene nicht vorzustellen, doch je mehr er es versuchte, desto greller leuchtete sie vor ihm auf.

Einige Male stand er kurz vor dem Explodieren. Und doch gelang es ihm jeweils, die Wut im letzten Augenblick wegzusperren. Doch wohl nur deshalb, weil es kein eindeutiges Ziel für seine Entrüstung gab. Wer hatte ihn mehr verletzt – Julia oder Raffael?

Das wirklich Vernichtende lag darin, dass er nichts falsch gemacht hatte. Nichts. Kein Mann hätte bereiter sein können, Julia alles zu geben, auch das, was nun sein Sohn ihr gegeben hatte. Massimo schwankte zwischen Empörung und Verzweiflung.

Julia kam sich wie ein Scheusal vor, und gleichzeitig war sie glücklich über die Schwangerschaft. Und fühlte sich doch miserabel bei der Vorstellung, dass sie glücklich war. Sie ließ Konzert um Konzert platzen.

Nach drei Tagen hatte sich Massimo beruhigt. Er fand Rettung in dieser unglaublichen Fähigkeit, seine Gefühle zu kanalisieren: »Es ist, wie es ist. Das Leben geht weiter. Jetzt werde ich Großvater.«

Es kostete Massimo ungeheure Kraft, diesen Jungen nicht zu verwünschen. In seinem Innersten hasste er ihn, und er erschrak darüber. Wenn es ihm gelang, an der Oberfläche zu bleiben, sich einzureden, dass das Unerhörte jederzeit und überall hereinbrechen konnte, dass jedes Leben nichts anderes als ein Schmetterlingsnetz für das Undenkbare ist, ging es einigermaßen. Das Unerhörte durch die Vernunft vertreiben.

Ab und zu gelang ihm das Kunststück, mit seinem Sohn ein Gespräch über Fußball und Computer zu führen, über die neutralsten Dinge, die man sich vorstellen kann – und kein Außenstehender hätte geahnt, was solch ein zwangloses Geplaudere Massimo abverlangte. Doch immer wieder fiel Massimo in diesen tiefsitzenden Hass hinunter.

Einmal, als er in seinem Hass drinsteckte und auf den Balkon hinaustreten musste, um sich Luft zu machen, und dabei eine Zigarette verschlang, entschloss er sich, wie zum Trotz noch tiefer in diesem Hass zu bohren. Und plötzlich merkte er, dass der Hass nur eine dünne Schicht war und dass darunter nichts als Liebe für Raffael steckte. Da war keine Wut. Kein Hass. Kein Zorn. Keine Entrüstung. Und plötzlich ging es: Massimo konnte ganz unbefangen mit seinem Sohn und Konkurrenten umgehen – ohne großes Bemühen. Massimo war übermenschlich.

Zwei Wochen nachdem Julia Massimo die Schwangerschaft gebeichtet hatte, berichtete sie Raffael davon. Und sie sagte ihm, dass Massimo nun auch im Bilde sei.

Raffael zuckte zusammen: »Er wird mir den Hals umdrehen.«

Er hatte den Blick eines gehetzten Tieres.

»Er liebt dich, Raffael.«

»Er wird mir das Genick brechen.«

Sie fand kein Argument, das seine Gewissheit auch nur im Geringsten abschwächen konnte. Er ging zur Tür hinaus, drehte sich noch einmal um und sagte: »Es sei denn, ich komme ihm zuvor.«

Dann war er weg. Wie eine nasskalte Wand stieg eine Angst vor Julia auf.

Zwei Wochen vergehen. Weder Massimo noch Julia haben die Nerven, Monika zu erzählen, was geschehen ist. Massimo zwingt sich, täglich zur Arbeit zu fahren. Er verbringt viel Zeit im Gotthardstollen und übernachtet oft in Sedrun.

In dieser Zeit taucht Nick auf – aus fernen Studentenzeiten. Massimo erzählt Julia nur kurz davon, als er wieder einmal zu Hause ist.

Massimos Annäherungsversuche bleiben aus. Julia ist für ihn jetzt nur noch so etwas wie eine Verwandte – die Mutter seines Enkelkindes.

Von Raffael kein Wort. Er weigert sich, an den Apparat zu gehen, wenn Massimo anruft. Von Monika erfährt man, dass sich der Junge in einem »Pubertätswechselbad« befinde. Schluss mit Fußball. Schluss mit den italienischen Trikots. Die Schulnoten im freien Fall. Raffael taucht in eine andere Welt ab. Er verschlingt Filme und Bücher und verschwendet die Zeit mit Computerspielen, wo er mit geheimen Kräften gegen langhaarige Könige kämpft, die in gotischen Schlössern auf dünnen Bergspitzen leben.

Hinzu kommt das Merchandising, für das er sein ganzes Taschengeld verpulvert: Helme, Kostüme, Elfen, Avatare aus Plastik, Streitbeile, Messer, Äxte und Schwerter – Schwerter mit Schlangen, Totenköpfen, Löwenkopfverzierungen und Dämonenmotivgriffen. Der totale Fantasy-Kitsch. Solche Dinge beginnt er zu sammeln und pflastert die Wände seines Zimmers damit zu.

Monika ist alarmiert. Sie muss annehmen, dass Raffael seine Fußballfreunde gegen eine Bande Halbstarker eingetauscht hat. Doch je hartnäckiger sie nachfragt, desto hartnäckiger sein Schweigen.

Als sie Massimo um Rat bittet, antwortet er lakonisch: »Vermutlich muss er da durch. Sprich ihn nicht weiter darauf an.« Die armselige Antwort steht in keinem Verhältnis zu der Energie, die sie Massimo kostet.

Am 2. April 2007 steht Raffael plötzlich bei Massimo und Julia im Wohnzimmer. Sie sind gerade beim Abendessen, da stellt er sich vor sie hin – mit einem dieser idiotischen Schwerter in der Hand. Er schaut sie mit einer Kälte an, die weniger aus Feindschaft als aus Schrecken besteht. Massimo kann nicht einmal seinen Bissen runterschlucken, schon stürzt Raffael mit der blitzenden Klinge auf ihn los. Massimo zückt Gabel und Messer. Julia rennt davon. Als keine Schreie mehr zu hören sind, schleicht sie sich zurück und sieht Massimo, der zusammengesunken auf einem Stuhl sitzt. Raffael ist tot.

Sie will die Polizei anrufen oder den Rettungsdienst, aber Massimo ruft nur stopp. Sie hält inne.

»Keine Polizei!«

»Aber da liegt ein Toter.«

Massimo rollt Raffaels toten Körper in den Perserteppich und schleift ihn die Kellertreppe hinunter. Der schreckliche Wunsch nach Blindheit.

Ich wollte bezahlen. Der kurze Spaziergang von der Cafeteria zurück zum Klinikausgang kam mir wie ein Marsch nach Moskau vor.

»Massimo hat Raffael umgebracht. Ich dachte, Sie wüssten es.«

Ich hatte es nicht gewusst. Julia war kühl beim Abschied. Wir reichten uns nicht die Hand.

PS: Die ganze Nacht lang quält mich das entsetzliche Bild von Goya, das im Prado hängt: Saturn, der seinen Sohn auffrisst aus Angst, von ihm entmannt zu werden. Saturn wie von einem Blitzlicht überrascht. Seine Fratze mit den aufgerissenen Augen und der Höhle seines Mundes, in den er sein Kind stopft.

Die Entführung. Wie ich später erfahren habe (die Aussagen von Julia und die späteren Aussagen von Massimo decken sich), zerrte Massimo noch am selben Abend den Teppich mit Raffaels Leiche in den Kofferraum seines Cayenne und brauste davon. Julia verließ gleich darauf das Haus und irrte quer durch die Stadt, bis sie um Mitternacht halberfroren in der Villa ihrer Mutter auf dem Zürichberg eintraf.

Die Gewohnheit trieb Massimo auf die Autobahn Richtung Gotthard. Die Fahrt war eine einzige Qual. Die Wunden in Brust und Schulter machten das Steuern des Wagens fast unmöglich, er musste das linke Knie zu Hilfe nehmen.

Es war schon dunkel, als er die Grenze nach Italien passierte. Er fuhr einfach weiter, gedankenlos und ohne Ziel. Er stand unter Schock.

Die Städte Norditaliens zogen an ihm vorbei und verschwanden wie Tiere im Wald. Massimo war hellwach und realisierte es auch, doch darüber hinaus gingen seine Empfindungen nicht. Es gab für ihn nur den Moment, und der war klein wie ein Punkt auf einer vollgeschriebenen Seite. Darin lebte er, während der Cayenne, in dem er saß, scheinbar selbständig durch die Nacht glitt.

Im Morgengrauen erreichte er die Vororte von Rom – Belvedere, Casal Boccone, Torraccia di San Basilio. Es kam ihm vor, als habe der Stadtrand an diesem Morgen einzig auf ihn gewartet, um ihn mit seinem scheußlichen Anblick zu bestrafen. Dass er es ohne Unfall auf die Piazza Venezia schaffte, grenzt an ein Wunder.

Er parkte in einer Seitenstraße, stieg aus, schloss aber nicht ab, sondern ließ den Schlüssel stecken und stürzte sich in das morgendliche Menschengemenge. Erst jetzt krochen ihm die Schmerzen wieder ins Bewusstsein, und er erinnerte sich an die Schrecken des Vortags. Er verschlang Zigarette um Zigarette, als könne er die Erinnerungen wegrauchen.

Rom. Gab es eine geeignetere Stadt, um sich zu verlieren? Stundenlang irrte er durch das Labyrinth der Gassen. In einer Apotheke kaufte er Verbandmaterial. Auf der Toilette einer Bar schloss er sich ein, zog Hemd und Hose aus, strich sich Jod in die Wunden und klebte die sterilen Verbände auf Brust und Schulter.

Als er – mehr aus Zufall denn aus Orientierung – zurück auf die Piazza Venezia fand, war der Cayenne noch immer nicht gestohlen worden. Wie weiter? Massimo erinnerte sich an Nicks Besuch vor zehn Tagen auf der Baustelle in Sedrun. Er rief ihn an. Zwei Stunden später stand er vor ihm. Sie fuhren auf einen Kiesplatz außerhalb der Stadt. Massimo öffnete den Kofferraum und wickelte die Leiche aus dem Perserteppich.

»Das ist mein Sohn. Kannst du ihn beerdigen?«

Er wickelte ihn schnell wieder ein und schloss den Kofferraum. Nick verstand kein Wort. Massimo erzählte ihm alles in gehetzten Schüben – die Sache zwischen seinem Sohn und seiner Frau, den Angriff, die Notwehr. Massimo schauderte es angesichts seiner eigenen Kaltblütigkeit.

»Nimm das Auto, da sind die Schlüssel, es gehört dir. Und hier alles an Bargeld, was ich bei mir habe.«

Massimo klaubte die fünfhundert Franken aus seiner Brieftasche und drückte sie an Nicks Brust – der sie rasch mit seinen Händen umschloss, bevor der Wind sie mitnahm.

Massimo übernachtete in einem schäbigen Hotel in der Nähe des Bahnhofs, wo er eine Nacht und einen Tag und noch eine Nacht durchschlief. Er schlief so tief, dass ihn nicht einmal der Krach aus der Via Marsala weckte.

Als er endlich aufwachte, durchfuhr ihn der Zweifel. Irgendwie traute er der Sache nun doch nicht mehr. Er musste seinen Sohn selbst bestatten. Es war kein Wollen, sondern ein elementares Müssen. Massimo versuchte, Nick auf dem Handy zu erreichen. Ohne Erfolg. Er mietete ein Auto und fuhr wie von Sinnen in Rom umher, um Nick beziehungsweise seinen toten Sohn zu finden. Er durchkämmte die Vororte. Er fuhr ans Meer. Er kurvte durch die Hügel im Osten.

Am darauffolgenden Tag erreichte Nicks Erpresserbrief die Schweiz und wurde sofort in allen Zeitungen abgedruckt.

Massimo hatte weder Nick noch die Leiche seines Sohnes gefunden und sich entschlossen, sein Handy auszuschalten. Er wollte in Rom bleiben und die Schrecklichkeit in Ruhe verarbeiten.

Erst einige Tage später, als er in Zürich eintraf und es für ratsam erachtete, sein Handy wieder einzuschalten und die Nachrichten abzuhören, realisierte Massimo, wofür Nick seinen toten Sohn eingespannt hatte.

Drei Wochen später, am 24. April 2007, rief er mich auf dem Handy an und bat mich, ihn in seinem Haus zu treffen – wo er mich als seinen Anwalt offiziell entließ. Mit der damals fadenscheinigen Begründung, ich würde zu viel wissen.

Heute ist mir klar, warum. Offenbar hatte er Angst, ich würde es noch in derselben Woche von Julia erfahren. Und nun, vier Monate später, *habe* ich es erfahren.

Er brachte es nicht übers Herz, es Monika zu beichten. Für sie ist niemand anders als Nick Lentz der Mörder ihres Sohnes.

28. August 2007: Ich bitte Kleinberg, die Therapie auf ein Minimum zu beschränken. Zu viel passiert gerade. Ich muss die Geschichte festschreiben, sonst läuft sie mir davon.

Als ich ihm erzähle, dass Massimo der Mörder ist, willigt er gleich ein. In seinen Augen glüht der Wunsch, die neuesten Aufzeichnungen auf der Stelle zu lesen. Er händigt mir sogar den Schlüssel aus, mit dem ich schon früh am Morgen, bevor der Hauswart die Runde macht, die Tür zum Dachstock aufschließen kann.

An ebendiesem Nachmittag: Besuch von Monika im Burghölzli. Sie ist nicht mehr ganz schlank, aber sehr gepflegt und mühelos elegant. Braune und graue Haare liegen in schöner Eintracht nebeneinander und wirken im Grunde verführerisch. Sie ist eine von den Frauen, die umso schöner werden, je länger man sie betrachtet.

Sie trägt ein graues Kleid, Lederstiefel, eine große Kette. Knallroter Lippenstift, der wohl ausdrücken soll, dass sie sich noch überhaupt nicht wie eine Fünfundvierzigjährige fühlt.

»Du hast dich nicht verändert«, sagt sie.

Ich fahre mit der Hand über meinen Schädel.

Ist es wirklich wahr: Habe ich mit dieser Frau je geschlafen? Die Erinnerung an den bizarren Abend vor sechzehn Jahren: Massimo in Rom. Ich brauchte dringend die Unterschrift unter ein Dokument, also klingelte ich bei ihr. Sie unterzeichnete das Dokument auf der Stelle. Nur Zentimeter trennten sie von den Tränen: Ihre Not mit Massimo. Sein Starrsinn. Seine mangelnde Dankbarkeit. Überhaupt seine lieblose Art. Sie kam mit Flaschen vom Keller herauf, in jeder Hand eine. Wir tranken, bis wir in Lustigkeit verfielen, ich glaube, insgesamt drei oder vier Flaschen. Ich war komplett betrunken und konnte mich an nichts mehr erinnern. Außer daran, dass wir miteinander geschlafen haben. Und zwar so, wie es sich anfühlen muss, wenn man weiß, dass es das erste und letzte Mal ist. Die Hemmungslosigkeit einer einmaligen Begegnung. Seither sind wir uns bewusst oder unbewusst aus dem Weg gegangen.

Dieser Abend war so absurd, dass man darauf nur auf eine Art reagieren kann, nämlich indem man nicht darauf reagiert.

»Massimo hat mir erzählt, dass du hier bist. Wie geht es dir?«

»Ach, es geht. Ich nehme Medikamente und komme mir ein bisschen vor wie ein wandelnder Container für Pillen. Ich schreibe viel – die beste Therapie.«

In dem Moment trat Kleinberg aus dem Lift. »Das also ist die Dame, von der Sie mir erzählt haben, sehr erfreut«, sagte er und streckte Monika die Hand entgegen. Dabei hatte ich ihm gar nichts erzählt. Gelesen hat er's. Er war stolz auf sein kleines Spezialwissen.

»Um 17 Uhr ist Sitzung«, erinnerte Kleinberg und tippte verstohlen auf seine Uhr. »Viel Vergnügen.«

Es war ein prächtiger Spätsommertag. Überall leuchteten die Bäume in sattem Grün. Viel Himmel. Das Knirschen von Kies im Takt unserer Schritte. Ihre Schritte waren lang und hübsch.

Die staubigen Äcker nach der Ernte. Wiesenblumen am Wegrand. Unter uns glitzerte die Sichel des Zürichsees. Und weit weg, im Dunst, ragten die grauen, schwarzen und weißen Zacken der Alpen in die Höhe. Bei ihrem Anblick wie ein Zwang: Ich muss an die Baustelle denken, an die Detonation der Tunnelbrust beim Sprengvortrieb, an das Wegschaufeln des ausgebrochenen Gesteins, an die Hitze, die staubige Luft, das durch den Fels einbrechende Wasser, das schlürfende Geräusch der Wasserpumpe, das Zischen der Spritzbetonmaschine, das seltsame Gefühl, in Gummistiefeln in warmen Pfützen zu stehen, zwei Kilometer unter Tag, das weißblaue Neonlicht in regelmäßigen Abständen, das gelbe Licht der Stirnlampen, das orangene Licht der Bagger, das rote Warnlicht der Vermessungslaser.

Wir mussten einem Traktor ausweichen, der uns entgegenkam. Sie trat in den feuchten Acker. Ihr Schuh blieb stecken. Ich zog ihn heraus und hielt sie am Arm, bis sie ihren Schuh wieder anhatte. Die Wärme ihres Arms. Alles sehr natürlich.

Einmal sagte sie: »Du weißt, dass Raffael unser Kind ist.«

Ich schaute einer Hummel nach, die im Zickzack den Wiesenblumen folgte und sich dann für eine entschied. Unter ihrem Gewicht neigte sich die Blüte, während die Hummel unbeirrt nach Nektar grub.

Ich hob einen Stein vom Boden auf und schleuderte ihn mit voller Wucht in den Acker.

»Ich wünschte, ich hätte es dir schon vor Jahren gesagt.«

Zwei Kampfjets donnerten über die Hügelkette und verschwanden hinter einem Wald. Dann wieder das Knirschen der Steine unter den Sohlen. Es schlug drei Uhr.

Ich spürte, wie alle Notwendigkeit zerfiel.

»Es war eine schöne Beerdigung.«

Es machte den Eindruck, als habe sie sich jeden Satz vorher zurechtgelegt. Wieder hob ich einen Stein vom Boden auf. Diesmal trug ich ihn eine Weile in der Hand und ließ ihn dann fallen. Keine Ahnung, was ich dachte. Wir gingen wortlos. Ab und zu spielte der Wind in ihrem Haar. Ich schaute sie von der Seite an, dann wieder betrachtete ich die monotone Bewegung unserer Schuhe auf dem Feldweg. Vielleicht zählte ich auch die Schritte, ich weiß es nicht. Ich kann nur so viel sagen: Ich fühlte mich schwerelos an jenem Nachmittag. Ich zog das Jackett aus und schwang es über die Schulter. Es war warm, ich spürte die Sonne durch mein Hemd, und die Luft war angenehm.

Es fühlte sich an, als hätte ich keine Beine, beziehungsweise, als hätte ich meine Beine vergessen. Die Landschaft zog vorbei wie hinter einer Scheibe. Es war, als sei alles im Begriff, sich in flüssige Farbe aufzulösen. Ab und zu rieb ich die Finger aneinander, einfach um mir zu beweisen, dass ich noch da war.

Einmal sah sie mich an, und wir blieben stehen. Ihre ungemein schönen Augen, dunkel wie Tieraugen, und die vereinzelten grauen Haare in der Wasserfallfrisur. Ich glaube, sie suchte nach Worten. Wir standen da, mitten auf einem

Feldweg, schauten uns stumm an. Ich wunderte mich, ohne wissen zu wollen, worüber ich mich wunderte. Sie sagte nichts, und wir marschierten weiter. Ab und zu flogen Krähen auf, kreisten bodennah und ließen sich in einer Ackerfurche nieder.

»Weiß es Massimo?«

Sie schüttelte den Kopf. »Vielleicht ahnt er etwas. Raffaels dunkelblondes Haar, die grünen Augen …«

»Und Raffael, wusste er es?«

»Er sah sich stets als Italiener, sein cooles Gehabe, die Songs – vorwiegend Nek –, seine Trikotsammlung der italienischen Mannschaften. Die Illusion wollte ich ihm nicht nehmen.«

»Wirst du es Massimo sagen?«

»Ich weiß nicht. Und du?«, fragte sie.

»Dein Part. Ich glaube nicht, dass es mir zusteht.«

Wir kamen in einen Wald, und ich zog mein Jackett wieder an. Es gab nur uns beide und den Schatten und das Licht. In den Tümpeln spiegelten sich die Baumkronen und der Himmel. Ab und zu Traktorspuren mit Wasser darin. Wir versuchten, sie zu umgehen. Brennnesseln. Ab und zu der befreiende Gedanke: Die Natur legt keinen Wert darauf, dass man Bescheid weiß über sie.

Monika schaute auf die Uhr und sagte: »Wir sollten umkehren.«

Was ich sagen kann: Ich fühlte mich sehr wohl nach diesem Spaziergang. Nach zwei Stunden zurück in der Klinik – dankbar für diesen Nachmittag. Wir verabschiedeten uns mit einer Umarmung. Ich wollte nicht loslassen.

PS: Noch ganz erfüllt von dem, was vorgefallen ist, zähle ich die Glockenschläge von der nahen Kirche im Balgrist. Es ist Mitternacht. Dann ein Uhr. Zwei Uhr. Drei Uhr. Ich liege da, mit weit offenen Augen, und kann nicht einschlafen.

Und mit einem Mal wird mir bewusst, was diese Frau für mich bedeutet. Ich sehe sie, wie sie heute vor mir stand. Eine großartige Frau. Und sie kann kolossal hübsch aussehen. Sie beeindruckt, ohne es auch nur im Mindesten darauf anzulegen. Natürlich frage ich mich, ob es auch sonst dazu gekommen wäre, ob sie es mir einmal gesagt hätte, auch wenn nichts geschehen wäre, keine Scheidung, keine Entführung, kein Tod.

29. August 2007: Zum ersten Mal seit Monaten fühle ich, dass ich wieder fühle. Die Klarheit der Empfindung. Ich genieße die unheimliche Dichte, mit der die Welt plötzlich in mich eindringt.

Drei Jahre lang in Watte hinein reden. Drei Jahre lang im Nebel tappen. Drei Jahre lang nichts als Pappe auf der Zunge schmecken. Drei Jahre lang war ich hinter einer Milchglasscheibe weggesperrt, und endlich ist die Scheibe zerschlagen. Diese kühle, klare Frische der Empfindung.

3. September 2007: Besuch des Friedhofs. Sie holt mich in der Klinik ab. Monikas Schirm tropft auf den Steinboden und hinterlässt eine Lache. Sie trägt eine neue Brille, mit schwarzer Umrandung, was sie sehr vornehm aussehen lässt. So in etwa stelle ich mir eine Professorin für Kunstgeschichte vor. Ihr wacher Blick, still, überlegt. Wieder ihr etwas zu auffallender Lippenstift. Diesmal in der Farbe von Rotwein.

Auf dem nassen Leder ihrer Stiefel kleben Grasspitzen. Gestern wurde gemäht, es war ein sonniger Tag, das Gebrüll der Rasenmäher von früh bis spät. Heute Regen. Vermutlich hat sie die Abkürzung über den Rasen genommen.

Wir begrüßen uns mit Küsschen in die Luft. Zum Glück hat sie einen Schirm dabei. Wir nehmen den asphaltierten Pfad zu ihrem Auto. Sie hängt sich bei mir ein. So haben wir beide Platz unter dem Schirm.

Der Friedhof liegt etwas oberhalb der Stadt am Zürichberg. Wir parken und marschieren zwei Straßen hinauf zum Eingangstor.

Im Spätsommer ist jedes Grab ein kleines Feuerwerk. Bei Regen wie ein Aquarell.

Die Kieswege sind schmal, so dass wir nicht nebeneinandergehen können. Sie geht vor. Auch wenn es unmöglich ist, versucht sie es trotzdem: Den Schirm so zu halten, dass unsere beiden Köpfe darunterpassen – und jetzt werden wir beide nass. Regen im Nacken.

Die Gräber sind säuberlich eingefasst, die Wege wie mit dem Lineal gezogen. Die Verwaltung der Toten. Links und rechts der nasse Glanz polierter Grabsteine. Travertin. Marmor. Kalkstein. Granit. Kein Stein, der nicht weint. Unter uns liegt die triefende Stadt. Eine Ulme, aus der es tropft. Man hört, wie die Tropfen vom Dach des Geräteschuppens auf den Natursteinplatten der schmalen Zufahrtstraße aufschlagen. Nebel in den nahen Wäldern.

Raffael Marini (1992–2007)

Ohne Inschrift.

Jetzt stehen wir wieder zusammen unter dem Schirm. Beide wortlos. Die sonderbare Gegenwart zu zweit. Ich verbiete mir, Gefühle aufkommen zu lassen in der Stille, die uns umgibt.

Der Regen hat die frischen Blumen auf die Erde gedrückt. Links vom Grabstein das Ewige Licht in der roten Plastikdose. Es ist erloschen. Monika schraubt den Metalldeckel ab, legt eine neue Kerze hinein, zündet sie an. Die Ewigkeit dauert zwei Stunden, dann ist sie – bei dieser Kerzengröße – wieder vorbei. Ich beobachte, wie das Regenwasser über den Stein rinnt, mäandrierend.

Bei mir zu Hause (nicht in der Klinik) steht ein Atlas, auf dessen ersten Seiten Satellitenbilder der großen Flüsse abgebildet sind – Mississippi, Ganges, Donau, Nil, Amazonas. Ich habe diese Bilder oft betrachtet. Vom Weltraum aus gesehen: die geschwungenen Bögen dieser Flussläufe, der unglaubliche Luxus der Kurven.

Ein Buchfink landet auf dem Grabstein, guckt sich um, schwirrt wieder davon. Das Weihwasser, in das es hineinregnet und das über den vollen Schüsselrand wegtropft. Monika schleudert mit dem Wedel ein paar Tropfen über den Stein. Ich bin nicht katholisch und unterlasse die Geste. Es regnet ja eh schon. Vom Schirm klöppelt es hörbar auf den Blechdeckel des Grablichts.

Übrigens ist Trauer das falsche Wort. Das Ganze hat etwas von der Geschichte vom Bettler, der unwissentlich ein Schloss geerbt hat, und nun kommt die Meldung, dass es in Feuer und Flammen aufgegangen sei.

Ich schaue Monika von der Seite an – weil sie kleiner ist als ich, halb von oben. Ihr Profil jetzt: wie das einer ägyptischen Gottheit. Das flache Gesicht, die Nase mit der winzigen Kuppe, ihre hohe Stirn, die sinnliche Wölbung der Augenbrauen, die helle Glätte ihrer Schläfen, das beinahe männliche Kinn, alles pharaonenhaft, die schöne, schlaffe Unterlippe, der Haaransatz vor dem Ohr, der Hals mit den kleinen Fältchen, die kleinen Fältchen hinter dem schwarzen Brillenbügel. Ich küsse sie auf das Haar, während sie geradeaus starrt, den Blick durch alles hindurch ins Unendliche. Verlegen, und ein bisschen wegen der Nässe, reibe ich die Hände.

So einfach wie die Geschichte vom Bettler, der unwissentlich ein Schloss geerbt hat, ist es doch nicht. Trauer wegen der verpassten Chance einer Vater-Sohn-Beziehung?

Punkt fünf bin ich zurück in der Klinik.

PS: Ich habe es nicht getan. Ich habe es versäumt, ihr meine Gefühle mitzuteilen. Der Kuss drückt nicht aus, was ich für sie empfinde. Wieder schlaflos. Ich versuche, etwas zu denken, was nicht zu Monika führt.

4. September 2007: Anruf von Massimo. Es ist das erste Mal seit Monaten, dass ich von ihm höre. Geburt von Sophie in der Klinik Hirslanden in Zürich. Auf den Tag genau. Alles problemlos. Julia wohlauf. Massimo überglücklich.

17. Oktober 2007: Durchstich des Gotthard-Basistunnels. Der Durchschlag zwischen den Teams Amsteg (von Norden) und Sedrun war schon drei Tage vorher erfolgt. Ein Loch, gerade groß genug, dass sich zwei Männer die Hände reichen konnten. Bierdosen wurden ausgetauscht. Auf der Nordseite hatten es fünf Arbeiter gesehen, auf der Südseite waren es acht. Man stopfte das Loch sofort wieder zu und verbot den Beteiligten zu plaudern.

Sofort leitete man die Bauaktivitäten in andere Richtungen, in den Ausbau der Zwischenschächte, in die Betonverschalung des rückwärtigen Teils, in die Ausbesserung kleiner Unebenheiten.

Natürlich hatte die Projektleitung gewusst, wie nahe man am Durchstich war, hautnah, man hätte eigentlich nur zu niesen brauchen. Und dann stopfte ein übereifriger Mineur zu viel Dynamit ins Loch.

Am großen Tag dann der offizielle Durchstich ohne Knall. Die Tunnelbohrmaschine von Norden hat sich durch das letzte, zarte Felshäutchen geschrammt. An seiner Stelle prangt die noch glühende Kreisscheibe. Die Maschine steht still. Steinstaubpartikel tanzen im Scheinwerferlicht.

Nach einer Weile und viel Applaus öffnet sich eine Luke, gerade groß genug, dass der Bauführer der Nordseite mit eingezogenem Kopf und mit Hilfe der ihm entgegengestreckten Hände hinüberklettern kann. Auf der Südseite wird er jubelnd empfangen. Seine Mineure folgen ihm wie Ameisen einer nach dem anderen durch dieselbe Öffnung.

Es ist eine große, rührende Verbrüderung, als hätte man sein halbes Leben gemeinsam verbracht und sich anschließend jahrelang für verschollen gehalten – alles eingefangen von den Kameras des deutschen, schweizerischen und italienischen Fernsehens und einer Horde von Fotografen und Journalisten.

Die verschiedenen Bauunternehmer des Konsortiums. Die Regierungsvertreter der Kantone Uri und Tessin. Parlamentarier. Eine Delegation aus Deutschland und eine aus Italien. Alle wollen sie das Wort ergreifen, und allen erteilt man das Wort.

Zuerst der Verkehrsminister. Er spricht von einem »Sieg für Europa«. Dann der Bauleiter der SBB, er preist den »heroischen Triumph der Mineure über den Fels«. Der Regierungsratspräsident von Uri huldigt der »historischen Kontinuität in diesem Alpengebiet – schon der dritte Tunnel in weniger als 140 Jahren«.

Es folgen ein Kantonspolitiker aus dem Tessin, der Gemeindepräsident von Sedrun und so weiter. Rede um Rede lässt man über sich ergehen wie eine kleine Folter.

Massimo sitzt in der ersten Reihe, die Beine übereinandergeschlagen, und freut sich über seine miserablen Vorredner. Er kann es kaum erwarten, vor einer Öffentlichkeit zu stehen und zu spüren, wie sich seine Worte bei den Zuhörern verfangen. Es ist wie Magie: Ein paar Wörter, und schon erzeugt man Gefühle. Seine ausgefeilte Gestik, seine ungezwungene Mimik, das Timbre seiner Stimme, seine Männlichkeit – Massimo weiß um die Kraft seines Auftretens.

Wenn es in der Vergangenheit darauf ankam, sie zu haben, diese Kraft, griff er sie sich aus der Luft, ohne dass er genau hätte sagen können, wie, und es fühlte sich jedes Mal so an, als würden dort, wo er stand, unter seinen Füßen, die Gesetze der Welt zusammenlaufen.

Wie lange ist es her, dass er vor einem Publikum stand? Woyzeck, Schülertheater, vor zweiunddreißig Jahren: »*Ein guter Mord, ein echter Mord, ein schöner Mord, so schön, als man ihn nur verlangen tun kann, wir haben schon lange so keinen gehabt.*«

Zürich, Opernhauskrawall, vor siebenundzwanzig Jahren: »*I shot the sheriff; But I didn't shoot no deputy, oh no! Oh!*«

Bonn, Hofgartenwiese, vor fünfundzwanzig Jahren: »*Wir demonstrieren gegen die aggressive Rüstungspolitik von Ronald Reagan. Die Stationierung von Raketen erhöht die Gefahr eines Krieges, den keiner von uns überleben wird.*«

Zürich, vor zwei Jahren (anlässlich der Hochzeit mit Julia): »*Das große Glück der Liebe, das darin besteht, Ruhe in einem anderen Herzen zu finden.*«

Aber was gibt es hier im Gotthardloch schon zu sagen? Ein Felshäutchen ist geplatzt, was ist schon dabei?, denkt er – als man ihm plötzlich ein gefaltetes Zettelchen zusteckt. Massimo öffnet es und liest. Dann steckt er es in die Jackentasche und bemüht sich, genau so sitzen zu bleiben, wie er gerade sitzt.

Er bemüht sich, sich die Stellung seiner Beine einzuprägen, seiner Arme, seiner Finger. Er stellt sich vor, wie sein Gesicht aussieht, und zwingt sich, den Ausdruck beizubehalten. Er muss nun alle Energie aufbringen, damit sein Gesicht nicht zerfällt. Er ahnt Schweiß auf der Stirn.

Noch einmal die Botschaft lesen, einfach um sich zu vergewissern, dass das, was draufsteht, auch wirklich draufsteht. Er taucht seine zitternden Finger in die Tasche, spürt das Fetzchen Papier und fischt es heraus: »Nick Lentz in Rom verhaftet.« Nichts an der Nachricht hat sich verändert.

Gerade als er sich endlich damit abgefunden hat, dass sein Leben, das er bis zum April gelebt hat, nicht mehr sein Leben ist, dass er seinen Sohn umgebracht hat, gerade als er gehofft hat, das ganze Drama sei nun vorbei und vergessen, gerade heute, am Tag des beruflichen Triumphs, der das Unheil der letzten Monate hätte zuschütten können – muss dies geschehen: »Nick Lentz in Rom verhaftet.« Verhaftet, weil Massimo ihn verraten hat. Im Affekt verraten hat. Er war fassungslos, dass Nick die Ungeheuerlichkeit begangen hat, Raffaels Leiche für politische Zwecke einzuspannen. Massimo *musste* ihn der Polizei verraten. Und nun wird Nick sich an ihm rächen. Bald wird klar sein, wer den Jungen wirklich umgebracht hat.

Plötzlich Applaus. Er spürt eine Hand am Ärmel, die ihn schüttelt. Er hört seinen Namen. Blitzlichter. Wieder das Rütteln an seinem Ärmel. Jemand zieht ihn hoch, und nun steht er auf der Bühne. Die Schwärze vor seinen Augen.

»Meine Damen und Herren.« Massimo muss sich am Rednerpult festhalten, um nicht einzuknicken. »Tunnel kommt vom französischen ›tonnelle‹ – blumenbewachsene, durchschreitbare Bögen in einer Gartenanlage. Stellen Sie sich diese luftigen Bögen vor. Ein solches Hochgefühl sollten Sie erleben, wenn Sie einen Tunnel durchfahren, ganz gleich ob aus Blumen oder aus Gestein.«

Das war gut. Wie weiter? Er hat das Gefühl, sein Mund wäre voller Kreide. Jemand stellt ihm ein Glas Wasser hin. Massimo zieht ein Taschentuch hervor und wischt sich damit die Stirn.

»Ich frage Sie: Befinden wir uns nicht immer schon in einem Tunnel? Die Tunnelwände nicht aus Fels, sondern aus Gedanken, Vorstellungen, Ideen. So wie man keinen Tunnel ausbrechen kann, ohne das Gestein, das vor einem liegt, zu zertrümmern, kann man keinen Tunnel im Leben ausbrechen, ohne die Gedanken, die vor einem liegen, zu sprengen … Manchmal braucht es das, um in ein anderes Tal vorzustoßen.«

Wieder muss er unterbrechen. Man klatscht vorsorglich, unsicher, ob dies schon das Ende seiner Rede ist. Sein Mund staubtrocken. Er greift nach dem Wasserglas, es fällt ihm aus der Hand und zerbricht. Der Satz »Nick Lentz in Rom verhaftet« will ihm nicht aus dem Kopf, im Gegenteil, er wird immer lauter.

Dann fährt er fort, stockend und mit immer neuen Anläufen: »Der Berg als noch nicht weggesprengte Realität … Wenn es nichts gäbe, könnte man auch nicht bohren, insofern froh um jedes Hindernis … Das Licht am Ende des Tunnels … Die Finsternis am Ende des Tunnels … Werden Sie zum Mineur Ihrer Seele …«

Dann bricht er ab – vor den Augen der Kameras und damit der ganzen Welt. Sein Gesicht ist weiß wie Dampf.

Der Bauleiter hilft ihm, von der Bühne zu steigen. Man hält es für ratsam, ihn aus dem Stollen zu geleiten.

An der frischen Luft geht es ihm gleich besser. Der schmale, blaue Himmelsstreifen zwischen den Bergkämmen und weit oben der Kondensstreifen eines Düsenjägers. Ein leichter Fallwind bläst talabwärts, und von überall her hört man das Rauschen des Vorderrheins.

Am selben Tag, am 17. Oktober 2007, wurde Nick Lentz in Rom verhaftet. Die Carabinieri stürmten das Zimmer des Zweisternehotels, wo er unter falschem Namen eingecheckt hatte.

Vor Wochen schon hatte man sein Büro durchsucht und den Computer beschlagnahmt, auf dem der Erpresserbrief an die SBB abgespeichert war. Und am Vorabend hatte er mehrmals ein verräterisches Knacksen in seinem Handy gehört. Er lag die ganze Nacht rücklings auf dem Bett und studierte die Maserung der Zimmerdecke. Ein Gedanke schoss ihm in unendlicher Wiederholung durch den Kopf: Massimo hat mich verraten!

Als er im Morgengrauen die Vorhänge einen Spaltbreit auseinanderzog und auf die Straße hinunterschaute, fiel ihm auf, dass eine ungewöhnlich große Anzahl weißer Alfa Romeos herumstanden, fünf oder sechs Stück. Durch sein Fernglas sah er, dass die Nummern auf ihren Kennzeichen aufeinanderfolgten. Sie waren früher dran, als er erwartet hatte. Wenige Augenblicke später hörte er Geräusche im Treppenhaus.

Nick war gefangen, er wusste es. Flucht unmöglich. Sich verstecken idiotisch. Eine Waffe hatte er nicht dabei. Und so entschied er sich, die Szene seiner eigenen Verhaftung zu filmen, einfach so. Einfach so, weil er eine Digitalkamera dabeihatte.

Er setzte sich auf den Fenstersims, drückte auf REC und

filmte, wie die Zimmertür eingeschlagen wurde und wie drei Männer zu Stein erstarrten, als sie ihn erblickten. Er filmte, wie einer ihm zubrüllte, er solle sich ergeben, wie sie sich an ihn heranpirschten, drei Polizisten, jetzt als Menschen sichtbar, als Gesichter, als Augen. Dann eine Hand. Schwarz. REC. Ende der Aufzeichnung. Nick wurde noch in derselben Woche nach Zürich ausgeliefert.

19. Oktober 2007: Gespräch mit Kleinberg. Auch wenn ich mich hier allmählich heimisch fühle, *muss* ich es ihm mitteilen: Es geht mir besser. Es kommt mir vor, als hätte ich zum ersten Mal seit Monaten wieder ein paar Fäden in der Hand. Warum soll ich es ihm verheimlichen? Seit Tagen, ja Wochen kein einziger Anfall mehr von Traurigkeit, geschweige denn Verzweiflung. Im Gegenteil, es fehlt mir die Zeit für Depression. Zu bewegt ist mein Leben. Auch Kleinberg gibt – ein bisschen stolz und ein bisschen wehleidig – zu, dass er in den letzten Wochen eine »spürbare Verbesserung« meines Zustandes beobachtet hat.

21. Oktober 2007: Plötzlich geht alles sehr schnell. Konsultation mit dem medizinischen Leiter der Klinik. Am Abend der Hinweis, dass ich schon mal meine Koffer packen soll.

Am nächsten Morgen die Entlassung. Kleinberg schlägt vor, dass ich ihn weiterhin zweimal die Woche besuchen solle. Verabschiedung vom Klinikpersonal (sehr herzlich). Ich schenke jedem eine Lindt & Sprüngli-Pralinenschachtel zum Dank.

Am Abend zu Hause. Alles noch wie vor einem halben Jahr. Die Bücher, das Klavier (staubbeschlagen), die Stühle, das Arbeitszimmer. Ich drehe alle Wasserhähne voll auf und lasse das Wasser durch die Leitungen laufen. Es stößt wie mit Fäusten gelb heraus und hustet Luftblasen. Mein Lesesessel (Corbusier, Leder, schwarz): Wie ich ihn vermisst habe. Der Kühlschrank leer, ausgeschaltet, die Tür offen. Die Stereoanlage. Ich drücke die Fernbedienung und bin überrascht, dass Musik kommt (Radio Swiss Jazz).

Die Aussicht unverändert. Der Wohnblock nebenan ist eingerüstet, es sieht nach Dachsanierung aus. Sonst ist alles gleich. Ich lasse mir ein heißes Bad einlaufen und gleite in das Wasser wie ein Lurch.

30. Oktober 2007: Brief von der Staatsanwaltschaft. Vorladung zur Zeugeneinvernahme im Mordprozess. Eingeladen sind namentlich Massimo Marini, Monika Marini und Julia Marini-Bodmer beziehungsweise deren Rechtsvertreter. Die Zeugeneinvernahme wird am 14. November stattfinden. Der Termin beim Obergericht (falls sich der Angeklagte Nick Lentz für schuldig erklärt) oder beim Geschworenengericht (falls er seine Schuld abstreitet) darf frühestens in einem halben Jahr erwartet werden.

Massimo bittet mich, ihn vor Gericht zu vertreten.

»Hören Sie, Wyss. Es tut mir leid, dass ich Sie damals nach Raffaels Tod so abserviert habe. Ich stand unter Schock. Aber niemand kennt die Firma und mich besser als Sie. Würden Sie mich wieder vertreten? Bitte, übernehmen Sie das Mandat.«

Ich verlange Bedenkzeit. Die Bedrängnis melkt mir alle Kraft aus Armen und Beinen. Ich sitze da und zerbreche mir über alles den Kopf, und mir ist scheußlich zumute.

Als er am Abend noch einmal anruft, bremse und verzögere ich.

Ob ich meinen Klienten, der meinen Sohn getötet hat, vor Gericht vertreten soll: Es ist bizarr. Wenn es doch Götter für solche Entscheidungen gäbe. Erst als Massimo von sich aus zugibt, Raffael getötet zu haben, sage ich zu.

Ich kann mir vorstellen, wie schmerzhaft es für ihn gewesen sein muss, dies auszusprechen. Ich stelle mir vor, wie er am anderen Ende der Leitung sitzt und mit einem ungeheuren Aufwand jedes Wort einzeln über die Lippen stößt, Worte, die, zu einem Satz zusammengefügt, eine furchtbare Realität beschreiben.

Nach dem Gespräch bin ich die Schwere los, doch mich überkommt ein Gefühl, als ob ich eine lebende Schachfigur im unergründlichen Spiel eines Dämons wäre.

2. November 2007: Sitzung mit Kleinberg. Meine Entscheidung, die Antidepressiva abzusetzen. Genug ist genug. Hoffnungsvoll habe ich meinen Pillenvorrat mitgebracht und lege ihn auf seinen Schreibtisch: eine halbe Schachtel Temesta, drei Schachteln Efexor, fünf Schachteln Remeron. Kleinberg tippt den Bericht an den Hausarzt (ich erhalte eine Kopie): »Dem Wunsch des Patienten mussten wir nach eingehender Aufklärung über die Risiken entsprechen.«

14. November 2007: Zeugeneinvernahme bei der Staatsanwaltschaft des Kantons Zürich. Massimo und ich sind auf neun Uhr bestellt. Wir treffen uns um halb neun im Starbucks nebenan.

Sein Händedruck ist kräftig. Seine Hände sind warm. Ich bewundere diesen Mann für die Entschlossenheit, mit der er sämtlichen Widrigkeiten entgegentritt. Gleichzeitig werde ich die Vermutung nicht los, dass ich sein einziger Freund bin.

»Sie können mir vertrauen, Massimo. Hier, in diesem Dossier, ist der ganze Fall niet- und nagelfest dokumentiert. Nick wird mit seiner Gegenbehauptung – dass nicht er, sondern Sie der Mörder sind – keine Chance haben. Alle Indizien sprechen gegen ihn.«

Um zehn vor neun Uhr setzen wir uns auf die lackierte Holzbank vor dem Büro des Staatsanwalts. Es ist ein langer, hoher Gang, ab und zu hört man weit entfernt Schritte und einmal das Klingeln eines Telefons hinter irgendeiner Tür. Eine Uhr prangt über dem Eingang – als würde von hier aus die Weltzeit gemacht. Man hört den Minutenzeiger, wenn er springt.

Um Punkt neun Uhr geht die Tür auf. Nick Lentz wird in Begleitung von zwei Polizisten aus dem Büro geführt.

Es ist mein erster, eindrucksvoller Einblick in das Temperament dieses Mannes. Als er Massimo sieht, dreht er sich um und ruft in das Büro zurück: »Ich habe niemanden umgebracht. Das wissen Sie ganz genau. Er hat ihn umgebracht.« Er zeigt auf Massimo. »Prüfen Sie seine Dokumente, prüfen Sie sein Architekturdiplom. Es ist gefälscht. Marini ist ein Lügner. Ein Lügner durch und durch.« Aber da haben ihn die Polizisten schon unter den Achseln gepackt und schleifen ihn durch die Eingangspforte zur Straße hinaus, wo der vergitterte Polizeiwagen wartet.

Eine Minute später bittet man uns hinein. Der Staatsanwalt, ein Mann um die fünfzig, bleich und dünn wie ein Grashalm im Winter, begrüßt uns über den Tisch hinweg. Er trägt ein schwarzweiß kariertes Sakko, viel zu weit für seinen Körperbau, dafür in der Ärmellänge zu kurz. Sein Scheitel liegt knapp über dem Ohr, so dass er die Haarfäden von links unten über den ganzen Schädel ziehen muss. Man hätte die Strähnen auch gleich auf seinen Schädel malen können, denke ich.

Ich deponiere die offizielle Anklageschrift. Darin verteidige ich Raffaels Mörder gegen Nick Lentz, der niemanden umgebracht hat, und plädiere dafür, dass Lentz zur gesetzlichen Gefängnisstrafe (15 Jahre) verurteilt wird.

17. November 2007: Samstagabend. Genau ein Monat nach dem Durchstich. Mein Besuch in Sedrun. Fahrt in nächtlicher Dunkelheit über den Oberalppass. Die Lichter meines Wagens leuchten in die Schneewände und setzen ein Glimmern frei.

Das Neonlicht im Bürocontainer ist von weitem sichtbar. Ich parke auf dem Kiesplatz. Kein Mensch weit und breit, nur eisiger Wind. Ich schlage den Schnee von den Schuhen und trete ein.

Hitze wie in einer Sauna. Massimo sitzt an seinem Schreibtisch über Papiere gebeugt. Er ist allein.

»Wissen Sie, wann sie es zum ersten Mal getrieben haben? Am Barbara-Tag. Ausgerechnet.«

Massimo stand auf und holte zwei Gläschen. Grappa. Dazu Oliven und Salzmandeln. Er nahm einen Schluck und jagte ihn die Kehle hinunter.

»Ich hocke im Tunnel und versuche, den geladenen Gästen, den Kantonsräten und Bauvorstehern, einen Bauauftrag nach dem anderen abzutrotzen. Ich hocke im Tunnel und mache die ganze katholische Zeremonie mit, lasse mich sogar von diesem Scheißpfarrer segnen. Ich halte eine Ansprache auf das Wohl der Mineure und lobe sie in den Himmel als wären sie Astronauten – und die beiden vögeln. Sie vögeln, während ich im Tunnel schmachte und die heilige Barbara beschwöre.«

Mit Zeigefinger und Daumen wischte er sich die Nässe aus den Mundwinkeln.

»Und immer wieder frage ich mich: Was habe ich falsch gemacht? Sagen Sie's mir, Wyss. Habe ich Julia schlecht behandelt? Habe ich Raffael schlecht behandelt? Die Einzige, die ich miserabel behandelt habe, ist Monika. Und meinen Vater. Aber Julia und Raffael? Ich habe sie auf Händen getragen.«

Ich zog den Schal von meinem Hals. Wieder stürzte er ein Gläschen hinunter.

»Letzthin habe ich übrigens gelesen, dass die heilige Barbara auch die Patronin der Totengräber ist. Wenn das nichts bedeuten will …« Seine Stimme verklang, bis sie nur noch ein Schnaufen war. Dann ließ er sich nach hinten in die Lehne des Bürostuhls fallen und schloss die Augen. Furchen zogen sich über die Stirn.

Ich betrachtete die Stoppeln, die dabei waren, sich zu einem Bart zu verdichten. Im Dickicht der Augenbrauen entdeckte ich einige graue Härchen, und auch an der Schläfe gab es ein paar. Es war das erste Mal, dass ich diese Vorboten des Alters an ihm entdeckte. Um seine Augen herum lebten winzige Pigmentflecken, und vom äußersten

Punkt seiner Augen ging eine Explosion kleiner Falten aus. All dies war mir neu. Ich betrachtete ihn wie einen fremden Menschen. Wie ein Tier.

Plötzlich strich er sich mit der Hand durchs Haar und rutschte hin und her, bis er wieder aufmerksam dasaß.

»Ich kann es noch heute nicht glauben, dass ich ihm das Messer durch die Rippen hindurch genau ins Herz getrieben habe. Dabei wollte ich mich bloß verteidigen. Ich konnte es Ihnen damals nicht sagen, weil ich es mir dann ebenfalls gesagt hätte – und dann wäre es wahr geworden. Ich weiß nicht, ob Sie verstehen. Ich will nicht, dass das, was passiert ist, wahr wird.«

Er ließ den Kopf in den Nacken fallen und suchte die Containerdecke nach Worten ab.

Plötzlich sagte er: »Dass er Raffaels Leichnam für politische Ziele benutzt hat, werde ich ihm nicht verzeihen. Nick sollte ihn nur verschwinden lassen. Er sollte meinen Sohn irgendwo anständig bestatten. Doch er hat getan, was man mit PET-Flaschen tut – er hat den Leichnam rezykliert. Sie können sich gar nicht vorstellen, mit welcher biologischen Abneigung ich diesen Mann seither hasse. Darum habe ich ihn bei der Polizei angezeigt.«

»Wann war das?«

»Im Mai. Etwa sechs Wochen nach Raffaels Tod. Ich rief an. Aus einer Telefonzelle beim Hauptbahnhof Zürich. Anonym. Ich sagte: ›Der Entführer und Mörder von Raffael Marini heißt Nick Lentz. Er befindet sich vermutlich in Rom. Gehen Sie dieser Spur nach.‹ Und als sie mich – es war eine Frau am anderen Ende – nach meinem Namen fragte, hängte ich einfach auf. Ich wand mich aus der Kabine, mischte mich unter die Leute, stieg in das nächste Tram und ließ mich bis zur Endstation chauffieren. Von dort aus nahm ich ein Taxi nach Hause.«

Massimo schaute durch mich hindurch. Seine Wut war plötzlich verpufft. Der Tresor stand weit offen. Er langte hinein und griff nach Zigarren. Wir rauchten beide. Als wir den Container vollgequalmt hatten, langte er nochmals hinein und holte eine neue Flasche Grappa heraus.

»Ist es nicht an der Zeit, dass wir uns duzen?«

Wir schlugen die Gläschen aneinander. Es kam mir wie ein Abschied vor. Als ob er begriffen hätte, dass eine neue Zeit angebrochen war und die letzten Reste eines alten Regimes umgestoßen würden. Doch war da noch die Hoffnung, er werde irgendwo einen Ausweg finden.

Nun, da sein Hass auf Nick ihn nicht mehr fesselte, fragte ich nach Julia.

»Wie es mit Julia weitergeht, weiß ich auch nicht, jetzt nach der Geburt. Wie soll das gehen?« Er stürzte den Grappa in den Mund und trieb ihn in einem Schluck hinunter. »Ich bin vor dieser Tür gestanden, wochenlang, monatelang, und sie ist nicht aufgegangen. Sie ließ mich nicht hinein. Manchmal denke ich, sie hasste mich stellvertretend für alle Männer und alle Männer stellvertretend für Grunbaum, der sie mit sechzehn kaputtgemacht hat. Oder ich denke, sie hasst es, geliebt zu werden. Liebe ist für sie wie ein Heuschreckenschwarm: Man verriegelt Türen und Fenster und harrt aus, bis er wieder abgezogen ist. So kam ich mir manchmal vor: wie ein Heuschreckenschwarm –

erst seit Raffaels Tod habe ich begriffen, dass es auf dieser Welt wichtigere Barrieren zu überwinden gilt als eine komplizierte Frau.«

Der Rauch füllte den Container.

Ich saß auf dem Bürosessel und spielte mit dem Zigarrenschneider. Es hatte zu schneien begonnen, und der Schnee sammelte sich auf dem Fensterbrett.

Welche Intensität! Welche Wandlungsfähigkeit! Welchen Ernst und welche Beweglichkeit dieser Mensch in sich vereinigte. Er kam mir wie eine Wildkatze vor – kräftig, elegant, spielerisch und planvoll. Und gleichzeitig war er ein gedemütigter Mann, der sich verzweifelt inmitten einer Katastrophe zu behaupten suchte.

Minutenlang saßen wir einfach da und schwiegen, froh, dass die Zigarren uns etwas zu tun gaben. Ein Leben lang hört Massimo seinen Vater sagen: »Man muss sich die Dinge nur ordentlich in den Kopf setzen.« Ein Leben lang wird er in dem Glauben unterwiesen, mit Handeln könne man sich sein Schicksal unterwerfen. Und genau so ist er Julia angegangen. Wie ein Mineur. Mit eiserner Konsequenz. Sein bewährtes Vorgehen. Doch sie hat ihn ins Leere laufen lassen. Wie einen Stier, der auf das Tuch losgeht, dabei steht der Matador daneben. Genau so, wie ein Stier, kam er sich bei Julia vor. Immer stand sie daneben. Nie hatte er sie erreicht.

Massimos lebenslanges Experiment in Standhaftigkeit. Seine erstaunlichen Wandlungen dabei. Vom italienischen Immigrantenkind zum Zürcher Gesellschaftslöwen. Vom Opernhausdemonstranten zum Opernhaussponsor. Vom Existenzphilosophen zum Bauunternehmer. Vom Tunnelbohrer zum Stradivari-Besitzer. Vom Linken zum Rechten. Vom Tiefen zum Hohen. Vom Süden zum Norden. Seine monströse Bewegung auf dem Koordinatennetz des Lebens. Und dann das Aufblitzen einer Frau, das alles zerstörte. Die Größe seines Aufstiegs und Falls. Die Chronologie der Schrecken.

Ich war zum Umfallen müde. Mitternacht war vorbei. Wir umarmten uns zum Abschied. Ich wollte wenigstens noch über den Oberalp nach Andermatt fahren, bevor sie den Pass früh am Morgen schließen würden. Ich hatte die Tür schon einen Spaltbreit aufgemacht. Der Schneesturm zwängte sich in den Container hinein. Man kam sich wie ein Blinder vor. Ich schloss sie gleich wieder.

Wenn es nicht geschneit hätte, wäre ich nach Hause gefahren, und das Geheimnis steckte mir noch heute wie eine giftige Kröte im Hals.

»Da ist noch die Sache mit Raffael«, sagte ich. »Setz dich doch für einen Moment hin.«

Der Teufel weiß, was mir durch den Kopf zuckte. Es stand mir nicht zu, das Thema anzusprechen. Wenn schon, hätte es Monika tun sollen. Aber angesprochen war angesprochen. Einmal wird er es doch erfahren müssen, sagte ich mir.

Das Gefecht in meinem Kopf muss eine Weile gedauert haben, denn plötzlich spürte ich, wie mich Massimo am Ärmel packte und mich auf den Stuhl niederdrückte. Er fixierte mich.

»Raffael war nicht dein Sohn«, sagte ich endlich.

Er entschied sich zu lachen. Doch sein Lachen war hohl

und dauerte nur einen Augenblick. Es war mehr ein Röcheln, ein Husten. Dann schwieg er, um mir Zeit zu geben, zurückzunehmen, was ich gesagt hatte.

»Monika hatte eine Affäre, damals, als du in Rom warst.«

»Wann?«

»Vor sechzehn Jahren. Du warst in Rom, für vier oder fünf Tage.«

»Monika hatte *nie* eine Affäre.«

Ich wollte nicht streiten. Es war ein Fehler gewesen, das Thema aufzubringen. Ich hätte meinen Wagen nehmen und über den Pass verschwinden sollen, Schnee hin oder her.

Er stand auf, setzte sich wieder, stand abermals auf, ging im Container auf und ab. Dann setzte er sich hin und vergrub das Gesicht in den Händen, als wäre darin die Wahrheit abzulesen. Durch die Finger rang er nach Luft, und mit jedem Atemzug schien er ein bisschen zu sterben.

»Mich überrascht nichts mehr«, sagte er, stand auf, riss die Tür auf und schlurfte aus dem Container in den Schneesturm hinaus.

Es gelang mir nicht, ihn am Ärmel zurückzuhalten. Ich stapfte ihm mit Mantel, Hut und Handschuhen hinterher. Ich warf ihm den Mantel über die Schultern, aber Massimo schritt einfach weiter, und der Mantel fiel in den Schnee. Das Einzige, was eine Weile lang hielt, war der Hut auf dem Kopf, aber dann wurde auch er vom Wind weggefegt. Massimo war nicht mehr erreichbar. Er war mit bloßem Hemd unterwegs, kein Jackett, kein Pullover, und es tobte ein Schneesturm.

Ich schlotterte bis ins Mark und musste in den geheizten Container zurückkehren. Massimo verschwand in der weißen Hölle wie eine Gestalt von einem anderen Stern.

Ich nahm einen Schluck Grappa direkt aus der Flasche, um mich aufzuwärmen. Dann zog ich alles an, was ich in diesem Container finden konnte – meinen Mantel, Schal, viel zu große Handschuhe, die herumlagen, einen Helm mit Stirnlampe –, stieg in mein Auto und fuhr los.

Ich versuchte, vom Parkplatz auf die Straße zu kommen, doch ich blieb in einem Schneewall stecken, den die Räumungsfahrzeuge hinterlassen hatten. Ich versuchte es mit Anlauf. Beim dritten Versuch brach ich endlich durch den Wall und kam kurz ins Schleudern. Weit unten im Tal sah man die Kreisellichter der Räumfahrzeuge. Es hatte schon wieder eine Handbreit Schnee angesetzt, seit geräumt worden war.

Ich fuhr im Schritttempo Richtung Oberalp – diese Steigung war gerade noch zu schaffen. Kein Verkehr weit und breit. Kein Mensch weit und breit. Nach zwei Kilometern drehte ich um und fuhr talabwärts. Etwa einen Kilometer unterhalb der Baustelle tauchte plötzlich eine Gestalt am Straßenrand auf. Es war Massimo. Er hatte die Arme um sich geschlagen und setzte monoton einen Schritt vor den anderen.

Ich hielt an und zog ihn ins geheizte Auto. Haar und Augenbrauen waren weiß vom Schnee, und sein Gesicht war vom Gift der Emotionen gezeichnet, die ihn beherrschten. Er sagte kein Wort und setzte mir keine Kraft entgegen.

Ich schleifte ihn in den Container. Tauchsieder, Teebeutel und Pulverkaffee lagen auf einem Büroschrank. Ich kochte Tee. Nach einer Viertelstunde konnte er endlich wieder reden.

»Das war idiotisch von mir«, sagte er.

Ich zwang ihn, den ganzen Plastikbecher zu leeren, und füllte danach den Becher gleich wieder mit heißem Tee auf. »Es wird ja immer verrückter.«

Es war Zeit, ihn mit der Wahrheit zu konfrontieren. Wer weiß, wann ich ihn das nächste Mal sehen würde. Außerdem wollte ich es in dieser Nacht noch über den Pass schaffen. Und so sprach ich aus, was einmal ausgesprochen werden musste: »Raffael ist mein Sohn.«

Ich kam mir schäbig vor. Wie ein Rohling, ein Unmensch. Ich kam mir vor wie Dreck. Am liebsten hätte ich mich aufgelöst und mich auf einem anderen Planeten wieder neu zusammengesetzt.

»Was?«, fragte er unter den Händen, die sein Gesicht stützten.

Ich wiederholte den einfachen Satz, bestehend aus vier Wörtern.

Dann plötzlich starrte er mich an. Sein Gesicht war in sich zusammengefallen. Er starrte mich an, bis ich die Augen niederschlug.

Es war zwei Uhr in der Nacht. So schlecht ich mich fühlte, ich war doch ein wenig befreit. Wie einer, der soeben durch einen brennenden Reifen gesprungen ist. Das alles durchdringende Gefühl von Unwirklichkeit. Ich war nicht betrunken, ich spürte den Alkohol bloß in der Peripherie meines Körpers.

Es war Zeit, Abschied zu nehmen. Ich beugte mich über ihn und legte meine Arme um seine Schultern. Er rührte sich nicht – das Gesicht noch immer in die Hände gestützt.

Ich kontrollierte, ob die elektrische Heizung unter dem Tisch richtig eingestellt war. Dann trat ich hinaus in den Schnee.

Der Wind hatte sich etwas gelegt. Noch immer fiel Schnee, aber weniger heftig. Ich fuhr aus dem Parkplatz auf die Straße und kroch über den Pass. In den Nadelkurven, wo die Steigung am größten ist, hatte ich Mühe. Nach der Passhöhe rutschte ich weg und hing mit einem Vorderrad über dem Abgrund. Ich legte den Rückwärtsgang ein. Plötzlich ging es nur noch mit Glück.

Um vier Uhr war ich in Andermatt. Ich beschloss, weiterzufahren, die Göschenenschlucht hinunter Richtung Zürich. Im Morgengrauen war ich zu Hause.

Am folgenden Tag – ich erwachte erst um die Mittagszeit – wählte ich mindestens zehn Mal Massimos Nummer und legte jedes Mal in letzter Sekunde wieder auf. Keine Ahnung, was ich gesagt hätte. Draußen alles wie verzuckert: die Steinplatten im Garten, die Erde zwischen den Gräsern. Schneezucker auf den Dächern, er blieb in den Rillen der Ziegel liegen. Schon am Abend war alles wieder weggeschmolzen.

Eine Woche später – Massimo ist gerade auf der Autobahn Richtung Luzern – entschließt er sich, die Ausfahrt Emmenbrücke zu nehmen.

Es ist ein strahlender Samstag Ende November. Die Berge im Hintergrund sind weiß, und doch kann man nicht im Ernst an Schnee denken. Die Temperatur ist frühlingshaft, eine Jacke genügt.

Er fährt ins Dorf hinein, das gar kein Dorf ist, sondern ein etwas schief geratenes Gebäck aus Wohnblöcken und Industriebauten, verziert mit einfallslosen Einfamilienhäuschen auf den oberen Höhenlagen. Er sieht die Eisenbahnlinie, die vom kleinen Bahnhof abzweigt und quer über eine Hauptstraße direkt ins Industriequartier führt. Hier sind in den sechziger und siebziger Jahren sein Vater und seine Mutter zusammen mit zehntausend anderen Gastarbeitern eingefahren. Und hier ist er selbst angekommen, als vier Monate alter Winzling, in dem Koffer mit den Luftlöchern.

Zuerst sieht er die Textilfabrik mit ihren Hallen, kolossal und ungeheuerlich, weiter hinten die Stahlfabrik mit ihren Hütten voller Ruß. Dazwischen vereinzelte Baracken. Sie dienen heute als Lagerschuppen.

Als er im Schritttempo (Vorsicht, Werkverkehr) die Straße entlangfährt, kommt er an einem roten, symmetrischen Backsteinbau vorbei. Weniger heruntergekommen als vielmehr in Ehren ergraut: das alte Fabriktor der *Vis-*

cose. Alles ist noch da, doch größtenteils stillgelegt. Im roten Backsteingebäude hat sich ein Geschäft für Designerlampen eingemietet. Die anderen Gebäude beherbergen Beratungsfirmen, Werbeateliers, eine lokale Druckerei, eine Bar, eine kleine Theaterbühne, Lofts. Viele Ausflügler zu Fuß oder auf Fahrrädern an diesem prächtigen Samstag. Die Wägestation steht noch, aber sie ist verrostet.

Anschließend nimmt er die Hauptstraße ins Dorf hinauf und parkt vor dem sogenannten Mädchenheim, dort, wo seine Mutter gelebt hat. Jetzt ein Auffanglager für Asylanten. Sie hocken draußen auf der Treppe und rauchen. Massimo setzt sich etwas abseits auf einen Findling, der im Rasen neben dem Asylantenheim steht. Eindeutig Granit, denkt er, vermutlich Gotthardmassiv.

Blick über Emmenbrücke: die Nord-Süd-Autobahn, die das Dorf in einem großzügigen Schwung zerschneidet. Die stillgelegten Industriebauten. Die Kehrichtverbrennungsanlage. Weiter hinten die Stadtmauer von Luzern und ganz hinten die Alpen.

Als er auf diesem Findling hockt, wird ihm plötzlich klar, warum. Warum er der geworden ist, der er ist. Eingeschleppt in einem Koffer und acht Jahre lang versteckt aufgezogen. Acht Jahre lang durfte es ihn nicht geben. Acht Jahre lang war er verboten. Vielleicht wollte er deshalb umso schärfer heraustreten. Er wollte aufleuchten. Das ungeheure Bedürfnis nach Existenz. Das ungeheure Bedürfnis, zu rufen: Hier bin ich, und ich lass mich nicht einzwängen.

Wie Massimo die folgenden Monate verbrachte, darüber weiß ich nur wenig. Wir hatten kaum Kontakt. Die Angelegenheit war bei der Staatsanwaltschaft deponiert – und von mir aus gesehen war die Sache gelaufen. Massimo stand es frei, ein neues Leben zu beginnen.

Der Gerichtstermin im April des kommenden Jahres versprach, eine Routinesache zu werden. Es würde mein letzter Auftritt sein, das Ende meiner Karriere als Anwalt.

Ich würde keine Mandate mehr annehmen. Ich wollte diesen Bericht zu Ende schreiben, viel lesen, ein bisschen reisen und eine gewisse Rolle im Leben der kleinen Sophie spielen.

Meine letzte Sitzung bei Kleinberg. Es ist Anfang Dezember. Nachdem die Bäume in der Woche zuvor ihr letztes Laub verloren haben, tritt das gegenüberliegende Seeufer mit den darauf gewachsenen Dörfern markant hervor.

Ich bin eine halbe Stunde zu früh da und wandere durch den Hof der Klinik. Ich lehne mich an das Gemäuer. Die verhaltene Wärme der Backsteine. Die Luft ist kalt. Die zaghafte Bläue über allem. Ab und zu ein Mitarbeiter, der quer durch den Park schreitet und mit jedem Schritt Laub aufwirbelt. Ich denke: Noch einmal Kind sein. Noch einmal auf diesen Baum klettern. Eine Baumhütte errichten, wie sie Massimo für seinen (meinen) Sohn bauen wollte, hochklettern und noch einmal alles vor sich haben.

»Ich denke, es ist jetzt gut«, sagt Kleinberg. Er steht am Fenster und blickt hinunter auf den Zürichsee. »Schreiben Sie eigentlich noch?«

»Ich will den Bericht abschließen, ja.«

»Und wie geht er aus?«

»So wie jetzt.«

»Wie jetzt?«

»Man muss gar nichts erfinden.«

»Aber Sie schreiben doch über Massimo Marini, über sein Leben.«

»Ja, über sein Leben – ein Leben voller Ausnahmen. Mich interessieren die Ausnahmen.«

»Ich wünsche Ihnen viel Glück.«

»Ich Ihnen auch.« Und damit verließ ich die Klinik und ging langsam die Straße hinunter.

Vier Monate später, Anfang April 2008, sind wir zur Schlussverhandlung vor dem Geschworenengericht des Kantons Zürich eingeladen. Massimo und ich sind viel zu früh da. Der Weibel, besorgt wegen der Zugluft in der Wandelhalle, führt uns in den leeren Gerichtssaal.

Mein Mandant ist erstaunt, wie schlicht sich alles präsentiert. Als wäre ein Bilderstürmer mit dem Furor eines Zwingli heute Morgen hier vorbeigekommen. Keine Statuen, keine Büsten, keine Bilder, keine Wappen. Nicht einmal eine Schweizerfahne. Leuchter, wie sie in Gemeindesälen hierzulande üblich sind: im Kreis aufgereihte Zylinder. Prunklos wie das Klassenzimmer einer ländlichen Sekundarschule nach der großen Sommerpause. Holzbänke für die Zuschauer. Holzstühle und Stehpulte für Anklage und Verteidigung. Holzboden. Alles im gleichen Ton, vermutlich Kirsche. Vorne, in ebenso schlichtem Holz, die Bänke der Geschworenen und in der Mitte, um nichts erhöht, der Tisch für die drei Richter.

Man hat das Gefühl, als stehe ein Kachelofen in irgendeiner Ecke. Der Saal ist etwas zu hoch, als dass ein Skihüttengefühl aufkommen könnte. Trotzdem denkt man ein bisschen an Raclette.

Wenige Minuten später erscheint Monika. Sie hat ihren grauweißen Mantel an, der ihre Taille so vorteilhaft zur Geltung bringt.

Gleich darauf Julia, in Manchesterrock und Pumps. Sie setzt sich mit etwas Abstand neben Monika. Man grüßt sich durch Handzeichen.

Julia wird zu Raffaels Tod nichts aussagen, um von Massimo jeden Verdacht fernzuhalten. Im Gegenzug wird Massimo den Tatbestand des Geschlechtsverkehrs mit Minderjährigen nicht vorbringen. So ist es abgemacht. Was Julia und Raffael im Bett getrieben haben, soll niemanden etwas angehen.

Kurz vor 9 Uhr rutscht eine Handvoll Journalisten schläfrig und kaugummikauend in die hinteren Bänke. Im letzten Moment drängt sich auch noch eine Schulklasse hinein. Die Schüler sind im Gegensatz zu den Journalisten wach, lebendig, aufgedreht wie Welpen.

Beginn der Verhandlung um 9 Uhr. Anwesend sind drei Richter und die neun Geschworenen. Nick Lentz wird, begleitet von zwei Polizisten, hereingeführt. Den Bart hat man ihm abrasiert. Das Haar ist gescheitelt. Sogar eine neue Brille hat man ihm verpasst – er trägt nicht mehr das viereckige Ungetüm im Stil der achtziger Jahre, sondern eine breite, dafür schmale, bei der sich vor allem der Rand wichtigmacht. Ich werde den Eindruck nicht los, ihm wären in dem halben Jahr Untersuchungshaft sämtliche Eigenheiten abhanden gekommen. Nur die hellblauen Augen blitzen wie eh und je. Plötzlich erblickt er Massimo. Ich glaube, dass es noch nie zwei Menschen verstanden haben, sich so vernichtend anzuschauen, wie die beiden es soeben taten.

Der Tag beginnt mit langweiligen Präliminarien: Verlesen der Anklagen, der Verteidigungen, der Zeugenaussagen. Nach einer Stunde zieht die Schulklasse, deren anfänglich stille Anwesenheit zu einem unüberhörbaren Tuscheln angeschwollen ist, unter weltlichem Gerassel ab. Auch die Journalisten-Ränge lichten sich. Die Skizzen sind gezeichnet, die Stimmung eingefangen – und im Übrigen weiß man, dass Lentz verurteilt werden wird. Warten überflüssig.

Massimo sitzt neben mir und schweigt. Sein Blick geht durch alles hindurch. In seinen Augen liegt die beschämende Demütigung, die an dem großen Mann nagt, der zu Fall gekommen ist.

Ich betrachte ihn aus den Augenwinkeln. Noch glänzt sein Haar in satten, schwarzen Wellen. Noch immer sind die Hände sehr schön. Nur das Leuchten in seinem Gesicht ist verschwunden, und das Chaos ist gerade dabei, diesen kraftvollen Mann zu verspeisen.

Nick Lentz. Angeklagt der Entführung und des Mordes an Raffael Marini – aufgrund von Indizien.

Der Staatsanwalt plädiert auf 15 Jahre Gefängnis.

Der Angeklagte ist aufgerufen. Nick Lentz bestreitet, die Tat begangen zu haben.

Mittagspause. Regen. Wir stehen unter Schirmen. Ich wage den Vorschlag, dass wir alle zusammen etwas essen gehen, während die Geschworenen beraten. Monika hat keinen Hunger und entschuldigt sich. Julia will die Zeit für einen kleinen Spaziergang durch die Altstadt nutzen. Und Massimo möchte jetzt vor allem allein sein, sagt er. Wir verlieren uns in alle Himmelsrichtungen.

Monika setzt sich in ein Café am Limmatquai, Blick auf die Motorboote, die an den Stegen schaukeln. Fünfzehn Jahre lang hat sie dem Mann, den sie liebt, das Wichtigste verheimlicht. Sie wollte die schöne Zeit, die nach ihrem dritten Ehejahr angebrochen war, um keinen Preis gefährden. Also schwieg sie. Und irgendwann einmal war es zu spät, es ihm zu sagen. Das Herz, die Liebe, die endlose Aufmerksamkeit, die Zeit, die Umsicht, die er ihrem Sohn schenkte – es war schmerzhaft, dem zuzusehen.

Fünfzehn Jahre lang schaute sie Massimo in die Augen und schwieg. Es gab Phasen, in denen es ihr gelang, die Wahrheit um Raffael so perfekt zu unterdrücken, dass sie es selbst vergaß. Dies waren unvorstellbar schöne Zeiten. Und es gab Phasen, wo ihr die Wahrheit auf der Zunge lag wie ein Gift.

Als Massimo um die Scheidung bat, redete sie sich ein, dass sie die Scheidung verdient hätte. (Als Massimos Anwalt kann ich mich gut an diese Zeit erinnern, ich war erstaunt, wie kampflos sie das Feld räumte.)

Dann kam der nächste Schlag. Raffaels Tod. Und wieder schlich sich der Gedanke der Bestrafung in ihren Kopf.

Erst in den letzten Wochen ist es ihr allmählich gelungen, sich von diesem Hirngespinst zu befreien – aber vollständig davon gelöst hat sie sich erst, als sie es mir gesagt hat. Ich bin der Erste, dem sie das Geheimnis anvertraut hat. Einige Monate später, um Weihnachten 2007, hat sie es auch Julia gesagt.

Seither glaubt sie nicht mehr an den Kreislauf der Schuld beziehungsweise der Gerechtigkeit, sondern weiß: Das Schicksal schlägt absichtslos zu.

Das Ziffernblatt von St. Peter zeigt Viertel vor zwei. Sie will unter keinen Umständen mehr in diesen Gerichtssaal zurück. Was dort passiert, kommt ihr wie eine zweite Beerdigung ihres Sohnes vor. Sie bleibt sitzen und beobachtet die Enten, die sich ein Leben lang gegen die Strömung zur Wehr setzen.

Julia schlendert durch das Niederdorf, um sich abzulenken. Nachdem Monika ihr berichtet hat, wer Raffaels Vater wirklich ist, ist es ihr Wille, das Kind ohne Massimo aufzuziehen. Sie setzt alles daran, der Welt zu beweisen, dass sie es schafft, gleichzeitig Mutter und Musikerin zu sein. Ob sie Massimo je geliebt hat? Was sicher ist: Nichts stimmt sie so froh wie die Gewissheit, nie mehr sechzehn sein zu müssen.

Ich nehme die Straße zur Universität. Dort, über der Stadt, lehne ich mich an die Brüstung, der Regen trommelt auf den Schirm und legt einen tanzenden Kreis um meine Füße. Sicht auf den See. Seit dreißig Jahren bin ich nicht mehr hier oben gewesen.

Damals, als Student, strotzte ich vor Selbstbewusstsein – es war ein ursprüngliches Selbstbewusstsein, das, hätte es eine Stimme besessen, ›Geht mir aus dem Weg‹ gerufen hätte. Damals war alles klar, und alles war möglich. Heute habe ich ein realistischeres Bild von der Wirklichkeit.

Plötzlich finde ich mich in der Mensa der Universität

wieder und stehe mit Tablett und Besteck in einer Schlange von Studenten. Ich komme mir ein bisschen wie ein Dozent vor. Gulasch mit Nudeln. Ich setze mich an einen der gutbesetzten Tische und denke: Wie kann man nur so jung sein. Es sind Studenten der Rechtswissenschaften. Diskussion um die »prozessuale Wahrheitspflicht«, beziehungsweise um die Frage, inwieweit der Anwalt vor Gericht der Wahrheit verpflichtet ist. Konkret: Darf man Tatsachen verschweigen, die dem Klienten schaden könnten?

Ich höre dem Gespräch aus der Distanz zu und wickle schweigend Nudeln um meine Gabel. Um den Kloß in meinem Hals loszuwerden, trinke ich ein Glas Wasser.

Massimo spaziert zum Opernhaus hinunter und dort den Quai entlang. Der See wie Blei. Das Glucksen des Wassers zwischen den Steinen.

Als er so dahinschlendert, hört er auf einmal seinen Vater: »Man muss sich die Dinge nur ordentlich in den Kopf setzen. Hörst du? Man muss sich die Dinge nur ordentlich in den Kopf setzen.« Wie gern hätte er den alten Mann noch einmal getroffen.

»Wo bist du?« – ruft Massimo über den See hinweg.

Er möchte sich am liebsten an seinem Vater festklammern und ihn nie mehr loslassen.

Wieder ruft er über den See nach ihm. Und zurück kommen genau die Sätze, die Massimo hörte, als er siebzehn war, als er begonnen hatte, sich endgültig von seinem Vater abzuwenden: »Wenn ich dein Vater wäre, Massimo, weißt du, was ich dir dann raten würde?«

»Aber du bist doch mein Vater.«
»Ach ja? Bin ich das wirklich?«
»Klar doch!«
»Ich würde dir raten: Nimm deinen Vater ernst.«

Um 14 Uhr geht es weiter. Drei Journalisten sind übriggeblieben. Keine Schulklassen. Keine weiteren Besucher. Monika ist nicht wieder erschienen. Man kennt sich jetzt schon ein bisschen – die Richter, die Geschworenen, der Angeklagte, wir auf den Bänken. Alles sehr familiär. Der Gerichtspräsident steht auf: Man sei zu einem abschließenden Urteil gekommen.

Das Geschworenengericht des Kantons Zürich spricht den Angeklagten Nick Lentz mangels Beweisen frei. Dem Auslieferungsgesuch Deutschlands (es soll um zahlreiche Sabotageakte aus den achtziger und neunziger Jahren gehen) wird stattgegeben.

Man hört das Tippen des Protokollschreibers.

Auf ein Schlusswort wird verzichtet.

Draußen Regen in Fäden.

Noch am selben Abend teilt die Staatsanwaltschaft des Kantons Zürich mit, dass sie das Urteil akzeptiert und den Fall nicht an die übergeordnete Instanz weiterziehen wird.

Am nächsten Morgen ruft mich Massimo an. Wir gehen zur Staatsanwaltschaft.

Dort stellt er sich.

Gut, Woyzeck. Du bist ein guter Mensch, ein guter Mensch. Aber du denkst zu viel, das zehrt, du siehst immer so verhetzt aus. Der Diskurs hat mich ganz schön angegriffen. Geh' jetzt und renn nicht so; langsam, hübsch langsam die Straße hinunter.

Georg Büchner, ›Woyzeck‹, 5. Szene

Der Durchstich vom 17. Oktober 2007 war der erste von zwei Hauptdurchstichen des Gotthard-Basistunnels. Es handelt sich um den Durchschlag zwischen dem Teilabschnitt Nord (Erstfeld und Amsteg) und dem Bauabschnitt Sedrun in der Mitte. Der zweite Hauptdurchstich – jener zwischen dem Teilabschnitt Sedrun und dem Teilabschnitt Süd (Faido und Bodio) – erfolgte am 15. Oktober 2010. Damit war der längste Tunnel der Welt geschaffen.

Ich danke dem Bauleiter Stefan Müller der Frutiger AG für die unvergesslichen Führungen durch den mittleren Bauabschnitt des Gotthard-Basistunnels, die Erklärungen zur Tunnelbaukunst und die Einblicke in das Leben der Mineure. Ich danke meinem Freund Thomas Frutiger, der es ermöglicht hat. Walo Bertschinger von der Firma WALO hat mir vertiefte Einblicke in den Hoch-, Tief- und Untertagebau verschafft. Ich danke Max Plüss vom Amt für Migration (früher zackiger Fremdenpolizei genannt) des Kantons Luzern für die Erklärungen zum Saisonnierstatut und die Geschichten über die Gastarbeiter. Ich danke dem Oberarzt der Klinik Meiringen Dr. Sebastian Dittert für die vielen Gespräche über die Depression und die Informationen zur Elektrokonvulsionstherapie. Ich danke Dr. Marc Strolz und Astrid Lienhart für die geduldige Beantwortung der juristischen Fragen. Ich danke Elke Curschmann, meiner idealen Leserin, für das hartnäckige Hinterfragen der Geschichte, Thomas Schenk und Koni Gebistorf für das mehrmalige Lesen des Textes und Ursula Baumhauer von Diogenes für das strenge Lektorat. Anita Leuzinger, Cellistin (auf einem Stradivarius) des Zürcher Tonhalle Orchesters, hat mir die musikalischen Fragen mit Geduld beantwortet. Ich danke dem Historiker Prof. Dr. Kurt Messmer für die herrliche Führung quer durch die Arbeitersiedlungen und Industriequartiere Emmenbrückes. Ich danke meinem Vater für die Erklärungen zur Textilproduktion und zum ›Einsatz der Italiener‹ in der *Société de la Viscose Suisse*. Ich danke Simona De Luca für die italienischen Übersetzungen und Livio Antonio, Marco Gherardi und Paolo Albisetti für die Einblicke in die Secondo-Welt. Ich danke Olindo und Margherita Palmieri für das Rasenmähen, Schneeschaufeln und Bäumestutzen in der Angestelltensiedlung meiner Kindheit. Ich hoffe, die Panettoni, die meine Mutter jeweils am 24. Dezember vor ihre Tür gestellt hat, waren nicht allzu trocken. Meinen italienischen Mitschülern der Primarschule in Emmenbrücke: sorry für die Hänseleien und danke für die Bereicherung. Ich danke den Schweizer Stimmbürgern, dass sie 1970 die Überfremdungs-Initiative (Schwarzenbach-Initiative) abgelehnt haben.

Rolf Dobelli

Bitte beachten Sie
auch die folgenden Seiten

Rolf Dobelli im Diogenes Verlag

Fünfunddreißig

Eine Midlife Story

Häppchen und Wein, ausgelassene Feststimmung in der Firma, denn Gehrer, der brillante Marketingchef, wird aus Harvard zurückerwartet. Und das an seinem 35. Geburtstag. Tatsächlich ist er in Zürich gelandet, allerdings nicht mit der Maschine aus Boston. Gehrer war in Indien. Und er sitzt an diesem kalten Februartag nicht etwa in seinem Büro, sondern auf einer Bank am See. In einem entwaffnend präzisen Selbstgespräch zieht er Bilanz. Was geschieht im Zenit des Lebens? Wer ist er mit 35? Und was ist mit 35 plötzlich anders? Das Erwachen: Gehrer möchte nichts lieber als Gehrer loswerden, ein anderer werden. Aber da beginnt sein Problem.
Dobelli enthüllt scharfsinnig und poetisch zugleich ein zeitgenössisches Lebensgefühl und entwirft »eine kleine Philosophie des Durchbrennens«.

»Rolf Dobelli begeistert mit seinem Debütroman. Eine kritische und dennoch komische Bilanz über einen, der trotz aller Erfolge nie gelebt hat.«
Kerstin Schneider / Handelsblatt, Düsseldorf

Und was machen Sie beruflich?

Roman

»Und was machen Sie beruflich?« Die schlimmste aller Fragen, sofern man – wie Gehrer – gerade gefeuert wurde. Nach dem Schock der Entlassung muss er sich neu sortieren. Vor allem – wie es seiner Frau Jeannette beichten, die unaufhaltsam Karriere macht?

»Unterhaltung auf hohem Niveau, eine Komik, bei der einem gelegentlich das Lachen im Hals stecken bleibt,

denn realistisch und mit feiner Beobachtungsgabe werden die diversen Stadien dieser Neuorientierung, einer Achterbahnfahrt zwischen Resignation und wütendem Optimismus, geschildert, die schließlich eine überraschende persönliche Wende nimmt.«
Handelszeitung, Zürich

»Virtuos, unerbittlich, kenntnisreich.«
Welt am Sonntag, Berlin

Himmelreich

Roman

»Nicht schon wieder eine dieser Geschichten, ein Mann und eine jüngere Frau, und die einzige Herausforderung, die darin besteht, das Ganze mit Anstand rückgängig zu machen«, denkt Philip Himmelreich, als ihm die Affäre mit der wesentlich jüngeren Buchhändlerin Josephine über den Kopf zu wachsen droht. Doch diese Geschichte verläuft überraschend anders.

»Wer begreifen will, wie ein entfesselter Turbokapitalismus Traumgebirge einebnet und Seelenlandschaften verwüstet, sollte Rolf Dobellis *Himmelreich* lesen.«
Hendrik Werner / Die Welt, Berlin

Turbulenzen

777 bodenlose Gedanken

Tatort: ein Mann in einem Flugzeug auf dem Weg über den Atlantik. Bevor der Alte Kontinent ihn wiederhat, Nachdenken über sich, über Gott und die Welt. Überraschendes, Hintergründiges, Absurdes, Alltägliches, Gedankenblitze – Formulierungen, die sich wie Haken festsetzen und zum Weiterdenken und -dichten anregen.

»Eine elegant sachliche Sprache mit sparsam, aber punktgenau eingesetztem Wortwitz.«
Deutschlandradio, Köln

Fragen an das Leben

Dobellis Fragen an das Leben und an sich selbst: Fragen, die zum Lachen oder Schmunzeln bringen, die unter die Haut gehen, unerwartete, boshafte Fragen, die zuspitzen oder neue Fragen aufwerfen – jedenfalls immer nachdenklich machen und anregen. Zu Erfolg und Karriere, Geld, Liebe, Ehe, Sex, Alter, Tod und Gott. Spielerisch ironische Fragen, die jeden betreffen und garantiert bei jedem etwas auslösen.

»Es ist wirklich eine neue Disziplin des philosophischen Diskurses, die Dobelli mit seinen Fragen erfunden hat – vielleicht ein wenig in der Tradition des alten Sokrates.«
Herbert Heinzelmann / Nürnberger Zeitung

Wer bin ich?

Indiskrete Fragen

Fragen, denen sich jeder mindestens einmal im Leben stellen muss. Zur diskreten Selbsterforschung oder als amüsantes Gesellschaftsspiel. Fragen, die belustigen, die unter die Haut gehen, unerwartete, hinterhältige Fragen, die sich ihrerseits in Frage stellen wie in einem Kaleidoskop – und garantiert anregen: zum Lauf der Welt, zu Liebe, Sex, Erfolg, Karriere, Alter, Tod, Gott und Glück.

»Eine an- und aufregende Lektüre, die nicht ohne Folgen bleibt. Denn die Antworten muss jeder selbst für sich finden.« *Nürnberger Nachrichten*

»Kein Ratgeber, keine Psychotricks – trotzdem kommt man sich mit diesem Buch näher.«
Woman, Hamburg

»Amüsant, charmant, bisweilen subversiv.«
Freie Presse, Chemnitz